М. ГОРЬКИЙ

高尔基文集

3

短篇小说

素描

诗

1896
|
1897

М. Горький

马克西姆·高尔基

目　次

独奏(素描) …………………………………………… 1
耍手腕(素描) ………………………………………… 11
一个犹太人的传说 …………………………………… 18
梦 ……………………………………………………… 23
盟友(小品文) ………………………………………… 31
与世隔绝(悲歌) ……………………………………… 39
安家记 ………………………………………………… 45
闲逸的生活 …………………………………………… 52
刮脸(Quasi una fantasia) …………………………… 60
美 ……………………………………………………… 69
诗人(速写) …………………………………………… 76
《水及其在自然界与人类生活中的意义》………… 85
爱的故事 ……………………………………………… 93
哑巴(巴什基里亚传说) ……………………………… 103
重逢(速写) …………………………………………… 107
时钟 …………………………………………………… 116
邻居 …………………………………………………… 122
休假日(素描) ………………………………………… 138
圣诞节的故事 ………………………………………… 155

一场噩梦（圣诞节故事）	165
关于埃莱娜·德·库尔西伯爵夫人的叙事诗	
（诗中穿插各种箴言，有些非常有趣）	176
科诺瓦洛夫	184
鲍列斯	239
好闹事的人	245
万卡·马金	265
扎祖勃林纳	280
克里米亚速写	289
戈尔特瓦的集市	295
奥尔洛夫夫妇	309
沦落的人们	371

独　奏*

素　描

"萨科夫斯基！看在上帝的面上,别吹得那么响！应该是'最弱'！嘀—哒—哒……哒—嘀—哒—哒！特拉—哒—哒—哒！然后,声音完全弱下来……渐渐消失……被苏醒了的森林那种轻柔而温存的喧嚣声所吞没……听懂了吗？"

"嗯。"独奏演员,一个脸刮得干干净净的留着小胡子的波兰人点了一下头,又忧郁地吹起了英国管。

正在排练《森林的苏醒》。这是舞厅管弦乐队的青年指挥沙尔科夫不久前创作的乐曲。沙尔科夫所在的公园剧场的老板异想天开,打算举办一次"规模宏大的"游园会来招待听众。沙尔科夫准备在这次游园会上演奏自己的《森林的苏醒》,他急着赶排出这部新作,所以心情激动,焦躁。他抱着很大的期望,盼着自己的作品获得成功。他心目中有一个"她",目前他还没有引起她多大的注意,所以他希望以一个作曲家的身份出现在她的面前,并且征服她。这样做可以一举两得:第一,她本人就令人垂涎三尺——一个二十五岁的寡妇,经常穿得很考究,性情活泼开朗,稍稍有点多疑,长着一双美丽明亮的眼睛,丰满的胸脯;第二,丈夫死后给她留下了大约五万卢布,外加一所房租可

---

* 本篇最初发表于一八九六年七月二十一日《尼日戈罗德报》。译自《高尔基全集》第二卷。

观的石砌房子。

他早就追求她了,但很不顺手。现在,他认为,《森林的苏醒》一定会打动她的心。

"对,是这样,萨科夫斯基,是这样,甚至可以再弱一些……对!现在铃鼓跟在您的后头轻轻敲起来,像是刮起了一阵风,然后是小提琴……黑管……就这样!圆号!好极了!黑管……像一棵满身窟窿的老枯树沙沙作响……长笛像一群鸟儿在歌唱!高音笛……就这样!伊利科夫,现在您该加进来了……您,您的独奏怎样了?"

伊利科夫是个次中音号手,一个长着一双忧郁的大眼睛的长脸青年。他把铜号放到唇边,鼓起两腮,用沉厚、颤抖,仿佛从远方传来的声音幻梦般地轻轻吹出了优美的旋律。指挥舞动着指挥棒,脸上带着满意的神情听着他的演奏。最后一个音符颤抖一下,中断了。这时,指挥兴致勃勃地喊叫起来:

"我相信,您一定会出色地演奏这部作品的!……现在,先生们,请从头再来一遍……怎么样……"

伊利科夫说:

"巴维尔·鲍里索维奇,我可以走了吗?"

"您一定得走吗?"

"是的……我的声部由他来吹。"伊利科夫向身旁的乐师点了下头。

"对,这一段刚好他的声部休止……那好吧,您去吧……我可指望您啦。"

作曲家以一个指挥官的架势摆了一下手,允许伊利科夫离开。伊利科夫站起身来,若有所思,谦恭温雅,刚把帽子戴在头上,随手又摘了下来,忧心忡忡地环顾着自己的同事,站在原地发愣。轻柔流畅的旋律好似在低声谈论着一件庄严而重大的事情,像一泻千里的波浪从他身边流过。指挥激动地用左手扯着小胡子,他正在指挥,他是那样全神贯注地倾听着乐队,使人觉得他的两扇耳甲也因过于紧张而在颤动。他的脸上不时闪现出笑容。

伊利科夫望了望眼睛死盯着乐谱的同事们,擦了擦额头,双眉不安地挑动着。

"你能借给我三个卢布吗?"他对刚刚停下来的低音提琴手、高个子乌克兰人扬钦科说。

"给她买糖吃?"扬钦科笑了笑说。

伊利科夫点了点头。

"这我可不借……只有傻瓜才给母山羊喂糖果,它有白菜叶就行了。"

伊利科夫叹了口气,双眉紧蹙,从正在进行排练的公园剧场的舞台上走了下来,身后传来了英国管忧伤的旋律。

半小时以后,伊利科夫坐在公园僻静的林荫道旁的长凳上,用一根芦苇在小路的沙地上描画着各式各样的图像,咬着小胡子,端详着芦苇的尖端如何在沙地上刻画着。有时,他用满含期待的目光顺着林荫小道望去。但是,小道上空无一人,凉爽,潮湿,树木一动不动地默默地站在那里。有的地方,透过树木的枝叶可以望得见天空,小鸟儿在茂密的暗绿色树丛中啾啾地叫着。剧场里时而传出乐曲的片段。街上传来了四轮马车低沉的嘎吱嘎吱的响声和钟声。这是晚祷的钟声,大约已经五点钟了。

伊利科夫颤抖了一下,飞快地从长凳上站起身来,向迎面而来的姑娘走去。她身穿淡紫色连衣裙,手里拿着一把伞,大檐帽娇媚地戴在后脑勺上,衬托着她那快活、绯红的小圆脸。她慢悠悠地走着,热情、爽朗地笑着。

"真准时呀!"当他走到她的身旁挽起她的手臂时,她说,"糖呢?又没有?"

"索涅奇卡[①]!说实在的,我一个戈比也没有!"伊利科夫不好意

[①] 索涅奇卡、索尼娅是索菲娅的别称。

思地哀求说,他挽着她的手臂朝他刚刚坐过的那条长凳跟前走去。

"你还说爱我呢!难道你一个卢布都借不到吗?"

"索尼娅,我向人借过了!"

"你给我住口……我才不信呢!"她撒娇地用伞把敲了一下他的肩膀。

"这是给你的教训,因为你不听话,又不爱你的小姑娘……"

伊利科夫紧闭双唇,似乎在极力克制自己,尽量不把想要对她讲的话说出来。她同他并肩走着,哼着一支歌儿,从侧面望着他那苍白的面孔。

"喂,你怎么不说话呀?咱们到哪儿去呢?"

"在这儿坐坐吧,索尼娅……这儿很凉快,又没有人……我要跟你认真地谈一谈……"

"还是那么认真?你可真是个……认真的人。我知道你要说什么……"她说着冷笑一声。

"你当然知道……我还是想对你说那件事,索尼娅……怎么样,你决定了吗?"他满脸绯红,紧握着她的手。可是,她摇了摇头,坐到长凳上,在他身边……

"还没有吗?索尼娅,到底什么时候?你要知道,我简直再也等不下去了!我等得好苦啊,这么长时间我一直等着你答应我。而你……真怪……可你是爱我的,是吗?"

"当然啰!不过,亲爱的,急什么呀?咱们迟早会成为夫妻的。可现在下这个决心,我觉得太可怕了……一个月三十个卢布,怎么生活呀?"

她的面孔变得冷漠、严肃,目光也似乎更加尖刻……伊利科夫挪动了一下,坐得离她稍远一点,低下了头。

"人家二十卢布也照样过呀……"他低声说。

"那怎么过的呢?"

"比你现在过得好。"他低声说。

"那是为什么呢?"

她皱起眉头,把手从他的手中抽了回来……

"你要知道……别生气,咱们是好朋友,我把一切都照直告诉你,现在,人家都把你看成一个大有问题的……姑娘……懂吗?你身边总有一些不三不四的鬼东西转来转去……那个当文书的哈尔拉莫夫……"

"那又怎么样?哈尔拉莫夫是个挺有意思的人,我跟他在一起感到快活,"她耸了耸肩膀,"亏你想得出……大有问题的……告诉你,要是别的姑娘,为这句话就会跟你一刀两断,准是这样!"

"索尼娅,亲爱的!难道我会那么想吗?"伊利科夫战战兢兢地小声说。"我听别人这么说,自己也顺口说出来了。我是想提醒你……"

"没什么可提醒的……我又不是小孩子,自己管得了自己……"她发火了,不断向一旁挪动,离他越来越远。他俯身对着她,紧握她的一只手,热切地说着。

"索涅奇卡,你别生气嘛!别着急……明天晚上我独奏……这部新曲子里的独奏难度很大,你知道吗?我一定要把它演奏好,然后,请求沙尔科夫给我加薪水……他会给的!他也像我一样正在恋爱,他爱上了一个有钱的寡妇……明天对他来说,也是决定命运的一天呀!"

"她是谁?啊?告诉我!"索尼娅凑近了他,眼中闪着好奇的光芒,向他那激动的面孔瞥了一眼。

"她吗?管她是谁呢!"他挥了一下手。

"瞧你,这样的小事你都不肯说,尽说些蠢话……"她又生起气来。

"唉,问题难道在她身上吗?!"他绝望地高声说,"问题是要决定我的命运!告诉我,我亲爱的,告诉我,沙尔科夫要是给我四十卢布,你跟我结婚吗?索尼娅?喂,你说呀!"

她沉默了很久,暗自思忖着,嘴唇动来动去,像是在计算着什么。

"索尼娅!"他俯身对着她,神经质地紧握她的手,低声唤着。

"四十……"她若有所思地开了口,"这也许……够了。以后还会给你加薪吗？还是一辈子就拿四十卢布呢？"她探问道。

"还会给加的！"他急忙低声说，"我要是当了独奏演员……会给我五十卢布……甚至七十五个卢布……我要进一个上流乐队，我要把你打扮得像一个洋娃娃……我要像掌上明珠一样珍爱你……索涅奇卡！"

他们周围的空气潮湿、芳香而又温暖，四周一片静寂，树木一动也不动地耸立着，满天红霞穿过林木的枝叶，树顶上霞光万道，金光灿烂。

索尼娅把她那小小的脑袋偎依在伊利科夫的肩上，闭上了小眼睛。他吻着她的眼睛，激情地对她倾诉着自己对未来的无限期望……

"嫁给我吗，索尼娅，要是我能挣四十卢布？"

"嫁……"她低声说。

"亲爱的！我要借一百卢布来办喜事……上帝啊！这一切会多么美好啊！到那时候，在你身边转悠的那些坏蛋就再也不敢说你的坏话了！将来你做了我的妻子，我非好好教训教训他们不可！可现在，唉，不行，索尼娅。有时候，他们……比方说那个扬钦科，净说些不堪入耳的话！"

"噢，说坏话又能把我怎么样呢！"

"唉！你是没有听见啊！我可真受不了！我爱你，可他们……"

"那你，"她打断他的话，"明天申请加薪吗？"

"不，后天。明天我要把这场独奏演好！你会看见……你会听见的……你的请帖收好了吗？"

"收好了……我一定来听……你要当心哪，千万争口气！"

"你放心好啦！明天我们两个——我和沙尔科夫，都得露一手……"

他的眼中闪着愉快的光芒，两只手激动得发抖。她含情脉脉地笑望着他，这笑容中含有一种神秘莫测的东西。她的一缕黑发从大檐帽下面露了出来，那么美丽地散落在她那玫瑰般的脸蛋儿上。伊利科夫

欣赏着她的小脸,越来越俯身靠近她……她望着林荫小道的尽头,那里还是空无一人……这时,她把双手搭在他的肩头,低声说:

"咱们亲吻一下就走吧!"

她推开了他。

"够了!你尝到的甜头不少了!"

他们站起身来,手挽着手沿着林荫道走去。她比伊利科夫矮一些,因而他走路时,总是把头歪到她的肩上,对着她的耳朵讲话。她听到他那甜蜜的话语,开朗、愉快地大笑着。她的笑声使伊利科夫那苍白的面孔也绽开了笑容。

他们走着,夜幕在他们的身后越落越沉;吹来一阵轻快、潮湿、香气扑鼻的风;林荫道两旁的树木在他们后面神秘地沙沙作响。

《森林的苏醒》是以弦乐器的温情、幻想翩翩、极为柔弱的旋律开始的。仿佛是,天刚破晓,太阳还没有从地平线上露出它的笑脸,但森林已经感觉到黎明的气息,正在睡意蒙眬、满怀激情地迎接晨光的来临。高音长笛吹响了,像是一只小鸟儿从梦中醒来。巴松管唱起来了,像是凤凰在同黑夜告别。双簧管像回声一样与巴松管呼应着;中音号加入到这合奏的音响中来了,高音长笛越来越响亮。森林在喧嚣——铃鼓、低音提琴、大提琴把那浓厚而微弱的美妙音响撒满了天际云霄。

沙尔科夫脸色苍白,认真地指挥着乐队,留心着听众的反应。听众把舞台四周围得密密层层,专心地谛听着演奏,鸦雀无声。"她"坐在第一排,一只手拿着长柄眼镜,另一只手握把扇子。每当沙尔科夫侧身站在谱架旁的时候就望得见她,而现在,他背对她时,心中也感觉到她的存在。他不时回头望上一眼,在他的眼神中闪现出她那严峻、专注的面孔……她那聚精会神的表情使他感到心惊胆战,因为她懂音乐,她是他的才能的严格的评论家……

伊利科夫也看见了他的索尼娅……她坐在舞台一侧大树下面的

小桌旁边，浓密的树影洒落在她和她的女友身上。哈尔拉莫夫也和她们坐在一起，他得意地捻着小胡子，还有一个人，也是军队里的文书。伊利科夫监视他们的行动很方便。他手指在铜号的按键上慌乱地移动着，胸中燃着强烈的妒忌之火，用一双炽热的眼睛留心察看着索尼娅脸上的每一个表情。她正向哈尔拉莫夫暗送秋波……他对她说了些什么，她轻声笑了……哈尔拉莫夫站起身来……干什么？给她整了整披肩……又坐到她身边，几乎挡住了伊利科夫的视线。整披肩，只不过是想坐得靠近一些的借口而已。伊利科夫懂得这个，因而他心里很痛苦。可索尼娅却一直在笑。

英国管凄凉地吹奏出轻盈迷人的旋律，加上弱音器的小提琴配合着它。巴松管悲伤地吹了起来，又沉寂了。小提琴的声音越来越明快，越来越动听……太阳升起来了，它那初露的光芒掠过了天空，洒满了森林上下。森林更加欢快地迎接早晨的到来。

花园里黑暗、闷热，亮着煤油灯，光线落在听众身上，照在一条条小路上，暗绿色的树木默然肃立着，什么地方响起了杯盘的碰撞声和呼唤侍者的铃声。

一阵微风吹过苏醒了的森林。一棵棵老树对太阳早已无动于衷，它们在哀伤地叹息着，树叶喧闹着，沙沙作响，小鸟儿在快乐地歌唱。森林在向雄伟的太阳问候早安，公园仿佛变得更加热闹了。

伊利科夫从椅子上稍稍欠起身子，伸长脖子，面色苍白，咬着嘴唇，用一双凶狠、气愤的眼睛直盯盯地注视着前面。索尼娅一只臂肘撑在桌子上，哈尔拉莫夫也是……他们的另一只手在哪里？哈尔拉莫夫说了些什么，她摇了摇头……他站了起来……一只手按在胸口上……向她鞠躬，他要走了吗？他走了！

伊利科夫舒了口气。

"伊利科夫，请准备好！"他听到指挥低声说。他知道，还有将近二十小节才轮到他的独奏。他早已准备就绪。伊利科夫望着他的索尼娅，轻松、开朗地笑了。虽说哈尔拉莫夫的红色制帽还在那里闪动，但已经不在索尼娅的身旁了。

短号洪亮地吹奏着,圆号配合着他们。伊利科夫试了试乐器的按键,微笑着把它举到嘴边……一,二……三!

伊利科夫以发自胸中的、浓重、激情、由于紧张而有些颤抖的音色吹出了独奏开头的曲调。他吹得这样有力而动听,在轻轻演奏半音阶的其他乐器的宽阔声浪衬托下,伊利科夫的次中音号是那么突出、鲜明。

可是,索尼娅?! 她到哪儿去? 她要到哪儿去?

次中音号在乐段中间突然中断了,但显得很合时宜,很美,这是他由于过分激动而吹不出声音来了。

沙尔科夫赞许地对独奏演员点了点头。

索尼娅正在和哈尔拉莫夫肩并肩地走着,向昨天他们去过的那条林荫道走去……她是那么亲近地紧偎着这个文书,而他是那么狎昵地俯身向着她……莫非关于索尼娅和哈尔拉莫夫的传闻都是真的吗?是真的吗? 她仰着头,盯着他那长着小胡子的面孔……他只要稍稍低下头,就会吻她的……在那边林荫道的暗处……她这个该死的! 可恶的丫头!

公园里响起了粗野、狂暴、震耳欲聋的铜号声,它压倒了整个乐队,也压倒了舞台周围的一切嘈杂声和音响。

大铜号像一只受伤的野兽在吼叫,伊利科夫两眼血红,累得气喘吁吁,但他还是鼓足了气,把喇叭口对着索尼娅的身后猛吹。

乐队停了下来,惊呆了的乐师们望着伊利科夫。只见他站在舞台的边沿上,冲着花园拼命吹……舞台周围一片哄笑声,但是,次中音号的吼声淹没了笑声。沙尔科夫用一双疯狂的眼睛看着自己的独奏演员,他感到,在"她"的眼里,他沙尔科夫是全完了,他两只手抱着头,不敢回头望一眼,他听到"她"在笑,在开心地尖声喊叫。

笑声从花园传到舞台上,乐师们瞧着发疯似的吹号的伙伴,笑得前仰后合。伊利科夫在召唤索尼娅回到他的身边。他在诅咒,在抱怨,在哭泣,而这一切都是用一种刺耳的、响得吓人的、可笑的声音表达出来的。

他仿佛透过一层薄雾看见索尼娅停了下来,站在哈尔拉莫夫身边,她仍旧挽着他的手臂,也在笑……

她在笑!

铜号从他手里落到地上,他也瘫倒在椅子上。周围又爆发了一阵哄堂大笑。他觉得,屈辱、悲哀、痛苦刺伤了他的心,使他痛不欲生……

"您给我干了些什么呀?!"指挥在他耳边咬牙切齿地低声斥责他。

"独奏……"伊利科夫喘着粗气,小声说,他觉得自己心中的痛苦正在不断地增长,他干了一件丢人的事,或许是别人对他干了什么……

他的眼泪一串串流下来,心啊,猛烈地跳动着。

"您毁了我,懂吗?您干的这叫什么事儿呀?!"

听众的笑声仿佛越来越响,也许是伊利科夫现在听得比刚才更清楚?!

"我在问您,您这个笨蛋!"

"独奏……"伊利科夫挥舞着一只手,低声回答。

听众还是在不停地哈哈大笑,大家都在笑,望着这个吹号的乐师,他活像最后审判中的天使,那样子简直可笑极了。

孙静云 译

耍 手 腕*

素 描

鞋匠费季卡·斯克罗博托夫垂头丧气，一筹莫展。昨晚房东向他提出强硬的最后通牒：要不付清房租，就请搬家。为了这件事，费季卡的妻子和母亲从早晨起就一个劲儿地埋怨他，数落他又贪杯又懒惰，还责怪他生就一身坏毛病。后来，她们都骂他该死，就不再吭声了。母亲出去了，妻子坐到窗边缝衣裳。费季卡无精打采地用锥子修补一只旧靴子。他饥肠辘辘，可怎么也不敢开口向妻子要饭吃。他的胃早就隐隐作痛了，嘴里含满了饥饿的口水。最后，他终于下了决心……

"我看见小铺里有腌得多——多好又不太咸的黄瓜！"

可是妻子缄默不语。

"怎么，咱家没有黄瓜吗？"费季卡狡黠地继续说。

"你买了吗？"妻子头也不抬，一面缝着，一面冷冷地反问道。

"不，他没有买。他想买来着，但没有买成，因为他输了三张钞票。可是下回他一定要买黄瓜，一次就买它一千条……"

他心里这么想着，口里却对妻子说：

"前两天我没顾得上……得买麻线，擦线蜡……"

"少废话，野人……"妻子责备他道。

---

* 本篇最初发表于一八九六年七月二十八日《尼日戈罗德报》。译自《高尔基三十卷集》第二卷。

费季卡笑了,脸上露出满意的样子。

"当娘们儿生气的时候,她们变得多么聪明啊。简直妙极了!你和气地对她说:擦线蜡!可她马上来一个:野人!把你的每个词儿都增加一倍①,用它来回敬你!"

平常,妻子会由于费季卡的滑稽逗乐而"捧腹大笑",现在她却只是咬紧嘴唇,沉默了片刻,又用冷淡和嘲讽的语气问道:

"你到底怎么向房东交代呢?"

费季卡不由地一震,犹豫了一下。但他并不气馁,而是鼓足勇气,争取早点弄到饭吃。他意味深长地向上伸出一个手指,神秘地说:

"别发愁,我们会熬过去的!我们是上帝忠顺的仆人,不用费多大力气,就会熬过去的……但求我们亲爱的夫人们别像野兽那样对我们发威风才好!"

到底是费季卡胜利了!因为妻子笑了。

"你到底有几个夫人啊?"

"一个!而且这一个大概也是有毛病的,我喝了一点儿酒,她却发起酒疯来,还用鞋楦头打我的脑袋……这是不应该的!"

费季卡讲得太过分了。妻子又皱起了眉头,简短地说:

"就是把你这个饶舌鬼揍死,还不解恨呢!"

这下子午饭又不知推迟到什么时候去了。费季卡沮丧地叹了口气。

"房东嘛,你就放心吧!今儿晚上我准能让他消气……只要想出一些恰当的词儿来……"

"什么词儿在你脑子里那么难想出来呀?"妻子反驳道。

又碰了一鼻子灰!

"你看,我对房东只要耍这么一点点小手腕,那么,他不仅不会再向我要钱,还得感激我呢,嗯!"费季卡越说越来劲,胡扯起来。"不过,

---

① 在俄文中,擦线蜡是 вар,野人是 варвар,由两个 вар 组成,故云。

12

现在先求你给弄点儿东西吃!"

"你去抱点劈柴,菜汤要热一下……"妻子说,费季卡真是喜出望外。

他赶忙跳起来,跑到棚子里抱劈柴去了。

板棚的后墙有一部分对着房东的果园,另一部分对着邻居的院子。费季卡听到有人在板棚墙后的院子里说话。他好奇地贴着墙缝,想弄清楚谁在那儿,在讲些什么。说话的是站在篱笆旁边的三个男孩;其中一个是住在附近教师的儿子,另外两个是他的伙伴。费季卡全都认识他们。他们正盯着费季卡的房东果园里的苹果。这些苹果虽然还没熟透,可已经长得很大了,有点儿发红,沉甸甸地压弯了树枝,使人垂涎欲滴……

"咱们爬上去吧!"教师的儿子对同伴说,朝苹果树那边点头示意。

那两个孩子疑虑重重地东张西望,下不了决心。

费季卡的脑海里闪过一个念头。

"孩子们!"他小声叫他们。

那两个男孩刚要躲闪到一旁去,教师的儿子却叫住了他们。

"这是鞋匠。"他用令人放心的口气说。

"真的,是我!我知道一个缺口,嘿,太方便了!咱们一块儿去好吗?咱们多摘些苹果,摘它几普特①!好吗?"

孩子们兴奋地议论起来,很快就组成了类似作战小组之类的东西。教师的容易激动的儿子起劲地说服他的同伴们,说这么干保险没有问题。费季卡听着,心里忐忑不安地等待着。最后,他们决定一致行动。

"那好极了!我马上到那儿去!"

的确,片刻之后,他已经骑在板棚后果园的围墙上,看着孩子们的身影在果树枝条的阴影下悄悄地闪动,他压低了声音指挥着他们的

---

① 一普特合 16.38 公斤。

行动：

"往左一点……去摘小甜苹果。这种苹果现在特好吃！"

他看见孩子们走近"甜苹果树"，就跳进果园，走到他们身边问道："挺顺手吧？"说完，就抓住了教师儿子的肩膀。那孩子转过身来，迷惑不解地望着他。费季卡立即板起面孔来。

"先生们，咱们现在认真地谈一谈。你们两个快跑，您，尼古拉·尼古拉耶维奇，请跟我走一趟。"

尼古拉·尼古拉耶维奇吓得脸色煞白。他的两个伙伴恍然大悟，转眼间就溜掉了。尼古拉试图从鞋匠的手中挣脱出来，但他知道这样做是徒劳的，只好小声地央求道：

"费多尔，放了我吧，明天我给你二十戈比！"

"我今天还没吃午饭，您倒已经答应明早请我吃早饭了！不，这一招太不高明了！偷东西是要受惩罚的，要坐牢。请跟我走吧！"

费季卡大声说着，像加图①那么铁面无情。他领着他的小俘虏沿着果园里的小路走着，感到那孩子的手冰凉，肩膀在颤抖。小俘虏脸色苍白，嘴里不出声地嘀咕着什么，两脚本能地死蹬住地面。费季卡轻轻地推孩子往前走，他有点可怜这个孩子，本来想放掉他，可是，得耍点手腕！费季卡对自己的计划抱着很大的希望，所以要一干到底了。

"请走吧！"他非常客气而又友好地劝他的俘虏。"毫无办法……我不能放您走，我得把您领去见房东……这就是他！您好，普拉顿·米哈伊雷奇，当您用种种令人难堪的话辱骂我，要把我赶出去的时候，先生，我却保护着您的财产！请您瞧瞧好不好？我抓住了一个小偷！有幸把他带来交给您，他手里还有物证！请您收下！"

房东是一个虚胖的人，有哮喘病，他端起俘虏的下巴，把他的头抬了起来，用嘶哑的声音威胁说：

---

① 加图（前234—前149年），古罗马政治家和作家，曾任执政官、监察官，维护罗马传统，鼓吹毁灭迦太基。

"哎呀!我早就想……收拾你了……"

"您是想收拾他,可我却一声不响地走过去,一下子就抓住了!我也是早就注意他们啦……普拉顿·米哈伊雷奇,我非常注意保护您的财产!我常常整夜不睡觉,一直在照看着。谁也不许动我房东果园里的东西!我就这样逮住了他!今后我也会看住的……"

"我下次再也不敢了……放了我吧!"俘虏噙着泪水央告着。

"不……我要把你带到你父亲那里去,让他狠狠地揍你一顿……啊哈?!"普拉顿·米哈伊洛维奇①可怕地转动着眼珠,声音嘶哑地说。

"为了您的安宁,叫我把人打成残废我也干!您看,我就逮着了!"费季卡令人信服地说,竭力想讨好他那个大块头的房东。

"谢谢!你今后……也要多留点神!"

"遵命,遵命!"耍手腕的人顺水推舟地大声说。

"尽管你也是……一个大偷儿!"

费季卡带着无可奈何的表情耸了耸肩说:

"哎哟,为什么您又讲这些叫人难堪的话呢!……"

他们的俘虏伤心地哭着,等候着惩罚。他已经不请求放他走了,也不想揭穿费季卡在这一事件中扮演的叛徒角色。

"看来,我对您可算得上是一片忠心了!我犯得着去追赶您园子里的小偷吗?您昨天对我讲了那么一番话,要是换个别人,恐怕还会唆使孩子们呢,会对他们说:'孩子们,去吧,偷果子去吧!'"

费季卡斜眼瞥了他的俘虏一眼,当他确信这孩子还是什么也不明白的时候,才暗暗松了口气。

天气闷热。汗珠成串地从普拉顿·米哈伊洛维奇肥胖的脸上流下来,他对这件事已经厌烦了。他甚至困得打起呵欠来。费季卡有意沉默着,等候着事态的发展。

"就这么办吧,"房东气喘吁吁地说,"你把这个……小偷带到他

---

① 即前面的那个米哈伊雷奇。

父亲那儿去……认识吗?"

"认识!"费季卡点头说。

"你把事情原原本本都告诉他……"

"知道了!这事我马上办妥!小坏蛋,跟我走一趟吧!"

费季卡同他的俘房刚跨出大门,他就猛地把小坏蛋的袖子拉了一下,向他眨眨眼,哈哈大笑起来。

"科利亚①,现在你爱上哪儿,就上哪儿去吧!吓坏了吧?没法儿……得耍点儿手腕,关键在这儿。好啦,去吧!"

科利亚不相信这个出卖他的人!他用哭得红肿的眼睛看了看费季卡,又低下了头。

"我说,你走—走—吧!"费季卡令人放心地拉长声调说,甚至推了一下科利亚的肩膀。

小男孩这才慢吞吞地沿着人行道走去,不时回头看看鞋匠。费季卡微笑着,望着他的背影。突然间,男孩迅速地弯下腰去,又直起了身子,一挥手,一块石头嗖的一声从费季卡的脑袋边擦过。费季卡吓了一跳,他本想冲上去,可是那孩子已经跑远了。

"生气了……真凶……"费季卡自言自语地说,然后回到了院子里。

"喂,怎么样?"房东问他。

"我带去了,该办的都办了。当时他们就抓住他的头发,揍了一顿!"费季卡以不容置疑的口气撒着谎。

"就该这样。"房东说。

"那还用说?一定得揍!普拉顿·米哈伊洛维奇,顺便问问,我那只小箱子您打算怎么办呀?"

"你要价太高了……"

"不高!不过,要是您想要,给一个半卢布好了,就算付房租吧。

---

① 科利亚是尼古拉的爱称。

其余的两个半卢布,请您宽限几天……我很快要替一位掌柜的把鞋绱好,那时候一定全部付清欠您的房租!行吗?"

"得啦……"房东嘟哝了一声,"去你的吧!"

"您不再找我的麻烦,也不会赶我走了吧?那好极了!凭良心说,我总算得上您的一个不坏的房客吧?真是难得呀!不吵不闹,而且……可说是不合眼地保护着您的财产!真的!就拿现在来说吧,我帮您在果园里抓小偷什么的,花了多少时间呀?!"

"得啦……别啰唆了!这个嘛,我谢谢你啦……不过,房租还是得按时付……"

"主啊!要是我……"

然而房东已经蹒跚地走进果园去了……费季卡诡谲地望着他的背影,一面向妻子使眼色。妻子正从窗户里看着他,也在微笑着……

半小时后,费季卡坐在桌旁,狼吞虎咽地喝着昨天剩下的菜汤,一面兴致勃勃、得意扬扬地说:

"我可敬的妈妈和亲爱的夫人,要动脑子呀,在生活中动脑子是最重要的!应当学会跟人耍手腕。人家用大棒来抢你,你就要想方设法用手腕去制服他……瞧,今天早上我的日子多难过呀!房东骂个不停,使我烦得要死,老婆咬住我不放,尽说些带刺儿的话,妈妈唠叨个没完……我只好去上吊,要不就得逃跑啦!可是,我动了半个钟头的脑筋,大家又对我亲热得不得了啦!怎么样啊?"

"你就吃吧,吃吧。"母亲鼓励着他。

"我能一边吃一边讲……这样对我更好呐!我讲,你们在留神地听……所以你们就没瞧见,我早就舀牛肉吃了,你们还在喝白汤呢!"

坐在桌旁的三个人都高兴得哈哈大笑起来。

谭得伶　译

一个犹太人的传说*

在一本从阿拉伯文翻译的古书中写道：

"拉法伊尔·阿宾-塔列勃，一个受人尊敬、才学过人的犹太人，在伊耶齐德国王的宫廷里生活了许多年，很受国王的宠爱和信任，甚至被任命为国王珍宝库的总管。科尔多瓦全城都知道这位贤明的犹太人。每当他骑着骡子，若有所思地捋着垂到骡鬃的长长的白胡子从街上走过的时候，满城的居民，不论阿拉伯人、聂斯脱利教教徒[①]、塔列勃的叛一教教徒[②]，都尊敬地向他深深鞠躬。

"他的贤明，心地纯正以及真主按照天意赐给他的许多美德，早已远近闻名，不少伊斯兰教教徒是这样谈论真主的这一业绩的：

"'真主和先知穆罕默德真伟大啊！他把愚昧给了美貌的人，把智慧给了其貌不扬的人。瞧，我们看到的这个犹太人，虽说是个异教徒，可真主赐给他的智慧可以与阿威罗艾斯[③]媲美，他的科学知识超过了阿维增纳[④]……真主太伟大了！'

---

* 本篇最初发表于一八九六年八月四日《尼日戈罗德报》。译自《高尔基全集》第二卷。
① 聂斯脱利教是基督教的一个教派，又名景教，出现在五世纪，创始人聂斯脱利原为君士坦丁堡大主教。
② 叛一教为东正教中保存一切旧的教仪的一个教派。
③ 阿威罗艾斯，即中世纪阿拉伯思想家伊朋·路西德（1126—1198），他反对伊斯兰教和天主教的哲学学说。
④ 阿维增纳，即中亚的著名哲学家伊朋·西纳（约980—1037），自然科学家、医生、诗人。一生有许多科学著作。

一个犹太人的传说

拉法伊尔·阿宾-塔列勃有一个相当庞大的家庭,有讲究的别墅和葡萄园,有国王赏赐给他的许许多多金银财宝,器皿、雕像、宝石、衣物,应有尽有。他生活得无忧无虑,享受着荣华富贵,真主还赐给他许多知己挚友,他们都尊敬这位犹太人的品德和智慧。

但是,尽管他拥有这一切,却缺少一件最主要的、能给生活增添光彩的东西:无论谁从来也没见过这个犹太人的笑脸。

人们常常问他,这是怎么回事?为什么他的心里没有欢乐?为什么他的嘴角没有笑影?

他总是叹息着回答:

"我把生活看透了,我高兴不起来。"

人们觉得他很奇怪……

有一天,满朝文武照例上殿,侍立在宝座前面聆听国王英明的训诫,这时,阿宾-塔列勃出现了,他向科尔多瓦的君主躬身施礼,像通常在国王面前启奏时一样,果断而又坚定地说:

"真主使你成为我的至高无上的君主和这片富饶国土上的国王,我请求你的恩典……"

"说吧,"国王说,"说吧,不过,你不要忘记,就是君主的恩赐也难以褒奖真正智者的功勋……"

"我有一个小小的请求……请放我走吧!……永远放我走……"

"难道还有什么别的人,他比我更爱你,还是他答应给予你更多的财富?"国王皱起了眉头。

"不,不要怀疑我贪心不足,这是对我的污辱!我得到的尊敬和财富够多的了,可我的心里像缺少些什么。我在寻找那能够使我这苦闷的心灵得到满足的东西。这种苦闷扰乱了我的生活,使我的须发过早地染上了白霜。我要去寻找另一种生活,因为,上帝既然创造了一切,就不可能不在世界上创造出比我们的国家更美好的乐园,比我们更完美的人,比我们现在的信念更为高尚的理想。上帝派到人间来的英明使者啊!你可曾记得有一个关于哥特人①的故事:他们乘着小船,沿着尼罗河,就是你那故乡的一条大河,逆流而上,驰向他们的奥丁②所居住的阿斯加尔德③。每一个民族都有自己的阿斯加尔德,不过,生活的风风雨雨已经把人们心目中的阿斯加尔德冲刷得无影无踪了,就像玫瑰花在荆棘丛中凋谢了一样。现在,要找到我的阿斯加尔德的愿望在我的心中苏醒了,我请求你,放我去找它,因为,找不到它,我就无法生活下去……"

"去吧!"国王沉思了片刻,说,"去吧,带上几个随从,万一你在路上遇难,也能有人给我报个信儿。"

于是,拉法伊尔·阿宾-塔列勃丢下自己的家庭、财产和朋友,出发去寻找更美好的生活了。

人们各有各的心事,各自的头脑里思考的是无休无尽的各种各样的事情,虽说生活中没有多少了不起的大事,但细微琐事却是成千上万的,因此,在科尔多瓦城里,人们早已把犹太人阿宾-塔列勃忘得一干二净了。

在犹太人离开大家习以为常的生活出走之后又过了许多年,有一天,科尔多瓦的国王刚从礼拜堂里走出来,一个穿着破衣烂衫满身灰尘的行人跪倒在他的面前,向真主祷告之后,说:

"仁慈的国王,你派去陪伴拉法伊尔·阿宾-塔列勃的人中就剩下我一个了。"

"告诉我,他怎么样了,快告诉我!"国王好奇地高声说。

来人说:

---

① 哥特人或哥特族是古日耳曼民族之一。
② 奥丁是古代斯堪的那维亚神话中的最高神,主管战争与胜利,风暴与航海,保护阵亡英雄。
③ 据古日耳曼人的传说记载,阿斯加尔德是九个世界中的一个,众神居住在那里。

"我们到过许多有人居住的、书本上和故事里讲过的地方,到过法兰克人、匈奴人和阿兰人①那里,到过日耳曼人和住在三个岛屿上的人们那里;我们跋山涉水,漂洋过海,亲眼看见了不计其数的国家,但是,那个犹太人始终没有找到他所向往的地方。我们忍干受渴,穿过沙漠,翻过一座又一座高山,走过一片又一片平原,我们走过的地方越多,犹太人变得越忧郁。当他乍一看到远方出现的群山时,眼中充满了希望的火花,他说:'在那里!'他从山顶望着山下又高喊:'在那里!'我们就这样陪伴着他走啊,走啊!累得筋疲力尽,变得像野兽一样暴躁。可他还是不断地找呀,找呀。在我们走过的大地上,新奇事物千姿百态,如果犹太人像普通人那样知足的话,他会在大地上找到称心如意的生活的。可是,他老是那么高喊着'在那里!'老是不停地往前走啊,走啊! 我们也只好跟着他走,虽说我们对他的固执感到不安,可是对他那股子顽强的毅力却是很佩服的。有一次,我们来到一个非常美丽的国家。我们走上了一眼望不到边的大平原,这里小溪如网,溪水如蜜。我们走着,欣赏着这美丽富饶的大自然,心旷神怡。而犹太人却满面愁云,在这江山如画的大地上,他竟没有找到一个完美的人。越往前走,土地越富饶,眼前是五彩缤纷、璀璨莹晶的风光,远方是高耸入云的雪青色的群山。

"犹太人高喊了一声:'在那里!'我们第一次从他的声音里听到欢乐的调子。突然,他容光焕发,热血沸腾,领着我们飞一样地向前跑去。我们瞧着他那个样子都很高兴,也都像他那样鼓起了勇气。我们跟着他跑到山前,又跟着他向山上爬去。走了一天,两天,许多天……犹太人心中的希望之火越烧越旺。他那惊人的毅力越来越强。眼看就到山顶了,还剩下几步路了,高山背后的一切就要展现在我们眼前了。

"犹太人突然快乐地高喊一声:'我的上帝啊!'随着这喊声,他摔

---

① 阿兰(或称奄蔡)是古西域国名兼族名。

倒在地上。当我们去搀扶他时,他已经死了……"

"山那边有什么?"国王急忙问。

"一片沙漠,陛下……"

国王沉思起来。

"犹太人看见它了吗?"他又问。

"没有,陛下,他没有看见。"

国王又沉思起来。

"你们看,真主是多么宽宏大量啊,他对阿宾-塔列勃多么仁慈!"国王想了想,对他的文武百官说,"真主不断地给犹太人增添寻找完美国家的希望,在他的希望破灭之前,真主没有夺走他的生命。假如让他看到沙漠以后再死,那他会死得更加凄惨。真主给予人的一生辛劳的报偿是瞬息的欢乐,而在这瞬息即逝的欢乐到来之时,却熄灭了他的生命。伟大啊,真主和先知穆罕默德!我命令财政大臣取五千银币分发给城里的穷人,以纪念阿宾-塔列勃。这位贤人像每一个追求美好生活的人一样,是值得纪念的。愿真主今后对所有寻找幸福的人都像对待阿宾-塔列勃那样仁慈,那样宽宏大量。"

故事到此结束。

孙静云 译

梦[*]

……轮船顺流而下。前方耸立着一座高山,山顶上乌云密布。苍茫的夜色徐徐笼罩河面,河面风平浪静。船前的河水宛如一条黑色的天鹅绒宽带;船后的河水被铁龙骨切断,又被轮叶划开,激起浪花飞沫。河面上空隆隆作响,就像河水在抱怨那打破了它的平静的钢铁怪物。

在轮叶低沉而有节奏地敲击声和河水怏怏不乐地抱怨声中,有时还可以听见从远处传来的声音,微弱而凄切。这显然是波浪在拍击河岸。一片片残云遮盖着苍穹,轮船在飞驶,看不清云朵飘向何方。星星在云缝里露出来的蓝空上微微闪光,像是刚刚醒来一样。轮船前方一片漆黑,河水仿佛直朝高山涌去又从山下流走似的。河道两岸的一些地方灯火闪烁,时而传来几声犬吠;乡间凄凉的寺钟在哀鸣,悠长而又沉闷。

轮船的发动机郁郁不乐地轰鸣着,船身在往前急驶中不停地颤动。灯火映在波浪起伏、飞沫四溅的河面上。形状万千的、亮闪闪的点点灯光在浪花上滑动。若是用疲惫的目光凝神注视它们,它们就会像一群群似鱼非鱼、似鸟非鸟的东西,默默无声地、好奇地在船舷旁荡漾,像是随时都要跃上船来。徐徐降临的黑夜带来了一种幻想翩翩、

---

[*] 本篇最初发表于一八九六年八月十一日《尼日戈罗德报》。译自《高尔基三十卷集》第二卷。

令人轻快而又莫可名状、颇为宜人的感觉。夜那黑色的巨翅所触及的一切渐渐模糊起来,两岸传来的声音是那么忧伤,群星却显得愈加明亮……

白天,看到用铁和木材制作的大厦般的巨轮喧闹着疾驰而过,你会觉得极为平常,可是在夜里,它不免给人一种神奇的感觉。前方一团漆黑,夜空一片凄凉,轮船的喧声郁闷低沉,船上人声嘈杂。所有这一切汇成了一种强大而又奇异的和声,它包藏着即将发生不幸的种种预兆。在那黑暗的远方,一豆灯火隐约可见,这艘满载旅客的轮船顺着河道仿佛正在向它突进似的。那灯火给人以希望……

我充满幻想,坐在船廊上,凝视着灯火,沉湎在油然而生的种种幻境里,饱吸着黑夜湿润而温暖的空气。此情此景,往往使人渴望幸福,并怀着淡淡的哀愁和奇异的痴情期待着它,同时却又完全忘记了幸福不仅从来不是由天而降,相反,需要着实花费一番苦心去长久地寻求,而且多半是徒劳无果的。尽管幸福为人人所追求,但并非为个个所理解。它像幻影一样让人捉摸不透。

……我久久地坐在那里,沉浸在这样一种心情之中。她蓦然又出现在走廊上了。

她——是我在岸上就已经注意到的那位姑娘,一天中又在船上几次遇见了她。难说她长得很美,不,并不美。她身材颀长,体态轻盈,宛如影子一般,在我的身旁无声地徘徊。她长着一张鹅蛋脸,端庄、苍白,一双乌黑的大眼睛含着若有所思的神情。正是这对眼睛、那茫然若失的目光惹得我很想凑近她的身边,引起她对我的注意,使她的目光投在我的身上。不知为什么我这样想:假若她向我投以和蔼、关切而又温存的目光,那就是我的幸福所在。幸福的暖流将会伴随着她的目光渗透到我的心田,使我的心灵充满生趣、活力,燃起无数的希望,振奋我的精神,增长我的智慧。一个人甚至在寻求幸福而遭到不幸的结局时,还一味去追求它,就不免显得有些可笑。而我只不过是幻想得到幸福罢了。我吹着抒情曲调,摆出各种优美的姿势,但她并没有注意我。我感到委屈,正像任何一个男子在这般境遇中的感受一样。然而被伤害的自尊心并没有扑灭我的幻想,我意想中觉得走到了这位姑娘的面前。我对她倾叙衷肠。尽管她没有看着我,但已经在听我说话了。在我们周围响起了悲歌,我竭力使自己的情绪同这曲悲歌协调起来。我仿佛对她说:当一个人因为对生活产生怀疑,对它困惑不解或身受它的凌辱而愤世嫉俗的时候,是多么痛苦。周围的生活沸腾着,对他的思虑和情怀淡然处之,漠不关心,而他由于不能与之交融,便蛰居在一间斗室里,只有孤寂用它那暗淡的眼睛从房间的各个角落里窥视着他。思想的火花就要熄灭,因为无处倾吐;情感就要枯萎,因为无人知音。因此当死神降临之前,他便早已死去……

一个温存的目光,一句由衷的话语,也许就能使他承受生活给他的许多磨难。

假如女友之手能给他指出生路,那么因友情而受到鼓舞,因友情而变得崇高,因爱情而感到温暖的他就能活下去,就能创造生活,而绝不仅仅是幻想生活和渐渐地死去。

后来,我对这位姑娘谈起她自己来。我初次同她认识。不过,这有何妨呢?在我看来,她才是能使我生存下去的人。我一眼就认准,只有她才能做到。我已经爱上了她。是的,我爱上了她!难道这需要很长时间吗?好就好在一见钟情。要是她认为我不配享受她的友谊和爱情,那么愿她能让我做她的奴隶。从她那双乌黑的眼睛里可以看到,她身上蕴藏着无穷无尽的力量。愿她这位精神力量的富有者成为慷慨无私的女人,让她与我共享她拥有的而我所没有的东西吧……

我会死去的,我认为她,只有她才能使我活下去,如若没有她的援救,我就会死去。

"喂……"她终于开口了,可是连头也不抬,眼睛也不看着我,"您听我说,难道您不觉得刚才这一番话至少会让人感到莫名其妙吗?……"

她的声音是那样温柔、深情而又迷人!我幸福地听她把话说完,并为她那最后一声话音的消失和为我自己而深感遗憾。我愈加激越地继续向她发愿。我对她说,只要她握一握我的手,只要她看我一眼,就能激起我的力量,召唤我去建树功勋。

是的,我恨不得立刻就去建树功勋,那是因为她的亲近使我感奋。难道这还不足以证明我的爱恋之情吗?那就让她来考验我吧!为了得到她温存的目光,我对一切都在所不惜。她需要什么呢?

"我相信您⋯⋯"她轻轻地嗫嚅了一声。

我欣喜若狂地大声高喊,扑倒在她的脚下。

就在这时,仿佛是我惊喜的呼喊变成了众口的回声,整个船上传来了一片惊慌失措的叫喊声:

"失火啦!"

"救火呀!"

成千上万条火蛇在空中咝咝作响,铁具发出轰然巨响,汽笛长鸣,女人们在啼哭,男人们在用粗重的声音惊慌地喊叫,接着是一阵拍水声,好像巨石落进水里一样。熊熊的火光辉映在漆黑的夜空,在那月黑之夜,船身后边出现了反常的光亮,船尾甲板上响起了沉重的脚步声,厚实的布匹样的东西像在树上拖曳似的唰唰直响。传来了儿童尖利的叫声:

"妈妈—妈!"这喊声又在刺耳的喧嚣声中消逝。

锚链哗啦哗啦响。火蛇不住地咝咝叫,烈火在贪婪地吞噬轮船。我惊呆了。人们从我身旁飞奔过去又跳进黑暗之中。他们咧着嘴大声嘶叫,头发被风刮得飘飘散散,一双双瞪得大大的白眼珠儿在颤动的黑暗里可怕地闪光发亮。

我站在船头上,紧偎舱壁,一团团浓烟不住向我袭来,使我感到又闷又热。

一个身穿白色短上衣,头戴椭圆形厨师帽的人挥动着一只沉甸甸的铁锅跑到栏杆跟前,跳上去,把铁锅扔进水里,接着纵身跳了下去。一个半裸的女人也想跳下去,她瞧了瞧栏杆外面黑乎乎的河水,用两只手捂住脸,带着绝望的喊声仰面摔倒在地上。有一个人跳到她的胸脯上,有一只脚踩在她的一只白皙的胳膊上,就这样把她踩踏在脚下没有了踪影。

轮船依旧一劲儿地向前飞驰,烈火在船尾呼啦呼啦、劈啪劈啪响得更欢了。船身后面的河水红得发紫,浪花像血一样鲜红,许许多多黑影漂浮在浪花里,发出疯狂般的呼救声。一束束火花在空中飞舞,随而又落到他们身上。

一个个子高挑、乌发披肩的女人把一个哇哇啼哭的小白包举到头顶,用力一抡,那襁褓在空中一闪,一声惨叫落到了水里。一个戴着余烬未息的草帽的人拨开自己身边的一缕缕浓烟,坐到我的脚旁,脱起衣裳来。另一个彪形大汉声嘶力竭地叫喊着扑到了他身上,带着诅咒声把他压倒在地,接而又有一个人跳到他们身上,再跳上栏杆,不见了……

"用斧子砍!"从下边发出了可怕的狂叫声……

传来了一阵斧头的砍伐声和河水的拍溅声。烈火吱啦吱啦地响,显得单调、枯燥而又从容不迫。它相信,它想吞噬的一切统统都能吞噬掉。

一场几乎难以觉察的,但却是灭顶的灾难发生了,人们时隐时现,为了从他人手里夺取木板、椅子而拳打脚踢,互相争斗;有的拖着一条沉重的长板凳,把它扔到船外,船外响起一阵凄惨的呼救声。呼声不止,可是没人理睬。

一个肥胖的敞胸露怀的老妇人穿着破烂的白衣服,她身上的破布片被风刮得飘飘扬扬。她手扶舱壁,步履蹒跚地朝我走来,戚戚哀哀地哭诉着。她露出没牙齿的下齿龈,下巴颏儿直哆嗦。她的目光里除了惊恐,再也没有别的什么了。有人在她后背猛击一拳,她倒下了。刹那间,其他人也一个接一个地倒在她的身上,堆成了人堆。人们手抓脚蹬地挣扎着。他们像野兽一样地号叫、厮打,一拨儿又一拨儿的人群向他们压过来。瞧,这人体组成的肉堆朝船廊栏杆滚动……喀嚓一声——号的号,叫的叫,统统滚了下去。

热得越来越难忍了。水火相触发出了咝咝的声音,燃烧着的木头在空中飞舞,映在水中像是金鱼熠熠闪光。

"上帝呀,救命啊!"有人在绝望地呼救。

两个小男孩手牵着手,像一对小鸟儿从我的身旁掠过。惊恐得完全失去了常态的人们仓皇奔跑。他们的举动丧失了理智,前拥后挤,推推搡搡,互相打骂,连哭带号地跳进了水里。有一处地方玻璃崩裂了,发出一阵钻心的震耳欲聋的巨响。轮船一个劲儿地飞速前进。此刻,它仿佛被船尾的烈火驱赶着,跑得更快了。

烈火被吹到了船身后面,在空中飘舞,好像一面血红色大旗,它下方的河水也呈现出一片朱红色。

"砍!放下来!"下边在吼叫。

一堆高耸入云的、黑魆魆的、非常可怕的东西赫然出现在我面前。它迅速向我移近,我意识到,只要它一撞上轮船,我就会被砸得粉碎。我只觉得热辣辣的,烈火就在顶门囟呼啦啦地响,但已经寸步难动了。一个被踩伤了的神志不清的老妇人在我脚边蠕动、呻吟。眼前那个东西越来越逼近了……那是崖岸,近乎峭壁……

砰的一声撞击,接着是可怕的破裂声和剧烈的震动。我被甩出原地,像一块石头一样穿过火幕掉进水里去了……

我的身体里面好像有什么东西撕裂开来一样,发出低沉的声音……水把我抛到河面,河水在我的耳畔呼啸。

只见整个被熊熊烈火包围着的、一头扎入崖岸的客轮已经面目全非了……可是它在一小时以前还像天鹅一般洁白和美丽呀!我周围的人们在同吞没他们的河水搏斗,但是他们已经不再呼喊了。他们上气不接下气,发出奇怪的嘶哑声和痛苦的哎哟声,随后又淹没在水里。还有一些人则抓住木板、长凳挣扎着……

啊,要是我也有一块木板就好了!我眼热地四下搜寻,在那火花像冰雹一样向我袭来的当儿,要在水上支撑实在太困难了。咦!忽然,木板在我的胸前出现了。我庆幸,急不可耐,兴奋得狂叫起来,两手抱住木板不放,紧紧地把它贴在自己身上,像爱抚我的恋人一样。我情不自禁地笑了……不料,木板开始下沉。

"咱们俩都会淹死的……"我忽然听见颤抖的低语声。

这是谁在说话?是谁?在木板的另一端,离我不到四俄尺远的地方,我看见一张面庞……是她!这是在轮船上曾经和我在一起、我向她求过爱的那个姑娘的面庞……我向她,向这位姑娘,许过建树功勋的誓愿……岂不是她现在就要我这样去做?喔!

她目不转睛地望着我的脸……我垂下了眼睛。木板渐渐地沉下去。

"您再给自己找一块吧……"我听到她说。

我四下里瞧了瞧,可是没看见有什么可以依托的东西。

"我们同在一块木板上是支撑不住的……"姑娘说。

这难道我还不明白吗?

"要有一个人冒生命危险……"

可不嘛,我们两个人当中有一个必须放开木板。事情就是这样。然而生存的权利对每一个人来说都是平等的……

我已经呛着水了。我多想用劲儿把木板夺过来。这样她会放手的。不过,也许在附近什么地方还有木板?

我们周围的水面平静如镜,水上时而可以看到一些地方冒着黑乎乎的气泡。这是溺死者的头颅。现在,我也在下沉……

轮船燃烧着,犹如一大片盛开的红色和黄色的花丛在随风摇曳。

水在我的耳际作响,头在发晕。我慢慢地沉到水里去了……

"那,那我就……"絮语声隐隐约约传进我的耳朵。

随后,我便觉得……木板在向上漂浮……该松手啦!该松手啦,不然,再过一会儿我就要从这姑娘的手里夺过木板。我会夺过来的……

她的脑袋又在水面上浮现了一下,接着伸出一只手来。

后来，统统不见了。只留下我和我周围那平静、昏暗而又阴沉的一片汪洋。河水把我往下拽去，一面狡黠地抚摸我的肩膀和面颊。

　　但是我不怕水了，因为已经能自如地扶住那块木板。我一面等待营救，一面抓着木板稳稳当当地浮游。照说很快会有人来营救，因为人们从岸边看得见这艘着火的轮船，听得见轮船周围河水的吱吱声和火舌的呼呼声。水一个劲儿地把我往下推去。它悄悄地顶着我的左肩，将它晃动……

　　"您的帽子要掉到船外去了……醒醒呀！"

　　我哆嗦了一下……跳起身来……感到又惊又喜——那个溺死者站在烧毁了的船廊上柔情脉脉地微笑着，用她那双乌黑眼睛的柔媚的目光凝视着我的面孔……

　　"您会把帽子掉进水里去的。"她又说了一遍。

　　"小姐，请原谅……"我恳求说，"不，谢谢您，小姐！"

　　"没什么……"她温柔地说，朝我点点头，便默默地离去了……

　　我怀着激动的心情望了望她离去的背影。我没有把她淹死，这是多么使人欣慰的事呀！

　　天亮了。晨空燃起了红彤彤的朝霞，但河水却发出像钢铁一样的寒光，它依然是那样的冷漠和傲慢。绿油油的崖岸显得那样和蔼可亲，远处雾霭腾腾……

　　天上的晨星渐暗。我满心喜悦。

　　原来我没有把这姑娘淹死？！

蒋望明　译

盟　友[*]

小　品　文

餐厅厨师若尔热·萨尔瑟把一张《Le Petit Journal》[①]叠了起来，他刮过的红红的圆脸上露出满意的笑容，欢快的光芒在灰色的眼睛里闪过，他抬手打了个响榧，说道：

"'Trèsbien！Labelle Franceet lagrande la Russie！'[②]正如快乐王亨利[③]所说的……这是天生的一对，他们想跳华尔兹舞的话，地球也嫌太小……"

活泼、容易冲动并喜欢喝酒的若尔热·萨尔瑟，是个狂热的政治家，法俄同盟[④]的坚定拥护者和大仲马历史幻想小说的真诚崇拜者……空闲的时候，他就找一个舒适的角落，拿出一期《Petit Journal》，一面喝酒，一面仔细地反复阅读反映他祖国动荡不安生活的、纸张发灰的报纸。凡是署名埃尔涅斯特·茹德的文章都使若尔热赞叹不已，

---

[*] 本篇最初发表于一八九五年八月二十五日《尼日戈罗德报》。译自《高尔基全集》第二卷。

[①] 《小报》，在巴黎出版的法国资产阶级日报，于一八六三年由银行家莫伊斯·米洛创办，是一种适合广大读者兴趣的报纸。

[②] 法语："好极了！美丽的法兰西和伟大的俄罗斯！"

[③] 指法王亨利四世（1553—1610）。

[④] 法俄同盟是法国和俄国于一八九一年至一八九三年缔结的军事外交性质的同盟，其目的是对付以德国为首的三国同盟。在缔盟的最初一个阶段，俄国在同盟中起着主角的作用。本篇的故事就发生在这段时间里。

他总是跟着这些文章的观点走。

现在,他刚读完这样一篇文章,又喝光了一瓶酒。这两件事使他心情愉快,很想找人谈谈,由于他希望用本国语言和别人谈谈国家大事,就决定到一个相识的理发师那儿再喝上一瓶酒,再念一念茹德的文章。

到理发师那儿并不远,只要穿过城市的街心公园就到了。若尔热有将近两个钟头的空闲时间。厨房那儿,有他的助手们在干活,离开早饭的时间还早。他吸完一支雪茄之后,俨然像一个饱食终日的阔人一样,走上了大街,立即沉浸在街上的热闹生活和明媚春光的海洋里。这使得他的情绪更为高涨,他一边走,一边眯缝着眼睛微笑,细细地品味着那像饱含水分的海绵一样充满他整个身心的生活情趣。

淡蓝色的天空,嫩绿芳香的枝叶,大城市的热闹街道上混乱的喧嚣声,洒满大地的欢乐的阳光,所有这一切构成了一首活泼的、洪亮悦耳的生活交响曲,它使这个法国人想起故乡巴黎的林荫道……他已经有四年多没看见它了。他叹了口气。不过,他生来就不是个多愁善感的人,何况想那些愁闷的事情与他眼下的情绪也不合拍,一眨眼,若尔热先生就以一个真正的乐天派的风度向迎面走来的一个女裁缝挤眉弄眼了。周围行人和车辆穿梭往来,这春天的飞快的生活步伐是那么美好,仿佛同春天的旋律、嫩绿的树丛和明媚的阳光一起给生活增添了新的力量……

漂亮的、穿红着绿的孩子们像鲜花一样,在街心公园的小道上跑来跑去,他们活泼伶俐,吵吵嚷嚷,只有孩子们才会这样的吵闹嬉戏。若尔热先生一面顾盼那些值得他这个法国人、巴黎人注目的奶妈和年轻家庭女教师们,一面沿着街心公园缓步而行,享受着雪茄烟的香味,周围孩子们沸腾的优美轻快的生活,并且在心中盘算着,再过一年,他的储蓄可以达到相当可观的数目,也许,甚至很可能在明年五月他就会待在巴黎了……

"若尔热先生!"

"啊！老伙计！您好！"

安德列·卡尔波维奇·皮尔金叫住了若尔热，他是与若尔热先生的餐厅竞争的另一家餐厅的厨师，他现在正摆着一副自食其力者的傲慢姿态坐在街心公园的一张长椅上。安德列·卡尔波维奇是个矮墩墩的伏尔加人，有一张蒙古人型的、颧骨突出、又宽大的脸庞，一对好像饱览了人世沧桑的、有些眯缝的灰眼睛。在他圆滚滚的肚子上挂着一条粗银链，在短而肥的手指上戴着几枚戒指，手里拿着一根带银镶头的手杖。

"若尔热先生，您这是上哪儿去呀？"当若尔热笑着和他握过手，与他并肩坐下时，安德列·卡尔波维奇问道。

"我去散散步！……"

"按你们的说法，这就是去普罗麦纳德①。在五月的早晨这样愉快的时刻，散步对胃口很有好处，一般说来，对整个身体的健康都很有益处。"安德列·卡尔波维奇抿着嘴，用见多识广的口气说。

"噢，是的！我喝了酒，读了报就出来了。"若尔热先生笑容满面地说，并且戏谑地拍拍同行的膝盖……

"您喝了酒么？原来是这样，先生，"安德列·卡尔波维奇眯缝着的眼睛里闪了一下，"怪不得你走过来的时候，我一抬头，就见你那么兴冲冲的！"

"这是看了报引起的！酒嘛，我就是喝上三瓶，也算不了什么！"若尔热先生不以为然地说，他发"ч"这个音时，好像他的喉咙里盘了一条蛇……"这是一篇关于两国同盟……关于法兰西和俄罗斯的文章……您看报吗？"

"空闲的时候偶尔看看，消遣消遣，可有什么用呢？我多半是让一个学徒念念，他这个机灵鬼，念得顶利落，噼里啪啦，像剁肉馅一样。我的眼睛不好……您自己知道，干咱们这一行的，整天在热炉子旁边

---

① 法语"散步"的读音。

烤着,眼睛损伤得很厉害……"

"噢!"若尔热先生点了点头,"是这样!关于两国同盟的事,你们的报纸上有些什么说法?"

"我们的报纸上?"安德列·卡尔波维奇瞧了瞧自己的皮鞋尖,随后举目仰望长空,沉默了一会儿……

"没什么,我们写了很多好话……不过,现在对意大利人谈论得更多了些,同你们已经完结了,事情已经过去了。"

"怎么已经完结了?"若尔热先生问。

"嗯,就是说,我们对你们不再感兴趣了。你们上我们这儿来过了,我们也到你们那儿去过了,那就大功告成啦!"

法国人快活地笑起来,拍拍安德列·卡尔波维奇的肩膀。

"永远这样?! 太好了!"法国人说,眼里流露出真诚的感情。

安德列·卡尔波维奇皱起了眉头,并嚅了嚅胡子。

"只要你们不起心造我们的反,总之,只要你们听话,那么,我们当然对此很高兴,我们也会随时准备痛打德国人、痛打英国人,要是他们敢来压迫你们或者搞些什么鬼的话……"

"造反? 您讲的是什么——是革命吗?"若尔热先生紧皱眉头,问道。

安德列·卡尔波维奇严肃地举起一个手指,挥动着手臂。

"绝对不行! 我们不允许这个。搞这个,马上叫来警察,那就完蛋了……"

"什么——完蛋了?"

"您就完蛋了,流放到西伯利亚去!"

若尔热先生望望对方,使劲地擦着前额。他感到,他们两人彼此不理解,但他弄不清楚,这种不理解是怎么产生的。他的俄语不怎么好,表达思想时,常常弄得颠三倒四。可是,此刻他的头脑里闪现出一个念头,他从口袋里抽出了《Journal》,在同行的鼻子前晃晃,急促地,带有几分激动讲起自己的想法:

"Ma patrie①……我说我的祖国和您的……"

"我父亲叫卡尔波夫,我的父称②……"皮尔金郑重其事地说,怀着一种自豪感擤了一下鼻涕。

"不是……我不是说父称,我是说我的国家和您的国家。"

"我明白了,"安德列·卡尔波维奇摇了摇头,"您的一方③是法国,巴黎城,而我的一方是俄罗斯拉夫尔省,乌格利奇城。在我们双方之间隔着极其辽阔的土地……"

"噢!"若尔热先生高声说,"俄国是非常大的!是的,我知道,辽阔广大!可是……"

"此话有理。"皮尔金傲慢地说,"即使单是按伏尔加河的长度计算,俄国的长度就不少于一万俄里,甚而更多一些……这您是很难理解的,可是对我们俄国人来说,这简直是微不足道的事。因为,要是从彼得堡到塔什干,那距离就更长啰。再说,俄国东南西北、四面八方都这样——从阿尔汉格尔斯克到阿斯特拉罕——也是一片辽阔无垠的土地!打个比方,如果把黑海的水倾注到俄国的土地上,那么它也只能给一个大点儿的省份造成一个小水洼。"

安德列·卡尔波维奇威风地啐了口唾沫,把一条腿架在另一条腿上,带着优越感看了一眼法国人。

若尔热先生明白,他同行说的和他所想的风马牛不相及……于是他蹙起眉头,思忖着用什么样的语言,怎样才能向这位同行说清楚两个民族的政治和友好同盟的深刻意义……

皮尔金向他发红的脸上盯了一眼,咳嗽了几声……

"若尔热先生,债券生意做得怎么样?"

"噢,还可以。"法国人说,一面搜寻着他需要的词句。

---

① 法语:我的祖国。
② 俄语中"祖国"(отечество)与"父称"(отчество)两词发音相近,法国人把两个词的读音弄颠倒了,因此产生了误解。
③ 俄语中"方面"(сторона)与"国家"(страна)两词发音很相近。

"嗯……你们的汤非常好……波尔多汤也是同样的好……总之你们的汤,哎哟,太好了! 在做汤方面你们是怎样获得如此精美的效果的? 法国嘛——没说的! 辣味菜做得挺呱呱! 在烹饪方面,法国确实是一个非常了不起的国家……"

若尔热先生只听懂了"了不起的国家"这几个字。他抓起同行的手,紧紧地握住它,摇晃着……

"这个同盟前程远大。这是历史上前所未闻的两个不同民族的感情的激发。我们情同手足,心连心。您同意了? 是吗?"他激动地说。

"没什么,怎么会不同意呢!"皮尔金也握住他的手,庄重地说,但他不明白,这个法国人为什么这样激动,他以为若尔热先生喝了一瓶酒才这么动感情的。

"我同意。我们俄罗斯人,是性情直爽的人民。只要不反对我们,我们怎么都行……"

"我是法国人,我为我的……国家而高兴。不过,我总是衷心地高呼:俄罗斯万岁! 友好的国家,你好!"

有人在望他们,像皮尔金这样体面的人可不喜欢这个。

可是他也有自己的想法,不试探出点什么,他也不愿意和法国人分手……

热情的若尔热先生由于谈论同盟和它的意义……还是那么激动。

"现在当你说:欧洲——这就是说我们! 你们和我们——这就是欧洲的全部的美和力量! 是吗? 所有的国家都不反对我们? 是吗?"

"来吧,要反对,那就试试看!"皮尔金威严地皱起双眉说:"我们要灭掉、毁掉所多玛①。但是,说到烹饪,你们毕竟是超过了我们! 若尔热先生,你们什么时候把蔬菜放进汤里去,使它有这样的味道和辣味? 什么时候呢?"皮尔金向法国人激动的脸讨好地瞧了一眼,并且像一个情人那样对他亲热地笑了笑。

---

① 据《圣经·旧约·创世记》记载,所多玛是古代巴勒斯坦的两座极其荒淫的城市之一,后被上帝以天火和地震将该城及其居民与一切有生物统统毁灭,以示惩戒。

法国人惊奇地扬起了双眉,感到不可思议,怎么一下子从祖国的命运扯到了蔬菜。

"为什么——蔬菜?"他问道。

"我说的不是为什么,而是什么时候……"皮尔金纠正他的话,"什么时候你们把蔬菜放进汤里?我认为,全部秘密就在这里,也就是说,在加菜的时间上。"

"您要我的秘密?"

若尔热先生哆嗦了一下,并且从对方的身旁移开了一些。后来,他眯缝起眼睛,抿紧双唇,不知为什么特别刺耳地吹了一声口哨。皮尔金感到很窘,坐在长椅上局促不安起来……

"的确,假使你们的民族和我们的民族携起手来,是……"

"噢,您是个非常狡猾的人!"若尔热先生轻声说。

"是啊,到世界上去建立自己的制度。"安德列·卡尔波维奇好像没有听到若尔热先生的话,继续说道。

"Adieu!①"若尔热先生冷淡地说,从长椅上站起来……

"您要走了?"皮尔金客气地询问道,"可惜,这样有趣的谈话……看来,我也该走了……您到哪儿去?"

若尔热先生生硬地握了一下他的手,脸色冷漠,转过身去离开同行,沿着街心公园的小径向右走去。

皮尔金用微微眯缝的眼睛目送他离去,他的胡须像猫的胡须一样颤动着。

"可不是,非赶过你们这些鬼东西不可!宁肯跟魔鬼打交道也不理睬法国人。"

他用手杖在空中挥了一下,向若尔热先生离去的相反的方向走去。

孩子们跑来跑去,在灿烂的阳光照耀下,在清新的空气里,在一片

---

① 法语:告辞了。

嫩绿的树丛中,他们的笑声,他们那清脆的嗓音动听地响着。在皮尔金走着的路上站着一个小姑娘,她穿着白色的连衣裙,帽子上缀着花朵,金色的卷发从帽下散落在她的肩膀上。她快活诱人地捧腹大笑着,全身沐浴在阳光中……

"不能挡在路中间……"皮尔金绕过她,不满地说。

陆桂荣　译

与世隔绝*

悲　歌

> 连死者也会安息在墓地的同类之中,请想想,一个活人却孑然一身,该是多么痛苦!
>
> 　　　　露易莎·阿克尔曼

凄凉的秋雨不停地拍打着窗上的玻璃。透过玻璃窗,除了凝滞而浓重的夜色外,什么也看不见。雨水从屋顶流下,发出如怨如诉的声音。只有沉郁的流水声和淅淅沥沥的细雨声在告诉人们:在窗外铺天盖地的黑暗中还存在着运动和生机。

在布置得舒适安逸的书房里,桌上亮着一盏带有绿色灯罩的灯,一个身材颀长、头发花白的人,面对窗户,坐在桌前的高背圈椅中。在他紧锁的双眉下,灰色的大眼目不转睛地望着玻璃窗外的夜色。他那皱纹密布、瘦长的灰脸呆然不动,双唇紧闭着。他用手指紧紧抓住椅子的扶手,仿佛生怕有一种力量把他从椅子上拖出来,然后抛向那令人心悸和伤情的黑暗中去。风吹进窗子,灯火摇曳,一些稀奇古怪的影子不声不响地在书房的四壁上慢慢地浮动着,形成一大片模糊不清

---

*　本篇最初发表于一八九六年九月九日《尼日戈罗德报》。译自《高尔基三十卷集》第二卷。

的、半明半暗的、颤颤悠悠的斑点。它们颤动的样子就像是要冲出这间书房,跑到窗外去,但又无能为力,因而只好无可奈何地忍受着痛苦……

坐在桌前的人,不时用探询的目光望着这些影子,仿佛要在它们的晃动中,为困扰着他的那些思虑寻求出答案。孤寂好似阴沉的眼睛从房间里的每个角落窥视着他,他周围的一切什物,由于笼罩在一片昏暗之中,都改变了轮廓,失去了原形。人都是愿到比较光明而又充满生机的地方去的,但他却是个落落寡合的人。他从不反对听别人说东道西,但认为自己没有必要多发议论,因为他知道,语言是太贫乏了,它非但无力把思想的全部微妙之处表述得丝丝入扣,甚至连人的思路也未必能够表达出一个梗概,足以使发言之后心里不会有什么言犹未尽、意有未了的感觉。再说他也不屑于重复那些往往已是乏味的老生常谈呢。

在大庭广众之中,在客厅里,他就像一个 memento mori①。人们都不喜欢他,因为他总是那样心事重重,总是用冷冰冰的笑容来敷衍想要和他攀谈的人。他知道,人们同他相处是十分勉强的,没有他,那些熟人们会感到更自由自在些。他也知道,他被人们看作是一个独善其身者,人们把他的怀疑主义看成是他想要标新立异。人们怀疑他病态地藐视所有的人和事,怀疑他有自大狂。

这一切并不使他感到屈辱,并且他也无意去说服人们改变对他的错误看法。他深信,人们想的和做的对他们来说都是理所当然的,只有时间才能慢慢使人改变,而任何合乎理智的论据都不能使人改变对他显然有害的一些习惯。无疑,每个人理应过他正在过的那种生活。但有些人却愿意做比命运之神为他们规定的更为不幸的人,他就属于这类人,而且对他被生活所摈弃这一点他并不责怪任何人。

一个人无论做了什么,但最终他将切身感到一种无望的空虚,并

---

① 这里的意思是:死亡的先兆。——《高尔基三十卷集》编者注

为他一生所耗尽的精力沉痛地感到惋惜。而沉湎于自我,在内心里玩味着痛苦的人,一辈子都会感到自己是一个思想丰富的人,是一个英雄。人在内心里有了某种牢靠的东西,那他就准能摆脱精神上的贫乏,而世界上没有比痛苦更为牢靠的东西了。

虽然人们并不理解他,他却了解他们,但他总还是愿去找他们,终究还是愿去的。通常他们聚集在一起,互相哄骗,谈论些与日常生活毫不相干的东西,这可以使每个人能够炫耀一下自己博学多才,有机会自我欣赏和彼此吹嘘一番。这在所有社交场合都像虚情假意一样是司空见惯的。

这些侃侃议论的竞技,一成不变的谈吐,矫揉造作的激情,——这一切只不过是像节日里穿的漂亮的服装罢了。人们年轻时就谙习这一套,而且往往是一辈子都固守不变,因此人们的大部分见解是那样萎靡和迂腐,那样卑俗和陈旧……正像人们所有的别的服装一样,他们的信念和见解也应当尽可能经常拿出来晾晾,用怀疑主义这把刷子刷掉时代所留下的霉斑。这样就可以使它们长久保持鲜洁。这是想使自己的信念不至于变为偏见的每个人所应当关心的事。不要忘记,任何偏见都是过了时的真理的残余,应该记住,思想越解放,人在精神上就越富有。

人们常常忘却这一点,并且按照他们早已有之的陈规旧矩来相互评论,来看待生活中的各种现象,也不根据时代的需要作些相应的改变。生活在前进,它永流不息,因此用老尺子去度量生活,往往是难以正确理解它的。人们不大理解这一点,因此他们也就不能相互理解,彼此总是视同陌路,冷漠无情,而又极少相互关顾……

……但是,做一个同他们相处甚得,能够赏识他们,能够理解他们的言谈、他们的情趣、他们的活动的人,毕竟是件好事……为什么对此会感到这样愉快,为什么有时会情不自禁地渴求这样做呢?

他们爱谈的话题是政治、文学、艺术。当他们谈论这些时,还听得下去。一旦话题转到人时,真替人们难过啊!在谈论人时,他们的言语中充满了恼怒、嘲讽、凶狠、缺乏谅解,又是那么寡情,那么缺乏真正理解的愿望和热情……

然而"真正的舍金纳赫①——是人"。是的,正是人才是至高无上的,人是整个世界——复杂的、有趣的、深刻的世界。……如果人们不会相互理解,那么他们怎能有朝一日学会默默地互相尊重呢?他们是否总有一天将会懂得,世界上只有人才是最有趣的,而且只有人才是衡量一切事物的尺度和生活的创造者呢?

有过一段时间,他曾试图和人们接近,了解他们的志趣并像大家一样生活。但这样做必须作出各种让步,而这一点他又做不到。因为要成为和大家一样的人,他就不得不附和那些他所不感兴趣的东西,而且几乎时时都要违背自己的心愿。那些给自己冠以正人君子和有识之士美称的人,总是挖空心思去维护和巩固他们享有这些美名的权利,并且千方百计地乔装打扮,掩盖其真实面目,但他们彼此之间却是漠不关心,冷若冰霜。每一个人的生活对另一个人来说都是秘密——一种有人害怕公之于众、有人则不愿去识破的秘密,于是彼此只能靠空谈来交往,而每人都自有一套城府在胸,为之呕心沥血,苦苦经营,至死也不披露。谁也没有觉察到我们生活中的这件可悲的怪事,任何人也没有发现,他自己这个尚未猜中的谜会在诸如此类的谜中周旋一辈子,任何人也没有发现,人与人的交往不过是一些空谈,一些言之无物的空谈。谁也不了解谁,谁也不想去了解谁。有几个词汇是人们常常拿来互作评价用的,但是当他们说"这人聪明"时,这样的评语并不能全面概括对方,因为聪明才智是千差万别的,正如人的活动性质各有所异一样。当一个人的才智过于精明,或甚有远见,或极其敏感,人们就会说:"这是个病态的人。"这和说拿破仑不过是个士兵一样,都是正确的。思想活跃被视作轻浮,一切创新统统被称之为反常。总之,生活成了一些极其不幸的人们疲于奔命的一派狂乱景象;这些人精神

---

① 据犹太宗教传说:舍金纳赫是一个介于神和人之间的形象。

极为贫乏,操着不同的语言,互不了解,彼此轻率地进行指责,匆匆为对方妄下结论。他们全都只顾自己,可每个人却又竭力表白他还在为别的事情操心。其所以要作这样的表白,无非是为了引人注目,哗众取宠。大家对生活中的虚伪现象,如同对空气一样早已司空见惯,它也就越来越多,终于使人们产生隔阂。

但有时也有这样的时刻:在人们中间会感到舒畅,生活中充满了令人向往的美景,心情激动地期待着某种新的事物,对高尚而伟大的事业的憧憬之火在未来的远方熊熊燃烧,热烈的思想感情在人的心中升起,像绚丽夺目的彩虹光华四照。这样的时刻不多……但还是有的,还是存在的,尽管这些时刻只不过是"要使我们变得更高尚的一种欺骗"而已,但这样是可以生活下去的。现在,对于那些自暴自弃,逃避现实生活的人来说,要重返生活已为时太晚了,太晚而且没有进身之物。要重返生活就须有所奉献,可他能拿出什么来呢?拿自己的花白头发,或是阴暗的思想,或是对人们的不信任吗?这些东西是不会受到欢迎的。

现在他只有孤身只影坐在这里谛听秋雨的悲歌,等待那给千千万万人们带来生机和世上可能有的种种幸福的太阳和空气一起降临的时日,对他来说,那也就是死神来临之日。死神一来,挥手之间就从生命簿中撕去一页——一个人的生命就此结束。这一页上满满地记载着种种往事和千思万虑,从它上面本来是可以读到许多有趣的东西的……但这一页却将不为人所阅读地消失,在生活中不留痕迹和任何回忆地消失掉……

"为什么我要诞生、要活着、要冥思苦想和博学多知,要自诩为生活的局外人而暗自得意,满以为比别人更深刻地洞察生活,更透彻地谙知生活……而现在竟然愿意投身于现实生活,尽情地享用人世的喧嚣,以全部身心来领受它,和大多数人一样,成为那种麻木不仁、目光如豆和庸俗可悲的人,与他们同流合污,人云亦云,亦步亦趋,而且和他们一样,不知不觉地渐渐接近死亡和走向死亡,寿终正寝?为什么?

谁需要这一切呢？总而言之，谁需要每个人的生命？花开花谢，使人赏心悦目，可以说，这是百花的使命。但是人生在世，随着阅历的增加，变得日益充实，内心世界变得更为丰富，他的使命究竟是什么？他为谁而活，为谁终日劳碌，最后从地上回到地下去，把自己的全部劳动成果遗留给到时候也会离开人世的后人？总之，为什么要活着呢？"

凄凉的秋雨淅淅沥沥地下个不停，敲打着窗上的玻璃，透过玻璃窗，除了浓重凝滞的夜色，什么也看不见。老人用自己灰色的眼睛凝视着黑夜，脸上的皱纹显得格外深刻。屋内四壁上的阴影默默地、神秘地在晃动，活像一些潦草难辨的字迹，它们在叙述一个被抛弃的、高傲而又脆弱的孤独者的模糊身世。

这个人用自己干枯的手指紧紧地抓住圈椅的扶手，像一尊雕像，面对秋季沉寂的黑夜坐着，神情无限悲伤。他坐着，感觉到他只不过是一个人，他的头脑中容纳不下生活的奥秘，他对这些奥秘一窍不通。生活兀自在他身边前进着，而他却已不能再投入生活，为此他感到惋惜。那些使他苦恼的千思万绪最后归总成了一个简单明了的问题，极为简单明了的问题：

"为什么我曾以为自己的才智、品德、精神都胜人一筹，为什么我不善于和别人密切交往，不善于生活在他们中间呢？"

……雨水敲打着窗子，黑夜在向窗内窥视。

"原来我活了一辈子只不过是为了证实自己的错误，冥想了三十年却只想出了一个具有讽刺意味的问题：为什么我曾自以为比别人高明？"

雨和黑暗……

"是啊，生活是有本事惩罚不愿为它效劳的人的……"

半明半暗的影子在屋子的四壁上默默地晃动。四周一片孤寂。从屋顶流下的雨水发出像安魂曲一样的声音……

周圣 译

安 家 记[*]

我认为知道怎样料理家务,对于那些打算结婚,或者虽然已经结了婚,可是还未曾料理过家务的人来说是远非没有意义的。既然有这样的看法,我就认为有必要把这件复杂事情的奥秘传授给新手。

由我来做这件事是容易的,因为我洞悉其中的奥秘,我和妻一天之内就把家务料理好了。现在我们俩就像当年亚当和夏娃在天堂里过日子时一样幸福、美满。我们俩和他们俩惟一的差别是,他们不用交房租,我们却必须预交一个月的房租。此外,由于秋寒逼人,以及现代社会生活环境的需要,我们当然比老祖宗们要更留心我们的衣着。在亚当和夏娃之前,天堂里根本没有什么社会生活,而这两位可爱的人因为触犯了天条,还没有来得及建立这种环境,就被从住所里赶了出去……不过,这都是些老掉牙的故事了……

我们料理家务是从合计究竟如何安家这一问题开始的。妻坚持说应该首先置办客厅和厨房的家具,我认为应该首先置办餐厅和卧室里用的东西。在这个问题上第一次暴露出我们俩在爱好上存在着某些差别,可是我一想到,我们日后吵嘴的机会有的是,马上就对她让步了。我俩来日方长,得过一辈子,这一辈子必须用一些什么事情来填满它。

---

[*] 本篇最初发表于一八九六年九月十五日《尼日戈罗德报》。译自《高尔基全集》第二卷。

妻摆出古希腊神殿里的女祭司那样的面孔，滔滔不绝地对我讲解道：

"别人家开门头件事都是去买当厨房抹布用的粗麻布。随后再买一个洗这些抹布用的木槽和肥皂。还要买一个泔水桶、一个清水桶、一个煮衣服用的铁锅①、一个做克瓦斯用的铁锅、一根扁担、几只篮子，还需要买擀面杖、擦板、搅拌器，——这些是做点心用的。需要装煤的簸箕、夹煤的火钳子、茶炊上的拔火筒、几个瓦罐和几个砂锅；此外还需要好些木桶：盛水的木桶，盛黄瓜、白菜、克瓦斯、渍苹果、越橘、腌西瓜的木桶，还要装煤用的木桶……"

我问："装在木桶里的煤是什么样的，是糖渍的还是盐腌的？"

"根本不对！就照原样把它们装在木桶里。这样做是为了节约……放在木桶里，煤里面含的碳能保存得久一些……"

此时此刻，我对那些胡说姑娘们在中学里学不到知识的先生们简直要嗤之以鼻。我的妻子在中学里念过书，你们看，她还是学到了一点玩意的！……

"太好了，"我说，"咱们买一大摞木桶来……这么些桶足够了吧？"

"九成还不够，还需要几个，可我忘记它们的用场了。还要买火钩子、小煎锅、取锅用的炉叉子、搅冰激凌用的冰桶、大小熨斗、熨衣板、抹布，还有……家具。我想头一回只买一个长沙发，六把椅子、三把圈椅、一个双人沙发、几个软凳和两三个轻便的、式样新颖的小椅子就足够了……"

"这些东西都放在厨房里吗？"我问道。

"不，这些都是布置客厅用的……谁往厨房里摆这些家具？"妻带着责备的口气说。

真的，直到如今我还从来没有见过厨房里陈设软面家具的，因此

---

① 俄国人习惯，将衣服打好肥皂后，连同肥皂水一起在铁锅里煮沸，然后再涤净。

我对妻的博学更加信服。

"那么，"我一边将手伸给她一边说，"咱们走吧！咱们买木桶、搅拌器和火钩子去！"

于是我们踏上了去商场的征途。

过了不久，我们雇了一辆马车回到我们的住宅门口。后面还跟了一辆货车，车上载满了木桶、铁锅、篮子、钩子以及诸如此类对家庭幸福说来必不可少的物品。我和妻两人浑身上下挂满了大包小捆，我们的马车夫手里拿着两个地板刷子，腰上挂着一套锅子；所有这一切都哗哗啦啦、叮叮当当地响个不停，我们从市场上回来的情景极富有凯旋而归的隆重色彩，以至从那时起直到如今，我们成了整条街议论个没完没了的、打趣的对象。显然，我们区里的居民一辈子还没见过如此大张旗鼓地安家的人，于是，不知道为什么他们给我们起了个"大利人"的外号。为什么偏偏是意大利人？我不知道，但是他们对这一点却深信不疑，以至不止一次地向我们的女仆打听，问我们带没带那种背在背上的手摇风琴来，我们打不打算很快就上街去"奏音乐"？这种关注并没有使我们感到特别畅快，再说，我们直到那时还没有挂上窗帘，因此，对整条街来说，我们的窗户便成了一种类似免费看西洋镜的小窗口。不过，当时我可顾不上这些……

总之，我们买好厨房用品，就把它们运回家来了。随后，我们着手一件一件地清点这些东西。我从未体味过比这更令人开心的满足。你会觉得，你买来的东西样样都异乎寻常的便宜，连七戈比一个的瓦罐在你眼中都有了艺术品的味道。地板刷子散发着的不是胶味儿，而是青春与活力的气息，而那对上了珐琅磁的、闪闪发亮的铁罐子，仿佛也在用赞许的微笑望着你，虽然它们也没有举行婚礼……

清点刚和妻子一同买回的家庭用品，真是一件乐事！妻子向您解释，绞肉机和咖啡磨有不同的用途，您会感到，您的知识面在不断地扩大。您还会津津有味地听着那些长篇大论的课程：为什么用扇子去搅鸡蛋白是不合适的、为什么不能把香烟头塞进花盆的泥土里的道理。

我们已经清点了将近半小时,突然,我们雇的马车夫们敲窗户叫我们了。

"啊,原来是马车夫!"妻说,"你付车钱给他们吧。"

"付车钱?好!……你有零钱吗?"我问。

"我吗?没有!全花光了!"

"嗯?!我也是……全花光了!……"

"怎么?"

"我看,咱们连一分钱也没有了!"我恍然大悟。

"真的?"妻惊叫了一声,尴尬地望了我一眼。

我也看了看她,于是……我们哈哈大笑起来,因为我们完全不知道,在我们这种处境下该怎么办。窗外的马车夫也哄笑了一阵。不过,他们很快就停住笑声,不像我们笑得那么久,还摆出完全不懂得诗意的庸人的固执态度,一个劲儿向我们要车钱、茶钱以及等候付钱这段时间该付的钱。

我出去向他们解释,说我不名一文,而从他们那方面来讲,这么财迷也顶不好,因为幸福——并不在于金钱。使我感到惊讶的是,他们对此竟然完全无动于衷,不管我讲得多么热情和恳切,他们仍然固执己见。最后我向这些可怜的人们建议,用我的西服裤子抵偿他们的劳动报酬。他们仔细检查了整套西服的这一重要组成部分,发现了它的许多优点之后,才不再和我们纠缠了。

于是,我们又继续清点东西,发现有几样急需的东西倒忘记买了。比如说,我们没有买茶炊,这使我们很诧异。

"不该买得那么匆忙。"我对妻子说。

"那有什么?已经买了茶炊上的拔火筒,下次我们当然不会忘记买茶炊的!"她回答道。

她的脑子真灵!我们决定用锅子来烧茶,茶炊问题留待以后解决。

"然而我们已经有了其他居家过日子所需要的一切！你看,装煤的簸箕多么棒！这台绞肉机多么好呀！"

"可是肉呢,咱们……"

"也忘记买了！"妻叫了起来,"不过,没关系,不一定第一天就用上绞肉机。"

"我觉得,咱们根本没买一点能吃的东西。"我闷闷不乐地指出。

"你已经想吃东西了？咱们结婚才一个星期呀？！真有你的！"她脸上浮现出责怪的神情,摇了摇头,使我怪不好意思。

"我亲爱的,"我热情地说,"我一点也不想吃东西。我根本就不喜欢吃东西！吃东西是一种无聊的事。可是我说的是你呀,我的天使……"

"我一辈子也不想吃东西,"她激动地说,"……除了有时候……来一块小小的奶油蛋糕……我光闻闻结婚时用的那束花的香味儿就饱了。以后,随着时光的消逝,我当然不会和你争辩,也不否认……也许我会吃点什么的……但是现在我可不为这种事操心！"

"请你相信,我一点也不操心！"我说。

"不过,如果你已经太习惯吃东西,甚至现在,在人生如此重要的时刻也不能不吃东西的话,那你可以吃一些结婚时剩下来的糖果和祝福用的面包。"

"我亲爱的,我把这些都吃掉,咱们再别提这些鸡毛蒜皮的事了！对了,你最好告诉我:咱们现在已经没有钱了,什么时候会有钱？也只有天知道。咱们也没有粮食和木柴。咱们也没有能坐的东西……但是,尽管如此,咱们有厨房……"

"哎,——还有什么？"

"还有,我想知道,说实在的,你打算怎么办,还有,咱们怎样安排家务呢？"

提出这个问题之后,我一言不发地等她回答。我坚信妇女有务实的才干,也完全同意那位东方哲人的意见,他建议我们在紧急关头去求教妇女,然后再反其道而行之。我等待着……她正在专心致志地思考。望着正在思考问题的妻子真是一桩快事,可惜远非人人都有这份福气!

我的妻子沉思了那么久,以致我终于开口问她:

"你不觉得我们的境况有点儿困难吗?!"

"完全不!"她叫道,"一点也不。你瞧,咱们有厨房,眼下咱们没东西可煮,是不是?"

"毫无疑问!"

"那么,咱们把厨房改成客厅吧!"

"噢?"

"当然成!"

"可是怎么改呢?"

"非常简单!咱们不是有木桶吗?"

"有许许多多木桶!"

"嗯,咱们用它们做桌子和椅子。矮木桶当椅子,高木桶当桌子!只要用我的那些裙子把它们蒙上就行了。要是把木槽搭在两个大铁罐上,把枕头塞在木槽里,再罩上那件浅蓝色的长衫,就成了出色的沙发床!总之,已经有了厨房用具,就可以把家安得非常好了。你想试试吗?"

我感到震惊,女士们久负盛誉的、随机应变的才智使我佩服得五体投地。我默默地、用既感激又惊异的眼光望着我的妻子。我们开始干了起来。

过了两个钟头,我们寓所里的一个房间已经布置得无法辨认了。大木桶——愿上帝赐福箍桶匠!——变成了出色的桌椅,大木槽好像本来就是专为做沙发床用的。大铁罐里只要塞满衣服,就能成为非常好的软凳。

我们俩对我们的客厅和我们小小的家业都非常满意,我们安排得那么节约和别具一格。

最好的木桶在木器商场，在索弗隆诺夫斯卡亚大街街口过去第三家店铺里出售。最好的铁罐在梅特尼大院内出售。

这就是一篇如何安顿家务的安家记。

孙新世　译

闲逸的生活[*]

在一间熏得黑黑的低矮狭小的房间的角落里,一盏神灯在神龛前闪着微弱的光。灯光颤抖着,在墙上不断地投下怯生生的影子。它们忽上忽下,使墙上那几幅价格低廉、色彩浓艳的图画也时隐时现。这些图画描绘着《最后的审判》、《圣徒与罪人之路》以及其他反映因果报应之类的可怕情景。

除了神灯闪闪烁烁的光芒外,还有一道细长的光线从外面透过那扇蒙着漆布的小门上的方玻璃射进房间来,就像一条明亮的小路从铺着粗麻布地毯的地板上,一直伸到桌子下面。房间里散发着低级橄榄油一类的难闻气味。整个房间摆得满满腾腾。靠墙放着一张宽大的双人床,床栏杆后边是一只巨大的、盖着毯子的箱子,接着是神龛。靠另一堵墙摆着粗笨古老的五斗柜,柜旁是另一只大箱子和一张桌子,在桌子和门之间,墙上挂了一大堆衣服。前面一扇宽大的窗户旁边,也摆着一张桌子,桌子三面各放了一把椅子。桌上放着一盏灯,还有两个相框和一本皮面的厚书。

夏夜深蓝色的天空俯视着窗户,显得静谧而凄凉。缀满天空的金色繁星,不安地眨着眼。街上急驶而过的四轮轻便马车的隆隆声有时把窗上的玻璃震得当啷作响。房间里光线半明半暗,使堆放着的家具

---

[*] 本篇最初发表于一八九六年九月十八日《尼日戈罗德报》。译自《高尔基三十卷集》第二卷。这个短篇第一次发表时,用的标题是《为了他们》,作者在一九〇五年编选文集时改用现在这个含有嘲讽意味的题名。

什物显得更加粗大。阴影在无声地嬉戏着,房间里像有许多幽灵在活动似的。墙上那一幅幅色彩浓艳的图画像是一些难看的方形的大眼睛,正在聚精会神地凝视着。在这间拥挤的小贮藏室里,鸦雀无声,充满了沉重、僵死的气息。

一个黑乎乎的身躯有时挡住了房门上那块明亮的方玻璃……地板上的一束光线随之颤抖一下,消失片刻,不久重又出现,像一柄宽阔的剑,刺入黑暗之中,使那些阴影感到恐惧。时隐时现的灯光并没有打破房间里的寂静;然而一阵阵算盘珠的响声和钱币的叮当声,还有不知什么东西沉重地敲击木板的声音却从门背后传到这间空房子来。

……门开了,一个干瘦的小老头走进了屋里。他长着灰白的山羊胡子,红红的大鼻梁上架着一副沉甸甸的眼镜,身上围着一条很长的白围裙,手里拿着一盏灯。他的身后站着一个老太婆。她老态龙钟,弓着背,头向下弯着,拉着门的把手。他俩迅速地把这间斗室里的什物扫了一眼。老头把灯放在桌子上,画着十字,声音嘶哑地说:

"谢天谢地,一天又过去了!"

"主啊,感谢你!"老太婆附和了一句,又问道:"你要喝茶吗?"

"当然要!"

老太婆又回到堆满面粉口袋、箱子、罐头的房间去了。这是本城一条偏僻街道上的一家小小的食品杂货店。店里出售白洋布和松焦油、针和干草、煤、面包、线、烟丝、酸白菜——总之,是那些生活拮据的人们每天都需要的东西。

老太婆还在店铺里忙活着,老头子却走到桌旁,把灯放下,轻轻地哼着祭祷歌。房间里顿时有了生气,现在可以看清《最后的审判》那幅画中罪人们遭受煎熬的种种惨状了。

"'主啊!我们为此赞美你……'孩子妈!顺手把算盘拿来……"

"知道了,还用说吗……"老太婆喃喃地回答着,把茶具弄得叮当响。

"知道了就好……'主啊,我们为此歌颂你……'"

老头倒背着双手,在《最后的审判》面前停了下来,歌也不唱了。他不厌其烦地又一次细细地察看着罪人们在红色的稻草捆一般的地狱烈火的煎熬下全身抽搐的惨状。一个一个罪人在单独的刑室里被烈火煎熬着,浑身痉挛,他们那被火焰吞没了的半截身子,就像圣诞树上露出了礼物的半截响炮①似的。

"'我因年轻难以抵御情欲的诱惑,请主庇护我,拯救我,我的救主……'"老头子用男低音和宣叙调吟唱着,又深深地叹着气,离开了那幅画。

"孩子爹,来拿茶炊吧!"老太婆在店铺那边发着命令。

"已经好了吗?你真不错!"老头子一面说,一面走进店铺,他听到的是一句唠唠叨叨,但颇感得意的话:

"算啦!"

每天,当他们关上店门,有工夫想喝茶的时候,都是这样。一般是,老头刚做完买卖,就开始唱祭祷歌、夜祷歌和赞美诗,老太婆生上茶炊;然后他们坐下喝茶,一边喝一边计算着他们今天卖货的进款和赚到的钱。

现在,他们又坐在桌旁了。茶炊发出咝咝的、呼噜呼噜的响声;"孩子妈"取下头巾,扶正她白发上戴的丝织的"发罩",替"孩子爹"往一只打掉了把儿、已经用了几十年的大瓷杯里斟茶。在她的面前,放着一只有一条黑色裂纹的蓝色大茶杯,一个盛着蜂蜜的小茶碟,几个"8"字形小甜面包……老头面前则摆着一把算盘和一本又长又窄的账簿,上面用铅笔写满了歪歪扭扭的大字……他那双眼皮发红的机灵的小眼睛紧紧盯着账本,用一个干瘦的褐色的弯手指拨弄着肮脏的算盘珠。

"哦,感谢主!"

老太婆画着十字,虔诚地望着神龛。然后,她把眼睛转到丈夫那

---

① 俄俗,圣诞节时在枞树上挂着响炮(хлоиушки),响炮里包着礼物。炮一响,礼物就露了出来。

个不时拨动着算盘珠的指头上,注视着它,津津有味地从小茶碟里一小口一小口地喝着茶。约莫有五分钟,整个房间里充满了算盘珠的毕剥声,老头子念数字的低语声和老太婆喉咙里咽茶的咕嘟声。老太婆那张活像揉皱了的手套似的、满是皱纹的面孔显出专注的神情,暗淡无光的黑色大眼睛死死地盯着算盘。

在老头的脸上,流露出正在紧张地演算难题的数学家那样的神色。

"肥皂……半俄磅六戈比,马合烟四戈比……共十个戈比……嗯……今天赊账的总共是两卢布六十戈比!原来是这么回事!"

老太婆问:"鞋匠米什卡欠的十八戈比付清了吗?"

"鞋匠吗?他让加在他的老账上。这是没指望的事……你为什么要赊给他呢?"

"他说,他礼拜六全部还清……"

"他怎么能还得清呢?他的老婆有病,他自己没活儿干,曼卡也根本不管他们……她只顾自己闲荡,什么也不管。"

"可是你那儿不是有他的欠条吗?"

"欠条倒有……麻烦事儿。该到法官那儿去告他,可是那个法官,一张状纸就要收十戈比……还有其他各种麻烦事……你看,本来该得五卢布四十戈比,却只能得到四卢布,这可不划算……"

"他们家有一个祝福用的圣像,身穿银质法衣……值八九个卢布……"老太婆提醒他道。

"这我知道……坏蛋,他大概会抵押出去的……"

"让他抵押好了,又不是抵押给别人,只能抵押给咱们……"

"押倒是会押给咱们……可是,把圣像押给咱们,咱们还给他一个卢布,再加上那笔债就是六卢布四十戈比……"

"就这样,咱们也赚了……"

"咱们总是会赚的,咱们会算计……不过要记住,每回能赚多少钱……"

"嗯，总不能老赚那么多……"

"这也对……你把蜜递给我吧！"

他们沉默了两分钟，这时只听到从小茶碟喝茶的声音。老两口聚精会神地吹着冒热气的茶，不时透过敞开的窗口，望着庄严肃穆的夜空和空中亮晶晶的繁星……

"又是满天星斗，"老头子喝完一杯茶说，"明天该是大晴天。"

"到新月出来，一直都会是好天气……出新月时如果遇上雨天，那就会没完没了地下雨。"老太婆解释道。

"你看，扎加琳娜太太的事怎么办好？……"

"我觉得，该按法院的判决书办事。把她的破家当全部查抄，完全把她……"

"可是养老院不肯收容她……"

"真的吗？！那咱们可得赶紧办，不然她把什么都卖光了。除了那点破烂，她还靠什么过日子呢？"

"只有一条路——到教堂门口去要饭……这几天有几个鞑靼人上她那儿去了①……我察看了一下，是不是卖了什么东西？可是她没卖……"

"你看清了吗？明天我去盘问她。也许，她卖掉什么零碎了吧？"

"好像没有……"老太婆的口气里有些怀疑。

"贵族太太完蛋了……"老头子沉默了片刻，坚决地说。

"是呀……如今他们可不行了……"

"哼，活该。他们也快活够了，整天大吃大喝……如今该给别人让路啦。"

老头子意味深长地笑了一下，看了看老伴的脸，于是他们俩都把目光转向茶炊后面的两张相片。其中一张是一个身材魁梧的中学生，长着一张颧骨凸出、轮廓分明的脸，另一张相片是一个丰满的姑娘，她

---

① 在旧俄时代干收购破烂这一行的大都是鞑靼人。

的长辫子绕过圆圆的肩头,垂到胸前,她的前额很高,鼻梁上有一道固执的皱纹。

"你看,他们才是这世界上的新居民呢……"老头子点点头,他干瘪、瘦削的面孔由于慈祥、温和的微笑而大放光彩……老太婆小声地、吃吃地笑了笑,她也整个儿变了样。但是这一阵高兴很快就过去了,因为还没有到该完全流露脉脉温情的时刻。

"该给历山大①寄……二十五卢布去了,"老头子沉思地皱着眉说,"虽说他教课能得几个钱,可是,在那样的环境中,他该穿得像个样子呀。得穿新裤子,还有其他种种开销。他的朋友们……也全都是青年人……"

"当心,你会把他惯坏的!"老太婆告诫说。

"你是说萨舒特卡②吗?……就是寄给他几千卢布,也惯不坏的,他知道自己该怎么办。等我一追回扎加琳娜和翁任佐夫的欠款,就寄给他。"

"我想,也该给索尼娅寄钱了……"

"也要给索尼娅寄……你放心好了,我忘不了……"

"我总是想,不知她在那边,人生地不熟的,日子过得怎么样?嗯,我可怜的小闺女准会过不惯的……"老太婆发起愁来。

"过得……还可以!她来信说:过得不错。京城里的人都有礼貌,和气,不像咱们这儿……大前天萨奇科夫大闹了一场……他喊着:'我要告发!'他说:'你偷偷地接受典当!……'又说:'把我的东西还我吧。'可是他这个骗子已经七个月不付利息了。原先我给他的抵押品——付了三十卢布,你算一算,每月一个半卢布的利息,那就是三十九个卢布……浑家伙,他不懂这一点……还说:'我要告发!'你告去吧!找吧,箱子全在这儿,看你能从我们这里找到什么东西!"

老头子气得要命:他的脸通红,鼻子发颤,眼镜跳动。他甚至气得

---

① 历山大是亚历山大的简称。
② 萨舒特卡是亚历山大的爱称。

咳嗽起来了。

"上帝饶恕他们!"老太婆和蔼地说,接着又补充道:"他们能拿咱们怎么样呢?叫嚷一阵子,过后没钱花了,又会来找咱们。周围的人不喜欢咱们,随他们去好了!咱们有人喜欢……"她朝两张相片点了点头,又温和地笑了起来。

"是这样,"老头子应和着,平静了下来,"这是对的……可是,要是我不管三七二十一立即要账,管叫半条街的人都像遭到一场大火似的,变成穷光蛋。要饭去得啦!……因为咱们手里有文据呀!"他用干瘦的指头狠狠地敲着桌子,严厉地看了老伴一眼。

"算了吧,让他们活他们的吧!"老太婆一个劲儿地重复着那句话。"既然你知道自己有理,那你还有什么可生气的呢?"

"孩子娘,不痛快啊,懂吗?只有咱们才是世界上的罪人吗?可是说起来,好像只有咱们有罪……大伙儿都恨咱们,大伙儿都嫉妒。"

"咱们根本不在乎。"老太婆平心静气地反驳道,"主就看不见,咱们是为了什么活着吗?他什么都看得清!最后的审判那一天会来的,那时候,咱们在主面前再回答……别人可管不着……"

"这是对的……"老头子安静地说,"你喝够了吗?那你就去睡吧,我再读一会儿圣诗集……"

"好吧,我这就去……你读吧,上帝的话会使你安静下来的。我总是对你讲,不要生气。咱们又不是为了自己,咱们是为了亲生的孩子们。咱们把他们养大,教育好,他们会在主的面前替咱们赎罪的。他们会成为知书达理的人,做沙皇和上帝的忠实的仆人。咱们为他们犯了罪,也许就不算犯罪吧。要知道,上帝的鸟儿要抚养自己的小鸟,还得啄食小虫呢,就是这样……"

"这是真的……索尼娅会当上女大夫,桑卡①会成为一个教师。"

"他不是想当律师吗?"正在洗茶碗的老太婆停住手很快地问道。

---

① 桑卡是亚历山大的卑称。

"他又改变主意了。我大概给你读过那封信了吧?他说,我转到语文系去……就是说,当教师。"老头子解释道,他若有所思地看着相片,又补充道:"他前——前——程远大!他是有头脑的。"

"主啊,愿主赐福给他!"老太婆祈祷着。

"索尼娅也是这样……这是由于咱们拼着老命干,上帝奖励了咱们……对!咱们的孩子们都很成器!"老头子感叹地说。

"可你还老是诉苦:'人们,人们!'人们关咱们什么事?咱们要他们干什么?"

"对!嘿,孩子娘,你讲得多对呀!"

他得意得甚至眯缝起眼睛来,微笑地摇了摇头,而他的老伴,双手撑在桌子上,对着两张相片异常亲切地微笑着。

"好啦,我准备好了,你坐下来读吧。我要祷告上帝。"她说着离开了桌子。

"照片你看够啦……"老头子幸福地笑着说。

……过了几分钟,在摆满家具的小小的房间里,一片寂静。夜空依然俯视着房间宽阔的窗户,天上繁星闪烁。街上鸦雀无声,一片黑暗。

老太婆跪在神龛面前,头向后仰着,她的后脑勺几乎靠在驼起的背上。她噙着泪水,似乎喘不过气来,断断续续地、低声地诉说着她的祷词:

"主啊,帮助她,保护她,仁慈的主!"

老头子却单调地,拉长声调,带着鼻音小声读道:

"'不与渎神者同流,不与罪人合谋,乃为善者……'"

谭得伶　译

刮　脸[*]

Quasi una fantasia[①]

……我有余钱的时候就去刮脸。

倘若读者断定我不太常刮脸,那么他近乎是猜对了。可是他如果认为,我谈到这点个人私事,是想赶在记者前面向读者介绍一下我的生活习惯的话,那可就错啦。我从不认为,读者会怀着像了解文坛宿将那样的兴趣来了解鄙人。上帝开恩,可别让我这样想,也别让我的读者——假若我有读者的话——产生类似的冒昧的念头!我很看重自己,也知道自己前途无量,而且懂得这种状况一直会维持到我死的那天,在我死后,一切即将成为过去,因为我既然死了,就再也不会打算在报刊上发表什么文章,也完全不会再参与人间任何事务。现在我既经向读者交代清楚,随便他去盼我尽快迁入那个存放聪明的、善良的、凶恶的、愚蠢的、诚实的、卑鄙的、可怜的以及所有其他通常被称作我们先辈的各色人等的地方,我且闲话少说,言归正传。

总之,出于礼貌的缘故,只要一有可能,我就去刮脸,而且总是到同一个理发师那儿去。还在我刚刚长胡子的时候就结识了这位理发

---

[*] 本篇最初发表于一八九六年九月二十二日《尼日戈罗德报》。译自《高尔基三十卷集》第二卷。"刮脸"在俄国人的口语中另有"批评一顿","整了一通"的意思,这里有双关的意味。

[①] 法语:类似幻想小说的作品。

师,如今,我们之间有着亲密的友谊,瞧,我是多么念念不忘旧交,或者说,瞧,我的这位理发师的手艺有多么高明!

这是一个中年人,讲话时总带着一个"先生"①,他很喜爱文学、鸣禽和富有见地的谈话。他最喜欢谈论文学;津津乐道香水在情场中的作用、黄雀的音调,以及政治,当然是外交方面的。他也很乐意涉及评价农民的话题,诸如农民愚蠢而狡诈、贪婪而无知等等。他总是边刮边谈,而在他摆弄下的那个人一面听他讲,一面不知不觉便会忘掉他的耳朵、鼻子、嘴唇都可能连同胡子一起一股脑儿被刮掉,这种事虽说还没发生过,可是由于理发师如此热衷于文学、黄雀、政治等等,所以完全是可能的。

我已经说过,我们是朋友,这很自然:他靠剃刀谋生,我凭笔尖糊口,两件家伙都是蛮锋利的,这也就是我们彼此产生好感的基础。这种彼此的好感在大多数情况下很少有存在的根据,其实这也不足为怪,因为存在的本身,即使有所根据,也是一种根据相当含混不清的现象……

不过,还是言归正传吧。最近这次刮脸的时候,我和理发师进行了一场十分有趣的谈话,鉴于生活中的趣事并不很多,所以从道义上讲,我认为自己有责任把这次谈话讲给您听。

最近这次,像往常一样,一进屋我就笑着问他:

"在刮脸吗?"

"在写文章吗?"他也笑着回问。

很久以来我们都是以这种方式打招呼的,因为我们觉得,它并不亚于其他方式……

一分钟之后他便给我涂起肥皂来了,又过一分钟我的脑袋里产生了一个我后来才认识到有些冒失的想法。

"怎么样,您读……我的作品吗?"

---

① 原文中在词尾加"-c",即"сударь"(先生、老爷)的缩写,用以表示对谈话对方的尊敬或谄媚。

"读过一些,先生……"

"结果呢?"

"不读了,先生!"

我想,因为您是读者,只不过是读者,所以您理解不了,我听到这句简短的回答之后心里是什么滋味。但是,我可以告诉您,我真想这样回敬他:

"马上给我擦掉您这乌七八糟的臭肥皂,我到别的理发师那儿去刮脸!"

但是我忍住没说。而且甚至走得更远了——我亲切而又温和地问道:

"那是为什么呀?"

他用几个手指拎着我的鼻子,把它扭向西南方,非常沉静地回答说:

"太没意思,先生!"

请您设想一下,有人当面对您说,仿佛您的孩子都是些丑八怪,而且说,您的这些孩子,男的同您长得一模一样,女的和您的老婆分毫不差。您再设想一下,还是这一位,称您的岳母是个值得称颂和尊敬的贤德妇人,可同时在您决定要把您自己以及全家作为"大自然的戏作"在集市舞台上展览的时候,他却建议您把这一行当转让给您岳母这位尊贵的夫人去经营。倘若您能设身处地想一想,您大概就能体会到,我的鼻子冲着西南方的那一刻心里有何种感受了。

但是,就像我的历代先辈一样,因为具有骇人的意志力,我克制住了自己。既然迟早总要下地狱,那么就该坚强地对待人间的种种苦难。

"您是说,没意思吗? 这可真有意思……噢,我是说:这对我说来太可悲,太有教益了……"

"随您的便,先生!"他毫不在乎地说了一句,把我的鼻子扭向了东南。

"劳您驾,我的老朋友,给我说说明白,到底为什么没意思?……"我用一道耐性的钢箍把自己的心箍住,向这位……批评家讨教(请原谅我的用词!)。

"我很乐意,先生。"他客气地答应了,而且强使我的鼻子翘上了天,这同我当时的心情太不相称了。

"首先,先生,您是写生活里的东西,而不是头脑里的……"

"那么,照您这么说,只有那些脑袋待在生活以外的人写出来的东西才有意思喽?……"

我话里带刺,这得原谅我,因为谁处在我的位置上,谁都早把理发馆砸个稀巴烂,把理发师的脑袋咬掉,把他一家老小统统干掉,把他养的会唱歌的鸟儿吃个精光了。可是这种事我一点也没干。

"不,先生,干吗要这样呢!……"这个恶棍笑将起来,"我想说的是,您写的全都是已经有的东西,您自己什么也没虚构。可您知道,好的作家通常都是要虚构的。可您总是写些平民和真事,先生。写他们怎么生活,怎么讲话,有些什么情感,还有他们由于生活环境和自己的愚蠢都遭到什么样的不幸和痛苦等等。所有这些,先生,我都很清楚,甚至比您能用笔描写出来的还清楚。有一次,我拿起您的一篇登在报纸上的文章,读过以后,觉得您写的都很对,可就是太枯燥,太没意思了。我呢,就想,没关系!人还年轻,能改好,会懂得该怎么写的。第二次拿起您的文章来读,还是那一套……非常真实,可又十分让人厌烦……读完以后激不起任何高昂的情绪,没有任何精神振奋,先生!我心里想,应该原谅年轻人。我又读了一次,一次又一次……总是老一套……总是生活,生活,没有一点儿独特的想象。所以我就决定不读您的作品了……因为我发现,您那种写法给不了我什么乐趣。所以从此我就再不读您的作品了,先生!"

我一直听他说完,理发师不仅还活着,甚至也没被我搞成残废。

我所以有如此惊人的自制力，全仗着熟知爱比克泰德①和芝诺②的哲学，我可以满有把握地向我的作家同行们，以及其他所有不幸的人推荐这种哲学。我还能有同样把握加以推荐的就只有"达尔马特粉"③了——这种粉就像斯多葛学派的哲学一样，是世界上惟一的，人人必备的东西。

"您或许能给我指出些您所喜爱的作家吧？"我问理发师。

"我很乐意！"他同意了，同时把我的鼻子放下来冲着地面。"古斯塔夫·埃马尔先生，庞逊·德·泰尔莱利，皮埃尔·扎康奈，蒙德平④……都是些非常有趣的作家！俄国作家里有格梅列夫，萨利阿斯⑤，帕祖辛⑥，康德拉季耶夫⑦，瓦维洛夫，赫鲁晓夫-索科尔尼科夫⑧，鲁德尼科夫斯基⑨，还有其他许多仿效外国人的……很出色的作家！"

我是这样可怜自己，就仿佛是重脱娘胎，再一次呱呱坠地一样。

"您听我说，"我央告他，"可我究竟哪一点比他们，比所有这些作家差呢……"

---

① 爱比克泰德（约66—？），古罗马斯多葛派哲学家。奴隶出身，后被赎为自由民。他的伦理学格言是"忍受，自制"，企图从道义上谴责统治者，但仍主张被统治者要安于命运。

② 芝诺（约前336—前264），古希腊哲学家，斯多葛派的创始人。他认为人应"顺应自然"或顺从命运。

③ 一种杀虫粉。

④ 古斯塔夫·埃马尔(1818—1883)，庞逊·德·泰尔莱利(1829—1871)，皮埃尔·扎康奈(1817—1895)，蒙德平(1823—1902)皆为法国作家，一些冒险小说或黄色小说的作者。庞逊曾为报端发表连载侦探小说，以及逸闻、野史之类的作品，其中含有大量剽窃、抄袭别人的东西，但在趣味不高的读者中却曾名噪一时；蒙德平曾因发表《石膏女郎》一书，以有伤风化罪受审。

⑤ 萨利阿斯(1840—1908)，俄国作家，其作品多为历史小说。

⑥ 帕祖辛(1851—1919)，俄国小说家，著有长篇小说《雀山的秘密》、《妇女的命运》等。

⑦ 康德拉季耶夫(1870—1904)，俄国小说家兼剧作家，著有《伟大的毁灭》、《匈奴》等虚拟性历史小说。

⑧ 赫鲁晓夫-索科尔尼科夫(1845—1890)，俄国作家，诗体小说《贵族小姐娜娜》的作者。

⑨ 鲁德尼科夫斯基(？—1918)，俄国小说家。

"差得简直没法比!"这个托马斯·托尔克维马达①,这个残酷无情的审判官,没有心肝、没有情分的怪物十分惊讶地说道。"您就单想想这一点吧:您只描写生活,却全然不顾它有什么意义,先生! 美德得不到您的重视,您不写任何有崇尚美德的人物和英雄。您的人物和所有人一样,都是些最最普通的人——他们有什么吸引人的地方呢? 这样的人每天在街上来来往往,成千上万,我能清清楚楚看见他们,先生,我给其中一些人刮脸,而且认识他们,先生! 我干吗要读描写他们的作品呢,先生? 他们怎么过日子,我非常了解,他们的生活太枯燥了。可是……您再想想看,先生:我拿起一本书,这本书是位富于想象的作家根据自己的头脑,而不是根据生活写出来的。我拿起一读,发现他这书里写的是我活在这个世上半辈子都没见过的东西,先生。我这半辈子过得实在没啥意思:起了床就喂鸟,喂完鸟,把鸟笼打扫干净之后就动手给人剃头刮脸。刮呀刮呀,刮到我满腹牢骚:'天哪! 人的脑袋上干吗要长头发和胡子呢? 没有它难道不成吗? 人们反正要把它剪掉、刮掉。天哪! 人们生来全是秃头秃脑的,大多数人临死时反正都要谢顶,又何必还要长头发和胡子!'您瞧,先生,我有时候都想些什么。如果世上没有有趣的书,真的,我非变成个哲学家不可! 不过,谢天谢地,我并没成为哲学家,世上还有东西可读。所以您看,先生,我过得烦闷极了。我也了解人们的生活,他们同样感到烦闷。压抑得很,先生,很不好受……大家都像是待在一个泥塘里,互相挤压,你踩着我,我踩着你,不知在往哪儿爬,一切都是那样无情无义,没有理智。你看着看着……这类纠缠不清的事儿简直让你厌恶已极。可又往哪儿躲呢? '地下有蛆,水里有鬼,林子里枝枝丫丫,法庭上没有公理,往哪儿去呢?'您知道这句俗话吗? 说得太对了,它把生活没出路描绘得真叫透彻。起初你本来指望出点能改变你的处境的事件。可万没想到却是一场空! 唉,这多让人伤心啊! ……劳您驾,把您的

---

① 托马斯·托尔克维马达(1420—1498),西班牙中世纪天主教宗教裁判所首领,以极端残酷著称。

左腮鼓起来！"

我请他告诉我，哪边是我的左腮，因为他方才的那番话已经使我沮丧得失去了存在的感觉，我甚至已弄不清，我是依照从父母那儿继承下来的习惯头朝上坐着，还是别的什么姿势？他给我指出左腮的位置以后又继续说道：

"嗬，就这样，先生！过着这种可以说是黯然无光、平庸无奇、毫无乐趣的日子，我还有什么兴致读您描写的那种已经让我厌恶透了的生活呢？可是，先生，我给人剃完头，刮完胡子空下来的时候，拿起一本心爱的书，打开它，用心读下去……我就可以在里面看到，先生，和真事儿大不一样的东西。首先就是人物——一个个先生们的面目清清楚楚。这个是坏蛋，那个是傻瓜，这是一位品德高尚的人，而这位女士则是天使下凡。还有感情的描写，先生！像熄灭的火山和幽暗的深渊那样难以捉摸！还有那残酷的斗争，先生，疯狂的行为、激昂的情绪、各式各样的生活动乱、狂风暴雨、死亡、抢劫、惊心动魄的事件，以及在这一切之中轮番出现的人物；最后霹雳一声，美德得到颂扬，罪孽被踏成齑粉！读起这类感人的书能淌上半俄升①眼泪，感觉得到有很大分量的甜滋滋的内心激动。甚至心都能裂成几瓣；作家先生们的某种想象力就能把人感动到这种程度。所以，先生，您知道他们是怎么写的了吧，学学吧！您要是心疼我们这些可怜虫，您就学学吧！我知道，先生，书里写的那种狂暴行径和滔天罪孽在生活里是没有的，先生，不过在生活里可能更糟！因为没有美满的结局……可是书里我能看到美满的结局，因此可以幻想在我们这条又挤又脏的街道上或许也有高尚的情感和无畏的英雄人物。一面幻想，先生，一面使精神得到休息，打扫一下心头的生活灰尘。您要用花露水把整个脸润一润吗？"

我本打算请他不仅把脸，而且把我的心也润一润，因为他那番话把我的心都讲得干枯了。可我只是默默地点了点头。

---

① 一俄升等于我国一升多。

"是的,先生!可是您——您难道能让人摆脱生活,上升到幻想的境界吗?不,先生,您不是那种材料。要给人带来乐趣和精神上的快慰,先生,您还得多多地学着点儿。您是在生活里爬,请恕我用这种词儿,可那些作家却是在生活上空翱翔。光荣属于他们。而您……应该学习。要扑点粉吗?……"

我吩咐他再扑上点,尽管他已经给我扑得够多了,我的脸也已经够白的了……

"生活,请您注意,是艰难的,先生,可是得把它写成乐趣,既然人想吃,也有可能吃奶油冻,那么一顿饭就不能全用土豆做……我,先生,指的是想象力……好啦,先生,我给您刮好了!请吧!"

是啊,他就是这样给我刮了脸!尽管如此,我竟然不用他帮忙就从椅子上站了起来。

"您不会因为我说了实话生我的气吧!"他颇感兴趣地问我。

"哼,你这个坏蛋!我不会生气!让你不得好死!"

您以为我把这话说出声了吗?没有的事。我终究是个文明人,在掩饰自己的真实感情上只是比您稍逊一筹罢了。我对他说:

"噢,哪儿的话!相反……我很满意您的指教!"

"再见!"这个加略人犹大的子孙说。这个磨盘,这架磨面机……都把我磨成粉了,让他下地狱吧!

"衷心祝您诸事顺心,感谢您的好意……"我紧紧握了握他的手。

"您要是凭您的头脑虚构一番,您也会成为挺有出息的作家的!"他嘱咐我。

"我试试看吧……"我答应说。

"要紧的是,先生,别缩手缩脚!放心大胆地干,搞得越不像生活越好……越讨人喜欢……要多用些想象力,想象力能叫人的感情升上天,让人甜蜜得心里发颤,先生……让人摆脱生活吧,您看:人们已经被生活给吞下去了!"

他终于放过了我,于是我就走了……

然而我回到家里已经同离家时判若两人。我觉得,我的心仿佛已被人刮掉。失眠症和关节炎折磨着我。我抽搐得很厉害。看来,肺痨病顿时就要发作,我已是分文不名,所有的口袋都空空如也。我觉得,经过这次谈话我的日子已经是屈指可数了……

……倘若这位理发师是我惟一的读者,可又怎么办呢?

天哪!单是出版商已经够我受的了,世上干吗还要有读者呢?

张佩文 译

美*

……我的朋友,一个四十岁的乌克兰人,一辈子都扮演着各式各样的戏剧性冲突的主角,他性情古怪,对一切总是抱着悲观的怀疑态度,肩负着一个以精神失常的妻子为首的五口之家的生活重担,为了每月六十卢布的薪水,他在铁路局一昼夜工作近二十小时。有一次,正是这个心情沉重、生活艰难的人,带着发自内心的微笑走进我的房间,在他那黝黑的、富于表情的脸上我还从来没有见到过这样的微笑。

他是一个神经过敏、对生活和对人们老是冷嘲热讽的人,他心灰意冷,把一切希望和幻想讥之为"牛犊式的多愁善感"而统统嗤之以鼻。这一次,他却笑得那么温和,那么愉快,那么深情,那么幸福,不禁使我揣测,也许,我这个朋友时来运转了,以致使他那窘困而沉重的生活变得轻松起来。

"发生了什么事?"我非常感兴趣地问。

他朝我的脸上扫了一眼,默默地紧握了一下我的手,走近沙发,双手垫在脑后躺了下来,长叹了一口气。这一切都是那么奇怪、反常。与其说他很激动,倒不如说他是处于那种人们称之为飘飘然的,完全忘乎所以的状态。他躺在那儿,半闭着黑黑的眼睛,他的这双眼睛平时总是冷漠地、忧心忡忡地眯缝着,现在却是那样温存而善良,他似乎

---

* 本篇最初发表于一八九六年九月二十九日《尼日戈罗德报》。译自《高尔基三十卷集》第二卷。

在回忆着什么。

他的举止激起我越来越强烈的好奇心。

"你从哪儿来?"

"散步去了……"他简短地回答。

"跟谁?"

"一个人……"

"在山上?"

"在城里……"

这简直使我摸不着头脑。

"你今天怎么这样……美滋滋的?"

也许是我那嘲弄的语调刺痛了他,他严厉地看了我一眼,转过身去,面朝墙壁,恳求地说:

"让我安静一会儿吧……"

我发现,他现在不打算回答我的任何问题,我也就不再问他了。他躺了半小时,站起身来,还是那么踌躇满志、若有所思的样子,走到我身边,问道:

"你明天晚上在家吗?"

"在家。"

"跟我一块儿去散散步好吗?"

我点了点头表示同意,并期待着他还要说些什么,以为他马上就会告诉我他那不平常的情绪是怎么回事儿。但他拿起帽子,漫不经心地往脑袋上一扣。他那满头白发在黑皮帽子衬托下显得更加雪白了。他这样神秘地来去匆匆,弄得我莫名其妙,这种古怪的举动实在可气。剩下我一个人,我左猜右猜,想了很久,我这个朋友是不是高升了?也许得到了遗产?或者,终于有人同意出版他的著作《论环境和条件对人的智力影响的程度》了?这是一本花了五年功夫写成的书,是一个被生活摧残得不成样子的人的愤怒的呐喊,书中宣扬生活是冷酷无情的,人,只能听天由命。

美

我停在最后一种猜测上,并且认为自己猜中了。第二天,我的乌克兰朋友又到我这里来了,我满有把握地问:

"告诉我,你的书要出版了吗?"

"出书?为了人类的利益我已经决定把它烧掉!你怎么又想起这本书来了?"

"我在琢磨你怎么会这么高兴……"

"原来是这样!魔鬼在拨动你好奇的心弦哪!是我把你心上这根弦拉紧了吧?好啦,走,咱们散步去……"

我们来到街上。这一切就发生在这样一座小亚细亚式的城市里。我们沿着人行道轻轻地走着,朝一个叫阿弗拉巴尔的郊区走去。又闷又热,太阳烘烤了一整天的路面上的石头和房屋的石壁不断地吐出热气,密集的人群散发出来的各种气味滞留在空气中。不论是水渠中奔流的清泉,还是人行道两旁生长的锥形白杨树的绿荫都没有使空气变得清新起来。白杨树把尖顶伸过高楼,落日的余晖把它们染成了金色,像是两行巨大的火把。人群沿着大街朝库拉河①边的城市公园走去,那儿是这座城市里惟一凉爽的地方,那里没有污人耳目、伤人肺腑的灰尘。处处可闻喉音很重的谈话声。亚美尼亚人吱吱嘎嘎地上起门板,关闭了店门。远处响起了军乐声。牛车和四轮货车咯吱咯吱地从坑坑洼洼的大道上缓缓走过。像源源不断、颤颤悠悠的溪流似的从山上传来了一阵阵祖尔纳管②刺激神经的凄凉而粗野的旋律。

城市伫立在两座高山之间狭窄的盆地上。呼啸着奔流入海的库拉河切断了盆地,使那些挤在河流和高山之间的建筑物仿佛一个摞着一个,竭力想从这充满炎热和尘埃的深坑中挣脱出去。在这沉闷的城市上空飘过的各种声音逐渐地融合成粗重的喘息声,像是一个被按在地上的巨人,想站起身来而又站不起来。我们默默地走着,呼吸着尘土,在那沿着狭窄的街道迎面而来的黑压压的人流中穿来穿去。天色

---

① 库拉河在外高加索。
② 一种管乐器,类似我国的唢呐。

71

渐暗。街道变得更狭窄,令人觉得更加气闷。几乎每座房子都有一个木头凉台,有的人家还有两个。这些凉台从远处望去好像墙壁上的雕花图案似的。这时候,吵吵嚷嚷的人们正匆忙地搬着桌子、举着蜡烛从屋子里来到凉台上……

在这一切之上伸展着窄窄的一条深蓝色的天空,群星闪烁,像是与城市的灯火彼此使着眼色。

我们走进了狭窄、肮脏、弯弯曲曲的小巷。一堵堵高大的灰色石墙威严地出现在我们眼前,上面稀稀落落地有几个带小铁栏杆的窗子,墙壁之间的地面上,像排水沟似的,到处是污泥和脏水,发出一股股潮湿难闻、热乎乎的臭气。走过沉甸甸的、紧锁着的大门时,我们的脚步声有时引起院内阵阵狂暴的犬吠。近旁,伊斯兰教寺院的尖塔上,麦真[①]在呼唤人们来祈祷,在我们的头顶上,飘荡着一个男高音如泣如诉的、沉闷的祈祷声。

我的同伴加快了脚步,激动地拉住我的手。我感到已经接近了他的不平常情绪的源头,我没有再去寻根问底,跟在他的后头,踏着泥水走着。这些坐落在街道深处、窗户朝院子的房屋的高墙,空旷的小巷,悲伤的祈祷声,以及那似乎连石头也在呼吸的东方的迷信色彩,使我的心中充满了烦闷。

"站住!"我的同伴小声说。

我们停在一堵墙壁的小洞前面。看样子,这儿从前曾是一个院门,现在用砖头砌上了半截。我们面前又出现了一堵屋墙,它带有一个离地面八俄尺左右的凉台。一扇玻璃门通到这小小的凉台上。凉台的两侧没有挂帘子,只是顶上蒙着一块条纹布帘。玻璃门对面,凉台的角落里有一个高背软椅,栏杆上随随便便地搭着一条毯子。

我把这一切打量一番,疑惑不解地看了我的伙伴一眼。

"稍等一会儿。"他把我推到洞口,说。

[①] 麦真是伊斯兰教寺院里招呼教徒到礼拜寺做礼拜的人。

我们俩挤在墙洞里,我等待着,也不想再去考虑在这个石头匣子里我究竟能等到什么了。四周一片寂静,我们上面的天空像一条蓝色的大道向远方伸展着。

从凉台的门缝里射出一线光亮,在我们头上的墙壁上闪了一下,消失了。乌克兰朋友用胳膊肘在我的腰上碰了一下。

两扇门敞开了,门口出现了一个身材窈窕的女人的身影。她仰着头,望了望天空,朝房子里说了句什么。光线从后面照射着她。她穿一身洁白的衣裙,宽宽的衣褶从肩头直垂到脚面,在灰色墙壁的衬托和后面光线的照射下,她是那样神秘莫测。我们所看到的她的脸庞只是一个椭圆形的白点,两只眼睛像两个黑点。这给她增添了几分神奇的色彩,使她更像一个幽灵、幻影。她把双手伸向头顶,像是要展翅飞翔一般……一绺浓发垂在她的左肩上……她身后的灯光颤抖了一下,消失了。此刻,我觉得这个女人,或是女人的幻影,变小了,仿佛在黑暗中融化了似的。她那身影的淡淡的轮廓在墙壁的背景上消失了,她只成了我刚刚见到的、曾经站在那儿的一个幻影的残痕。后来,灯光又亮了,她又复活了。她走近凉台的栏杆,衣褶在她身上轻轻地飘舞,像白云一样簇拥着她。此刻,她使我想起一幅画来:被描绘成女人形象的明月,深情而柔媚地微笑着,从天上的一簇簇霭霭白云之中探出头来。这时,她的身旁又出现了一个身着暗色衣服的人。他用手抚摸着她的长发,长发在女人的双肩上散得更开了。她从凉台上朝下望了望,一只手向后面指了指,又小声地说了句什么。传来了清亮的琴声。我颤抖了一下,周围的一切也都仿佛颤抖了一下。

那女人坐在椅子上,光线从一旁落在她的身上,我看到了她的侧影,它的轮廓美丽优雅,而在这样奇特的环境里,又是那样轻盈缥缈。穿暗色衣服的人坐了下去,栏杆上的毯子遮住了他。女人的头靠在昏暗的椅背上,稍稍向后仰着,在灯光明亮的长方形门扉的衬托下,显得更加鲜明,她的面孔似乎发着莹莹的柔光,这柔光环绕着她的侧影,我觉得,她的面容美极了,像一副仙女的容颜,神话中的女主人公的容颜。她整个儿都是幻想的化身，是一个满怀激情、热恋着的诗人心目中的美妙幻影，她降临在这些死气沉沉的巨石中间和这样肮脏的地方，正是为了使她周围的一切都获得生机和变得高尚。

我再也感觉不到腐烂的污泥发出的令人窒息的气味，再也看不见那沉重地压煞一切幻想、笼罩着一层炎热夜幕的灰色墙壁。我忘记了，在这黑暗的石头匣子里又挤又闷，忘记了我靠着的墙上有一块尖石头扎在我的肩上。我一直望着这个美极了的女人，心中再也没有别的愿望了。有时她弯下身去，我担心她不再直起腰来，那我就再也看不见她了。可她又靠在椅背上，我又平静地、纯真无邪地望着她美丽的侧影。那个坐在凉台上她脚边的人在吻她，我听到了那贪婪的声音。但是，我丝毫也不想处在他的地位，我知道，他未必能像我这样真正看到她的美貌。

猛然间迸发出来的琴声划破了夜空，飘洒在我们身边，又飞上云霄。我看见她在弹着什么乐器，边弹边对着脚边的人说话，歌唱般说着，虽然琴声淹没了她的话音，但她的声音也像她整个人一样美妙绝伦。琴声有时轻盈、柔媚，有时响亮、豪放。这幻梦般的美人的出现使得我周围的一切都变得高尚而美丽，她的琴声似乎使空气清新起来，使周围的一切更加美好。这一切像是一场梦，一场使心灵焕然一新的梦……从这女人的脸上，不断地放射出光芒。在回荡着轻柔、深情、幻想般旋律的琴声中，在我头顶上高高的地方，在昏暗而美丽的玫瑰色灯光和她头上伸展着的蓝色夜空的衬托下，这美丽的女人瞬息万变，越变越美、越变越神奇，不断地把我引向那幻想的境界，脱离开人世，摆脱掉一切凡尘俗念。我站在那儿，一动也不敢动，生怕这迷人的梦境被打破，我深深陶醉在这梦境之中，我觉得在我的心灵中注入了某种新的东西，使我对生活和对自己有了新的理解，我觉得，我曾尝遍人生的苦乐之酒，只有今天痛饮的这一杯，没有一点世俗的龌龊，只有这一杯是洁净的……

突然，这一切都消失了。灯光熄灭了，女人的侧影变得模糊不清。

她站起身来,全身洁白,透明,在走动中融化着,消失在刚刚还照射出玫瑰色灯光的黑暗的门扉里。随后传来了刺耳的门环的吱吱嘎嘎声,玻璃震颤的声音,粗重的上锁声。

"完啦!"我的乌克兰朋友挎着我的胳膊把我引出墙洞。

一路上我们彼此没有说一句话,默默地回到了住处。直到同我分手时,他才说:

"明天再去……"

但这话对我来说完全是多余的。

第二天,还是在那个时刻,我们又去了,又像在梦中一样度过了几个小时……后来,又去了,在一个月中间,我们几乎天天如此,这期间,看见这个美人儿十七次。

这些天里,我们的日子过得似乎很奇特。我们没有对任何人讲过我们的幸福,白天,我们表面上也和大家一样,照样工作,谈话。可是,我们一时一刻也没有忘记,每当夜幕来临时,我们就要默默地欣赏那可望而不可得的惊人的美丽。我们很少谈论她,干吗要去谈论那言语说不清、理智辨不明而只能心领神会的东西呢?它像炉火熔冶矿石提炼真金一样,使感情变得更加高尚……这些天来,我们生活得真好,我们觉得自己高踞于世俗之上。可是,有一次,当我们正在墙洞里等待时,有人从凉台上向我们扔来一块大石头,它打在我们头顶的墙壁上,石粉迷了我们的眼睛。第二天我们发现墙洞已经给一堆乱七八糟的东西堵住了,身着暗色衣服的人站在凉台上,摆出一副吓人的架势,挥舞着手臂,正在等着我们。我们扭头便走,又是一块石头打过来,溅得我们满身污泥。

我们很长时间都生活在对这个女人的回忆之中,我们常常怀着那种宁静的、抚慰心灵的忧伤思念着她。

孙静云　译

诗　人[*]

速　写

当舒拉放学回来脱去外衣走进饭厅的时候,看见妈妈坐在已经摆好的餐桌旁,有点蹊跷地对她笑了笑。这一点立刻引起了舒拉的好奇心。不过她已经大了,所以认为,问长问短露出自己的心思来是有失尊严的。她不声不响吻一下妈妈的前额,匆匆地照照镜子,在自己的位置上坐了下来。又一个不寻常的景象映入她的眼帘——餐桌摆得"颇为隆重",而且有五份餐具。这就是说,有人应邀来吃午饭,如此而已。舒拉失望地叹口气。她很熟悉爸爸、妈妈和齐娜姑姑的那些老朋友。这些人中间的确没有一个有趣的人物,天哪!他们都是些多么枯燥无味的人哪,因此一般地说,活在世上又多么寂寞无聊啊……

"这是为谁准备的呀?"舒拉朝那份餐具点点头,似乎漫不经心地问了一声。

妈妈在回答她之前先看看自己的手表,又看看挂钟,再探过头去望望窗外,凝神听了听,最后才笑嘻嘻地说:

"你猜猜……"

"没意思……"舒拉说,可同时却觉得她的好奇心又上来了。她想起女仆柳芭给她开门时,也好像和平日不同地对她说了一声:

---

[*] 本篇最初发表于一八九八年十月十六日《尼日戈罗德报》。译自《高尔基三十卷集》第二卷。

"请—请进！"

往常柳芭很少说"请进"，也从来没有把"请"字拉得这样长过。这点舒拉记得很清楚，因为在这枯燥乏味、一潭死水似的家庭生活中稍微有点新鲜事儿，都会在它那平静的表面上激起一串明显的涟漪，从而深深地印在舒拉的渴望新奇印象的脑海里。

"说不定挺有意思呢……你猜猜看。"妈妈又提议说。

舒拉想起柳芭说话的声调之后就已经相信的确是有意思，非常有意思的了，可不知怎的，直接开口打听，总觉有些难为情。

"有人从外地来……"她装着无所谓似的样子说。

"一点儿也不错，"妈妈点点头，"……可你说是谁呢？"

"热尼亚舅舅。"舒拉猜测道，同时觉得两颊红了起来。

"不，不是亲戚……不过，这是一个你喜欢的人……"

舒拉两眼瞪得圆圆的……然后突然从座位上跳起来扑向妈妈，一把搂住她的脖子。

"好妈妈！真的吗？"

"别这样，别这样，"妈妈笑着把她从身边推开，"别疯疯癫癫的！哼……我要把这些都告诉他！"

"好妈妈！是克里姆斯基？对吗？已经到了吗？爸爸去接他了？是吗？齐娜姑姑也去啦？可他们马上就要来的呀……好妈妈，我穿那件灰裙衣吧！哎呀，来啦，已经到啦！"

她满脸绯红，激动极了，在妈妈椅子旁边蹦来蹦去，随后又奔到镜子跟前，刚要跑进自己房里换衣服，但是一听楼下的门锁响了一声，便又回到镜子跟前，理了理头发，然后极力抑制着内心的激动，端坐在自己的座位上，闭起了眼睛。当她再睁开眼睛的时候，克里姆斯基就要坐在这个房间里，离她很近很近只隔一个座位的地方了……他就是那个以其诗作使她倾倒，在中学里被公认为当代出类拔萃的诗人。他的诗是那样温柔、亲切，那样清新……忧伤……天哪！正是他活生生的本人将要紧挨她坐着，和她谈话，把他的新作读给她听，这些作品是她中学里的女友们不可能知道的！她明天要对她们说："噢,克里姆斯基那篇东西写得真好!"她们会问她是哪一篇;她就给她们读一遍;她们再问,在哪儿发表的,那么她便很谦虚地(一定要很谦虚!)对她们说:"噢,还没有发表过,是昨天他在我家吃饭的时候读给我听的!……"

她们会多么惊奇,多么羡慕啊!那个凶丫头基基娜会怎么想呢?她会懂得哪样更好些:是有个会唱歌的姐姐好,还是有个诗人朋友好呢?其他的人呢!她们会央告说:"舒拉,介绍我们见见他吧!……"而……而他要是突然爱上她呢?噢,这是可能的……因为他是个诗人……诗人总是一见钟情的……天哪!他的胡子是什么样的?眼睛……大而忧伤,眼皮底下带着黑圈……鹰钩鼻子……胡子是黑的。"舒拉!"他会双手反抱着举到胸前,拜倒在她面前说,"舒拉!我曾见过您,'这使我眼前燃起新生活的曙光,美妙的憧憬引起的颤抖穿透我的心房……就是您!我发誓——是我的心灵认出了您的模样……'"啊,那就是说,他已经写下了这样的诗句……

"闷热、灰尘,还有不知是什么玩意儿发出的刺鼻的气味……搅得我整夜都不能入睡……"

这个把舒拉从诗意和幻想的世界里唤回现实来的声音,虽然带有一个娇纵惯了的人所具有的嘶哑和嘟嘟囔囔的音调,但颇为柔和悦耳。舒拉睁开眼睛,迎着向她走过来的那个身着黑绒上衣和灰色阔腿裤的瘦高个子,从椅子上站起身来。

"您好,小姐……您把我忘了吧,是吗?嗯,当然是喽……"

"我……"舒拉一下子窘住了,"我常读您的诗……不过,您在我们这儿的时候,我还小……"

"可是……现在您已经是大人了。"诗人打量她一眼,笑了笑,还想要说些什么,但只是像老年人那样吧嗒几下嘴唇,便坐下来对舒拉的爸爸说:

"你这儿倒不错,挺舒适的,米哈伊尔……"

舒拉低下头看着自己的盘子,诗人的形象又在盘子的光洁的表面上浮现出来。她不喜欢他的灰裤子、剪得短短的头发和他那稀稀拉拉的红胡子。咳,这一切都太平淡无奇了。

还有那副吧嗒嘴的神气、刮得青青的两腮和下巴……浅得像没有颜色似的眼睛、松弛的下眼皮,以及布满皱纹的宽阔的额头……完全像个邮政局的官吏,从外表看来,他身上没有丝毫诗人风度……他的手是什么样的呢?舒拉斜瞟了它一眼……手是胖胖的,手指又粗又短。有一个指头上戴着一枚镶着玛瑙的戒指。舒拉不由伤心地叹了口气。

"这么说,您是常读我的诗喽?"

他这话是对她说的……她红着脸点了点头。

"那么,好吧……我能否问一声,您喜欢这些诗吗?"

"哎呀,您的诗都使他们着了魔。"妈妈说。

"啊!我很荣幸……"

"根本不,不是这样的。"舒拉赶忙否认妈妈的话,但是她的反驳是在诗人答话之后才说出口的……

女孩子感到很难为情,局面十分尴尬……可是爸爸、妈妈、姑姑和他都在笑……他不知为什么还把眉毛挑得高高的,他的脸也变得像小丑的脸……他干吗要挑起眉毛呢?又为什么要和大家一起笑呢?他是个诗人,应该是感情细腻、温文尔雅的呀……难道她那羞红的脸对他就像对别人一样好笑吗?难道他和所有人都一样吗?他准是故意装成这样,免得让爸爸、妈妈觉得他不够殷勤吧……待一会儿他就会显出他的本色了……

"舒拉,您在读几年级?"

"六年级……"

他干吗要知道这个?还有,他为什么要叫她舒拉①呢?

"您最喜欢哪位老师?自然是图画老师喽?"

---

① 舒拉是亚历山德拉的爱称。按俄国人习惯,只有父母、兄弟、姐妹、爱人和好友才用爱称称呼对方。因此,诗人这里用舒拉称呼她,她觉得奇怪。

"语……"

"喔,对对,语文老师……"接着便是一阵震耳欲聋地哈哈大笑。

舒拉觉得,似乎有人在一块一块地撕扯着她,不住地拧她,用千万根针刺着她的全身。她真想马上离开餐桌找个地方躲起来。她浑身发冷,担心忍不住要哭出来。她怎么会说漏了嘴呢?……她气得发抖,眼里冒着恶狠狠的激愤的火花,朝诗人脸上瞪了一眼;她在桌子底下搓着手,生怕待一会儿再没勇气说出要说的话,于是便像放连珠炮似的说开了:

"您觉得这好笑吗?可这并没有什么好笑的,他是所有老师里最好的,我们大家都非常喜欢他……他讲得很有趣……还常给我们读……各式各样的作品……常常告诉我们,当前文学里有些什么新东西,总之,他这个人非常好……您问哪一个都行,不管是我们年级的,还是七年级的。为什么要笑呢?当然,我……"

"舒尔卡!你这是怎么啦?"爸爸高声说道。

"我们把小姐给得罪啦,"克里姆斯基和颜悦色地说,"我向您道歉……"

他的道歉使舒拉听起来很不痛快,她觉得他言不由衷,同时觉得诗人对于她如何看待他的话也根本不感兴趣……总之,她感到所有在座的人都把她当外人,是可有可无的。她觉得自己很可怜,因而在这顿饭结束以前,她一直像坐在雾里一样,仔细倾听着在她心里阵阵加剧的忧伤,一种静静的、令人断肠的忧伤。

"诗人原来就是这样的呀!同所有的人一模一样!"饭后她坐在自己房里的窗前这样想着,同时像新发现似的,目不转睛地看着窗下花园里她所喜爱的丁香树丛。

"同所有人一样……可是……爸爸又为什么不会写诗呢?难道他不如这个人吗?"于是她便想起了诗人那些给人心灵以慰藉、思想深沉、韵律和谐、缠绵悱恻、充满柔情的诗句。吃饭的时候他只字没提这些诗。想必,他写起诗来,就像索妮亚·萨基科娃用烟盒里的锡纸制作奇妙的花朵那样得心应手。大家都很羡慕索妮亚,她却总是笑着惊讶地说,"其实,这有什么难的!……"

花园里有人在谈话:是爸爸和克里姆斯基。倘若他们坐到那株丁香花后面的凳子上,她便可以一字不漏地听到他们的谈话了。于是舒拉怀着强烈的好奇心,伸长了脖颈看着他们往哪儿走。

"喂,你最近这个集子的销路如何?"爸爸问道。

"还好,销路还不错。我正要考虑再版。不过人们多半是因为好奇才买的,并非出自对诗歌的真正爱好。这是由于……集子刚一问世,咱们的蹩脚的评论界便大叫大嚷:颓废派作品!读者很想知道,这颓废派作品到底是个什么样儿;颓废派作品,人们讲得很多很多,可谁也讲不出个究竟来。人们之所以要买是想搞清颓废主义……于是乎我也就从中得了利……"

克里姆斯基的声音讥讽中带有伤感,话里包含着委屈,这一点在靠着窗口偷听的少女的幼稚心灵中引起了共鸣。

"是啊,"爸爸说,"评论界对你们这些诗人太苛刻了。"

"他们一味要求表达公民的复仇和悲痛的呼声……他们固守迂腐的立场,认为复仇和悲痛在生活中很有市场……其实是毫无根据的……生活中并不存在任何公民,生活中有的只是愚蠢而自鸣得意的人,还有受尽折磨和不满一切的人……除此之外什么也没有……批评家先生们对这种可悲的情况一无所知……他们与之打交道的是书本,而不是生活,是旧传统,而不是新风尚……青年呢?的确像有人说的那样:'青年嘛,我的朋友,现今的青年一生下来就是老人……'青年们很少理会诗作和所有可以陶冶性情的东西。不过,咱们何必要谈这些乏味的东西呢……你有个多么美貌的女儿啊……"

"哦,诗人!你已经发现了吗?"

"亲爱的!"舒拉悄悄叫了一声,她感到难为情,激荡在心头的喜悦使她满脸通红。根据他的话她断定他是怀才不遇,因而牢骚满腹。他在她心目中又成了诗人。何况还有那句对她而发的、意想不到的称赞

81

呢……

"正好,请恕我冒昧地问一句……"

"关于我的妻子吗?可是,老兄,我不知道她现在在哪里……两年前听说她在高加索某地教书……哎,我一想起她就不由得胆战心惊……有这样一种女人,她们那种道德上的洁白无瑕,头脑的天真幼稚简直让人发怵,打心眼里害怕。我那位夫人正是这类女人……我从来没有像看透她的内心……看透她那副多愁善感的基督心肠以后那样为自己抱屈过——实在是个枯燥乏味的人物……怎么样,快喝茶了吗?"

"快啦……可是你并没有讲到正题,我要问的是,你现在是怎么过的……有家,还是一个人……"

"从五月份起是一个人。去年冬天曾和一个天使待在一起……事情经过很有趣,老朋友!是一个崇拜我的才华、热情而又颇有教养的女孩子,但这并不妨碍她作一个不折不扣的傻瓜……我们的结合纯属偶然……至少在我这方面事先并没任何打算。我的酒喝得多了一点;这是在郊外野餐的时候……鬼知道她是怎么跑到我的住所里来的……直到早晨一觉醒来我才发现:我已经成了婚!我向自己道了喜,便穿好衣服等待下文……"

爸爸放声大笑,舒拉觉得,他的笑声仿佛劈开了她的五脏六腑,疼痛万分。

"哎呀呀,真是活见鬼……后来呢?"

"后来,她醒了,随之而来的便是痛哭流涕……千百万次的亲吻和同样多的海誓山盟。我们天昏地黑放荡了大约一个星期,我已经被她折磨得够呛……"

"她的父母呢?"

"还蒙在鼓里。后来生活一点一点走上正轨,于是就出了……鬼知道是什么名堂!首先她硬要我相信,我花了六十五卢布购置的那件睡衣同我那温柔、美妙和令人神魂颠倒的诗完全不相称……我表示了异议,她便哭起来。大闹了一场!最后才弄清楚,原来她想象中的诗人应该是一位如此超凡的人物,甚至在他的住处都不该有那个由于生理法则,即使是诗人也难免要去的地方。噢,让那种把女人们的头脑搞得乱七八糟的白痴式的教育见鬼去吧!于是她便开始经常地吵吵闹闹,哭哭啼啼,歇斯底里大发作,一再借口做母亲的权利……处处要求让步。这样我就躲开了她,还给她写了一封绝无诗意的信,声明诗人首先需要的是自由。"

"结果怎样了呢?"爸爸迟疑地问道。

"我每月付给她二十五个卢布……"

舒拉觉得冷得发抖,全身发出微微的神经质的痉挛,她继续睁大眼睛望着花园……

"怪不得近来你的诗作流露出这样明显的悲观调子……"

"你读过《黑夜里纷乱的回忆萦绕在我眼前》这首诗吗?"

"怎么?"

"诗里写下了我的全部印象……也就是这件荒唐事留给我的全部不快之感。"

"写得很不错……"爸爸感慨地说,"总的说来,老弟,你是一位善于把'扑朔迷离的内心激动'刻画入微的大手笔。"

"啊呀,这么说来,你真的读我的诗喽?"

"甚至可以说是手不释卷。不是奉承你,你的诗写得十分优美……"

"谢谢!这是不大听到的,虽然,坦白说,这种评语我是受之无愧的……"

"的确如此,老弟,咱们喝茶去吧……"

"你看看吧,现在都是些什么人在写作,又是怎么写的?投机商,而不是诗人,生拉硬扯,把语言文字糟蹋得不成样子……我珍视这一瑰宝,尽可能……"

舒拉看见他们在花园里并肩走着,爸爸搂着诗人的腰……现在他们的声音已变得模糊不清，继而全然听不见了。

舒拉在椅子上慢慢挺起身来，仿佛有件沉重的东西压住她，使她动弹不得似的。

"舒拉，来喝茶啦！"传来了妈妈的呼唤声。

她站起来从镜子旁边走过，只见自己面色苍白而且憔悴，像是受了一场惊吓。她的眼神是那样恍恍惚惚，以致当她走进饭厅的时候，眼前那几张熟悉的面孔就仿佛是几块模模糊糊的白斑。

"我想，小姐已经不再生我的气了吧？"她听见诗人说。

她一声不响地看着他那修剪得很平整的脑袋，竭力想回忆起，当她不认识这个人而读着他的诗的时候，他在她的想象中是一副什么模样。

"舒拉，你怎么不说话呀？真有礼貌！"爸爸厉声说道。

"咳呀！"她从桌旁跳起来喊道，"你们要干什么？别缠住我吧……骗子……"

说罢，她放声痛哭，冲出饭厅时又歇斯底里地大喊了一声：

"骗子！……"

……四个人在桌旁十分惊愕地面面相觑，默默地坐了好几秒钟。随后妈妈和姑姑走开了。

"该不是……她听到咱们的谈话了吧？"爸爸问。

"真糟糕！"诗人尴尬地叫了一声，坐立不安起来。

妈妈走进屋来，对着投向她的探询的目光耸了耸肩，困惑不解地回答说：

"她在哭……"

张佩文　译

《水及其在自然界与人类生活中的意义》*

每个人的良心上都有污点,我也有一个污点。

但多数人对自己心灵上的这种点缀却满不在乎,就像穿着一种浆得笔挺的衬衣一样轻松。而我可能是因为不穿这种衬衣的缘故,所以我为自己有这么一个污点而深感内疚。总之,我想悔过自新。

我之所以要悔过,倒并不是因为在生活中我再也找不到别的消遣,或感到自己不能用别的办法去引人注目;我之所以要开诚布公,也并不是为了要表白自己的美德,噢,并非如此!如今绝非那些通常能引起人们公开悔过的任何原因使我这样做。我之所以要悔过,因为感到是时候了!于是,我提笔,以至诚的态度,犹如用刷子洗刷一般,洗去自己心灵上长久以来使我内疚的污点。

事情发生在五月的令人愉快的一天,我正在街上散步,遇到了我认识的一个女学生,她叫莉佐奇卡。她那对深棕色的小眼睛平时总流露出极为欢快的神色,可现在却显得忧郁愁闷;她那绯红、娴秀、活泼的小脸,在我们相遇时,却变得苍白而又无精打采;她那犹如小鸟飞翔一样轻盈的脚步,现在却显得极其沉重。

"你好,莉佐奇卡!你那些布娃娃的身体好吗?"

---

* 本篇最初发表于一八九六年十月二十日《尼日戈罗德报》。译自《高尔基三十卷集》第二卷。

我忘了说她在几年级学习了。她在四年级学习。我很喜欢和她一起玩布娃娃，因为在社交活动之余，这可以使我很好地消除疲劳。

"您好！"莉佐奇卡也向我打招呼，但在她的话音里可以听到泪声。

"你怎么啦，小姑娘？"我不安地问道。

应该说，我很喜欢她，而她也以一个十二岁姑娘所能有的最大热情喜欢我。那时我刚刚五十三岁。

"又给我……我们布置了……作文……"小姑娘噙着眼泪说。

"作文？哎呀！难道作文题目就叫人那么悲伤，你还没有怎么仔细考虑，就哭鼻子了？"

她笑了笑。

"是呀，您倒好，没人逼您写作文！"

"唉，莉佐奇卡，也有人逼我写。只不过逼你写的是老师，我呢，是环境所迫。我先不说老师和环境哪个更坏，你呢，也别难过：作文我替你写。什么题目？"

"《水及其在自然界与人类生活中的意义》！亲爱的，您能写吗？能得五分吗？"

"我尽力去做，要得个五加！"

"您还来玩布娃娃吗？"

"写完作文以后？当然玩啦。"

"再见！您真太……好了！"

她走了……

我所以那样欣然提出替她做作文，是因为这种事我并非初次尝试。有一次，我替一个五年级女生写了一篇作文，语文老师打了两分。作文题是：《斯卡洛茹布和莫尔恰林[①]性格中的优点》。另一次，我替一个六年级的男生写了一篇作文，得了个一减。作文题是：《孝敬父母之利弊》，或是别的类似的命题。

---

① 是俄国作家格里鲍耶陀夫的著名喜剧《智慧的痛苦》中的两个反面人物。

因此我知道,应如何去写。但我还是有些犹豫顾虑。我非常想使那个可爱的姑娘得个满分。"我该怎么写才能稳拿五分,而不是少于五分呢?啊?"

考虑片刻,我决定:在写之前,我一定要设想,自己不是一个二俄尺九俄寸的高个儿男子汉,而是个年仅十二、脸蛋绯红、小小的女学生。毫无疑问,当教师命题时,他要考虑到孩子对所写题目的知识、他的心理、文体和孩子对作文课的所谓看法及对它的态度。无疑,应当如此。这也就是说我应尽力去模仿孩子。太妙了!

我回到家,躺在沙发上,抽着烟不知不觉地睡着了,可我原先是根本不想睡着的。一位来访的朋友把我叫醒了。他本来也并不打算到我这儿来做客。他出门时,毫无此意,却突然来了!我们就谈起了友情的纽带是多么坚韧:当你从你朋友住宅右边走过去,突然,你还是回过头来,到他家里,打搅他的睡眠。后来我们谈论了酒和饮酒的人。我们发现了这样一种情况:口袋里有钞票或在酒店里能赊账的人就可以买到酒。而既无分文又不能赊账的人就买不到酒。朋友走后,要写关于水的作文已经太晚了……

作文说好是星期六以前交卷,我还有两天时间。但第二天我没有写关于水的作文却并不是因为朋友,而是因为酒的缘故。酒对我来说,确实是个对头。到了最后一天,我就坐下来写水及其对自然界与人类的意义。我虽然十分头昏脑涨,但还是写完了。然后,我念了一遍,连我自己也不知所云。不过,当我认为,这大概是我惟妙惟肖地模仿了儿童,这篇作文一定会使老师满意时,我就把作文给那个女学生送去了。

她看到我很高兴。

"写好了!啊,太好了!会得五分,是吗?嗯,一定会,因为您是写作家……咱们一起去玩布娃娃吧!"

我们就去玩布娃娃了。后来我回到家里,平静地睡了一夜……

星期天我到她那儿去。到了她家,她妈妈迎着我走出来。她庄重威严,像一座完美的钟楼,而那双盯着我的眼睛,活像两管枪筒。

"啊,先生,是您啊?是您?"

"太太,恕我冒昧,正是我。"

"先生,别开玩笑!"

"?!?"

"您这个作家!写……写作家!您听见了吗?"

"我想,我是听见了……但我不敢说我理解了……"

"您干了什么好事,把我女儿弄成这样?……"

"请允许我回想一下……"

"您去瞧瞧她!……"

我去看了她一下。她这个小可怜躺在小床上,尽情地哭着。

"莉佐奇卡……"我说道。

"啊!……妈妈,妈妈,你叫看院子的马特维用刀把他宰了……用斧子……砍死他!"莉佐奇卡大喊大叫起来。

真是莫名其妙!

"您告诉我,为什么……"

"把您写的破作文拿走。您这篇作文使我们女儿成了全校的笑柄。正是这篇作文,她……得了零分!……拿走吧,还有……"

我走了。我小心翼翼地拿起作文,放进口袋里,就走了。我仿佛觉得口袋里装的是整个大西洋和它的全部奥秘。回到家,我读了一遍这篇作文……你们自己读吧……

《水及其在自然界与人类生活中的意义》

水是一种湿的液体。水在地球上的出现要溯源于史前期。最初,地球上的水并不多,但由于上帝的意志出现大洪水后,水就比陆地本身还大。从此,水不往任何别的地方流去,而积留在沼泽、湖泊、海洋中。因为水是液体，所以不能滞留在高处，而只往低处流。如果把水往山的顶端浇灌，它就会立刻全部流向低处，所以山脚下常为海洋、湖泊、沼泽所环绕。如果往橙子上倒水，水也无法留在橙子上面。地球虽与橙子一样是圆形的，水却可以留在上面……所有的河流也都是从上游流往下游，这是由于江河发源于高地和江河中的水是液体的缘故。就是把水泼到地上，它也只流向低处，而不会流往高处。水和油极易区别，因为水在夏季不会凝固，如果把黄油放在地窖里，即使是在夏季，也会凝固。植物油与水较相似。沼泽里的水是脏的，海水是咸的，所以不能喝，能喝的只是河水，但也只在没有自来水的地方。喝水有害，因为能使人感冒，而喝茶、咖啡和克瓦斯较为有益。水上还可以通航。水域丰广的国家以贸易发达著称。这样的国家古代有腓尼基和希腊，现在有英国。鱼类喜欢生活在水中。在水上使用专门的船只——商船队运输货物极为方便。但人不能在水上行走，水是液体，脚一踩上去，水就会流开，人便要沉没。在夏季水作为雨水在自然界出现，因此地面变得泥泞。下小雨时，雨水先落到屋顶，然后汇成水流从屋顶流淌到地上。雨天，大人穿上雨靴，打着雨伞上街，可是孩子们则待在家里，因而他们常感到寂寞无聊。冬季，雨水冻结成雪花飘落到地面，所以天气寒冷。在人们的生活中，水的用途极广：水可以沏茶、煮汤、洗脸。当人们用肥皂洗脸时，如果肥皂水流到眼睛里，就会感到灼疼。用肥皂水很容易吹成肥皂泡。要想吹成肥皂泡，可将少许肥皂溶于水中，小心地向麦秆吹气，在麦秆另一端就会吹出一个美丽多彩的大肥皂泡来。肥皂泡离开麦秆后，就飘向空中，直至破灭。洗衣服、擦洗室内地板都要用水。在大汗淋漓时喝水，会患感冒。在水里还可以游泳，有的人会淹死。因此，我们清楚地看到，水在自然界和人类的生活中意义极为重大。

伊丽莎白·皮昂诺娃

这就是我写的那篇作文。老实说,我读完这篇作文,自己感到很满意,因为我认为,作文完全是按学校四年级学生的文体写的,再说,我多少也了解儿童的心理。我知道,一个十二岁的姑娘对肥皂泡的兴趣大大超过对腓尼基人的贸易,所以我在肥皂泡上就多费了些笔墨,而对水作为文化因素这一点只是一笔带过。我没有去论证酒比水优越,虽然这一点我可以写得很出色。在作文中我也没有去论述国家对使用水可以征收消费税以增加收入的必要性,话又说回来,为什么不可以去论述一番呢？难道那些有高度爱国主义情感的人也会多费笔墨来论述这个问题吗！对一个四年级学生不可能知道的事情我只字未提。我觉得,我所谈到有关水的一切都是她所知道的。这位最可敬的教师究竟需要什么呢？

　　让他替一个十二岁女学生写一篇这样的作文试试看;我倒要看看,他怎么个写法！……

　　他为什么要给受到我庇护的人打零分呢？我为蒙受了侮辱而愤愤不平。

　　我想,任何人处于我的地位都会有此同感。我决定去找这位先生。

　　我来到了他那儿。在我面前的是一个瘦削的高个子,长相很像一个倒过来的字母"V"。

　　"先生,"我对他说,"四年级女学生伊丽莎白·皮昂诺娃交给您的《水及其在自然界与人类生活中的意义》那篇作文是我写的。"

　　"难道您承认这一点不感到羞愧吗?"他万分惊讶地问我。

　　"我来不是和您谈我自己的……我只想知道,您为什么给皮昂诺娃打了个零分?"

　　"就因为那篇作文。"他骄矜地回答我。

　　"说实在的,究竟是什么使您不喜欢这篇作文呢?"

　　"满篇胡言乱语！……"

　　这时我痛感悔之莫及:来时没有带上火炮。要是能狠狠地轰他一炮,那才解恨呢!

"我的先生!"我恭谦地说,"好像您认为,地球上的森林在树木长成之前就已出现。您要求一个女学生对水在大自然中的意义要了解得那样一清二楚。噢,我的先生,您是否知道,您的这个女学生与大自然无任何密切接触,她对大自然恐怕未必会有什么了解。她所住的儿童房间在一座石砌大楼的二楼上,她的住处与大自然相距甚远,因为,您理应知道,在设施完善的城市,郊外才是大自然。请您相信,当皮昂诺娃的家人还未操心让她去了解大自然时,她就不能告诉您,自然界在什么地方,自然界是什么样的……"

"嗯?! 是吗? 这太……怪了! 那您究竟要什么呢?"

"您给皮昂诺娃另出一道题吧! 我向您保证,我不再替她写了……"

"出别的题目? 好吧,这可以……请……"

他从自己桌上拿起一本小书,我瞟了一眼,看到上面写着:《鲍威尔逊传[①]》。然后他开始翻阅那本书。

"嗯,先生,这样吧:让她写《海洋与沙漠》。"

我温顺而恳求地望着他。

"《海洋与沙漠》……"他重复了一遍,"真是个绝妙的题目!"

"我的先生! 但是她从来没有见到过海洋,也从来没到过沙漠……"我绝望地提高嗓音说道。

"那这个女孩子太无知了! 好吧,那就让她写这个:《自然界的影响》……"

"又是自然界!"

"嗯,嗯! 那就写《波罗的海及其贸易、经济、文化和政治意义》吧……"

"她不搞贸易,她还小,也不搞政治……"

[①] 鲍威尔逊(1825—1898),俄国教育学家。

"这个女孩子简直无知到了极点！那给她出什么题目呢？……嗒—嗒—嗒！嗯，写这个吧：《恰茨基①和赫列斯达可夫②性格有何共同之点？》"

……和所有人一样,我的温顺和仁爱……也是有一定限度的。不过,我不是要为自己辩白,而只是后悔……

他屋子里有个炉子,炉子上有个通气阀门。于是,我用这个教师自己的领带套住他的脖子,拴在通气阀门上,——我把他吊死了。

他被吊起来后,只是失去了原来倒"V"字母的形状,除此之外,任何人都一无所失。

我想要说的,就是这些。

周圣 译

---

① 恰茨基是俄国作家格里鲍耶陀夫的喜剧《智慧的痛苦》中出身贵族,但思想倾向进步的青年。
② 赫列斯达可夫是俄国作家果戈理的讽刺喜剧《钦差大臣》中的主人公,一个无聊的骗子。

爱的故事*

一

　　这篇故事的主人公亚什卡十一岁时,就已在自己幼小的心灵里初次尝到了甜蜜的缠绵悱恻的爱情。当时,他是"印刷厂的一个学徒工",一个很脏的孩子,全身散发出浓烈的油墨味、松节油味,以及这个行业特有的其他种种气味。他和印刷厂其他学徒工一样,满身油墨,蓬头散发,也和他们一样像戴着一副面具似的,满脸都是黑乎乎的油污。亚什卡和他们不同的是,他总是睁着那双明澈的大眼睛,举止有些腼腆,而且喜爱整洁。吃饭前,他总要洗洗脸,实际上却把沾在脸上的东一块西一块的铅粉和机油泥抹匀了。他对自己外表的这种关注给人一种印象,似乎他不是脏,而是生来就是这样黑黝黝的。由于他脸上油泥的色调均匀,使他在同龄学徒中赢得了一个绰号——"干净人"。

　　他长着个翘鼻子,两片厚嘴唇和一双大眼睛,在圆圆的、剃得光溜溜的脑袋两旁支棱着一对扇风大耳朵,所以在排字工人中间更多地把他叫作"盥洗罐"①。他在印刷厂的地位丝毫不亚于其他的同龄徒工,

---

＊ 本篇最初发表于一八九六年十月二十七日《尼日戈罗德报》。译自《高尔基三十卷集》第二卷。

① 洗手、洗脸用的吊水罐,两侧各有一个提手。

让他干的活和他挨的耳光都和别人一样多,在这方面他没什么可抱怨的。总之,他对自己的生活境遇还是满意的。每次挨打后,他通常都要哭一通,并臭骂一顿打他的人,不过只是悄悄地骂,除了他自己,谁也听不见。和他年岁相仿的学徒工遇到类似情况也同他一样。总的说来,"干净人"或"盥洗罐"亚什卡同其他的人几乎毫无区别。他每月挣两卢布的工钱,全交给了他的姑母。她是个摆摊儿卖破烂的,长得相当肥胖又总是喝得半醉的老太婆。亚什卡由于没爹没娘,就同她住在一个昏暗的四方洞里,惟一的一扇窗户还对着一个大坑。这个四方小洞是一栋三层楼房的地下室的一部分,它真可算是个上等住宅:冬季,里面几乎一点空气都不透,热得发闷;夏天,满是潮气,就像地窖那样阴凉。亚什卡的姑妈对他并不怎么亲热,她常常向上帝抱怨那些自己死去却把后代托付给亲戚抚养的人。这些人有生育孩子的恶习,而少了外人的帮助又不能把孩子抚养成人,其实,对于这一情况,亲戚们根本不应负责。亚什卡的姑妈常常对侄子拳打脚踢,以此来证明自己的看法完全正确。她多半是在喝醉酒的情况下才这样做。不过,应该说,她只有在酒后睡醒时才是清醒的。但一到这种时候,她又被一种再喝一点以解宿醉的愿望所支配,而每次她又正是马上这样去做的。

由于上述情况,亚什卡觉得在大街上比在家里更自在些,所以,他年仅十一,就对这个城市和城市的生活了如指掌。大街上的生活比在家里好一些,也更平等;亚什卡在外面受到欺侮时,他立即可以机灵地扔块石头,或以咒骂甚至打架来回敬,这当然是在欺侮他的人和他的力气不相上下的场合。在家里亚什卡却无法进行公开顶撞,因为他是对付不了姑妈的,他对这一点深信不疑,以至他从未试图和姑妈明着干仗。不过有时他也干点事儿作为小小的报复,比如,当喝醉酒的姑妈睡着时,他把凉水浇在她的身子下面,往她的鼻烟壶里撒些胡椒面,在她鞋里倒些干芥末。最后这一招儿可真是别出心裁,亚什卡也亲自领略过,这究竟是一种什么滋味。有一次,伙伴们在他靴子里撒了些芥末,脚汗把芥末溶化了,两只靴子简直成了妙不可言的芥末罐子。当亚什卡终于想到把靴子脱掉以后,他还蹦跳了好一阵子,最后甚至摔倒在地上,两脚朝天乱蹬乱踢,拼命吼叫。脚掌就像在炉灶的铁盖上煎烤得火辣辣的疼痛。脚趾缝间起了水泡,后来水泡破裂形成了伤口,使亚什卡很长时间只能光着脚,用脚后跟走路。姑妈两次尝到了这种有趣的玩笑的滋味。在亚什卡做工的印刷厂里这是一种非常流行的消遣。不过,其中一次芥末并不特别辣,除了使她稍稍感到不适外,并没有让她受多大罪。但另一次,亚什卡却感到心满意足:姑妈疼得比他自己挨打后哼得还厉害。不过她始终没有弄清是怎么回事。后来亚什卡还想再用芥末罐来治她几次。我不知道,他是否如愿以偿了。

二

有一次,亚什卡正在擦洗印刷机,为了取乐,他和一起干活的一个伙伴互相骂着玩。一切都好好的,不知怎的机床的轮子忽然转了起来……

"吁—鬼磨盘。"亚什卡满不在乎地喊了一声,但这时,有样什么东西把他的腿猛然揪了一下,把他往下拖到一旁,使他慢悠悠地但是重重地仰面朝天摔倒在地上。亚什卡眨了两下他那双充满痛楚和惊骇的大眼睛,随即便失去了知觉。

他在一间四壁都是黄色的屋子里苏醒过来。那是傍晚时分,点着灯,窗户上挂着深色的窗帘。有三盏灯,此外还有六张床,三张一排,面对面地摆着,上面也罩着黄色的东西。亚什卡躺在床上,他对面的三张床上全都有人在睡觉;在他旁边的床上躺着一个蓄着黑须,身子颀长的人,他那双特大的眼睛直瞪瞪地瞅着亚什卡的脸……

他另一侧的那张床空着,由于亚什卡很害怕旁边那个留着黑须的人,他就望着那张空床,琢磨着,他到了什么地方?那黄颜色使他想起了外墙涂着黄色的监狱,也使他想起了学校。亚什卡注意地听着,是否什么地方有脚镣的郎当声。但没有什么动静,只是远处有人在呻吟……弥漫着极其难闻的气味……这么说,这是医院,既不是监狱,也不是学校……亚什卡感到心惊胆战,他很想哭,但当他一想到旁边的瘦长个子会因为他哭而狠狠责骂他时,他就忍住了。他闭上眼睛,警觉地倾听着……他首先听到自己肚子里咕噜噜的声音,他很想吃些东西……就在这时,他不知怎么突然想起了到这儿来之前所发生的事。他感到脑袋、背部都很疼痛,而且好像完全失去了一条腿,他吓坏了……原来这只不过是一场虚惊:因为腿还在,他试着动动那条腿,他感到了腿部的剧痛。

亚什卡紧闭双眼,使劲地叫了起来……而后,他便眼睛一睁也不睁地听着……不知哪儿传来了一阵急促、轻盈的脚步声,接着在亚什卡的床头响起了一个女人的声音……这声音并不十分和蔼:

"喂,你干吗喊叫?……嗯?孩子!你是不是还昏迷不醒呢?"

看来,在这个医院里人们昏迷以后还能说话,而且当他们失去知觉时,助理护士还习惯于和他们谈话。好像是为了赞许医院的这种习惯,亚什卡想了一下,该和她说些什么,接着他睁开眼,声音虽然微弱,但十分肯定地说:

"我饿了!"

"那你干吗要扯着嗓门大喊呢?瞧你真是个小捣蛋鬼!……"

她走了,她的便鞋在地上发出啪哒啪哒的声音。不久,她又来了,亚什卡认为这是向她提问的适当时机:

"阿姨,这是医院吧?"

她用教训的口吻答道:

"难道是客店吗?"

亚什卡吃完东西就睡着了。半夜里他醒来,睁开眼向四周看了看,一切都寂静无声,到处弥漫着药味。有人在低声呻吟。这声音是那样奇怪,那样慢悠悠地在黄色的屋子里飘荡,在这充满药味的寂静中,在亚什卡所不习惯的、过分清洁的屋子里,好像这声音是惟一活着的东西。仿佛是黄色的墙壁在呼吸……亚什卡旁边那个病人直挺挺地躺着,双手交叉放在胸前,一束灯光照在他的脸上,嘴唇半开半闭,露出几颗冰冷的白牙。样子十分可怕。亚什卡的心一阵紧缩,他把被子拉到头上,偷偷地哭了起来。他感到自己是个孤苦伶仃、被人遗忘、行将死亡的人。

时间日复一日慢慢地过去了。亚什卡的身体恢复得很慢,变得十分消瘦。形容枯槁的脸庞使亚什卡的眼睛显得更大了,目光呆滞,流露出忧郁、焦灼地期待的神色。他的脸被洗干净了,现在可以看出,这是一个早熟的多愁善感的孩子,他的小脸白净而可爱。在医院里他感到寂寞、厌烦、孤独。

有一次,亚什卡在白天睡醒后,刚睁开眼睛就不由地颤抖了一下。有人在看着他,并对他微笑,这笑容使亚什卡立即感到自己已完全康复了。他动了一下,想从床上坐起来,但腿上一阵剧痛,他皱了皱眉,呻吟了一声,又闭上了双眼。

"喂,你哪儿疼啊?"有人问他。过去从来没有人这样温存地问过他任何事情。

亚什卡看了一眼:有一张白皙、娇嫩、光洁的脸俯视着他,一双和蔼地微微眯缝着的深色眼睛直视着他的眼睛,一面看,一面在微笑,好像用什么柔和而又温暖的东西在抚摸亚什卡小小的身躯。亚什卡觉得,似乎他早就在等待着这一切,好像什么时候有人也曾这样看过他……但不知道是在什么时候。亚什卡微微一笑……

"你怎么不说话呀?"

亚什卡又笑了笑,他微微眯起眼睛,乖巧地点了点头。

"多么可爱啊!"

亚什卡想哭。要是能搂住这白净、纤细的脖子,痛痛快快地大哭一场,该有多好啊!

"喂,告诉我!你早就在这儿了吗?你哪儿疼呀?你是谁家的孩子？"

男孩子的喉咙感到堵塞，他断断续续地问道：

"要是我跟你说话，跟您说话……您不会走开吧？"

"亲爱的！为什么你会这么想呢？"

"我要是说话，您又没什么可问的，那您就会走开的……那样就又只剩下我一个人了。"这时亚什卡哭了，流着悲喜交加的眼泪。

"小可怜……我不会那么快就走……瞧，他还在睡觉呢……"

"谁？"亚什卡噙着眼泪连忙问道。

"我哥哥。"她向他旁边床上的那个病人摆了摆头……

"那么说，您不是来看我的？"亚什卡失望地问。

"我本来并不认得你……现在嘛，我也要来看你……"

"这个，这个细高个子就是您的哥哥吗？他干吗在这儿躺着呢？也是机器把他轧伤了吗？"亚什卡困惑而又好奇地问。

"他……生病了，病得很重……不是机器，是……他就是……有病……"

"那您是干什么的呢？您会常来吗？每天来吗？您在哪儿工作？也许您是个校对员，或者是个裁缝，要不然是位小姐？您的眼睛太美了……那么大！……您哥哥在这儿住院，您会常到这儿来吧？噢……但愿他能多病些日子！"

"我可怜的小男孩，亲爱的！"

"干净人"亚什卡又哭了。她说起话来真好听！亚什卡哭着，用手指擤鼻涕，而她用手帕替他擦鼻子。那手帕散发出鲜花的芳香和春天的气息。亚什卡感到，随着刚流出的眼泪，他的疼痛从身上消失了，他闻着那条手帕的芳香，同时也感到浑身充满了旺盛的精力……后来她吻了吻他的眼睛，他的嘴唇，他的脸颊和额头。这一切亚什卡过去从未经历过，这一切把他引入了一个感情的新天地。

她走了；亚什卡好像仍在梦中。在梦幻中他度过了九天。她来过九次，在这段时间里，亚什卡一直沉浸在从未有过的、无数甜蜜而又激越心灵的情感之中。通常,她来到医院总是先走到他的床前,用亲吻来表示对他的问候,然后到她哥哥那儿,坐在他脚旁可以看得见亚什卡的地方。亚什卡紧锁双眉,注视着她,听她和她哥哥的谈话,每当她看亚什卡一眼,亚什卡就用眼睛示意,让她过来。亚什卡一想起她哥哥的存在,就对这个忧郁寡欢的瘦长个子产生了一种强烈的嫉妒。亚什卡甚至希望她的高个子哥哥快点死去,那时她就会来看他亚什卡一个人了。每当她哥哥呻吟着在胸前乱抓时,亚什卡浑身颤抖着:他是不是快要死了?但他一直没有死,亚什卡对此感到苦恼。他有生以来第一次遇上这么一件好事,但却要和一个"烂麻秆"来分享它——这是亚什卡暗自给旁边的病人起的绰号。她差不多总是坐在哥哥的床边,只是偶尔才走到亚什卡跟前待一会儿。亚什卡抓住她的手,用贪婪而恳求的目光看着她,把她拉到自己跟前,默默地紧紧抓住……她轻轻地从他手中抽出自己的手,又回到从未和亚什卡说过一句话,而且和她也很少说话的哥哥那儿。每次在她离去时,亚什卡很想骂她哥哥一顿,他心里犹如刀绞似的难受,眼睛里噙着恼恨的泪水。他在自己生活的这九天中经受了多少痛苦,又体验了多少幸福啊!

终于,一天早晨,亚什卡醒来后,看见有人正在把"烂麻秆"从床上抬到担架上……

"把他抬到哪儿去?"亚什卡立即问助理护士。

"关你什么事?你还去不了那儿呢……大概很快就会把你赶回家去的……你在这儿淘气淘够了。"

"死了,是不是?"亚什卡眼里带着使人感动的恳求神情又问道。

"那当然啰……总不会把活人抬走的。"

"死了!"看着这一动不动、完全被毁坏了的、软瘫的苍白肉体,亚什卡有些吃惊。就在昨天晚上,亚什卡还听见他在呻吟、咳嗽和动弹……但心中的欣喜很快代替了惊惶,因为"她"会来看他亚什卡一个人了。于是,他闭上眼睛,等着她来。亚什卡已能起床拄着拐杖走路了,却仍然躺着……她一定会来,并像往常一样地吻他,但不会再坐到她哥哥那儿去了。她哥哥已经不存在了！想到这儿，亚什卡欣喜万分。后来，他内心的这种情绪又被平静而甜蜜的安宁所代替。现在她将永远和他坐在一起，这儿除了他，她再也没有别的人了……可是，她没有来……

"在办丧事……"亚什卡对这一令人烦恼的事实给自己作了这样的解释，"安葬完了她就会来的……大概她会带来橙子，还有书……她还会跟我聊天……聊一很久！"

第二天她也没有来，第三天还没来，从她哥哥死后，亚什卡在住院的两个星期里再也没有见到过她。

三

亚什卡出院后，满城奔波，千方百计地寻找"她"，找了很长时间。他从医院出来后变得孤僻、沉默、心事重重，并且想方设法要找到她。每逢星期天和其他节假日，他在城里跑遍了体面人常去的地方，但总是一无所获。相貌相似的人很多，这些人深深地刺痛了他的心，因为她们勾起了他对"她"以及自己辛酸经历中那转瞬即逝的幻梦的痛苦回忆。她们这些人使他在自己幼小的心灵中更牢固地铭记下了她那美丽、可亲的音容笑貌，含情脉脉的黑眼睛，炽热温柔的嘴唇，她那穿着黑色蓬松衣裙的袅娜身姿和戴着插有白羽毛的黑帽子的小巧玲珑的脑袋。除了在他的心里，到处都没有"她"的踪影。他现在思绪万千、愁容满面，一双大眼睛充满了悲哀，他现在又是满身油泥，身上重又散发出印刷油墨的气味。作为一个印刷厂的童工，他显得有些古怪。在他身上已失去了童年的活泼和他一生中早春时期的那种无忧无虑和欢乐的童心。童年的一切都已被这九天的幻想所吞噬和焚烧殆尽。

但是永远在残酷地捉弄人的多舛的命运又摆布了他，让他再一次见到了她。有一次，他和同伴们从林中游玩回来，走在驿道上的时候，亚什卡看见了她。时隔两年,但她还和从前去医院时一模一样,她坐在一辆三匹马拉的驿车上,在滚滚的尘土中飞驰而过。她身旁还坐着一个人……一个军人,因为在亚什卡眼前闪过了一排金属扣子。这是她,就是她,亚什卡没看错。他像钉在地上似的呆立了片刻,突然欣喜若狂地叫喊着向三套马车追去。

他紧夹着双臂,一面跑一面叫,弄得他满嘴尘土。四轮马车的轮子在坎坷不平的地方发出隆隆的响声,亚什卡的头脑里也在轰鸣,心在怦怦地跳,他不停地叫着,喊着……马车的辚辚声淹没了他的喊声,在飞扬的尘土中消失了……树木在"干净人"亚什卡的两旁飞掠而过……

他跑得精疲力竭,脸朝下栽倒在路上的尘埃里,号啕痛哭起来,流着痛苦委屈、悲愤绝望的泪水。

这以后他还是想找到她。大约过了三天,他便起程远行了,他沿着驿道走去,到一个驿站就打听一番:

"三天前一位小姐和一位军官乘车到哪里去了?"

人们总是冲他哈哈大笑。他来到一个县城,由于没有证件被抓了起来,并逐级被押送到省里。他又回到了印刷厂,他整天郁郁不乐,若有所失,既沉默寡言而又凶狠。时隔不久,表面上他的生活也和同伴们一模一样了。他和他们一样地喝烧酒,同他们一起寻花问柳,赌钱玩牌,为了这一切而干活,干活,干活……

现在"干净人"亚什卡已经是个三十岁的愁眉苦脸的醉鬼,他的生活更多的是在酒店的柜台前度过的,而不是在铅字盘前。他在那些老板和工人中得到醉鬼、小偷和半疯子的坏名声……从外貌看,他简直像个五十开外的人,穿得破破烂烂,蓬头垢面,总是一副被人打过和醉醺醺的样子……他那双大眼睛黯淡无神……眼圈浮肿……

不过,有一次,当他在一家小酒店里给我讲述这段遭遇时,我看到他那双眼睛放射出俊美的炯炯光芒。他讲完自己的这段经历,沉默片刻又补充说:

"这就是我生活中仅有的最美好的……太少了,老兄,是啊……你看,我成了一个酒鬼。想起她来……是愉快的。我喜欢这种回忆。虽然只有这么一种回忆,如果不是她,也许就没什么……也就这样过来了……可是即使有这件事,也没什么了不起!让她见鬼去吧……不管怎么生活——都得死。就是说,反正都一样。不过,既然遇见过她,所以也就有了值得回忆的事情。"

周圣 译

哑 巴*

巴什基里亚传说

……我的一个熟人,是巴什基里亚人,叫加邦,他颧骨高耸,棕褐色的脸上毫无表情,长着一对呆滞的小眼睛,整个脸布满着细小的皱纹,那脸好像总是沉浸在对早已过去的往事的追忆之中。我和他默默地坐在已经熄灭的篝火旁边,瞧着我们面前那堆灰烬里不时像金蛇般闪过的火焰。黑沉沉的草原紧紧地环绕着我们,草原上空的云彩纹丝不动,宛如凝固了的海浪,我们周围笼罩着庄严肃穆的寂静。在昏暗中,加邦的马群的影子无声地浮动着,有时不知从何方朝我们吹来一般闷人的暖空气,这时,被它扬起的沙子发出轻轻的簌簌声。但是,这些单调而又微弱的声音没有惊醒草原的睡梦,也没有触动草原上的黑暗。周围的静寂和黑暗使我毛骨悚然,似乎整个世界都毁灭了,剩下来的只有我和加邦两人。他躺在我的对面,用细小的斜视的眼睛越过我望着远方,望着那万籁俱寂、漆黑一片的无边无际的远方。我们这样久久地躺着,一动不动,沉默不语,最后,我再也忍受不住这种相对无言的孤寂,便对巴什基里亚人说:

"加邦,你随便讲点什么吧!……"

"你听听,草原是怎样沉默的……"他向我建议。可我还是说服了

---

* 本篇最初发表于一八九六年十一月十五日《尼日戈罗德报》。译自《高尔基三十卷集》第二卷。

他，于是他拉长声音，用粗犷、哀号、难听、忧郁却同荒漠、黑暗、我的心情极为协调的声调讲述了哑巴游牧人尤兹格利亚尔的传说。

"在从莫兹多克通往海边的路上，在草原深处离大路很远的地方有一座大坟，下面埋着尤兹格利亚尔的尸骨，他生前是个哑巴，因为年轻时从马上摔下来咬掉了自己的舌头。

"他是个哑巴，但是他有一对炯炯有神的眼睛，我们的姑娘对这双眼睛都非常着迷，他的个子又高又瘦，常常一笑就露出一口狼牙般尖利的白牙，样子是这样可怕，谁都不喜欢他这副吓人的模样，大家都怕他。

"夏天他放牧羊群。凛冽的寒冬，暴风雪在草原上飞舞，发出野兽般的吼叫声。在这样的冬天里，在我们穷帐篷旁边总是见不到他的身影。他在哪儿呢？有人说他在俄罗斯的城市里。

"啊，哎哟！他经常挨揍，因为他凶得很，加之，他一到放牧区，就嘲笑那些比他力气大的勇士！他什么话也不会说，一个字音也发不出来，只是用他闪着火花的眼睛笑着。

"他看人，往往像看在草原上腐烂的死羊，恶狠狠地龇牙咧嘴，摇头，然后望一望天空，看到了什么东西，眼睛里就涌出了泪水。

"他还用手捶打自己的胸膛，哈哈大笑，有时他一笑，听到的人就会恼羞成怒，火冒三丈，用拳头威胁他，要是他还不肯停下来，那么他们两人就会像豺狼一样扭作一团，厮打起来。

"尤兹格利亚尔总是被打得遍体鳞伤。人们把他痛打一顿后，随便把他扔在帐篷旁边，他就躺在那里，浑身被打得发肿，谁也不愿意给他送水，谁也不去扶他起来；他一直躺在那里望着天空，在晴朗的日子里天空是如此的美好。

"当有人来看看他死了没有的时候，他举手向走近他的人指着天空，那个白天飞翔着草原苍鹰，夜里布满繁星的天空，他指着那儿，悲伤地叹息着。

"过节的时候，我们常常聚集在帐篷里喝酸马奶，唱着歌颂美好的草原人民,歌颂吉尔吉斯人生活的古老歌曲,这时他又来取笑我们,不肯同我们一起畅饮一杯。

"这时我们就把他赶出帐篷去,于是他又龇牙咧嘴,把牙齿咬得咯咯直响,仿佛想说些什么,捶着胸脯,哭泣着,但是连女人也不可怜他,因为他妨碍大家欢庆节日。

"有时我们瞧瞧他指的天空:那儿有什么呢?我们看到的只是那些能看到的东西——天空像一大块蓝色的毡子,上面布满了群星,白天则盘旋着矫健的雄鹰——就是这些东西!

"谁也不能理解,这凶恶的哑巴在那儿看到了什么。我们不需要他,他只是妨碍我们生活,于是我们把他从身边赶走,我们想尽办法把他赶跑,有一次,他失踪了……

"那年冬天雪很多,春天融雪时,我们找到了他。我们就是在他现在葬身的地方找到了他。他的眼睛被老鹰和乌鸦啄掉了,连面颊和嘴唇也被啄光了,他一个人躺在草原上,又瘦又可怕,露着疯狂的笑容。

"他的周围空空荡荡,只有草原和天空,空中是那些被我们从他身上惊起的飞鸟。那时我们可怜起他来,谈了一会儿他为什么是这样一个人,他想对我们说些什么,然后,我们决定把他就地埋葬,在他身上堆了个高高的沙墓。

"我们埋了他,堆上了沙土,风吹集沙土把这个沙墓堆得更高了,现在这个哑巴巴什基里亚人就躺在它下面,沙子填满了他那被啄空了的眼窝……

"可是冬天他从沙土下爬出来,穿着用雪做的白长衫,站在坟顶上,挥动两只长臂,招呼人们到自己那儿去,他的一副白牙仍然闪着白光,微笑着。

"许多人在那儿见到了他,吓得拔腿就跑。暴风雪在他周围飞舞,向他唱着狼嗥般可怕的歌子,他一面听着一面哭泣,哭得那样伤心,时而像个婴儿,时而像个垂死的人。他嘶哑地呻吟着,总在召唤那些在草原上经过他坟墓的好人,那些巴什基里亚人到他那儿,到他的坟里去……

"每当暴风雪停止呼啸时,哑巴便回到自己的沙土帐篷里,仰面躺在那里,就像我们安葬他时一样,躺在那里用那双被啄掉了眼珠的眼窝望着天空。"

陆桂荣　译

重　逢*

速　写

"还有几俄里到那个……叫什么地方来着?"

"到别列江卡吗?约莫三十俄里,兴许……可能还多些。"

问话人是一个头戴水獭帽子,身穿驼毛大氅的高个子,回答他的是一个红脸膛,秃头顶,在油污的短皮袄上低低地束着一条红布带子的乡下人。他俩都站在客栈门前台阶上,乡下人摘下帽子在手里摆弄着,不住地在原地来回倒着脚,大肚子一颠一颠的,等候这个过路人再问他什么。过路人一面慢慢地捋着他蒙了厚厚一层白霜的胡子,把胡尖上的小冰溜弄掉,一面若有所思地眯缝着一双疲倦的大眼,凝视着在阳光下照得人眼睛发花的积雪。

"这么说,有四十俄里左右啰?"他问。

"也许有四十俄里……您是请到屋里坐坐……还是在村子里走走呢?"

村子里总共有二十来户被大雪覆盖着的人家。在积雪的白花花的背景上零零落落矗着一些被烟熏黑了的烟囱,几片深色的屋脊和墙角在外面露着,歪歪扭扭的窗户上的玻璃昏黯无光,其中的一块已经碎了,上面塞着一团红布,活像一颗流出来的血淋淋的大眼珠。街上

---

* 本篇最初发表于一八九六年十一月二十日《尼日戈罗德报》。译自《高尔基三十卷集》第二卷。

107

也横着一道道雪岗,宛如起伏不平而又静止不动的白色波浪,冷森森的阳光给雪岗洒上了千百万个晶光耀眼的小火星。一阵风吹过,忽然将火星的光亮扑灭,掀起一片片白色尘埃,可是在地上已经熄灭的火星又在半空中霍霍地亮着,发出沙沙的响声不知飞向了何方。天气冷得厉害。从那位过路人嘴里冒出来的一团团白色哈气,直扑到正同他谈话的乡下人的秃顶上。

"咱们到屋里去吧……要等很久吗?"

"不用多久……半个钟头就给您备好马。"

门上的合页欢快地咿呀叫了一声,乡下人那张红脸顿时满面生辉,露出一副幸福的笑容,他一面把过堂门打开,一面用担心而又怀有希望的口气问道:

"要给您生茶炊吗?要不要鸡蛋、牛奶……麦粉做的小圆面包?"

"拿来吧,不过,老乡,请别搞得太久……"

"说话就得……"他一下子就不见了,虽然腆着个大肚子,可麻利得简直让人意想不到。

过路人甩掉身上的大氅,随后又脱下皮大衣,只留一身灰色的厚呢衣裤和一双过膝的长筒暖靴。

他那张保养得很丰腴的脸冻得通红,一绺长发垂在布满细纹的高高的前额上,那聪慧的大眼流露出若有所思的神色……他打着哈欠坐到桌边,往四下里瞧了瞧。小小的房间方方正正,四壁糊满了报纸和杂志上撕下来的画页。好久未曾刷洗过的天花板被烟熏得黢黑;由于报纸褪了颜色并沾满蝇屎,墙壁已经变黄。靠墙放着的一张大桌子占了半个房间,桌子一边有一条长凳……从两扇窗子透进来的光线使室内所有的东西一览无遗。屋里有一种重浊的、说不清是什么东西发出的气味,同时又是那样静悄悄的,使人感到百无聊赖。

过路人点起一支香烟,从凳子上站起身来在房里来回踱着。墙上那些发黑的图片中有一张样子很怪,它引起了他的注意。那上面印的是一个手捧花束的少女待在同她的身量不相上下的一棵树的树梢上。

他走近一看,原来是两张裁开的图片拼在了一起,少女的半截身子不见了,而贴在下面的那棵树就像是她的下半身。过路人笑了笑,开始仔细观察其他图片。有一张上印的是一组照片:《奇切罗瓦基奥①和他的惨遭奥地利人枪杀的儿子》。这组照片旁边是《潘帕斯草原上的北美野牛群》,同野牛并列着的是梯也尔②的画像,但是梯也尔的左肩已被截掉,《密西西比河③岸》顶替了他的左肩。还有许多这类同报纸夹杂在一起的图片,其中有一张报纸带有粗体大字的报名:《××报》,一八六七年,八月二十九日,第二百二十一期……

过路人就像遇见要好的老朋友似的笑了笑,又惊又喜,同时还带着一副由某种难言之隐所引起的窘态。

他笑眯眯地望着那张已经发黄的报纸,这个名字使他忆起了往事,使他想起他第一次带着手稿去到这家报馆编辑部那天的情景,同时也使他想起了另外一天,在他那篇《为真理而斗争》的文章出现在这家报纸的小品文专栏里时的情形。从那时起已经过了将近三十年……这家报纸早已停刊;它存在的时间非常短。聚集在它周围的都是些正直而热诚的汉子。它的编辑部就像一个化学试验用的蒸馏瓶,各式各样的生活现象一经过它,便被调制成一篇篇论点无懈可击,在当时颇具说服力的文章。那里的一切都搞得热气腾腾,有多少真挚的情感,多么旺盛的青春活力在那些人的胸膛中沸腾啊……

过路人离开墙壁又坐到了桌旁,想到适才自己回忆起来的东西,不禁莞尔一笑。这些回忆就如同想起童年时代一样,所引起的是一种涤荡心灵上的龌龊的感觉。他在想,所有这一切确曾有过,并且是那样真挚而美好,但是他同时也意识到这过去的一切,一部分已被忘却,一部分已为人们所不齿,而他自己则已经同他生活初期的那些思想情

---

① 奇切罗瓦基奥,原名布鲁内蒂(1800—1849),意大利革命家。一八四九年秋与其十三岁儿子一起惨遭奥地利人枪杀。这里指表现这一场面的木版画。
② 梯也尔(1791—1877)法国反动政治家,资产阶级历史学家,血腥镇压巴黎公社的刽子手。
③ 密西西比河,纵贯美国中部平原的大河。

绪相距甚远。他现在是个写写风花雪月,为人消闲的沙龙作家,是个献身纯艺术的人,而不是某种思想倾向的维护者。

红脸的乡下人搬进来一个擦得锃光瓦亮的茶炊。茶炊仿佛在发怒,咕噜噜地响着,咝咝地从盖子上面的小孔往外冒气,好像要从桌上跳下去跑开似的。整个房间里都仿佛充满了表示抗议的窃窃私语,窗户上的玻璃顿时蒙上一层水汽。乡下人走了出去,过了一会儿,他把过路人旅途用的酒具、盛着十来个鸡蛋的盘子、一罐牛奶和面包端进来,随后便站在门口紧了紧腰带,用询问的目光看着老爷,而那一位正想得出神,没有注意到他。乡下人深深地叹口气问道:

"我可以走了吗?"

"走吧。"过路人看也没看他一眼,低声说了一句。

"为什么在青年时代总觉得生活是那样简单明了的呢?"过路人想着,不时地望望墙壁。茶炊似乎因为没有人理睬它而不满,它越来越厉害地哗啦啦地开着,像是气得喘不过气来。但是面对它坐着的那个人想得越发出神了。他忆起许多往事,件件桩桩都十分甜美地触动着他,使他的心灵感受到一种来自遥远的过去的温柔而亲切的气息。那时他住的也是这样一间又脏又窄的小笼子,他隔壁住着一位同事,一个非常坚强的人,后来这个人正是由于他的坚强而吃了大亏。"她"也住在同一幢房子里……现在她已是他的夫人,从结婚到现在很快就满二十五年了。当时她曾是他的良心的监督和灵感的源泉,而现在呢……她是他的夫人,把他俩连在一起的只不过是四分之一世纪以来所形成的、彼此冷冷相处的习惯而已。四分之一世纪!……

茶炊着实是在大发雷霆。

现在和那个时候是多么迥然不同的两个时代[①]啊!那时是一个光焰四射、精力充沛、洋溢着忘我精神和堂吉诃德式的侠肝义胆的时代,

---

[①] 指俄国解放运动高涨的六十年代和运动处于低潮时期的八十至九十年代。高尔基在九十年代写的不少作品中,尖锐地批评一部分俄国知识分子在八十至九十年代所暴露的对解放运动的动摇、幻灭感乃至背弃革命的变节行为。本篇是其中之一。

是一个充满伟大改革、伟大憧憬、伟大错误的时代;尽管在那个时候辛酸凄楚与滑稽可笑、朝气蓬勃与耽于幻想统统都搅和在一起,是的,的确是这样,但这一切至少是有意义的。而现在则是浑浑噩噩、平平庸庸,庙堂已空,神灵已被遗忘,精神上一贫如洗,即使在某个地方有些闪光,也只不过是磷火一点,而整个生活至少是卑微而贫乏的。

过路人站起身,倒剪着双手,又走到了墙壁跟前。这张旧报纸是怎样落到这个穷乡僻壤来的呢?过路人面对报纸微笑着读了起来。茶炊稍许安静了些,不以为然似的发出咝咝的哨音,不知什么地方有只牛犊在哞哞地叫着,还有一声声犬吠。窗下的雪在咯吱咯吱响。

要把已经褪成红褐色、沾满尘垢和蝇屎的小小的字母凑成词句,须要花费很大力气。可是这些字句对过路人说来是十分熟悉的,看到它们,他的心头便不禁产生一种很久以来没尝到过的滋味。这些渗透作者全部身心的真挚之情,这烈火般的炽热信念,现在都到哪里去了呢?只有在那些为自由而斗争的老战士那里才能找到。

过路人把视线移开去,只见墙上有一块用几枚钉子钉住的残缺的镜片,这块镜片告诉他,他的胡须已经斑白,头发也被岁月染上了银霜。

他在自己面前感到有些难为情,他擦擦额头,叹了口气。是的,他已背离了那些曾使他感到如此亲切,而在现实生活中已经不合时宜的思想,而且对它们已十分淡漠和无动于衷了……但这是他的过错吗?生活总是比人强,怀疑永远与信仰为敌。

"马已经备好了……走吗?"乡下人在门口探着头说。

"好……我就来,"过路人答应了一声,"我喝完这杯茶就走……"

"我没关系,随您的便。"乡下人说完就不见了。

墙上的一角报纸忽然引起了过路人的注意。这个纸角从墙上翘起来,卷成一卷,像是在招呼人来把它抚平。过路人真的这样做了。然后他俯下身去,但立刻直起了身子,激动得满脸通红。在这一页报纸的背面印着他的一篇小品文,角落上还有他的署名。他既可怜自己,又有些高兴。难道他废寝忘食,满怀激情地进行写作竟是为了用他的劳动成果来糊客栈的墙壁吗?这是他最早的心血的结晶,其中凝聚了他青年时代那些最最美好的日里的情感上的波澜……与此同时,由于他自己同自己的这次相遇,由于同那个与现在的他判若两人的旧我重逢,而使他产生一种十分强烈和喜出望外的感情。

"虽然是以小品文的形式写于二十多年前,而且是保留在一张充做客栈的糊墙纸的肮脏的报纸上,但是能幸存下来留在生活里,终究还是令人欣慰的。"一个职业作家的虚荣心使他这样认为。但是作为一个人,他却甚感屈辱。他皱皱眉苦笑了一下,走到桌边动手沏茶。

茶炊寂寞无聊地哼哼着。马在窗下打着响鼻。一个浑身裹着破烂的老羊皮的破布片的小矮个儿跌跌撞撞地冲进门来,尖声尖气地说:

"您是不是要马上动身呀?"

"马上……怎么?"

"没什么……要是不马上走,我就回趟家,换双靴子……"

"去吧……不过要快着点儿,小伙子……"过路人和蔼地吩咐说。

"好,我就去……可我不是小伙子……我差不多快六十了……兴许还要大些呢……"矮个子解释了一句,没等过路人再对他说什么便走了出去。

"要不要把这张报纸揭下来带走呢?"过路人呷着茶这样想。但是他觉得这样做未免有些可笑和过于多愁善感了……干吗要这样呢?……可是有多少美好的事物,多少对斗争与荣誉的幻想是同这篇杂文联系着的呀。他确曾进行过斗争,从而取得了声望和优越的物质生活以及相当不错的、"我们的天才小说家"这一社会地位。不算多,可也不算少。少于曾经幻想过的,却多于别人所能得到的。但是是否已达到了内心的平衡,自认已完成生活赋予的使命,从而可以引以为自豪呢?

茶炊时而长吁短叹,时而尖声嘶鸣,显然是在做垂死挣扎。

重 逢

"费克拉?! 你在哪儿呀,鬼东西,"有人在过堂里喊,"你去瞧瞧,牛犊子在叫什么哪!"

这阵喊声过后,四周的沉寂使过路人的心情越发烦闷和沉重。他百感交集;阵阵悲思迂缓而又寸步不离地在他的脑际萦回。他已经好久都不曾有过类似的感受了,但话又说回来,从那个时期以来,他曾有过感受吗? 往日的抱负和作为一直在悄悄地、一点一滴地从他的心底不知流失到何处去了。他的生活安定而满足。他现在正要到一个同他一样安于现状的老友那里去,为的是在公务之余消散消散,聊一聊京城的生活。未到这个客栈以前,未在命运驱使下同自己相遇,同那个年轻时的、沉于幻想的旧我重逢的时候,他的情绪还是很不错的……这篇小品文里究竟写了些什么,他在里面又发表了些什么议论呢?

他丢下茶杯,走到墙壁跟前,担心地、小心翼翼地开始从墙上往下揭着那个纸角。报纸被稍许揭开了些,但是已经裂了一个口子。过路人住了手,对着那一小块发黄的纸片俯下身……读了一遍。这是报纸最边上一栏的四十来行字和从边上倒数第二栏的十来行字。

讲的是一个叫做彼得的人,他对一位姑娘说:"永别了,我们的道路不同! 你是你的环境以及你所受的教育的牺牲品,除去镶木地板以外,你在生活中没有其他道路! ……可是我……"他,这个彼得,骄傲地把手向远方一挥,便走开了。

过路人摸摸额头寻思了起来。这个彼得是个什么人,而她又是谁呢? 他们是怎样走到一起来的呢? 文章是否全部都登在这一期上? 故事是如此天真而又童稚般的率直,它是在相信世上可能存在一切美好事物的时期写成的。但是……他记不起它的内容了。记不得了!

过路人困惑地笑了笑,他走近桌前把茶一饮而尽,向门口走去,房门迎着他不推自开,从一堆老羊皮里发出一个尖细的声音:

"靴子已经换好啦……要走就走吧……马都冻坏啦……"

"我这就穿衣服……叫店主人到这儿来。"

"我在这儿哪……"

红脸汉子乐呵呵地笑了笑,他身后站着一个头巾歪在一边的女人,她正从他肩膀后面露出一只眼瞅着过路人。

"要付多少钱?"过路人边穿大衣边问。

"您瞧着给吧……您和咱这号乡下人不一样,您不会亏待我们。我跟先生们要钱向来都是凭良心的……"

"一个卢布行了吧?"

"一个卢布也行……"乡下人叹口气说,"先生们简直很少到我们这儿来,我们离大道太远。先生们来一趟对我们说就像过节一样……"

他可怜巴巴地说着,显然是想让再添一点。

但是过路人没有听他唠叨,一面将两臂伸进为他驾着的大氅袖子里,一面不住地望望墙壁;被他揭开的那一小块报纸在不住地随风摆动。

它仿佛在向他招手。

他们已走进过堂。店主,还有那个女人陪着过路人。

"等一等……我回去一下。"说着,他又返回屋里走近墙壁,把那一小块报纸扯下来,揉了揉攥在了手里。

"瞧,多能攒东西。"红脸的乡下人咧开嘴笑着,对那个女人嘀咕了一句。过路人发觉他在笑,把眉头皱了起来。

……半小时以后,他已置身于被夕阳映成粉红色的茫茫雪原上了。连成一串的马匹沿着弯弯曲曲的松软的雪路跑得正欢。小小的雪橇一颠一颠的,车夫不住地摇摇晃晃,摆来摆去,同时用他那刺耳的声音讲着:

"约莫三十年前我还是个小伙子。喔—喔—喔!快腿儿们……可这会儿就要进棺材了……是啊,要是有块面包吃……我就躺在热炕上不动窝了……可我还是得赶车……就因为穷啊……咳呀,这些不中用的畜生!"

过路人靠在雪橇的后背上磕磕碰碰,十分吃力地把纸片抚平又读了一遍。朔风拔地而起。从雪丘上扬起的片片轻纱似的雪尘凌空飞舞。过路人面带苦笑,看着手里那张沙沙作响的纸片。雪在雪橇的两根滑木下轻轻地吱吱叫着,簌簌地打着雪橇的席棚。过路人从那片报纸上慢慢撕下一小块,顺风抛去。纸片像只小小的黄蝴蝶在空中扑棱一下就飞不见了。接着又飞起了第二片,第三片……直到最后一片。

张佩文 译

时　钟*

一

嘀嗒,嘀嗒!

夜阑人静,独自一人谛听着钟摆在冷漠地、不停地摆动,不禁毛骨悚然:这单调而精确的声音总是一成不变地表明一点:生命在不息地运动。黑夜与睡梦笼罩着大地,万籁俱寂,只有时钟在冷冷地、响亮地计量着那逝去的分分秒秒……钟摆嘀嘀嗒嗒地响着,每响一声,生命就缩短一秒,即我们每个人所拥有的时间中的一个微小部分,而逝去的这一秒就不再回到我们手中。这分分秒秒来自哪里?它们逝向何方?这一点谁也回答不上来……还有许多问题,其他许多更加重要的、决定着我们能否得到幸福的问题也尚未得到解答。怎样活着才能意识到自己为生活所需,怎样活着才能不丧失信念和希望,怎样活着才能使每一秒钟都不浑浑噩噩地白白流逝?无休止地走动着的时钟能回答这所有的问题吗?对此它能说些什么呢?

---

* 本篇最初发表于一八九六年十一月二十二日《尼日戈罗德报》。译自《高尔基三十卷集》第二卷。

二

嘀嗒,嘀嗒!

世上再没有比时钟更加冷漠的东西了:在您出生的那一刻,在您尽情地摘取青春幻梦的花朵的时刻,它都是同样分秒不差地嘀嗒着。人自生下那天起就一天天地接近死亡。而到了您在临终前喑哑地呻吟着的时候,时钟也还将枯燥而平静地计算着分分秒秒。在时钟的冷冰冰的计时声中——您仔细听听吧——有一种无所不知而又对所知的东西感到厌倦的意味。无论什么东西,什么时候,都不能使时钟为之动情或感到可贵。它是那样无动于衷,所以我们若要生活,就该为自己建造另一种充满感受、思索和行动的时钟,用它来代替这个枯燥、单调、以愁闷来扼杀心灵、带有责备意味和冷冷地嘀嗒着的时钟。

三

嘀嗒,嘀嗒!

在时钟的不息的运动中没有静止之点,——我们能把什么称作"现在"呢?头一秒钟产生之后,第二秒随即接踵而来,把第一秒推进未知数的无底深渊……

嘀嗒!您成为幸福的了。嘀嗒!痛苦又犹如烈性毒药注入了您的心中,倘若您不努力用某种清新活泼的东西来充实您生命中的每一秒钟的话,这痛苦就可能伴随您一生,乃至您的有生之年的时时刻刻。忧愁是有诱惑力的;它是一种危险的优先权;有了它,我们往往就不再去寻觅别的更高、更符合人的称号的权利了。而忧愁又是如此之多,以致便宜得几乎无人问津了。所以忧愁未必值得宝贵,倒是应该用比较新颖和更有价值的东西来充实自己,不该这样吗?忧愁是贬了值的资本。不要对任何人埋怨生活吧,因为安慰之词很少能包含一个人所要追求的东西。当一个人同妨碍他生活的事物进行斗争时,生活便会比什么都更加充实,更有意义。在斗争中,苦闷无聊的时刻便会不知不觉地飞驰而去。

四

嘀嗒,嘀嗒!

人的生命短暂到了荒谬可笑的程度。该如何生活呢？一些人逃避生活,另一些人则全心全意地献身于它。前一种人到了晚年精神贫乏而且缺少值得回忆的往事,而后一种人则在这两方面都是富有的。两种人都是要死的,倘若谁也不把自己的才智和心血无私地献给生活,那么就没有人会在死后留下什么东西……这样,在您临终之日,时钟将要冷漠地,一秒秒地计量着您弥留的时刻——嘀嗒! 而在这几秒钟里还会有新人出世,一秒钟内会有几个新人出世,而您已不复存在了! 除去您那将要发散着臭气的躯体外,生活里不会留下您的任何东西。难道您的自尊心能够容忍这种只是把您抛进生活,随后又硬把您拉出去,使您身不由己地听任摆布而毫不愤慨吗？倘若您有自尊心,并由于屈从时间的暗中左右而甚感羞耻的话,那么您就在生活中留下能对您永志不忘的东西吧。想想您在生活中的作用吧,譬如,一块砖头制成了,随后它便一动不动地被砌在一幢房子里,然后又化为尘土而消失了……当一块砖头是既枯燥而又卑俗的,不是吗？您若富于理智与感情,而且想要在生活中体验到许多思想感情充盈、奋发有为的美好时刻的话,您就不要像一块砖头那样吧。

五

嘀嗒,嘀嗒!

倘若您深入地思索一下,您在时间的无限运动中是个什么角色的话,您将会由于意识到自己是那样无足轻重而十分沮丧。这种认识定会使您感到屈辱!也定会激发您的自尊,从而使您仇视把您贬低的生活,而您一定将会与它斗争。为了什么而斗争呢?当大自然剥夺了人类用四肢走路的本领时,它就授予他一根拐杖,那就是理想!从那时起,人便开始不自觉地、本能地追求着美好的事物,目标越来越高!让这种追求变为自觉的行动吧,让人们懂得,只有在对美好事物的自觉追求中才会有真正的幸福。不要埋怨自己的力量菲薄吧,什么也不要埋怨。您的牢骚所能给您的惟一东西只是精神贫乏者的怜悯和施舍。所有的人都很不幸,但是最不幸的是那些用不幸来装饰自己的人。就是这些人最希望别人关心他,而同时又最不值得别人关心。追求进步,这才是真正的生活目的。让整个一生都在追求中度过吧,那么在这一生里必定会有许多顶顶美好的时刻。

六

嘀嗒,嘀嗒!

"一个走投无路又被你用黑暗围困着的人要那光明又有何用呢?"这是年老的约伯[①]向上帝提出的质问。如今这种仍记得自己是上帝的孩子、是上帝照他本身的模样创造出来的、敢于像约伯那样质问上帝的人已经没有了,而且一般地说,现在人们对自己估价甚低。他们不太热爱生活,甚至也不善于自爱。与此同时,他们又非常怕死,尽管尽人皆知,谁也不免一死。凡属不可避免的就是理所当然的。须知自从有人类出世以来就一直存在死亡,应该习惯于这一点了,是时候了。对已竟事业的觉悟能消除对死亡的恐惧,走正直诚实的生活道路,必定会有一个问心无愧的归宿。嘀嗒……一个人身后留下的只是他的事业。在他的时辰连同他的愿望一起告终以后,另一种时刻,一种严

[①] 约伯是《圣经·旧约·约伯记》中的主人公,虔诚的信徒,敢于质问上帝,并同上帝辩论,曾受惩罚,最后又得到宽恕。

峻的、评价此人一生的时刻即将到来。

七

嘀嗒,嘀嗒!

其实,在这个矛盾重重、尔虞我诈、互相交恶的世界上一切都很简单。如若人们彼此能作深入的了解,每个人都拥有知己的话,就会更简单些。

一个人,即便他很伟大,可归根结蒂还是渺小的。相互了解是必要的,因为我们讲出来的比我们想到的要模糊些、欠缺些。一个人要向别人打开心扉,往往缺少足够的言语,因此许多对生活有重大意义和至关重要的想法,由于未能及时找到恰当的表达形式而无声无息地消逝了。往往一个思想产生之后很想用言词,用坚定而明确的言语表达出来……可是却找不到字眼儿。

多多重视思想吧!促进思想产生出来吧,思想永远不会辜负您的劳动。思想是无所不在的,如果您愿意,甚至在石头缝里您也会发现思想的。如果人们愿意,他们将得到一切;如果他们愿意,他们将成为生活的主宰,而不是像现在这样的奴隶。只要有生活的愿望和对自身力量的自信,那么整个一生将会是一座庄丽的时钟,一座洋溢着精神力量,并以其崇高的业绩使人震惊的、伟大的时钟。

八

嘀嗒,嘀嗒!

精神强大和勇敢刚毅的人——为真理、正义与美服务的人万岁!我们往往不了解他们,因为他们是自豪的、不要求报偿的;我们往往看不见,他们是在如何心甘情愿地呕心沥血。他们用灿烂的光辉照耀着生活,甚至使盲人也见到了光明。应该让如此众多的盲人都见到光明,应该让所有人都怀着沉痛与憎恶的心情来认识他们的现实生活有多么粗鲁、不义和丑恶。作为自身愿望的主宰的人万岁！整个世界装在他的心中,人世间的一切痛苦和一切苦难藏在他的心头。生活中的凶暴与污秽、虚伪与残忍是他的死敌;他把自己的年华慷慨地付与斗争的需要,他的生活充满难以驾驭的欢乐、壮丽的义愤和豪迈的顽强精神……不怜惜自己,这是世界上最值得骄傲,最绚丽的智慧。不会怜惜自己的人万岁！只有两种生活方式:腐烂或燃烧。胆怯而贪婪的人选择前者,勇敢而胸怀博大的人选择后者;每个热爱美好事物的人都明白伟大寓于何处。

我们的生活时钟是一座空虚、枯燥的时钟;让我们不要怜惜自己,用壮丽的业绩把它填满吧,这样,我们就会度过许许多多充满了激荡身心的欢乐和灼热的自豪感的美丽时光！不会怜惜自己的人万岁！

张佩文　译

邻　居*

科莫夫那匹瘦弱的马,累得直喘粗气,打着响鼻,把大车拉到了山冈顶上,耷拉下脑袋就停住了,两胁还在剧烈地起伏着。

"嘿,你这个任性的家伙。"主人和气地说了一句,跳下车,想把马具整一整。

今天他春风满面,得意扬扬。他这一趟进城万事称心如意:两头骟猪,一只牛犊卖得很划算,还和一个商人谈妥了他冬天的一桩差事,甚至得到了这个商人给他的定金,他给自己的小子费季卡买了双靴子,给几个闺女每人买了条头巾,为老伴儿买了件皮袄面子,还买了一些城里做的糖果点心。一路上他已不止一次想象他一回到家时的情景:孩子们会马上围住他,撒娇地问:

"好爹——爹,给瞧瞧,带些什么东西回来了?!"

老伴儿也会心满意足的。然后大家一起坐下来喝茶。一定会有个把熟人来串门,打听城里的事儿,那儿粮食多不多,价钱怎么样,是否有什么关于土地的消息。

"站住,傻瓜!"科莫夫冲着马吆喝了一声。马肩上的皮被马轭磨破了,科莫夫刚动手去整理马轭,马就往旁边一躲闪。从山冈上望去,在科莫夫眼前展现了一幅巨大的画卷,它是用暗淡的、宛如秋天那种

---

* 本篇最初发表于一八九六年十二月一日、三日和六日《尼日戈罗德报》。译自《高尔基三十卷集》第二卷。

褪了色的色彩绘制的。天高气爽,远处天际尽收眼底,留着硬茬的空旷田地向四面八方伸延开去。田地上有些地方高高地堆着一垛垛收割下来的庄稼,种着越冬作物的块块绿油油的田地看起来格外显眼,几处小树林色彩缤纷,一些被秋风几乎扫秃了的金黄色的树木和灌木丛零零落落地散在田野里。一条条道路犹如黑色的带子蜿蜒于田间。但所有景物都罩上一层灰蒙蒙而又奇异的色调,像被太阳照射而褪了色的旧画一样。

寒冷的阳光从万里无云的晴空洒向丘陵起伏的原野,这些冷淡的光线并没有给这凋零的景象带来一点生气。仿佛太阳中的炽热情感已经熄灭,它只是出于履行职责还在照耀着大地。在阵阵的烈风中可以感到寒冬的气息。

科莫夫看了看所有这一切,接着叹了口气。这不是触景生情,而是不由自主地随便叹了口气,既不表示伤感,也不显露高兴。他在一生中曾迎来过四十多个秋天,这个对庄稼人来说是最丰衣足食的季节。他跳上大车,用缰绳拍打了一下那匹瘦弱的马,吆喝了一声:

"驾—驾,走啰,宝贝儿!"

离村子大约还有二十俄里,太阳已经偏西了。

"好心人儿,你能不能捎我一小段路?"科莫夫身后传来了一个平静而又有些沙哑的声音。

他不禁打了个哆嗦。一个身材高大的人用一只手抓着大车的后挡板。这个人身穿破旧的厚大衣,腰间束条红带子,头上严严实实地戴了一顶有帽耳的皮帽子,另一只手拿着一根结实的桦树棍,棍子的顶端是雕饰过的、像庄稼汉拳头那样大小的树根。科莫夫觉得这个人很眼热。科莫夫转过身看了他一眼,那人向他鞠躬致意,科莫夫迟疑不决地回了礼,怀着几分恐惧说道:

"我这匹可怜的马呀已经够累的了……"

"可现在是下坡路呀……"

"不错,是……好吧,看在上帝面上,坐上来吧……上这儿,坐在我旁边。"

那个人把棍子顺着放在车上,坐上车,把一只手往怀里一揣,笑着说:

"好,那就谢谢了……这样我这把骨头可以少走五俄里路了。"

然后他拿出烟袋,低下头装烟斗。当那个同路人放下棍子以后,科莫夫的恐惧稍稍有所减弱。他开始琢磨,在什么地方见过这个人。他一边琢磨,一边又在想,他们走的是荒郊野地,虽然能听到奥辛基打场的声音,但如果不得已要呼救时,恐怕未必有人能听见。他小心翼翼地把左手伸到裤兜里,一把抓住四个大铜币,把它们紧紧地攥在手里。万一有个好歹,打出去总有些分量。看来,这小伙子比他要年轻十岁左右,力气也比他大,瞧那脖子多壮!

这个青年人抽着烟斗,泰然自若地环顾四周,也不作声,穿着新草鞋、绑着裹脚布的那两只脚在晃动。

"你去的地方远吗?"科莫夫斜眼注视着他,问道。

"到萨扬诺夫卡……"

"是吗?嘿,我就是萨扬诺夫卡的,"科莫夫兴致勃勃地高声说道。这人既然和他去的是同一个村子,那就不会干出什么坏事……"嗯,不过……说实在的,你究竟上谁那儿……去办什么事儿?怪不得我好像在哪儿见过你,你的脸看来也怪眼熟的……你没给做买卖的西佐夫当过长工?"

"长工我没当过,"搭车的同路人低声回答了一句,把烟斗放到口袋里,把帽子从额上稍稍抬高了一点儿。

"嗯—嗯,这么说,是办自家的事儿喽?你是哪家的?"科莫夫又问。

那个顺路搭车的人就温和地呵呵笑了起来,并轻声说:

"嗨,瞧你的记性,伊格纳特·伊凡内奇!我和你紧挨着住了三十多年,连刨地也总在一起……还不满五年,你就把邻居忘了……"

"驭—驭!站住!"科莫夫突然对马轻轻吆喝了一声。马虽然已经停住了,他还用缰绳勒着马。他的额头上立刻沁满了汗珠,帽子也滑到了后脑勺上。他又觉得,似乎现在从远处传来的打场的喧声在他的胸中和头脑里鸣响。

"尼古拉!"他一把抓住邻居的肩膀,低声叫道,脸上流露出惊恐的神色,不断向四面张望,侧耳倾听着,还不住地嗦嗦发抖。"你是怎么出来的?不是判了你十二年吗?……这么说,是逃出来的?嘿,你呀,干吗这样呢?啊?我嘛……你自己想想……"

"你别怕,"尼古拉从容地说,用手拍拍邻居的膝盖,并笑了笑,"对你……还是对别人……都不会有任何麻烦的……我确实是逃跑出来的,不过他们抓不住我……都安排妥当了。没听说要捉拿我吧,是不是?"

"没有,老弟,是没有,可是那—那……不过,这么大模大样一点也不提防,行吗?比方说,你对我就漏了底嘛……"

"我想你不是我的普通朋友……是老相识了……"尼古拉温和地微笑着说。

"那别人会知道的呀!"科莫夫失声惊叫道。

马慢步走着,车上的两个邻居已不再管它了,各自怀着截然不同的心情互相打量着。科莫夫吓得失魂落魄。他正在把一个因杀害盗马贼而被判十二年苦役的人带回自己的村子。就算不是他一个人作的案,但毕竟他是被判了刑而又从苦役地逃跑出来的。现在他是个什么样的人呢?过去,在那件案子以前,尼古拉·勃拉金是个很好的庄稼人,他和科莫夫是知心朋友。科莫夫回忆起他曾做过尼古拉的男傧相,后来尼古拉也喝了他的喜酒,他们两家的东西常常借来借去不分你我。总之,他们相处得很和睦。但如今尼古拉经过这段苦役后变成了一个什么样的人呢?

尼古拉则带着捉摸不定的微笑望着邻居,脸上的神情变幻莫测。他也在追忆往事,想到妻子和孩子们,并向科莫夫打听他们的情况。

"你老婆——活着……还可以,她干起活来能吃苦耐劳。米丘什卡是个聪明伶俐的小伙子,玛丽娅已经上学了……她体质瘦弱。有个从佩斯昌卡来的少年,是个孤儿,和他们生活在一起。他性情和善,顶能干活。他好像当过长工……尼古拉,你老婆的为人……"

科莫夫说着这些话,可心里总在打鼓——要是这个尼古拉在村子里再闯出个什么祸来,那可怎么办?再说,往后知道就是他科莫夫把尼古拉带回来的……该不该把所有这些报告给村长呢?就说事情经过如此这般:有一个逃犯坐我车来的,但这不能怪罪我呀。我能不捎带上他吗?就算我不答应他,那他就会用那根大棍子给我脑袋一下,他还是照样可以来到村里的。

"伊格纳特·伊凡内奇,你怎么这样吞吞吐吐啊?"尼古拉亲切而又略带讪笑地说道,接着又痛苦地添上一句:"是不是怕我是个苦役犯?老兄,我呀,根本没到服苦役的地方去……"

"这是怎么回事儿?"科莫夫狐疑地问。

"是这样……没到服苦役的地方……"

"半路上就逃跑了?"

"差不离……是这样的,我冒名顶替了另一个人……那个人当时病得不行了……后来他死在押解途中的一个地方……结果变成我死了,他逃跑了。懂了吧?"尼古拉温和地呵呵笑了起来。

"噢,原来是这么回事儿。"科莫夫若有所思地拖长了声调说道,"那现在怎么办呢?"

"你指的是我吗?"尼古拉问。

"就是……你现在到底打算怎么活下去呢?在萨扬诺夫卡根本不可能……大家都会认出你来的。我们的村长,啊呀呀,可惹不起啊!"

"谁待在萨扬诺夫卡!瞧你说的!伊格纳特·伊凡内奇老兄,我不待在萨扬诺夫卡……我要到多瑙河对岸去。到罗马尼亚人那儿去。了解情况的人说,那儿住着俄罗斯哥萨克人……我得上他们那儿去。萨扬诺夫卡嘛……也得去一趟,总得看一眼老婆和孩子们吧……你说这样行吗?"

"这当然行。这样顶好……不是吗？嗯,是啊……但总还是有危险……万一有人认出了你呢？到那时候可怎么办呢？"

"到那时候吗？那可就糟了。又得到西伯利亚去。你这么办吧：我坐到小树林下车,在那儿一直等到天黑,行吧？你呢,到家后,就悄悄告诉我的帕拉格娅一声,就说,帕拉加①,你的男人回来了,就在附近,今天夜里等着。能办到吗？"

"这还用说,一定办到……"科莫夫毫不迟疑地答道,然后陷入了沉思。

勃拉金又从怀里拿出烟斗抽起烟来。他们坐着大车在被雨水长年冲刷成的山沟里走着。沟的一边是陡峭的土质悬壁,另一边是个缓坡,上面覆盖着被霜打过的蔫黄的野草。整个小山沟成了一条又窄又长的小径,向下伸延着,就像要伸进土地里去似的。前面可以看见树叶凋零的树梢,可怜而稀疏的树叶染上了秋天的金黄的色彩。

"尼古拉,你听我说,"科莫夫用低沉的声音又说开了,他的眼睛没有望着邻居,"你过去是个好人……这是事实,没什么说的。不管你生我气也罢,不生我气也罢,话得照实说。咱们这件事是这样……很难办,这件事我们要是不摆到桌面上来说,可能出大娄子。嗯,是这样……"

"伊格纳特,那你干吗老是拐弯抹角的？你就马上整治我好了!"勃拉金苦笑了一下,狠狠地朝科莫夫看了一眼。

"唉,你这又何必呢……'整治!'我干吗要整治你？难道你以为我不同情你吗？"科莫夫沉重地叹了口气,接着困窘地继续说:"我知道,你过去是个什么样的人,我也知道,这案子不是你一个人的罪过。可你现在是个什么人？这就是个问题了。经过那么一些事儿以后你现在究竟是个什么样的人呢？这个村子的人也和你断绝了来往……"

"那又怎么样？"勃拉金小声问道。

---

① 帕拉加是帕拉格娅的别称。

"嗯……尼古拉,我想跟你说清这么个事理儿……我是村社里的庄稼人……乡亲们是我的靠山……我在这个村社里有我自己的地位。你会使我失去这个地位的。"

"嗨,你别担心!"勃拉金低声恳求说,"你甭为自己担心……我不会给你闯祸的。"

"不,我是替大伙儿担心。你要是万一捅出些娄子来……引起纠纷,还有诸如此类的事……你万一把自己的妻子……伤害了她……或者放一把火烧了你的仇人,小酒店老板基里尔卡的……你们这号人干这种事是有两下子的。到时候谁担当责任?我——是我窝藏了你。"

"伊格纳特,你不怕上帝吗?难道我变得连个人都不是啦?"勃拉金严厉地大嚷了一声,他怒气冲冲地沉下了干瘦而又蜡黄的脸。

科莫夫的马被这叫嚷声吓了一跳,往前猛一拉,车上坐着的两个邻居摇晃了一下,科莫夫立即从勃拉金身边闪开,疑惑地审视了他一眼,并把吓得刚开始小跑的马轻轻勒住。

"我要对你说的就是,我不知道你现在对大伙儿来说是个什么人。"科莫夫压低了声音闷闷不乐地又说道,"你瞧,我坐在这儿琢磨,为了我的安宁,也为了乡亲们,你应该发个誓……"

勃拉金连连摇头,默不作声。

"就这样吧,尼古拉,你对我发个誓,你就在村里待一夜,不伤害任何人……"科莫夫斩钉截铁地说。

"要不呢?"勃拉金恶狠狠地干笑了起来。

"那……你自己明白。"科莫夫轻声说道。

"去告发我?"

"我说,你自己明白……"

接着便是一阵沉默。他们从山沟来到了一片小树林边上。大堆大堆的干树叶在车轮下发出了沙沙的声音,这些焦黄可怜的叶子东一堆西一堆满地都是。树叶不时地从树上飘落下来,好像迷惑不解似的在空中轻轻地飞舞,然后落到地面上,有的飘落到大车上。勃拉金顺手抓了一片飘落的叶子,看了看,往嘴里一放,便嚼了起来。科莫夫沉郁地默不作声。太阳已经落到树林后面,田野上出现了一片阴影,散发出一股寒气。周围的一切也显得那样寒冷和令人不快。白色的桦树干好像覆盖了一层薄薄的雪花,勃拉金沉重地叹了口气。

"我对上帝起誓,伊格纳特,这我可以……"

"那就好……这我就放心了……"科莫夫有点不好意思地说。

"嗯,是呀—呀……我遇到过这样的人,他们说到庄稼人,常常像说到凶残的野兽一样。我真不懂这些人……"尼古拉喃喃低语道。

"村社嘛,老弟……人在村社里,就得给村社出力。"科莫夫用开导的口吻说道,"尼古拉,你该下车了。约莫还有三俄里就到村子了……"

科莫夫从大车上跳下来,脱下帽子在邻居面前低着头,有些局促不安。邻居也下了车,也脱了帽子。那匹马用一只眼瞅着他们俩面对面地站着。凋零的树枝在簌簌作响,叶子不断从树枝上飘落,树林深处的暮色越来越浓。

"好,就让上帝和圣徒向你作担保,"勃拉金声音微弱地开始说,"天亮前我一定离开,不对任何人做任何伤天害理的事,要不就让天雷劈死!"

"好,尼古拉,好!你可瞧着,你已经向上帝发过誓了!好,永别了!我们也许再也见不着了!"科莫夫满意地匆匆说完后,把头向旁一歪,并伸出了两臂。勃拉金向他走近了一步,两人互相拥抱,在面颊上亲吻了三下,然后,科莫夫也没看一眼邻居,就跳上大车,用缰绳拍打了一下那匹马。

"驭—驭!……尼古拉!"他还是没有看勃拉金,问道:"你有吃的吗?要是没有,这儿有些面包圈……"

"拿来吧……"勃拉金回答说。他站在那儿,头垂在胸前,帽子还没戴上。

科莫夫急急忙忙在袋子里掏了一会儿,抓了满满几大把碎了的面包圈给邻居。勃拉金不慌不忙地从科莫夫的手里抓起来,塞进怀里,他脸上的神情显得很不自然。

"谢谢……你就像给一个叫花子……"

"嘿,尼古拉,"科莫夫深深叹了口气,"你对这个世道都生疏了……你连个庄稼人都不能理解了……别了!"

"看在上帝面上,请原谅,如果有什么……"

科莫夫的大车在杂乱的辙迹和露着像许多僵死的蛇一样的树根上颠簸着,离去了。勃拉金戴上帽子,久久地望着车影。然后他从怀里拿出一块"8"字形小面包,塞到嘴里,向漆黑一片、沙沙作响的丛林密处走去。

……夜是黑沉沉的,风在呼号。萨扬诺夫卡的上空漆黑而又寒冷,天上地下一片黑暗,只有村子里传来的声音表明,在这一片黑暗中,在附近的一个地方住着为夜色所隐没的人们。两只狗像在相互抱怨那黑夜和寒冷,凄凉地吠叫着,时而互相打断,时而一起发出如怨如诉的叫声。有时风也和它们一起呼号,什么东西发出很响的砰砰声,有时屋顶上的干草簌簌作响,还有什么东西发出吱扭的声音,这可能是风摇晃篱笆的响声。牛在睡梦中哞哞地叫,羊在咩咩叫。阵阵寒风不断把这些声音向沉浸在夜色的空中散播开来,把这些声音汇合成一曲令人心碎的交响曲……

忽然传来了一阵敲击铁器的声音,这声音淹没了其他一切声音。一声接着一声,有节奏地敲着,这些敲击声好像从裹着夜幕的高空飘流下来,又随着风在村子的上空久久地荡漾。这是守夜更夫在敲击挂在村长住房对面的那块铁板。

在离这栋木房很远的地方,几乎是村子的另一头,在井栏上坐着一个身裹皮袄的笨重的人影。他把皮袄的领子竖起,两手交叉放在肚子上,身子向前探着,慢悠悠地来回轻轻晃动着,好像在苦思冥想,要解决一桩不愉快的心事。

这是伊格纳特·科莫夫。当家里人都就寝以后,他也躺下了,但他辗转反侧不能入睡。他觉得,他给村子带来的是灾难,而不是自己过去的好邻居尼古拉·勃拉金。现在对尼古拉来说,这个村子和它的村民意味着什么呢?他与这个村子已经断绝了来往。恐怕,正因为这样他痛恨这个村子。那时候根本不是他一个人杀死那个盗马贼的,但为此却只惩办了他一个人。怎么能不气愤呢?怎么能不想伤害把自己洗刷得一干二净的那些人呢……

科莫夫还觉得,尼古拉一定会放火把村子烧掉。还会伤害妻子,因为在他离家的这段时间里她生了个孩子。当然,她还是个年轻的女人……但话又说回来,怎么能容忍这样的耻辱呢?丈夫服苦役去了,而她来那么一招——胡搞。……就说他,尼古拉可能不会见到那婴孩,因为科莫夫出了个主意,让帕拉格娅把孩子藏到别的地方去了……但看来,恐怕最好还是向村长报告一声,并把尼古拉捆起来……捆起来,就万事大吉。这样倒是可以太平无事……可还有一桩,就是年轻人太可怜了。也许,他真的是要投奔哥萨克,在那儿重新做人。他这个可怜人,可能挨够了饿,受够了冻……要是他忽然想起把谁家的贮藏室撬了,以便弄到一些在路上吃用的东西?那怎么办?到那时候伊格纳特·科莫夫对自己把一个小偷带到村里来这件事就得守口如瓶了……再说,尼古拉也会悄悄地上他这个老朋友这儿来的。

科莫夫几次毅然决然地从炕上爬起来,要上村长那儿去把一切都告诉他。但每次想起旧日的情谊和他们在来村子的路上勃拉金顺从而又忧伤的举止神态时,伊格纳特就打消了这个念头,于是他又在炕上躺下。

恐惧和各种想法纠缠着他,使他不能入睡。他觉得,好像尼古拉闯进了他家的贮藏室……听,窗户不时发出吱呀的声音,地板上的木板在颤动……这是熊熊燃烧的干草发出的噼啪声……浓烟的气味……

最终,伊格纳特果断地爬起来,坐在炕上。他产生了一个念头:他得穿上衣服到街上守着。守夜人不会发现的,因为当守夜人走近时,他可以躲开。伊格纳特悄悄地穿上衣服,披上皮袄,然后出了家门,走到街上。他在风地里已经坐了大约有五个小时了,一会儿靠在尼古拉房子的墙根,一会儿又坐到井栏上。

天快亮了,勃拉金的房子里还是黑着灯,静悄悄的,这使伊格纳特坐立不安。邻居也该走了。科莫夫想去敲敲窗户,可能,他在那儿睡着了?但出自某种考虑,科莫夫没有这样做,他惴惴不安地不时看看天色,好奇地看看邻居的窗户,他一直在等着。

可是,好像屋子里划亮了一根火柴?有样东西在玻璃窗上闪了一下。科莫夫警觉了起来。门吱扭响了一声,接着院子里传来了脚步声。

"主耶稣啊!"科莫夫画了个十字。他走开好呢,还是送尼古拉出村好呢?还是送送他和他推心置腹谈谈……

院子里传来了抑制不住的偷声抽泣和沉重的连连叹息声。帕拉格娅失声痛哭,用颤抖的声音说:

"别了,我的心上一人!尼科利—利①呀,我再也见不着一着你啦!你把孩子们都扔给了谁啊?他们真是些心狠手辣的恶魔……十人犯罪……你一人替他们受一辈子罪……"

"别哭,"尼古拉嗓子喑哑地低声说道,"你听我说,我在那儿一安顿下来,就写信来,你把东西变卖了就走……听见了吗?你不会让我白等吧?"

"尼古—古卢什卡!我现在就跟你一起走,甭说什么……让我守活寡,这种日子好过吗?我可怜的,你被人害得好苦啊,你真冤枉啊,我的流浪汉啊!我最心爱的丈夫,你原谅我,再见了……"

"别号了,帕拉格娅……别人会听见的……那我就会全完了……好了……再见……要比爱护眼睛更加爱护孩子们……等信一到……

---

① 尼科利和下文中的尼古卢什卡,是尼古拉的昵称和别称。

就赶紧动身……带上身份证……就说到城里住去……钱我会寄来的……怎么走,我会写信告诉你……再见了!"接着是一片寂静。

科莫夫听着这些话,他的心被刺痛了。哎,我的上帝啊,人世间的生活是多么辛酸痛苦啊!人们日日夜夜不知流了多少眼泪!最神圣的圣母,愿您保护并饶恕人们吧!

"别——别——了——了!"帕拉格娅呻吟着尖叫了一声。接着篱笆的门闩响了,勃拉金手持棍棒的黑色身影向街上探了一下……

"回去吧……看在基督面上,回去……"他压低声音说道,然后走到街上。

"这是我,尼古拉·斯捷潘内奇……别怕……"科莫夫说着走到他的身旁,"走吧,我送你出村。"

尼古拉打量了他一下,就默默地走了。他喘着气,抽着鼻子,不时还用手在脸上抹着。他的步履急促,尽管风在呼号,但可以听见他的脚踏在冻硬的土地上发出的响声,就好像他在怨恨这土地,并拼命使劲儿地踩踏着它。

"轻点儿,尼古拉·斯捷潘内奇……这会儿说不定有人会听见的。"科莫夫说道。

他们顶风走着,科莫夫的皮袄不断地被风掀起,缠住他的双腿。

"伊格纳特,你……一直看着我吗?"勃拉金问,看也没看身旁的科莫夫一眼。

科莫夫不知怎么地咳了起来。

"我是等你来着……好送你走。"

"送我!你可真是着急呀!"

科莫夫不禁浑身一颤,因为尼古拉的话里流露出怨恨和敌意。在他们前面遥远的地方天空渐渐发出鱼肚色,然而他们头顶的上空还是漆黑一片。一些黑魆魆的房子在黑暗中出现又在黑暗中隐没,就仿佛这些房子从两个走在路上的邻居身旁慢慢地浮掠过去。

"哎!"勃拉金大声叹息道,"就是你们这些狗东西毁了我的生活……你们这些没心肝的把我往死里整。"

科莫夫深深地叹了口气。

"你是为咱村大伙儿,尼古拉……这样很好,一个人为大伙儿豁出自己……他的罪孽是会得到宽恕的。"

"好一个大伙儿!"勃拉金不满地揶揄着重复了一句,把棍子一扬。"这个大伙儿给了我什么好处?在法庭面前替我说话了吗?我所受到的处罚公正吗?大伙儿……你的这个大伙儿都把我生吞活剥了!"

科莫夫没吭声。的确是这样……这个案子判得不公平。

"最好把你们这儿所有的人都烧死……顺风,从最头上的房子烧起……这样也许会使你们的……心肠不那么冷酷……"

"愿上帝复活,让他的敌人都完蛋吧……"伊格纳特在默默祈祷,一边加快了脚步。赶快走过最头上那间房子。过了那儿就是田野了……或者去叫人……不,等到有人跑来,尼古拉早就用棍子把我打死了。

"既然是大伙儿的村社,每个人又都对它有用,那这个村社就应该爱惜每个人……不要冤枉一个人……可你们……大家干的事,却要我一人担当责任。我凭什么要受这个罪?啊?"

"尼古拉·斯捷潘内奇……别吵吵……这是天意……该你受罪,不是别人。"

"住嘴……你这个虚伪的家伙……你们都是犹大……我的眼泪……会使你们受到报应的……"勃拉金悲愤而大声地骂着,难听地、恶狠狠地、无所畏惧地骂着。

科莫夫浑身发抖。要是有人听见了,那可怎么办?别人会问,伊格纳特,你这人怎么和一个苦役犯在村子里游逛?于是科莫夫因为自己没有向村长报告而狠狠地咒骂着自己……

他们终于出了村。勃拉金还是那样走得飞快,科莫夫却像打摆子一样浑身哆嗦,紧跟慢赶地跟着他。勃拉金有时把牙咬得咯咯作响,咒骂着;但最后,他不吭声了,停下脚步,转过身来面向村子。科莫夫在他身后,一个诱人的、强烈而热切的念头一下子涌上了他的心头……悄悄地弯下身,拾起一块石头,向尼古拉劈头猛击过去……然后把他捆起来,跑到村子里……报信叫人来……

但勃拉金回过头来了……伊格纳特很快地朝他的脸瞥了一眼,发现勃拉金在流泪。他站在那儿,看着伊格纳特在流泪。科莫夫感到于心有愧……

"尼古拉……"他用颤抖的嗓音叫了一声,就再也没有任何话可说了。

"还有俩孩子呐……"勃拉金低声说道,"老婆……家业……费了多少心血……流了多少汗……你们为什么坑害我?走开吧,伊格纳特,免得遭殃!虽说这事跟你毫无瓜葛……可我会把你打死的……我知道……嗯,我要把大伙儿都杀死……懂吗?还有孩子啊!他们才多大点儿呀?谁来抚养他们长大成人……走开吧,伊格纳特……你们是些野兽……你们都是些吃人的魔鬼……"

"尼古拉……你听我说……"科莫夫用颤抖的声音说道,走到邻居的紧跟前,面对面都快碰着了,"你走吧,走吧,什么也不用怕!请原谅我,尼古拉……等一等……别推开我……咱们坐下……我一五一十都跟你说了吧……"

"你别缠着我了……"勃拉金悲伤地说,一边又把邻居推开……

但伊格纳特没有离开,一种美好、热烈而又轻松的感情忽然涌上他的心头,立刻驱散了他对尼古拉的恐惧,以及一切对他的恶念。无论是在他的头脑还是心胸中一切骤然都变得一清二楚而又为他所理解,这种新的感情似乎涤荡了他的身心。

"尼古拉,我不走!"他甚至把两手搭到勃拉金的肩上,这使勃拉金急忙往一旁闪开。"就是打我,我也不走开!没多久以前我让你向上帝发誓,现在我要你向上帝发誓。"

"干吗?我要你的发誓干吗……"尼古拉把手一挥。

"听我说,你谈到了孩子……以圣尼古拉①的名义向你保证,我会护着他们!要是我不替你照管好孩子,就让上帝惩罚我这个该死的!你相信吗?在村会上我要说:'乡亲们!你们记得那个伙计吗?他在为谁受罪啊!知道就好!那就得帮他妻子的忙……是的……'我发誓,一定这样做!我要永远帮助你的家,也让别人这样做……原谅我吧,尼古拉·斯捷潘内奇……我打遇到你开始就在想,是不是要告发你?现在总算……我明白过来了……我感到我对不住你……宽恕我吧……好吗?"

"你这是……怎么啦?"勃拉金用一种异样的声音问道,俯首对着邻居的脸。他们默默地相视了片刻,两人的脸上泪水纵横……然后,他们好像都受到内心冲动的驱使,伸开了双臂,充满友情地紧紧拥抱在一起。就这样他们站立了很久,两人都泣不成声,嘴里念念有词……

"好了,走吧……天已经亮了。"伊格纳特说着,松开了胳臂,撩起皮袄的下摆,用它擦了擦脸……

"那你……你说话算数吗,伊格纳特?……一定会帮忙吧?"勃拉金激动地问。

"只要我活着,你就尽管放心……我说到做到!"伊格纳特坚定地说。

"好,基督保佑你!我走了……再见了!"

两人再一次拥抱……

身穿黑大衣,手持树棍的勃拉金的高大身影迈开双脚在路上疾步走去,穿着皮袄的矮墩墩的伊格纳特站在那儿凝望着他的背影,宽阔的脸盘上露出明朗的微笑,胡须上挂着泪花……风渐渐转弱,夜色开始消退,可以看见东方灰蒙蒙而又寒冷的天空浮着云彩……

勃拉金的身影渐渐融合在正在消逝的夜色中,最后完全看不见

---

① 东正教中受到特别敬仰的圣灵。

了。于是科莫夫叹息了一声,慢慢往村里走去。但不一会儿他站住了,向邻居的背影又看了一眼,遗憾地咂了一下舌头,喃喃地说道:

"应该给他点钱,哪怕个把卢布……哎,你呀,你真该打,对吧?他可能一个子儿也没有……我刚才怎么就没想到呢?"

伊格纳特歉疚地摇了摇头,又往前走去。

天很快就大亮了。

周　圣　译

休　假　日[*]

素　描

彼得·伊凡诺维奇醒来了,他嘘了口气,心神不安地把一只手伸向床头墙上的挂钟,随后又懒洋洋地放到床上。他脸上浮漾出一副怡然自得的笑容,怡然自得而又带有几分嘲讽。接着他在被窝里美滋滋地打了个呵欠,伸了伸懒腰,心里想着那连续九年的公务员差使使他养成的痼习——每当清晨醒来便忐忑不安,嘀咕着又是睡过了劲儿,又是赶不及上班等等。

就拿今天来说吧,尽管他已经开始休假,满可以睡个痛快,可是醒来却同往常一样胆战心惊。他每天惊醒之后,势必手忙脚乱,气急败坏,怨天尤人,慌不迭地赶着去上班。他总是分秒不差地赶到办公地点。因而被称道为最最遵守时间的人。

彼得·伊凡诺维奇侧过身子,望了望洒满灿烂春晖的窗户。窗沿上摆着几只花盆。花盆之间尽是乌七八糟的玩意儿,丝毫起不到点缀窗台的作用。汽油瓶和布满污迹的铜烛台搁在这儿干什么用呢?还有那一堆盒子、玩具马的残骸、鲸须,那鲸须不明明是妻子从她的紧身衣上扯下来依在窗玻璃上的吗?……多不雅观。路人走过,一眼就瞅见——萨佐诺夫家里可真够乱乎的……得提醒妻子注意才是……当

---

[*] 本篇最初发表于一八九六年十二月十五日、十七日、二十一日《尼日戈罗德报》。译自《高尔基三十卷集》第二卷。

138

然要说得和婉些。必须做到把家里收拾得窗明几净、环境舒适,因为家对于一个为了养家活口而终日操劳的丈夫说来是休息的地方,以及……等等。彼得·伊凡诺维奇想到这里懒得再往下想了,他轻轻地吹着口哨,盘算着怎样安排和如何度过他那假日的第一天。

一间间屋子里静悄悄的,唯独从庭院里传来了厨娘达丽娅的高嗓门儿,她像是在派谁的不是:

"你这丑八怪,我多少次好生求过你:赶早把水送来!我们天天一大早要给孩子洗澡,你倒是知道不知道啊?"

彼得·伊凡诺维奇明白了,原来丑八怪指的是送水的,达丽娅因为他送水送晚了在责怪他。达丽娅干起活来喜欢井井有条,并有一手相当不错的烹饪术;但她有点儿粗野,像个赶大车的。这是须要注意的。总而言之,应该过问过问家务事。不瞒您说,他对家务铺排和家庭常规一无所知。他没有那份闲工夫——从九点到三点在衙门办公,四点钟吃饭,饭后约莫休息两小时,五点钟喝茶,六点至九点坐夜班,九点钟串门打文特①——就这样整整度过了九个春秋。当然也经历过不寻常的事情,打破过他那按部就班的生活,比如添丁、施洗礼(共有五次)、为岳母奔丧、妻子害病、霍乱、两个孩子夭折、邻居家里失火、存放在小贮藏室里准备过圣诞节用的食品被偷、岳父过世后为接受妻子所分得的那一份七百二十九卢布的遗产而作的莫斯科之行。九年的时间里发生的事情可真不算少。每件事情都大大地惊扰了他们的生活,使他们疲惫不堪,苦熬苦撑,直到渐渐淡忘。

随之又开始平静而美满的生活。一切过得和有身份的人家一个样儿,妻子如同新婚前夕那样爱着他彼得·伊凡诺维奇。当然,有时也不免发生一些小小的磕碰。孩子长得又虎实又听话,工作驾轻就熟,他感到心满意足。他的薪俸足以维持这样一个家庭的生计,此外,还有一笔以备不时之需的积蓄。一贯忙于公务和癖好文特的彼得·伊凡诺维奇

---

① 一种牌戏。

认为自己站稳了脚跟,比一个上等人应有的生活是不相上下的。

彼得·伊凡诺维奇把他的生活做了这么一番简单的估摸之后就开始穿衣服,心里继续思忖着怎样过好假期的第一天。首先他要准备一顿比较丰盛的午餐,其次……晚上在家结伴打牌、喝酒。从早晨到午饭这段时间应当领着孩子们出门遛遛。带他们到城外野游去。这太美啦!

彼得·伊凡诺维奇悠然自得。他洗过脸便来到餐室,肩上披着一件灰色晨服。这倒使他彼得·伊凡诺维奇·萨佐诺夫活像一个市立医院的病员。

餐室里的茶炊在沸腾,室内阳光和煦,菜香扑鼻。

"达丽娅!"彼得·伊凡诺维奇呼唤了一声,但没人应声。他抬高嗓门又喊了一声,这才听见孩子的小脚噔噔跑动的声音,传来了老二科利亚的呼叫声:

"达丽娅,快去,爸爸在叫你呐!"

"科利亚!"彼得·伊凡诺维奇喊了一声。科利亚走过来了。这是个瘦削的小男孩儿,六岁光景,尖溜溜的肩膀,窄胸脯,苍白的脸蛋和一对焦躁不安的灰色小眼睛。他在桌旁停了下来,面对着爸爸,迅速向他投了个好奇的目光,然后从桌子上拿起一只牛奶罐,把鼻子伸到罐子里,失望地唉了一声。

"哎,你怎么不跟我道早安呢?"父亲责问他。

"今儿不是过节啊!"科利亚摇摇头,回答说。彼得·伊凡诺维奇明白了孩子想说什么:原来是因为孩子们只在逢年过节的早上才见到他,所以科利亚并不觉得平素也要向父亲道早安。彼得·伊凡诺维奇开导儿子说:不兴这样做。于是,科利亚又摆出另一条理由来。

"我挨剋了。"他紧锁着小眉头说。

"因为什么呢?"彼得·伊凡诺维奇盘问道。

"因为沃洛季卡打我来着。"科利亚说。

"这不可能,你这是瞎说……"

休假日

"没有瞎说,是真的。"科利亚听着父亲那自信的语气反驳道。他的两只小手抓住桌沿,不料两脚在地板上一滑,哧溜滚到了桌子底下,抓在他手里的台布从桌子上也滑落了下去,碗碟丁零当啷响成了一片。彼得·伊凡诺维奇连忙跳起身来,一把拽住台布,大声叫道:

"啊呀,你……给我松手!"

这会儿科利亚的后脑勺儿已经磕在地板上,他赶紧爬了起来,一面用两只小手揉着脑袋,一而瞅着桌子底下,显然是在琢磨着他是怎么惹出了这场乱子的。彼得·伊凡诺维奇在他的小脑袋上挥动着手,教训着他。达丽娅站在餐室门口,连连点头称是。

"个个都这么淘气……"她趁着彼得·伊凡诺维奇停顿下来的那一忽儿帮腔道。

"你甭多嘴!太太呢?"

"在楼下房客家……沃洛佳和科利亚同房客家的小子打架来着,太太就去……"

"你走开……我这儿没你的事儿……"老爷干巴巴地打断了她的活。达丽娅见怪了,她掉过身去,咕哝了几句,在地板上啪哒啪哒拖着一双旧式便鞋走开去了。彼得·伊凡诺维奇朝儿子转过脸来。儿子把一个手指头伸到牛奶罐里探索着,父亲吆喝了一声,他惊恐地把奶罐扔到了桌子上。

"科利卡[①]!谁教你这么干的?"

这时,彼得·伊凡诺维奇在暗暗地想:妻子把孩子们娇纵得太不成样儿了,应该同她谈谈。慌了神的科利亚战战兢兢地把一个手指头塞到嘴里,蔫不唧地朝外门溜去。

"慢着!回来……你跟我讲讲,为什么要和沃洛佳去打阿廖沙?啊?这到底是怎么回事呢?"

父亲声色俱厉,科利亚心想,还不如放声大哭呢。他果真这么干

[①] 科利亚的别称。

141

了,刺棱一下逃出餐室,在门口和母亲撞了个满怀;他一把揪住母亲的衣裳,一头埋在里面,扯开嗓门就号了起来。

"我已经罚过他了……"瓦尔瓦拉·瓦西里耶芙娜站在门口,抚摩着儿子的脑袋,不满地对丈夫说。

"听我说……"彼得·伊凡诺维奇正要往下说。

"甭你来插一杠子,再说你也不知道谁个在理……"

"你这是什么话……一则,我没有罚谁……"

"不然,干吗孩子要从你这里没命似的朝外逃呢?……"

"这都是叫你给惯的……"

"哎呀,我的上帝!好一个教育家呀!"

妻子在门口扭头走了。彼得·伊凡诺维奇惊诧地瞅了瞅她的背影。纯粹是突如其来的一席对话!彼得·伊凡诺维奇本来想和妻开诚相见,告诉她这一天的日程,总之是共享天伦之乐。不料却发生了这么一场争吵……显然是因为孩子们打架而去找齐明家评理这档子事使她恼火了。应该言归于好。由于这场小小的风波,彼得·伊凡诺维奇的茶水搁凉了,他感到满心有说不出的不愉快,因而领孩子们出外溜溜的兴致也随之一扫而光了。

应该干点什么事情好打发那闲暇时的无聊。闲不住的习性在这位官员身上冒出尖来了。那么午饭前这段时间用什么填补呢?彼得·伊凡诺维奇摸摸脑门寻思着。

另一个儿子沃洛佳的小脸蛋儿朝门里探了探。那是个年满八岁的小胖墩儿,胖乎乎的腮帮子,他总要引起父亲一番思索——为什么他,这个头生子,长得那样虎头虎脑,生性却很文静,科利亚长得那么瘦骨嶙峋,性情却很暴躁。莉莎呢,好像她生来就是为了害病似的……

"嗯,沃利卡①,过来……"彼得·伊凡诺维奇温声柔气地呼唤他

---

① 沃洛佳的别称。

的爱子。沃利卡不急不忙地走了过去,一面带着几分疑虑审视着父亲……"你好哇……好斗的公鸡。你为什么要同阿廖沙打架呢?"

沃洛佳一头埋在爸爸的怀里,理直气壮地说:

"是他先动手……他推了科利亚,我只是打抱不平来着……"

"嘀,好一个义士……"彼得·伊凡诺维奇称赞说,但立刻意识到了不该对孩子这么说话,言下之意那可是纵容他往后去打架呀。

"不管怎么说,你总不该去打架嘛……"

"要不然科利亚……还有我……非挨他一顿揍不可。"

"那么你就去找他的妈妈,告诉她,就说阿廖沙打人,不,我是说,你应该去找你的妈妈……"

彼得·伊凡诺维奇有点儿犯难了,遇到这种场合究竟应该找这两个妈妈中的哪一个更妥当呢?

"啊!您在给孩子上告状课哪?"从隔壁房间里传来了一个妈妈的声音。彼得·伊凡诺维奇打了个哆嗦,有点儿沉不住气了……

"沃洛佳,给我出去……"

儿子好奇地左顾右盼着走出了餐室,等他躲到门后,想听听爸爸妈妈要说些什么的时候,爸爸冲着还没有露面的妈妈那个方向先开了口:

"我的太太啊!我瞧你今天简直让人莫名其妙……如果你本来就是个神经质的女人,你又何苦在不该发作的时候也发作呢?"

"对不起,别挖苦人……是您今天一早起床心气就不顺……是您把孩子吓得歇斯底里似的哭叫起来,对另一个孩子天晓得您教了些什么,连厨娘都给……"

"连厨娘都给得罪了!假如这不是你的臆断……那我就是一个十足的凶神恶煞喽……"

他竭力克制自己,保持镇静,可是这反倒惹火了妻子。她披头散发,穿着一件白上衣,敞着胸脯,站在餐室门口,用藐视的目光扫了他一眼,说:

143

"您吃枪药啦……您当是在您的公事房里,是不是?"

"瓦—丽娅①!"彼得·伊凡诺维奇吃了一惊。当别人把他的衙门称作公事房的时候,他简直不能忍受。与其说妻子使他动气,莫如说是使他惊讶。他从来没有见过妻子这么厉害而又蛮不讲理。他瞅着妻子的脸色,寻找着宽慰的话,心里在想:她今天是怎么啦?往常他在家里的全部时间都是"匆匆"而过的,就连平素拌嘴吵架也都带有匆匆忙忙、草草收场的架势……难道妻子存心想要在他得闲的时候把她积压在心里的满腹牢骚统统冲他发泄出来不成?

妻子站在房门口,彼得·伊凡诺维奇脸上那一副俯首听命和困惑莫解的神情使她感到委屈。她大动肝火,满口胡言,不堪入耳。彼得·伊凡诺维奇竭力想压住她的火性,安抚地说道:

"瓦丽娅!你听我说!瓦柳莎……瓦尔瓦拉……"

但这都无济于事。于是彼得·伊凡诺维奇勃然大怒,火冒三丈,从椅子上跳起来,用拳头擂着桌面,吼叫一声:

"求求你,住……住嘴!"

妻子吓了一跳,脸色都变青了。她瞪大着两只眼睛,慢声慢气地说:

"哦—哦?是这样?"她意味深长地点点头,走掉了。

彼得·伊凡诺维奇重又在桌旁坐下,气得呼哧呼哧的,太阳穴的青筋嘣嘣直跳,污言秽语在嘴边直打转儿。他觉得今天早晨所发生的一切太岂有此理了,但同时,他又领悟到这似乎是现实生活的必然规律。这更加激怒了他。

侍女走进屋来拾掇餐具。彼得·伊凡诺维奇来到庭园,他既不愿意见到孩子,也不乐意看到妻子。他满腹忧虑地走进凉亭,在长凳上坐了下来,试图追忆妻子往日的面容。可是他没有如愿以偿——在他的眼前却出现了妻子刚才那副模样。说来也怪!他觉得妻子一点儿

---

① 瓦丽娅和下文中的瓦柳莎均为瓦尔瓦拉的昵称。

都不美了,一点儿也不可爱了。一副干瘦而又神经质的面孔,一张大嘴,狭额大嘴,满口黑牙。

突然,一种奇怪的想法使他感到惊诧。原来他对她——自己孩子的母亲一点儿也不了解!她想些什么,需要什么,对孩子和对一切事物的观点又是什么呢?彼得·伊凡诺维奇压根儿没有想到过要去了解她。似乎他没有闲情逸致和她谈论这些事情。妻子的爱好他倒还清楚——她喜欢浓茶、面食、乳制品和甜食,但不爱吃肉食。她喜欢浓香水,鲜艳的颜色……可她信不信上帝呢?倒是有时去教堂,但并不经常。信奉到什么程度呢?彼得·伊凡诺维奇自己呢……

当彼得·伊凡诺维奇的思绪转到自己身上的时候,他异常惊讶地发现自己好像与以前判若两人。这使他心烦意乱。他久久地追寻那青年和大学时代曾经有过的感情……那时候是什么样的感情呢?如今那种感情又在哪里呢?似乎只留下了支离破碎的印象,凭借这些印象什么都联想不起来了。他瞪大着眼珠子坐在那里,重温往事;同时,他仿佛觉得有什么东西在把他往下面拽去似的,就像是落在肩膀上的重物,压得他慢慢朝下滑去。

孩子们从他跟前跑来跑去,可是瞧着他纹丝不动的模样,不敢迈进凉亭。后来,侍女招呼他回屋吃午饭。他不想吃。侍女问:

"要不要打发孩子们吃饭?"

"太太呢?"

"她一早就出去了……"

"行哇……"

他觉得,应该做到不露声色,不让女仆觉察到他那糟糕的情绪,但又实在难以做到。奇怪的思绪在脑海里接踵而至,像是对他发动了一场出其不意的袭击。

"那是因为闲着无事可做,"他这样想,"需要找点事儿做做。"

但他什么事也没有做,就这样一直坐到傍晚,感伤地耷拉着脑袋,被那些刚刚产生的思绪所纠缠,像是被它们给团团围住了一样。

145

"到底出了什么事?"他问自己,随之耸耸肩膀,自己作了解答:"好像没出什么事呀!同妻子拌了嘴,这算得了什么!"

然而,这答案是似是而非的,丝毫没有解决问题。显然已经出事了……还是就要出事呢?彼得·伊凡诺维奇禁不住心里打了个寒战,瑟缩着站立起来,在园中踱了几个来回之后想回到屋子里去。可是他走到花园小门旁又收住了脚步,那是因为他不愿同妻子照面儿。这么说,他倒要仔细想一想妻子是个什么样的人。九年来,他确实没有在她身上花费过心思。

后来,有人呼唤他去喝晚茶。他知道太太还没回家来,便进屋去了。他吃过茶点,来到自己的房间,往沙发上一躺,对着启开的窗口仰望起天空来。天空一片宁静,彼得·伊凡诺维奇的气也平息了一些。

"一切都会过去的!"他在一丝绵绵的倦意控制下想道。随后他沉入了睡乡。第一个休假日就这样很不愉快地过去了。

第二天早晨起床,彼得·伊凡诺维奇感到有些不舒服,脑袋昏沉沉的,心中郁郁不欢。莉莎这个病歪歪的小女孩在儿童卧室里发出令人心碎的痛苦的哭喊声。妻子时不时地尖声叫喊,可见她心气还不顺。她在同娘姨吵嘴。

"那些小病包儿为什么要投生,又何苦要活在人世呢?"彼得·伊凡诺维奇紧锁着双眉想道,但同时又因这个念头的出现而感到愧疚。孩子体弱多病……当然不是他们的过错。

到餐室里去吗?彼得·伊凡诺维奇又不乐意。他生怕在那里碰见妻子。由于昨日的争吵,妻子为了报复他,说不定还会大吵大闹一场。毫无疑问,昨天妻子的举动是异乎寻常的,是从来没有过的。要和她好好谈谈。说来,还是家里欠整洁,好比说,卧室窗台上那瓶汽油……对子女缺乏管束,尤其是科利卡……昨儿就算他彼得·伊凡诺维奇态度粗暴,但这也都是妻子的不是。这么一想,彼得·伊凡诺维奇反倒打起了精神。他去洗脸了。不料,像是神差鬼使,洗脸池里没水了。他抹了一脸肥皂,喊起侍女来。

"帕莎①！……帕莎！……"

皂沫刺激着他的眼睛。这时,又传来了莉莎痛苦的呻吟和妻子焦躁的叫喊声。

"帕拉格娅,活见鬼!"

她终于走了过来,彼得·伊凡诺维奇睁开一只眼睛瞅了瞅她,只见她拉长着脸,显得很是委屈。

"水……您不知道自己该做什么事儿吗?"

"要我劈成两半拉吗? 莉宗卡②那儿……"

"我跟你说过,拿水来!"

侍女走了有半晌,一直没见她送水来,他满脸肥皂,站在洗脸池跟前,扮着凶煞的面孔,只觉自己十分滑稽可笑,他更恼火了。他梳洗完毕之后,就来到了餐室,对全家大小憋着一肚子怒火。在他发现茶炊已经熄灭、桌上洒满了水的时候,更像是火上浇了油一样。

"帕拉格娅!"他嘶声嚷了起来。

可应声而来的是妻子。她脸上的表情和整个神态显得抑郁不欢、逆来顺受的样子。于是彼得·伊凡诺维奇忍无可忍了。

"我说,"妻子用感伤和央求的声调先开了口,"求求你,把火消了吧!……莉莎刚刚睡着,孩子在害病,可你动不动就扯开大嗓门,倒像是在森林子里……都快要叫孩子得精神病啦。"

"他们本来就先天不足,因为生来就像母亲……"彼得·伊凡诺维奇没好气地说。

瓦尔瓦拉·瓦西里耶芙娜狠狠地白了他一眼。

"您可以侮辱我,但我只求您对孩子要嘴下留点儿情。"

"说下去,太太……继续演您的闹剧好啦……"

"你……好不狠心啊!……"

……彼得·伊凡诺维奇木然不动地坐了约有五分钟。"出了什么

---

① 帕拉格娅的昵称。
② 莉莎的别称。

事啦?"他的脑子里在扑咚扑咚地敲打着鼓。在气愤和苦恼之余,他终于明白所发生的一切纯属无理取闹,心中不由感到自愧。同时,他又好像觉得这一切都是不可避免的,是在情理之中的。这思想实在可怕。不,看来,这不仅仅是思想,而是预感,一种可以觉察到的感触。他匆忙喝过茶,闷闷不乐地朝周围瞧了瞧,决定像昨天那样,最好还是到亭子里待着去。可是,使他吃惊的是,没想到竟在凉亭里劈脸碰见了妻子。她坐在里面,臂肘支在台子上,一边哭泣,一边用手帕揩着眼泪。她两眼红肿,蓬头散发,好不伤心。他一跨进凉亭,妻子顿时冲他站起身来,轻蔑地瞥了他一眼。他正要闪开,给妻子让路,但忽地被一种突然迸发的激情所支配,一把抓住妻子的手,小声说:

"等一等,瓦尔瓦拉……"

妻子猛地挣脱开去,怒色满面,一声不吭。

"你别忙嘛!咱们应该好好谈谈……"他的语气真诚感人,妻子不得不停下脚步。她强装出满不在乎的样子,可是又带着难以掩饰的好奇心问他道:

"您想说什么?"

"咱们坐下来谈……"他说。

她迟疑了一下便在台子旁坐了下来,彼得·伊凡诺维奇坐在她对面,默默不语,激动得不知从何说起……

妻子低着眉头,偷视他的一举一动,但却又摆出满不经意的样儿。他终于觉得找到了要讲的话,于是开口说:

"这么下去可不成啊……"

但是,话刚出口,他发觉这话同妻子已经谈过不止一次了。他担心地瞅了瞅妻子,心想,他重弹这老调也许会使妻子觉得他愚蠢。不过,妻子倒是会意地点了点头,连忙抱怨道:

"可不是嘛……"

他如释重负地舒了口气。

"假如你也这么认为,那就更好办了,你我就能尽快取得互相谅解。咱们已经不年轻了……是啊。须要互相谅解……咱俩是怎么搞的？真叫我摸不着头脑……你这是什么脾气？是怎么引起来的？为什么冲我发火呢？结果……"

"好哇！"妻子扬声说，"好哇！"她咬牙切齿地朝丈夫转过脸去，用敌意的目光把他从上到下瞅了一遍。"你自己说说吧……我过的是什么日子？你想过没有？啊？当然没有。谁都不会把妻子放在心上的……她们一辈子同娘姨、厨娘、病孩子打交道，一辈子！她们的佣人就是她们的伙伴。瞧我这生活！我沉默了九年……一直等着往后的日子会是个什么样儿？结果落得一身病，操碎了心……你说说，这都是为了什么呢？为的是好让你吃现成饭……享现成福……这都是为了你……为了你啊……可我呢？我呢？这一年来，我思前想后……我为什么活着，活着又得到了什么人生乐趣呢？我精疲力尽了……累垮了身体……苍老得不成样儿了，这都是为了什么呢？为了孩子们吗？可我……我能为他们做些什么呢？他们不听我的话，你呢，家里连影子都见不着你的，即便在家，不是睡大觉就是玩牌……在全家大小看来，你简直像个外人……你是一家之主……我呢，是你的奴隶，是吗？哼，我可受够了！"

她这一席振振有词、断断续续、歇斯底里般的话语使彼得·伊凡诺维奇感到惘然若失。她像是在哭诉。很久以前，他曾经听到过这样的话，而且比这更义正词严，不过，那不是出自妻子之口。那么，妻子这番话是从哪儿来的呢？是她新近从书本里读到的吗？可她向来不爱读书，不过，为了消闲解闷也许开始读起书来了？

他没发现妻子有书呀。是不是齐米娜灌输给她的衰颓思想呢？那个齐米娜是书迷，又是个虚情假意的人，而且跟妻子还很要好……

"瓦丽娅，我说，你在讲些什么呀？你倒像那些……自由派里的小姑娘……要知道我也在奔波操劳，我的精力也花费在……唉，总而言之，我不明白你！你这一套是从哪儿学来的呢？是谁教给你的，说我专横跋扈，是我葬送了你的一生……难道不觉得可笑吗！这可是有失一个堂堂女子的身份。眼下,只好等你提出离婚了。真荒唐!"

"这是生活教给我的,日复一日的生活!"瓦尔瓦拉·瓦西里耶芙娜叫嚷道。

"对不起,把调门放低点儿……别扯着这么大嗓门。你还是冷静地想想吧……"

"谢谢,我想过了。"

"那么,你究竟想要干什么呢?"他愤然作色地大声喊叫起来。

"想要干什么?想要干什么?"妻子急促地重复了两声又蓦然顿住了。说真的,她到底想要干什么呢?她身上的每一个细胞都说明她对生活不如意。照料子女和操持家务使她厌烦,因而很想改变一下生活方式,喘一喘气儿,摆脱那散发着霉味的令人窒息的生活,摆脱那千篇一律的平淡乏味的日子。但她在抱着种种幻想的同时从来不去设想哪一种情况是现实的。说实在的,如何才能照另外一种方式去生活呢?更贴近丈夫和避开那些伤感情的无谓的争吵吗?除此以外,对一个女人来说还有没有别的生活方式呢?她是不知道的。她瞧不起那些把孩子丢手给娘姨,自己乘着轻便马车在大街上兜风的阔太太。她说她们轻佻,同时觉得自己要比她们高尚。既然如此,对于女人来说,还能再有什么别的生活呢?她是设想不出来的,而且无论过去还是现在都没有设想过。

"你不是问我想要什么吗?"她噙着眼泪恶狠狠地问道。她因在丈夫面前说不出自己想要什么而犯了难。

"哎呀,太—太—啊!"彼得·伊凡诺维奇讥讽地拉长声调说。"我跟你说吧,你这是瞎胡闹,嗯!这和你的年龄可不相称——还是想想吧,都三十四、五岁的人了!"

"不,我知道要什么!我知道!"

"那你就说吧,太太,到底要什么呢?"

"自由!休息!"她歇斯底里地喊了一声。

"自—由?要什么样的自由呢?要法兰西式的……"

"庸俗……您真庸俗!"

妻子不见了。彼得·伊凡诺维奇被她的叫喊弄得目瞪口呆。他又坐了好一阵。这到底是怎么回事,怎么回事呢?一场荒唐可笑、同时又令人痛苦和厌倦的莫大误会发生了。刮着风。园中的树木在呼啸,像是应和着一个人猛然间一反常态的情绪。彼得·伊凡诺维奇竭力要从心烦意乱的状态中弄明白这究竟是怎么一回事。

他思索着,为自己找寻着依据:"无疑,事实上这完全是她的过错。显然那是巴尔扎克小说中女主人公的年龄①在作祟……她只不过是在无理取闹罢了。我呢,倒成了替罪羊,看来,那是通常做丈夫的要充当的角色……事情就是这样。她从一个堂堂女子的正道上步入了虚悬的斜路上去了,她丢开了一切……子女缺乏管教,侍女态度粗暴,家里杂乱无章……比方说,卧室窗台上那瓶汽油!简直不成体统!……谅必这都是齐米娜施加的影响……干脆把齐明一家撵走吗?"

但他想起,他同齐明家已经订有契约,再说还总算是好房客。忽而他又觉得,发生争吵的缘由似乎要比齐米娜的影响更深一层。因而他感到委屈。为什么妻子叫嚷着要自由、要休息呢?难道他自己就不需要这些东西吗?为了成家立业难道他不是如鱼撞冰似的一直挣扎到了三十三岁吗?在成婚后的九个年头里为筑成家底雄厚的安乐窝难道他不正像老黄牛一样地辛勤劳动吗?这个安乐窝筑成了,那……怎么着呢?那就安安顿顿地过你的舒心日子,养育子女吧。可是,瞧瞧窗台上的瓶子……乱成一团的生活、异想天开的幻象、荒唐可笑的抱怨、一次又一次的争吵、一场又一场的闹剧一股脑儿突然爆发。好像早已有人要对彼得·伊凡诺维奇进行报复而暗中守伺,冷不防地对他发起一场龙卷风似的如此这般庸俗可鄙的袭击。"休息!"他自己也早已想着要休息了——他已经四十二岁了,到岁数啦!他着实做了一番事情,建立了小家底,为谋生献出了整个青春,他的精力已经消耗

---

① 三十到四十岁的年龄。

殆尽。

忽然,又一个奇怪的思绪使他惊诧。他操劳不息,安顿生活,可……他享受生活了吗?也就是说,他可以不可以或者应该不应该肯定那些为自己建立稳固地位和可观家产所付出的巨大的心血和汗水呢?应该不应该承认这是生活呢?难道生活就是这个样吗?难道生活的含义和情趣以及它的意义和目的全在这里?难道他生来和活着仅仅是为了谋求生计?其实,他并没有享受生活,只不过是不停地奔波、寻找门路、拼命干哪,干哪……

彼得·伊凡诺维奇坐在亭子里,腼腆地微微一笑,两眼望着花园,把手指撅得咯咯响。他想,这不可能!人人都是这么生活,再说,并不存在其他任何一种更广阔和更完满的生活呀。他想的没有错,他也像人们一样地活着……拼命干,只不过……是要积累家产,以应付不测。而如今年将半百。全部生活都在工作中逝去……是的。但难道这就是人生的目的吗?又是手段,又是目的——全然没有错!

然而这一切安排得倒也奇怪……活着,为了什么?为了工作……工作为了什么?为了活着……似乎这都是天经地义的了。

但尽管如此,彼得·伊凡诺维奇面对这颠扑不破的法则禁不住打了个寒战,心中充满忧愁,令人烦恼和痛苦的忧愁。随后,他像是抚今追昔,觉得心灵深处有一种情感未能抒发就变得枯竭,或者说是一种可贵的充满活力的崇高激情不觉渐渐地耗损殆尽。他依稀回溯逝去的年华和青春,力图重温往昔他那种澎湃的心潮所激起的不寻常的思想、情感和言语。

但这是久远的过去,至今相隔已有四分之一世纪,在彼得·伊凡诺维奇的印象里早已经淡去了。他只记得很久以前曾把它当成生活的真谛,可后来又认定这是孩子般的幻想而在生活中把它摒弃,久而久之,便在工作中淡忘了。

如今,他再也回忆不起来了。显然,那些幻想充满了力量,总之,它包含着美好的东西,因为尽管他已经记不清它们,但他却为它们感到抱憾,甚至深感懊丧。莫不是生活的真谛就在其中不成?

他擦拭着脑门上的汗珠儿,面对现实地想道:"不过……不过!这简直使人莫名其妙!像是隔了一个时代,一个迥然不同的生活时代……这有什么值得回味的呢?何苦呢?"

透过园中树丛的枝叶,屋墙、阳台、窗户映入了他的眼帘。妻子站在窗口,好像在浇花。嗯——是啊……花木都有人照料,它们生活单纯,没有过失,没有思想,无所疑忌,无忧无虑。人却有灵魂,有智慧……彼得·伊凡诺维奇不再对比下去,他觉得实在对比不下去了。

做一棵摆设在房间窗台上的花草,毕竟是美好的。平平静静,有人浇灌,有人侍弄,有人爱护……给以适中的阳光和水分……适中的阳光!可是给人以什么呢——量其能力和才分给他以适中的阳光了呢还是相反呢?

彼得·伊凡诺维奇暗自喟然长叹:"天哪,别再想了!我这不是沉迷于哲理了么!"他向来就讨厌哲学和哲学家,当他察觉到自己陷入这件无意义的事情时,深感羞愧。他决然控制住自己,扎扎实实地立足于现实。

那么,他应该怎么办,应该怎样处理同妻子的关系呢?走到她的跟前,抚慰她一阵,同她言归于好?就这么着?……不!她会得寸进尺的。要是她不主动说话,就不理睬她吗?天哪!这有多苦恼啊!不,要珍惜休假日,不能白白毁了,这可是不可多得的休假日呀……怎么安排好呢?

咦,去乡下姐姐家!可不是嘛!最好不过了!然而,对妻子来说这可是一个闷雷呀。临走之前还要对她说几句话儿,譬如说:

"我说,太太,我这就离开您到姐姐家去休假……是的,太太,去休假,因为在我这个经过了十年呕心沥血建立起来的家庭里得不到休息!谢谢您,我落到这般美好的境地多亏您啊!"

就这样决定之后,他赶紧站起身来,急急忙忙朝家门走去。他所以着急,是因为主意虽然打定,但仍旧怕它落空。一种忧郁、辛酸的感觉在他心头起伏，一种无形的沉痛思绪在他的脑际盘旋萦绕。

"帕拉格娅！把我的箱子拿来，把要用的东西装进去……我要出门……"他厉声吩咐道，科利亚飞也似的从他身旁跑了过去。从儿童室里传来了莉莎的咳嗽声……想必妻子也在那里……

彼得·伊凡诺维奇在走廊里站了一会儿，心里重复着准备要对妻子说的话。随后他又回到自己的书房……侍女已经在打点行装……彼得·伊凡诺维奇向她交代了需要装箱的衣物，又朝餐室走去。他劈面看见妻子绷着脸站在餐室门口。

彼得·伊凡诺维奇直挺着胸脯，脸上摆出一本正经而又委屈的样儿。

"我说，太太，"他故意用喑哑的颤抖的声音先开了口，"我这就离开您到姐姐家去休假……因为在我这个经过了十年呕心沥血建立起来的家庭里得不到休息……"

妻子瞪起眼珠子望着他，嘴角上挂着一丝蔑视的讪笑。

"多谢您，是您把我撵走的……"这时，彼得·伊凡诺维奇已经认起真来，结束道。

"您……您确实需要呼吸呼吸新鲜空气，您老糊涂了……上帝保佑！……您愿折磨谁就折磨谁去吧，我可受够了……"妻子不紧不慢地回敬了几句之后，拂袖而去了……

彼得·伊凡诺维奇本来还想同她讲些什么，但经她这么一戗，只好绝望地甩了甩手重又回到了自己的房间……他怒火中烧，恨不得冲着在那里收拾行装的帕莎咆哮起来：

"蠢货，滚开！"

但他忍住了。他压着心头的盛怒，忧心忡忡地准备起程了。

蒋望明　译

圣诞节的故事*

……写完了圣诞节的故事,我丢下笔,就从桌子旁边站起来,在房间里来回走着。

是深夜啦,刮起了暴风雪,我的听觉捕捉到了某些奇怪的声音,好像是轻轻的絮语,或者是什么人的叹息,它们从大街上穿过墙壁,透进我那个三分之二沉浸在暗影里的小房间。这,大概是被风吹扬起来的白雪,碰到房屋的墙壁和窗户的玻璃发出沙沙的响声。这时,在空中有某种轻盈的和白色的东西,不停地从窗前飘过,飘过来就又消失了,把一阵寒气吹向我的心头。

我走近窗口,望着大街,把那由于苦思冥想而发热的头,倚靠着寒冷的窗框。大街上是一片荒凉……从大路上不时被狂风刮起一阵阵白雪的烟雾,像是白色的透明的碎布片在空中飞舞。正对着我的窗子,点着一盏路灯;小小的灯火在同风搏斗中摇晃着,颤抖的光带像一把宽阔的剑似的在空中伸展着,而从房顶上撒下来的白雪,飞进这条光带,刹那间在它的当中闪耀出五彩缤纷的小火星。看着这风的游戏,我感到忧郁而又寒冷;我很快脱掉衣服,熄了灯,就躺下去睡觉。

当灯光熄灭,黑暗充满我的房间时,响声好像听得更加清楚,窗户像个模糊的白色大斑点盯着我。时钟急忙地数着分秒,有时白雪的沙

---

* 本篇最初发表于一八九六年十二月二十五日《尼日戈罗德报》。译自《高尔基全集》第三卷。

沙声淹没了它们冷漠无情的嘀嗒声,但接着我又重新听见秒针的响声,消逝在永恒之中。当它们那样清晰地响着的时候,就好像时钟是装在我的头脑里似的。

我躺着,想着我刚才写好了的那篇圣诞节的故事。它写得成功吗?

在这篇故事里,我告诉人们两个乞丐——一个瞎眼的老头儿和他的老婆的事情,他们是被生活折磨了的、胆怯的、温顺的和半死不活的人。圣诞节前夜的一大早,他们就离开自己的村子,走遍附近的村庄,想讨到一些施舍,好庆祝救世主诞生的这个伟大的节日。

他们想,他们还来得及跑完最近的几个村子,并且在晨祷以前,带着以基督的名义施舍给他们的满口袋各式的东西,回到自己的家里去。

可是,当然,他们的希望是落空了——人们施舍给他们的东西很少,有钱的人由于他们固有的悭吝没有给什么,而穷苦的人则由于自顾不暇。当这一对疲倦了的乞丐,决定该是回到他们整天不在家都没有生火的那间简陋的小屋时,天色已经很晚了。肩上背着轻轻的袋子,心里怀着沉重的忧愁,他们沿着白雪的平原走着,老太婆在前面,老头儿抓住她的腰带,慢慢地跟在她后面走。夜是漆黑的,乌云遮蔽了天空,狂风吹扬起白雪,两个乞丐的脚陷在雪地里,对于这两个老年人来说,回到村子的路还不近呢。他们一声不响地走着,由于寒风透骨,又被大路上刮过来的白雪盖满了全身,他们都冻僵了。被白雪照花了眼睛和疲倦了的老太婆迷了路,她沿着盆地走了好久啦,而她的瞎眼的老伴唠叨地问她:

"快到了吧?瞧,我们赶不上晨祷啦……"

她对他说:"快到啦。"她冷得缩着身子,累得精疲力尽,她察觉出她迷了路,但她不想立刻把这话告诉老头儿。有时,她觉得风刮来狗叫的声,——她把身子转到声音传来的那个方面去,但一会儿这狗叫的声音,却是从相反的方向传过来的。

最后,她实在无能为力了,就对老头儿说:

"求基督宽恕我吧,老头子,我迷了路……我再也走不动啦。我坐一会儿……"

"你会冻死的。"他说道。

"我稍微坐一会儿……咱们就是冻死了,那又算得了什么?咱们的日子反正不好过呀……"

老头儿沉重地叹了一口气,就对她让步了。

他们坐在雪地上,背靠着背紧倚在一起,他们这样坐着,就变成了两个被风戏弄着的破衣烂衫的布团。风把白雪吹刮到他们身上,撒了他们满身尖角形的晶莹的雪花,——穿得比自己瞎眼的老伴还要坏一点的老太婆,很快就感到特别暖和。

"老婆子,"冻僵了的瞎子叫唤她,"站起来呀,走吧!"

但她已经睡着了,梦中向他讲了一些含糊不清的话。

他想把她扶起来,但是扶不动——扶不动——他没有力气了。

"你会冻死的!"他对她叫喊道,然后就向着荒野高呼求救。

但是她感到很好。当他为她忙得疲倦了的时候,他又重新一声不响,绝望地坐在雪地上,他已经认定眼前发生的这些事情是上帝早为他们安排好了的,就正像在前面等待着他们的命运,也是注定了的一样。暴风雪并不很强劲,但是那样顽皮,在他们四周围吹刮着,淘气地把他们周身都盖满了白雪,愉快地吹着他们的破衣烂衫,它们保护着他们由于长年累月的困苦生活而精疲力竭的衰老的身体。

突然间,风送来了响亮而庄严的钟声的召唤……

"老婆子!"老头儿的精神为之一振,"敲钟啦……做晨祷啦……咱们赶快走吧……"

但她已经到那人们永远再不能回来的地方去了……

"听见吗?敲钟啦,我说……站起来呀!……哎!我们已经晚啦!"他试着想站起来,但是不能。这时他才了解到,他已经完了,于是他就开始在心里祈祷起来……

"主啊,接受你的奴隶们的灵魂吧……我们两个都是有罪的人……宽恕他们吧,主啊,饶恕他们吧……"

这时他感觉到,穿过田野,在白色的、闪着明亮的光辉的雪云中,有一座灯火辉煌的神殿——奇异的神殿,正向他飞过来!它完全是由明亮地燃烧着的人心所建成的,它本身就像个心的形状,在它当中的高台上,站着的就是基督本人……

看见了这个,老头儿就站起来,双膝跪在神殿门口的台阶上,他两眼复明了,看着救世主与受难者①,而主就从高台上用动听的和清晰的声音说道:

"由于慈悲而燃烧着的心,——这就是我的神殿的基础。走进我的神殿吧,你,在一生中那样渴望仁慈的人,你,不幸的和被侮辱的人,你走进来,高兴起来吧!……"

"主啊!"这个两眼复明的老头儿,由于高兴号泣起来,"主啊,祝你永生不朽!"

而基督用明亮的微笑,向着老头儿和他的生活的老伴微笑了起来,使她由于救世主的微笑而复活了……

这样两个乞丐就冻死在田野里了。

当在记忆里回复起这个故事时,我躺着和想着,它够朴素和感动人吗?它会在那些阅读这篇故事的人们的心里,唤起怜悯之心吗?我觉得——会的!这篇故事,整个地说,应该产生我所预期的那种印象。

我这样想,感到很满意,就开始打起盹来,蒙眬欲睡中我想起过节的事,还想起那些由于过节而带来的物质上的操心。什么开销呀,什么打扰呀……于是我想,人们把伟大事件的日子变成了自己愚蠢的胜利的日子。人们从没有比过节时更为生活琐事所操心了。

时钟不停地响着,用毫不留情的精确性,记下了我生活里消逝得无影无踪的每分每秒。梦中我听见白雪的沙沙声,它愈来愈强烈了。

---

① 救世主与受难者都是指耶稣基督。

路灯已经熄灭。暴风雪带来了很多,新的声音——护窗板在轧轧地响,树枝烦人地敲打着屋顶上的铁皮,还传来了某些叹息声,号叫声,呻吟声,絮语声,口哨声——所有这一切,一会儿汇合成为一种忧郁的和声,使心里充满忧愁;一会儿又显得温柔而幽静,像在催我入梦似的。就好像什么人在讲着一个充满使心灵感到温暖的无数幻想的神经质的故事。但突然间——这是怎么回事?

窗子上模糊的斑点,突然燃起了一阵天蓝色的磷光,它扩大起来,一直扩散到我的房间的墙壁上。在这片以令我惊讶的速度充满了整个房间的天蓝色的光亮里,好像从什么地方吹来一层浓密的、泛白色的烟云,在它当中仿佛闪着许多火星,使人想起那是人的眼睛;这烟云在古怪的慌乱之中旋转着,像是被旋风在吹转着。它旋转着,消融了——变得更加透明,分裂成许多碎片,用寒气和恐怖向我吹来,在我看来它是毫无边缘的,用一种什么东西在威吓着我。从它里面发出了喧哗声,很像是一种不满的和凶狠的怨声。于是它又分裂成一块块的碎片,占满了整个房间。它们在充满着天蓝色的闪光里是透明的,它们慢慢地旋转着,逐渐变成了我的眼睛熟悉的和习惯的形状。瞧,在那儿,在房角里聚集着许多孩子,毋宁说是孩子们的影子,而在他们后面,是一个长着白胡须的老头儿,还有一些妇女……"这些影子是从哪儿来的,他们是些什么人?"这时在我的充满了恐惧和惊讶的头脑里闪过了这个问题。

我的思想活动,瞒不过这些在风暴之夜出现的来客。

"我们从哪儿来的。我们是谁?"这时传出了一个庄严的声音——这个声音是悲伤的、凄凉的,就像白雪的沙沙声……"你记得起来吗?你不认识我们吗?"

我一声不响地摇着头,不承认我同这些影子相识。而他们从容不迫地在空中摇晃起来,好像是在和着暴风雪的歌声表演某种欢庆的舞蹈。这些半透明的、勉强辨别出轮廓的影子,这些怪物,无声无息地聚集在我的前面,我突然看清在他们当中有一个瞎眼的老头儿,抓住老太婆的腰带,这个老太婆弯着腰,用责备的眼光盯着我。他们两个人穿着落满闪光耀眼的白雪的破衣烂衫,从他们身上向我吹来一阵寒气。我知道了,他们是谁,但是他们为什么来呢?

"你现在晓得了吧?"这个声音问我。我不知道,这是暴风雪的声音,还是我的良心的声音,但在它里面有某种威严的、使我慑服的东西。

"这样,你知道了这是谁,"这个声音继续说道,"至于所有其他的人——也是你的许多圣诞节故事中的人物——是被你为了使公众消遣而冻死了的儿童、妇女和男人。你现在瞧吧,他们从你的眼前走过,你会看见你的幻想的这些成果,他们的人数是那么众多,他们又都非常可怜。"

这时,影子在空中晃动起来,在他们所有人的前面,是一个男孩和一个女孩,像是用白雪和月亮的光辉做成的两朵大的花朵。

"瞧,"这个声音解释道,"这个男孩和女孩,是你让他们在点燃着圣诞树的一家有钱的人家的窗户下面冻死的。你记得吗——他们看着那棵圣诞树,梦想着就冻死了……"

我的这两个小的人物毫无声息地从我的面前飞过,消融在天蓝色的闪光里。在他们的位置上,出现了一个带着愁容的疲惫不堪的妇女。

"这就是那个母亲,她赶到村子里自己的孩子们那儿去过圣诞节,带给他们一些不值钱的礼品。"

我怀着恐惧而又羞愧的心情看着这个影子。

"此外还有。"这个声音平静地数着我的作品中所有的人物。这些人物的影子,就在我的眼前飘浮过去,他们的白色的衣衫飘动着,而我因为吹到我身上来的寒气发起抖来。这是些默默无声的、忧伤的影子。……他们缓慢的动作和他们模糊的视线中那种无法描绘的忧愁压得我透不过气来,我感到在他们前面有些羞愧,我也就更加害怕他们。他们要怎样对待我呢?他们的出现有什么意思呢?他们的出现是想提醒我什么,或者是想教训我什么呢?

"这就是你刚才写完的最近一篇故事中的人物。"

穿着落满白雪的破衣烂衫的瞎眼老头儿,慢慢地在空中从我面前飘浮过去,他用昏暗的张得很大的眼睛看着我的面孔。他的胡须完全盖满了晶莹的白雪,在他的嘴凹下的地方竖着几根冰箸。老太婆周身白霜,用婴孩的幸福的微笑在微笑着,但是这个微笑是不动的,还有在老太婆满是皱纹的双颊上的白霜也是不动的。影子在空中飞翔着,暴风雪老是唱着它的悲歌,在我的心灵里唤醒了某种不安的感情。从前,我一声不响地看着这一切,就像是透过梦的烟雾似的;可是现在呢,某种东西在我的心里觉醒了,于是我想讲话。影子又重新聚集成一大团,形成了一团毫无定形的模糊的云。从这团云里,有许多我笔下的人物的各式各样的眼睛,带着悲伤和忧愁看着我,由于这些不动的和死人的目光,我感到更加不舒服和羞愧。

暴风雪停止了歌唱,所有的声音都随着云消失了。我再也听不见时钟的单调的嘀嗒声,白雪的沙沙声,也听不见同我讲话的那个声音。到处是一片全然的寂静,我的幻想的成果也都变成死的——他们既没有声音,也没有动作,不动地停在空中,就好像在等待什么似的。而我也怀着一颗惶恐不安的心热切地等待着,在死人的眼睛的寒冷的视线之下感到苦恼不堪。

这样持续了很久的时间,但我始终无法把我的眼睛从这些影子移开去。最后我的耐性终于消失了,我就忧郁地叫喊起来:

"我的天哪!为什么要这样?这有什么意思!"

这时又重新传来了那个缓慢而又冷漠的声音:

"你自己回答你的问题吧……你为什么要写这些东西?为什么?生活的苦难中那些到处可以感触到和见到的真实的不幸,仿佛你还嫌不够似的,你又臆造出许多新的不幸,把它们讲给人们听,你想描写你的阴暗的幻想,就好像它们是真实存在着似的?难道在生活当中阴暗的和丑恶的事还太少吗,你认为还必须根据你的想象再来补充它吗?

为什么要这样做？你想达到什么目的——要扼杀人们心中残存的勇气，夺去他们对美好生活的希望，只让他们看到一些极为丑恶的东西？也许，你是光明和希望的敌人，你想尽可能地创造出更多的阴沉和黑暗的东西，使人们更加失望？或者你憎恨人类，你想毁灭掉他们生活下去的愿望，把生活描写成完全是不幸？为什么你每年都要在自己的圣诞节的故事里，不是冻死那些孩子，就是冻死那些成年人，而且你还挖空心思，想使你的描写更加真实？为什么要这样？有什么目的？你好好想想吧……"

我被震惊住了。这些奇突的责备——难道不对么？大家都同样地写圣诞节的故事——拿一个可怜的男孩或是一个女孩，把他们在某处经常点着圣诞树的有钱的人家的窗户下面冻死。这已经是习以为常的事了，我是模仿它的——就正是这样。这里有什么意思呢？我觉得我在这个声音前面完全是对的，就决定向他解释一下圣诞节故事的意思。我承认——我已经认为这个声音不是特别英明的了……

"请您听着吧，"我开始说道，"我不知道您是谁，我也不想知道这一点。您向我提出了几个问题——对不起，我要回答您，此外，我希望，您不要再来打扰我在这一夜安静睡觉的权利，我把人们冻死，是由于善良的动机：描写他们的垂死挣扎，我用它来唤起公众对被侮辱者和被损害者的人道主义的感情。您理解我吗，我的神秘的对话人？我想打动读者的心，向他描写出在过复活节时穷人们的悲惨生活。他在过节时，吃得那样有口味，又吃得很多——我想提醒他那些因为饥饿而死掉的人们。他在寻欢作乐——我就给他讲述那些为生活所迫的人们胆怯地流着的眼泪，都结成了冰……我要打动人心，我相信它，读者的心，会表示怜悯；我深信吃饱饭的人，靠了我的帮助，会理解饥饿人的情况……我……"

这时在影子中间出现了某种奇怪的可怕的动作。我惊讶地看着他们，不懂这是怎么回事？他们在无声的跳舞当中发起抖来，就好像一阵可怕的寒热病的发作，突然在侵袭着他们。他们弯曲起身子，好像准备同旋风搏斗,而旋风想把它们吹走,撕裂成碎片。暴风雪哀号、呼啸、嬉笑、怒吼着。影子颤抖着,他们死的眼睛依然还是死的,虽然他们面孔的微弱的外形,装出了一些鬼脸,一些可怕的幽灵的鬼脸。甚至连天蓝色磷火的光亮,也因为影子的这种无法理解和无声的舞蹈而颤抖起来。他们发生了什么事,我的天哪,他们发生了什么事?

我的身上出了一阵冷汗,我头上的头发也颤动起来。

"他们在笑。"这个冷漠的声音讲道。

"笑什么?"我用勉强能听见的声音问道。

"笑你……"

"为了什么?"

"为了你的幼稚的话语的天真可笑……你描写幻想的不幸,你想唤起人们心中善良的感情,对于这些人,甚至连现实的不幸也看着好玩而已。假如你在自己的一篇故事里面,把全地球的可怜的孩子都冻死了,——你只有使你的读者们感到高兴。他们,也许会开玩笑地,称你是个希律王[1],但是,大概,他们想起你的故事只是幻想,会失望地叹一口气的。你想想吧,早就有人想唤起人们心中善良的感情,你记得吗,他们怎样英明地唤醒过他们,你再看看生活吧……傻瓜!当现实不能感动人们,他们的心灵也不因为严峻的苦难和卑鄙而感到屈辱时,——你的幻想能使人变得崇高吗?你想唤起他的心,告诉他那些由于挨冻受饿而死了的人,讲到生活中所有的阴暗的现象,但每个人都对这些现象闭眼不问,在生活中为自己寻找安静和满足,用施舍的几分钱来镇静自己的良心。贫穷和不幸的海洋,把残酷无情的河堤渗漏出洞来,但是那些向它抛豌豆的人,就能阻止住海洋的冲击吗……你也这样希望着吗?!"

影子的无声的笑在继续着,我感觉到,好像它再也完结不了,——一直到我死的一天,我都要被恐惧所压倒而看着它。暴风雪恬不知耻

---

[1] 犹太王希律(Herod),典出《圣经·新约·马太福音》,以残忍闻名,曾杀死自己的妻子和儿子。当耶稣诞生时,希律曾下令屠杀所有两岁以内的婴孩。

地哈哈大笑着,震得我耳朵就要聋了,冷漠的声音始终在讲着、讲着。他的每句话,都像一个冰冷的铁钉,一会儿钉进我的头脑,一会儿钉在我的心上,而影子的无声的鬼脸,变得愈来愈可怕,激动着他们的无声的笑的颤抖,也变得愈来愈强烈。

于是我被黑暗所笼罩,满心痛苦和愤怒,慢慢地沉到了什么地方去。

"这是撒谎!"听了这个声音讲的这些话,我忧愁和发狂地叫喊起来。突然间,我从床上跳下来,拼命地冲向那个黑暗的深渊,飞到它里面去,由于下坠的迅速而急喘着。口哨声、怒吼声和无耻地哈哈大笑声伴随着我,影子也跟着我穿过黑暗在飞翔,他们在飞翔时,还一边看着我的面孔,装出各种粗野的鬼脸……

清晨我醒过来时,感到头痛,心里忧郁。首先我拿起那篇关于瞎眼的老头儿和老太婆的故事,重读了一遍……然后就撕掉了。

戈宝权　译

一场噩梦[*]

圣诞节故事

福马·米罗诺维奇躺在书房的沙发上,用手指梳理着花白的胡子,浓眉紧锁,心事重重。中饭刚过;他吃得很不痛快。饭桌旁,他的脸色比黑夜还阴沉,对着女儿们发了一通火,惹得她们直流眼泪,妈妈袒护了她们几句,他又像野兽一样冲她吼叫了一阵。随后,扔下汤匙,咕咚一声挪开椅子,回到了书房。他迈着沉重的步子在房间里来回踱了一会儿,在沙发上躺了下来,心里像压着一块石头似的。他躺在那里,沉思着……

"往后的日子会是个什么样子?这是些什么新规矩?人都变成什么样子了?他们心里还知道什么叫做害怕吗?"

福马·米罗诺维奇在回顾过去,他亲身的经历通过活生生的画面一幕幕展现在眼前。过去,圣诞节这一天,全家做完祈祷从教堂回到家里,脱掉大衣,全家人一个也不少,一块儿到上房去看父亲。全家都是那么规规矩矩地、虔诚地望着一家之主。他们一进屋就庄重地站在门槛旁边,在家长面前是敬而怕之。富翁米隆·瓦西里耶夫·莫索洛夫,像一位古代的族长,白发苍苍,威风凛凛,他身穿节日的长袍坐在桌旁,用一双严峻的眼睛环顾一下全家人,眉毛一动——示意大家给

---

[*] 本篇最初发表于一八九六年十二月二十九日《尼日戈罗德报》。译自《高尔基三十卷集》第二卷。

他拜节。然后,按年龄大小一个个走到他身边。他,福马,家里的长子,总是第一个走上前去,深深地一鞠躬,手要挨到地,然后说:

"祝贺您圣诞节好,父亲!"

"谢谢!"父亲用瓮声瓮气的低音严肃地说,"也祝贺你……这顶海狸皮帽子送给你,要爱惜着戴呀,要当心,价钱可不便宜啊!这块金币①给你出去玩的时候用……我要提醒你,福姆卡②!玩是玩,可不能胡来呀……听懂了吗?"

"我不是小孩子了,父亲,我懂……"

"这才好!噢,去给母亲拜节!坐下吃饭吧,解解馋吧!"

母亲,又有气派又庄重,全身穿绸裹缎,也给了我一块金币,也叮嘱了几句。

全家人都入席了,这里有我的姐妹和寄养在父亲这里的堂兄弟,还有家里的亲朋好友,老仆人。父亲当时的管家和佣人又一个接一个前来拜节,他们也是按年龄大小依次向父亲鞠躬,离去时,每个人都得到一份礼物,而一些有特殊功绩的人,就会得到父亲的特殊款待,那就是请他们一同进餐……

各种佳肴美味摆满了餐桌,丰富极了,那时候,连牛肉也比现在的好吃。总有三四个小时围坐在桌旁大吃大喝,有家酿啤酒,蜂蜜,各种名贵的酒……

亡父好吃好喝!谈话是循规蹈矩的。谁愿意说,就说,大家都知道,米隆·瓦西里耶夫不喜欢沉默的人。愿意说什么就说什么,只是别胡说八道,也别打断别人的话头,让人家把话说完,你再开口。他自己也是从不打断别人的话,一直听完,如果谁说得在理,他就夸奖几句:

"讲得有道理,只是没有讲透……你要是再补充几句,那就再恰当不过了!……老弟,你有些性急了,就是这样的,要仔细小心地选择词

---

① 或称帝俄金币(полуимпериал),当时每个金币值五卢布。
② 福马的别称。

句,要把你的意思全都说得明明白白……"

如果有谁说谎,父亲就会立即打断他:

"唉,你这个家伙,真是信口雌黄,胡说八道的本领倒不小,可你的脑袋瓜儿却是个木头疙瘩!……"

散席时,父亲吩咐:

"喂,丫头们,到母亲那儿去领礼物,领完就去山上玩吧!坐雪橇呀,游戏呀,可不要玩得太晚!福姆卡,你也去玩吧……晚弥撒的时候都得按时回来!听见了吗?"

父亲发完命令就去休息了。当时可没有现在这些拜节、回拜之类的荒唐礼节。那时候,年轻人打扮得漂漂亮亮,穿得阔阔气气,到外面去炫耀自己的新装,或是套上三匹马拉的大雪橇在城里兜风。还想出各式各样的游戏……

那时候,应有尽有,有吃,有穿,有说,有笑,人也朴实、坦率。当然,有时也有过错,也有不听话的时候,可是,在一家之长面前是胆怯的,是怕得要命的!我们尊敬父亲,我们敬重他,我们信奉上帝,有良心,直来直去,光明磊落地过日子,可不像书里写的那样总打坏主意。

现在这过的是什么日子啊?哎呀!

日子过得越来越花哨……真不像话!按老习惯生活惯了的人对现在这样的生活简直无法理解!

在搞什么名堂?莫名其妙!五颜六色,乱七八糟,无法无天,靠耍滑头活着,而不是凭良心,每个人都在装腔作势,想方设法抬高自己。整天疲疲沓沓,不死不活,四体不勤,头脑空虚,游手好闲混日子。既不孝顺父母,又不尊敬家长,什么伦理道德呀,早已抛到九霄云外去了!

拿今天来说吧,今天是耶稣基督的伟大圣诞日。可是玛丽娅和索菲娅一觉睡过去了,弥撒也没有做,母亲到时候也没有叫醒她们,说是她们体格太虚弱了,早晨祷告的时候又站得太久太累了。哼,太虚弱?才不是呢!我看是她们根本不信上帝!她们一弹起钢琴来,恐怕就不虚弱了,能把整个房子都震得乱颤。在舞会上跳起舞来劲儿可足啦,一连能跳上四个钟头……在中学里念书,学会了什么呢?压根儿就不该送她们去上学……有什么法子呢!这年头就兴这种风气,她们早晚都得嫁人,人们说,女孩子不上学人家瞧不起。这还不算,福马·莫索洛夫要给每个女儿一百万作嫁妆,还要供她们上中学。可她们,就在吃中饭的时候,还噘着嘴跟父亲怄气,过了不到一个钟点,就又弹起琴来啦。瞧瞧吧,当父亲的发了一顿脾气能起多大作用!这会儿她们居然连母亲都管起来了,好像母亲不是她们的母亲。一会儿"妈妈,你不懂!"一会儿"爸爸,现在不兴这个了。"什么爸爸,妈妈……这种称呼怪里怪气的,根本不是俄国话。以前,从来也没有听到过这样的……

算了,反正女儿是一群要飞走的鸟儿,未婚夫一露头,她们要多少就给多少,事情也就完了,出了嫁,父母也就管不着了。儿子亚什卡①可是万贯家财的继承人啊!不知道他从什么时候起变成了现在这个样子?!年轻的时候他胆子比老鼠还小。不过,现在他已经三十出头啦……是呀,你瞧那长礼服短得有多么难看,领带也太花哨了,不穿靴子穿皮鞋……唉!这些都算不了什么!让他去吧,如今谁也不笑话这种穿着打扮了。他还买了一辆胶皮轮胎的四轮马车,这也没什么……可是,他讲的那些话呀,都是那么随随便便,没大没小……谁知道这都是从哪儿学来的?

"爸爸,咱们有这么多的钱,应该赶赶时髦,过得舒舒服服的,要不,多丢人哪!"

"爸爸,您是个百万富翁,思想可不能还那么保守呀!现在是文明时代,像您这样的人,应该像大家那样学学现代生活方式,那些过时的旧习气也该改一改了,就像打扫脚上的尘土一样把那些旧习气全都抖落掉……"

这是什么话?要把这些话对米隆·莫索洛夫讲的话,米隆爷爷会

---

① 亚科夫的别称。

叫他粉身碎骨的！可是，亚什卡对他父亲讲了这样的话，居然什么事儿也没有。他父亲听了他的话居然一言不发。他一言不发，是因为亚什卡是个能干的小伙子，由于他会经营，祖宗的家业才越来越兴旺发达。不过，要是放松对亚什卡的管教，他可就该翘尾巴、尥蹶子，为所欲为了。他会学坏，会整天花天酒地，吃吃喝喝，穿穿戴戴，讲排场，摆阔气，随便挥霍，任意糟蹋他祖祖辈辈拼死拼活积攒起来的钱！他会白白地把钱往外扔！

现在他花起钱来派头也不算小了。去了一趟莫斯科，光买家具就花了一千五百卢布。

祖父当年坐的是橡木板凳……可他买一幅画就花了三千卢布。是呀，这孩子真胡闹，他干的荒唐事儿够多的了。他媳妇的陪嫁只有十万卢布……唉！……总而言之，祖宗的家业他管得不好啊！这会儿他走了……这孩子靠不住啊，他整天心里想的都是那些个该死的赶时髦……他怕他父亲，可又不尊敬他父亲。从前我们在家长面前不是有点怕，而是怕得很哪！不过，这种怕里包含着尊敬，对家长权威的尊敬……

还有，亚什卡想必是盼着他老子快死，他好随心所欲地挥霍……也许不久就会盼到这一天，瞧，他老子已经六十三岁了。等到把老头子往坟墓里一塞，他马上就会去蒙骗全城的人……用金钱收买人心，弄得人们眼花缭乱，他会用极高的代价去换取廉价的荣誉。他现在的名声也不错呀，他曾经在他老子的赞同下，为修建一所学校捐献了五千卢布，所以，在公开的场合，在议会里，他得到了全城的感谢……这很好……可是，他从议会回来，倒教训起老子来了："爸爸，您瞧，如今就得这么干。您瞧见啦，我丢掉了五千，得到的却是整个社会对我的赞美。这种赞美只不过是几句空话，也算不了什么，主要是我因此可以得到向军需部销售面粉的权利，这个嘛，我现在是十拿九稳了。我拿出去的五千会以十倍的利息再回到我的腰包里来。懂吗？这就是文明！你们那时候是不会下这步棋的！"胡说！我们也下过这样的棋！

从前赚钱用不着费那么多唇舌,从前的钱也比现在的干净。来得也容易,用不着耍那么多鬼花招……可是现在,尽在搞鬼,所以,普普通通的俄罗斯人的脑袋瓜儿是不够使唤的。都在钩心斗角……费这个脑筋干什么呢?!现在人们追求的和从前人们追求的难道有什么不同吗?还不都是为了赚钱,只不过现在办起事儿来假话更多一些罢了。算了,随你们绞尽脑汁钻营去吧!我福马·米罗诺夫·莫索洛夫还是按老规矩活着,至死不变。

"哎,干吗要这么固执呢?人是可以改邪归正的嘛……现在还为时不晚哪……"

福马·米罗诺夫吓了一跳,睁开眼睛一看,在他面前的椅子上坐着一个瘦削干瘪、面色苍白的人。他长着一双和善的大眼睛,年纪不轻,也不老。他和气,瘦弱,他的一双眼睛使人发生极大的好感,他是那么直率、憨厚地望着你,你一下子就会发现,这是一个真诚的人。只是他性情阴郁,仿佛沉重的担子一辈子都压在双肩上似的。

"您是谁?"福马·米罗诺维奇抬起头来,信任地对他笑着问。

"我吗……一个迷路的……福马·米罗诺维奇,您不用为我操心,您还是想想您自己吧,"那个人温和、亲切地低声说。"人生在世总有一死,临死的时候人总是思前想后惴惴不安的……人都有良心啊,这时候良心发现了……在这之前,人是昧着良心的,一旦良心发现,就会把灵魂深处的肮脏东西一股脑儿打扫干净。这时候,人的心是很不平静的,仿佛开始回顾自己一生走过的道路。"

"对!老兄,是这样的!"福马·米罗诺维奇喊了一声,坐到沙发上。

"是的,当一个人回顾过去的时候,我就来帮他理一理思绪。"那个人低声解释说。

"噢,老兄,这很好!你这是积德的事!不过,你干一次这种事得要很多钱吧?还是给多少算多少?"

那个人轻声笑了。

"福马,我帮助别人是不要报酬的!"

"那么说,你是许下愿了吧?"

"也不是许了愿,福马……别谈这个了,我要谈的不是这个……"

"你听我说,我很奇怪,你怎么会知道我需要你呢?"

那个人又笑了。

"是这样的……我能看透一个人的灵魂,当一个人异乎寻常心事重重的时候,我马上就去帮助他。"

"原来是这样!你给我出什么好主意呢?"福马·米罗诺维奇试探地问道。

"福马,你好好听我说……你现在正在想你的儿子亚什卡……你想,你儿子正等着你快死呢,你死了,他好把你的一大笔财产抢到他的手里。你猜对了,亚什卡是这么想的……"

"他是这么想的?这个畜生!"商人莫索洛夫愤怒地高喊。

"他是这么想的,"老人悲伤地摇了一下头,"他可不是你的好儿子呀!生下来就饭来张口,衣来伸手,不是个能经管事业的人。你活着的时候他还干点事,你一死,他就该叫别人替他干了,让仆人们给他干,他亚科夫就该坐享其成了。他吃喝玩乐,把你一辈子不分昼夜、不知疲倦积攒起来的钱财随便挥霍掉。可是,钱这种东西只有用得恰当,才能结出丰硕的、圣洁的果实。"

"是这样吗?你说圣洁的果实?这就是说,要把钱送到教堂里去?"福马·米罗诺维奇问。

"等一等,别打断我的话。现在,福马,该想一想你这一辈子是怎么过的了!为什么在这个城市里你得不到人们的尊敬?有时候也许有人从远处给你鞠躬,那是因为怕你,因为,不这样做,你就会搞得人家倾家荡产。所以,谁都不喜欢你……"

"老兄,这我全知道。我也并不喜欢谁……"福马·米罗诺夫阴郁地说,"这些人算得了什么?上帝才是我的审判官,他们算老几……他们自己也得受审判……他们还想审判我,哼,也配?!……"

"可是,他们正在审判你,福马。"那个瘦小的人忧伤地摇了摇头。

"让他们审去吧……他们审他们的,上帝自有公断……"

"我告诉你,人们对你的审判是很严厉的。他们都说,福马·莫索洛夫的万贯家财不是从正道来的。还说,你钱袋里装的是别人的眼泪和血汗。你的钱财散发着罪恶的臭气……"

"瞧你,也太自作聪明了,"福马·米罗诺夫苦笑着说,"发臭气!他们怎么会知道我的钱发出什么气味?他们也没有闻过我的钱哪……哼哼!发出罪恶的臭气。他们的钱还能发出什么别的气味吗?"

"人家说,你福马赚了不少缺德钱,实际上你却是个白痴,有了钱也不知道怎么花。说什么,你白天黑夜里老是为了这点钱担惊受怕,你笨得连自己有多少钱都数不过来。还说,那个福马·莫索洛夫是个可怜的人,他虽有万贯家财,可是日子过得提心吊胆,紧紧巴巴,稀里糊涂,孤陋寡闻,闭目塞听。他不大帮助别人,别人也都讨厌他。还说,福马·莫索洛夫快死了,他的儿子可是个败家子儿,福马和他父亲的全部心血都会被他白白地断送,好不容易捞来的钱财会让他胡乱地花光,他们说,福马不会留下任何一件让人怀念他的东西。他们瞧不起你,可怜你,说你是个倒霉鬼,可怜虫!"

"你瞎说!他们都是胡说八道!"福马·莫索洛夫扯着嗓子高喊。他从沙发上跳起来,气得浑身发抖,脸色发白。他跳起来,俯身对着那个忧郁的人,像一只狂暴的野兽一样可怕地吼叫着:"去对他们说,他们全都是胡说八道!我不是倒霉鬼,更不是可怜虫……我把他们……所有的人都能买下来!……"

"还有什么?……福马?"那个忧郁的人平静地打断他。

"还有……还有……我要报仇!"

"福马,你要怎么报仇呢?"

"怎么报仇?我自有办法!……我把我所有的钱放一把火统统烧掉,让他们眼馋去吧!"

"你要那么办,人们会说,百万富翁莫索洛夫疯了,更加看不起你,说你是可怜虫了。"

福马·米罗诺维奇沉重地瘫坐在沙发上,两眼盯着谈话的对方。对方那一双忧郁而和善的眼睛也目不转睛地望着他。他们坐在那里,沉默了好长时间,福马·莫索洛夫感到,他的自尊心几乎全部丧失了,事实上,他这个百万富翁也许真是个倒霉鬼,是个可怜虫。

"你听我说,你到底是什么人?鬼不像鬼,神不像神,"莫索洛夫闷声闷气地说,"你可知道我临死之前还应该做些什么吗?你要是知道,就告诉我……"

"当然知道!我就是来告诉你在你临死之前该做什么的。"忧郁的人温和地笑了笑。

"那你就说吧……快一点,别再折磨我,别再揪我的心啦……"

"应该报仇,福马,你是对的……"

"怎么报呢?!"

"很简单。清算一下你的过去,为你那徒劳无益的一辈子赎赎罪吧!你的一生并不清白。你活了一辈子,为什么活?活得毫无意义。辛辛苦苦地干,为了什么呢?为了钱吗?可是,要那么多钱有什么用呢?总不能带到棺材里去吧!"

"看在上帝的面上,别折磨我啦!"福马·米罗诺夫低声请求。

"这么办,把你的万贯家财都拿出来,用这些钱修建些学校,养老院,给议会盖一幢楼,再想一想城市需要什么,就……"

"哎呀!这也太多了,用这么多钱!"福马·米罗诺夫佯笑了一下,说。

"……这些房屋会世世代代保存下来,它们对你福马来说,就是一座座不可摧毁的纪念碑,所有的人都会知道,你福马为什么活着,攒钱干什么。一所石砌的房子伫立在那里,是谁盖的呢?是已故的福马·米罗诺夫·莫索洛夫,但愿他升了天堂!城里一切美好的东西都是他的纪念碑。他是一个宽宏大量的人,辛苦了一辈子,临死的时候,遵照基督的旨意,把自己的全部财产都给了别人……"

"嗯,这样大概可以赎罪了吧……"福马·米罗诺夫沉思般地说。

173

"这不是在人们面前,而是在上帝面前赎你的罪。你就这样向人们报复……"

"去他们的吧!"莫索洛夫挥了一下手,嫌恶地撇了撇嘴。

"不,这样你既可以安慰自己,也能够教训教训他们。"那个矮小而忧郁的人认真地说。

"怎么教训他们呢?"

"就这样:你把自己的钱施舍给他们,他们会来感谢你的,那时候你就对他们说:'你们想要我干什么?过去你们没有从我手里得到什么东西,现在我也不要你们的什么东西,你们都给我滚开!……'"

"哈,你真行!"福马·米罗诺夫惊叫了一声,"你真会捣鬼!妙极了!到那时候他们会怎么样呢?会气得团团转!我说老兄,就这么办!花上几百万也值得!这……"

"你还要这样对他们说:'你们还想审判我?骂我?你们也配?!你们是什么人?奴才。我是什么人?主人。在我临死之前你们还胆敢审判我?哼,临死的时候我一狠心就能赎完我一辈子的罪。你们每个人也得赎你们自己的罪。你们还急着审判别人呢,荒唐,实在荒唐呀,先生们,你们不该那么急着审判别人呀!别忘了,你们每个人都有罪。瞧,现在你们倒感激起我这个罪人来了……都给我滚开,我不愿意听到你们一句感激的话!'"

"你听我说!哎,你究竟是什么人?我一定照你的主意办!我要盖许多宫殿……把钱花得一文不剩,然后,我去当叫花子!听我说,我跟你在一起……"

听着福马·米罗诺维奇慷慨激昂的叫喊,那个忧郁的小老头儿苦笑起来。

"喂,我怎么称呼你呀?我说,我要把我所有的钱都花光……我要轰隆一声扔给他们一座巴比伦塔①!我一定把你那些话说给他们

---

① 这里指高大的建筑。

听……一定说！啊哈,我就那么对他们说!"

这时,那个小老头突然变得越来越小,一转眼的工夫,他就融化了,消失了……只剩下一双忧郁的眼睛……他那温和的微笑在眼睛里最后一次闪了一下,也消失了……

"站住！你到哪儿去？你是什么人?"福马·米罗诺维奇惊叫了一声。

……他醒来了,出了一身冷汗。沙发前有一把椅子,福马·米罗诺维奇不知为什么用颤抖的手摸了摸它。然后,又直挺挺地躺在沙发上,紧锁愁眉,沉思起来……过了好长时间,他自言自语地说：

"如果,我一狠心把所有的钱一下子全都花光会怎么样呢,啊？呸,一场噩梦啊!"

于是,他又陷入了沉思……

孙静云　译

关于埃莱娜·德·库尔西伯爵夫人的叙事诗*

诗中穿插各种箴言,有些非常有趣

我的朋友,你可知晓,在布列塔尼①
——连每块石头都知道!——
在上帝的造物中
数埃莱娜·德·库尔西伯爵夫人最美貌?

仁慈的上帝
赐给我们两耳和双眼,
为的是世上发生的一切,
我们都应该耳闻目见。

她步态轻盈,像天鹅凫水,
　　飘出城堡,走上吊桥。
　　太阳在空中微笑,
　　乞儿在城门口乞讨。

＊ 本诗写于一八九六年,最初发表在一九一七年七月、八月号《编年史》杂志上。译自《高尔基三十卷集》第二卷。
① 法国西部的一个半岛,临英吉利海峡和大西洋。

要是咱们的眼睛,
生得过于明亮尖锐,
那就是全能的上帝,
存心叫咱们受罪。

跟随夫人的侍童
  不敢抬起爱慕的眼睛;
  善良的 madame① 心爱的猎狗,
  也紧紧地跟在夫人后头。

狗比密友往往更加忠实,
这事尽人皆知,
爱上一条狗会很幸福,——
谁也不跟它争风吃醋。

告诉您,这乞儿体态风流,人又年轻,
  他瞎了双眼,像个盲诗人,
  但是,难道盲人就不配得到
  美人的垂青,——不配得到垂青?

盲人羡慕明眼人。
噢,他哪里知道,
有多少沉重、可怕的阴影,
隐藏在我们心中!

伯爵夫人动了心,

---

① 法语:夫人。

她的心里总是充满了爱情。
这布列塔尼女人将乞丐上下打量,
"是的,值得我动情!"

不管是狮子,是您,是蛇,
各自心中都有想法。
可是——谁知道这些想法都是什么?
而且——你可知道你自己想的是啥?

于是她对乞儿说道:"听着!
"和你在一起的是伯爵夫人埃莱娜。
"我可怜你愚昧的灵魂;
"我如何减轻你心头的重负?"

如果你感到心里
有多余的蜜糖或者毒药
快将它散给你亲近的人们,
多余的对你又有什么需要?

"madame!"乞儿回答得温柔恭顺,
"我亲爱的 madame!
"我愿将苦难的一生,
"换取您一个亲吻!"

你焦急地等待着美丽的真理,
对它朝思暮念,
你像爱真理一样,
疯狂地爱着你自己制造的谎言。

伯爵夫人命令侍童,
　"我的孩子,你稍稍背过身去!
　"为了仁慈的上帝的光荣,
　"我不吝惜自己的谦恭!"

　女人和万物一样
　都是上帝手里的玩具!
　咱们最好多想孩子一些,
　多想想燕子和小蝴蝶。

盲人紧抱着骄矜的伯爵夫人的玉体,
　嘴唇和嘴唇紧贴在一起,
　她蓝色的眼睛如醉如痴,
　弯下了苗条的腰肢。

　朋友们!幸福万岁!
　纵令幸福短暂——也无所谓!
　它比万卷典籍
　蕴含着更多智慧。

这时夫人的情欲战胜了骄傲,
　脸上泛起了赛似晚霞的红潮。
　这布列塔尼女人命令侍童道:
　"艾蒂安,**噘**,孩子,你别偷瞧!"

　我们的敌人——魔鬼和机运
　总是把我们击败,
　不管你怎样克制自己,

犯罪时刻总要到来。

随后,她从地上站起,娇弱无力,
　"杀了他!"她吩咐侍童。
　痴情的侍童高兴已极,
　手起剑落,乞儿一命归西。

谁要是从一个酒杯里
同时饮下妒忌与爱情,
他就不得不把那
血红的复仇之汁饮尽。

你看,伯爵夫人用手帕擦擦湿润的嘴唇,
　祷告基督:
　"我已经将自己的贞洁奉献给你,
　"天堂的君主!"

风朝那边刮,
小草会对咱们说实话;
可是连上帝也不知道,
女人心里在想啥!

夫人温和柔顺地问侍童,
　"我多么善良,对吗?
　"你哭什么,亲爱的?
　"咱们走吧,该回家啦!"

爱情产生,像烈火熊熊,

我们在情火中燃烧，
自己也奇迹般变成
美丽、明亮的火苗。

侍童没有回答她，只是用软帽
　　将双颊上的泪珠抹掉，
　　但是他没能克制住自己，
　　发出了一声沉重的叹息。

我们慷慨地向生活馈赠！
每个人尽毕生之力奉送
少许的笑语欢声
和一颗盛满泪水的心。

布列塔尼女人黑眉紧皱，
　　恶毒的话语隐忍在心头，
　　她将这男孩从桥上推下了
　　积满发绿的死水的壕沟。

要是对每个该受惩罚的人
我们都严加惩处——
我们不会因此更加幸福，
而世上早就会无人居住！

埃莱娜又向天空
　　抬起骄傲的、蓝色的眼睛，
　　"父啊，愿你做我的裁判官，
　　愿你像我一样慈善！"

我们知道，美人的罪过，
不过是些可爱的淘气，
何况上帝又是那么温和、那么慈祥、
那么样地宽宏大量，那么心地善良！

深夜里伯爵夫人请来神父，
　　把自己的罪孽讲给他听，
　　花了整整十五个路易①，
　　将心灵中的罪孽洗净。

仁慈的上帝，
　　赐给我们两耳和双眼，
　　为的是世上发生的一切，
　　我们都应该耳闻目见。

这一切可能成为永世的绝密，
　　不会有人泄露天机，
　　可是在她捐献的路易里
　　却偶然落进了九个伪币。

要是咱们的眼睛，
　　有时过于明亮尖锐，
　　那就是全能的上帝，
　　存心叫咱们受罪。

将钱币散给贫苦的农民时，

---

① 法国十七、十八世纪通用的金币。

长老乐意奚落几句——
正因为他说话随便,
才有咱们这首绝妙的叙事诗出现。

心头的忧伤最使人痛苦,
而且往往缺乏救治的良药,——
于是我们就用逗趣的玩笑
有效地解除心中的烦恼!

孙新世　译

科诺瓦洛夫*

我漫不经心地用眼睛在一张报纸上掠过，见到了科诺瓦洛夫这个姓氏，它引起了我的注意，我于是读到了下述一条新闻：

"昨夜，在本市监狱第三号狱室，穆罗姆城小市民亚历山大·伊凡诺维奇·科诺瓦洛夫，在炉子通风口处自缢身死。自杀者年四十，系在普斯科夫城因漂泊流浪而被捕，并被押送遣返原籍者。据监狱当局声称，此人素性平和，沉默寡言，生性忧郁。经狱医诊断，促使科诺瓦洛夫自杀之原因，谅系患忧郁症所造成。"

我读完这条短讯之后，觉得我也许能把促使这个爱沉思的人轻生的原因解释得更清楚，因为我认识他。再说，我恐怕也没有理由对他的事保持沉默：他是一个非常好的小伙子，这样的人在人生旅途上是不常遇见的。

……我是在十八岁那年遇见科诺瓦洛夫的。那时我在一家面包房里当一个面包师的"下手"。这个面包师曾在"军乐队"里当过兵，他爱喝酒，常常把和好的面团弄坏，他喝醉了酒，喜欢用嘴唇吹曲子，用手指随便在什么东西上敲击出各种曲调。每当面包房老板因为产品做坏了或者到早晨不能及时出货而训斥他的时候，他就大发脾气，对着老板破口大骂，同时总要向他标榜一番自己的音乐才能。

---

* 本篇最初发表于一八九七年三月《新语》杂志第六期。译自《高尔基三十卷集》第三卷。

"说我把和好的面发得过头了!"他翘起红色的长胡须,掀动那不知为什么总是湿漉漉的厚嘴唇喷喷作声地嚷叫。"说面包皮烤煳啦!面包生啦!嘿,活见鬼,你这个斜眼丑八怪!难道我是为了干这种活才生到世界上来的吗?去你妈的这种该死的活,我是音乐家!懂吗?想当年,吹中音铜号的喝醉了,我就吹中音铜号;吹双簧管的被捕了,我就吹双簧管;吹短号的病倒了,谁能代替他?我!丁—塔—朗—达—底!你这个大老粗,喀查普①!给我结账!"

老板是个肥胖丰满的人,长着一双杂色的眼睛和一副女人似的面容,他晃动着肚子,跺着又短又粗的脚,尖声嚷叫道:

"害人精!败家子!出卖基督的犹大!"他叉开短短的手指,把两手伸到天空中去,忽然用刺耳的嗓音高声喊叫道:"要不我就把你送警察局,告你捣乱!"

"把沙皇和祖国的忠仆送警察局?"那当兵的咆哮起来,举起双拳要向老板扑上去。老板后退了,他不断啐着唾沫,气得直喘气。他也只好这样,无能为力。因为正当夏天,那时候在这个伏尔加河畔的城市里是很难找到有经验的面包师的。

这样的活剧几乎天天闹。那当兵的喝酒,弄坏和好的面团,吹奏各种进行曲、圆舞曲或者像他说的所谓"节目";而那老板气得咬牙切齿,我却因此不得不一人干两人的活儿。

有一次,老板和那当兵的又闹了这样一出活剧,我非常高兴。

"喂,当兵的,"老板到面包房里来,他容光焕发,踌躇满志,眼睛里闪耀着讥讽的微笑,说道,"喂,当兵的,鼓起嘴唇,吹进行曲吧!"

"又怎么啦?!"当兵的阴沉地说,他正躺在装面团的木柜上,照例又是喝得半醉了。

"开步走吧!"老板兴高采烈地说。

"到哪儿去?"当兵的一面问,一面把两腿从木柜上放下来,感到事

---

① 喀查普是沙俄时代乌克兰民族沙文主义者对俄罗斯人的蔑称。

情不妙了。

"随便你到哪儿去……"

"这是什么意思?"当兵的暴跳如雷地叫了一声。

"这意思就是说,我不想再用你了。结了账,爱上哪儿就上哪儿——开步走吧!"

那当兵的一向以为自己很有本事,老板拿他没有办法,现在老板的声明使他有点清醒了:他心里明白,靠他这点不高明的手艺,是很难找到活儿干的。

"哦,你胡扯!……"他站起身来,惊慌地说。

"走吧,走吧……"

"走?"

"滚吧。"

"给你干活儿干够了,就……"当兵的痛苦地摇摇头。"你吸我的血,血吸干了,就把我赶走。好呀!哼,你这吸血鬼!"

"我是吸血鬼?"老板大怒。

"你是!就是吸血鬼!"当兵的斩钉截铁地说,摇摇晃晃地向门口走去。

老板冲着他的背影尖刻地笑着,他的小眼睛愉快地闪烁着。

"走吧,瞧你现在到别家去找活儿!哼,我已经把你这个宝贝的所作所为到处给人家说了,你就是不要工钱白干活儿,也没人要你!到哪里去也没人要……"

"您雇到新师傅了吗?"我问。

"什么新师傅——是个老伙计。他当过我的下手。啊,是个出色的面包师!手艺好极了!可惜也是个酒鬼!他喝酒的毛病可厉害呢。……可他一来,拿起活就干,一干就是三四个月,像一头熊似的!他不睡觉,也不休息,工钱一点不在乎。他一面干,一面唱!他唱起歌来,我的老弟,简直唱得叫人听不下去——搅得人心里难受死了。他唱啊,唱啊,随后又喝酒!"

老板叹了口气,绝望地挥了挥手。

"他一犯起喝酒的毛病来,就怎么也阻挡不住他。一直喝到生病或者把钱喝得精光才罢休……到那时候,他就好像是害臊了,像鬼躲开神似的不知躲到哪儿去了。瞧,他来了……决定上工了吗,廖萨①?"

"决定上工了。"门口有一个低沉的声音回答说。

一个三十岁左右的高个子、阔肩膀的男人,肩膀靠着门框站着。从他的服装来看,这是个典型的流浪汉,从他的脸型来看,是个道地的斯拉夫人。他身上穿着一件脏得不像样子的红布破衬衫和一条肥大的粗麻布灯笼裤,一只脚上穿着只剩半截的高腰胶靴,另一只脚上穿着一只破皮鞋。淡褐色的头发乱得一团糟,头发里夹着一些刨花和干草;这样一些东西也夹杂在他那把扇形的遮住了胸膛的淡褐色的大胡子里。椭圆形的、苍白的、疲惫不堪的脸,由于有了蓝色的大眼睛而显得颇有光彩,那对眼睛温柔地看着。他的嘴唇很美,不过有点苍白,也在淡褐色的胡子下面微笑着,他那微笑的样子仿佛表示他想抱歉地说:

"瞧我这样子……别见怪。"

"过来,萨绍克②,这就是你的下手。"老板搓着手,亲热地打量着这位新来的面包师的强壮的身体说。面包师一声不响地朝前走了一步,向我伸出一只有巨人般大手掌的长臂;我们互相问了好;他坐在凳子上,两腿向前伸直,他望着自己的腿对老板说:

"你得给我,瓦西里·谢苗内奇,买两件替换的衬衫,一双旧皮鞋……一块做工作帽用的粗麻布。"

"都会有的,不必担心!工作帽我有的是;衬衫和粗麻布到晚上就有。先干起来再说;我知道你是什么样的人。不会亏待你的……科诺瓦洛夫这样的人,谁也不会亏待他的,因为他自己也不亏待别人。难道老板是野兽吗?我自己也干过活,我知道干活有多累多苦……哦,

---

① 廖萨是亚历山大的爱称。
② 萨绍克也是亚历山大的爱称。

那你们就留下吧,弟兄们,我走了……"

我们两人就留下了。

科诺瓦洛夫坐在凳子上一声不响,含笑向四处看看。面包房设在一间有拱形天花板的地下室里,室内的三扇窗户都比地面低,光线很弱,空气也不好,很潮湿、肮脏,粉尘飞扬。墙旁放着几个长形的木柜:一个木柜里放着和好的面团,一个木柜里放着刚发酵的面团,再一个木柜里是空的。微弱的光线穿过窗口照在每一个木柜上。庞大的炉灶几乎占了面包房三分之一的地方;炉灶旁边肮脏的地上放着几袋面粉。炉膛里熊熊地燃烧着一些长长的木柴,炉火的火苗映射在面包房的灰色的墙壁上,摇曳着、抖动着,仿佛在无声地诉说着什么。

拱形的熏黑了的顶棚沉重地低压着,日光和炉火合在一起形成一种不稳定的、照得眼睛发花的亮光。从窗外街上传来嗡嗡响的喧闹声,飞进来一些尘土。科诺瓦洛夫看看这一切,叹了口气,声音沉闷地问道:

"你在这儿干了好久了吗?"

我对他说了。我们沉默了一会儿,皱着眉头,面面相觑。

"简直是牢房!"他叹了口气,"咱们到街门口去坐一会儿吧。……"

我们出去走到大门口,在凳子上坐下。

"这里可以透口气。我还不能马上习惯这个深坑,不能习惯。你想想,我是从海上来的……我在里海的捕鱼队里干过……忽然一下子从那样开阔的地方扑通一下掉进了这个深坑!"

他面带悲哀的微笑看了我一眼,不作声了,他凝神注视着那些步行和乘车路过的人们。他的明亮的蓝眼睛闪着悲哀的光辉……到了傍晚时刻,街上又闷又闹,尘土飞扬,街上横陈着房屋的影子。科诺瓦洛夫坐着,背靠着墙,双手搁在胸部,手指拨弄着他那柔软如丝的大胡子。我从侧面望着他椭圆形的苍白的脸,心里想:"这是一个什么样的人呢?"可是我不敢同他攀谈,因为他是我的上司,而且还因为他使我产生了一种奇怪的敬重他的心理。

他的前额上刻着三条很细的皱纹,不过这些皱纹常常舒展开来,看不见了;我很想知道,这人在想些什么……

"咱们进去吧,到时候了。你揉第二个面团,我来做第三个。"

我们把一大块和好的面团按分量分成好多份,又揉好了另一个面团,然后坐下来喝茶;科诺瓦洛夫伸手到怀里去,问我:

"你认字吗?喏,拿去给念一念。"说完,他递给我一张又皱又脏的小纸。

"亲爱的萨沙①!"我念道,"你好,我在信上吻你,我日子不好过,不是滋味儿,我等不到我跟你一起出走或者和你共同生活的那一天了;这种该死的生活我过得厌烦透了,虽然起初我也喜欢过这种生活。这你自己是很理解的,和你认识以后,我也开始理解了。请你快些给我写信;我很想接到你的信。现在我说:再见了,但我不说:别了,我的亲爱的,我的大胡子知心朋友。我不给你写任何责怪的话,虽然你伤透了我的心,因为你这蠢猪——竟对我不辞而别。但是不管怎么说,我从你身上除了好的地方之外再没有看到别的什么:只有你才是第一个这样的人,这我是忘不了的。萨沙,你就不能想想办法为我赎身吗?有些姑娘对你说,我赎了身,就要离开你。这是胡说,完全是造谣。只要你怜惜我,我赎身以后就和你在一起,像你的狗一样。对你来说,这是很容易做到的,可是对我来说,却是很难做到的。你在我这里的时候,我想到我迫不得已要过这样的日子,我哭了,不过我没有把这种想法告诉你。再见。你的卡皮托莉娜。"

科诺瓦洛夫从我手里把信拿回去,心事重重地将它在一只手的手指之间转动,另一只手捻着胡子。

"你会写吗?"

"会……"

---

① 萨沙是亚历山大的爱称。

"你有墨水吗?"

"有。"

"你给她写封信,好吗?要不,她恐怕会把我看作是个坏蛋,以为我把她忘了……你写吧!"

"请问。她是什么人?……"

"是个妓女。你看,她信里不是说到赎身的事吗?那就是要我向警察局作保,答应娶她为妻,那样就可以把护照发还给她,收回她的妓女执照,从那时起她就自由了!懂吗?"

半小时以后,给她的一封动人的信写成了。

"哦,好吧,念给我听听,写得怎么样?"科诺瓦洛夫迫不及待地问道。

信是这样写的:

"卡芭①!别以为我是坏蛋,把你忘了。不,我没有忘,只是又犯了喝酒的毛病,把什么都喝光了。现在我又找到活儿干了,明天向老板预支到工钱,就把钱寄给菲利普,让他来替你赎身。钱足够你路上的花费。再见吧。你的亚历山大。"

"哼……"科诺瓦洛夫搔搔脑袋说,"你写得不行。你信里没有同情,没有眼泪。还有,我请你用各种话骂我,这你就没写上……"

"为什么要这样呢?"

"为的是要让她知道,我在她面前感到惭愧,让她知道我明白我多么对不起她。你却写成了这个样儿!像撒豆子似的,噼里啪啦,几家伙就写成了!你得洒点眼泪进去嘛!"

我只好在信里洒了点眼泪,因此我写得很成功。科诺瓦洛夫很满意,把手放在我肩上,恳切地说:

"现在这样就好了!谢谢!看来你是个好样儿的,咱们可以共事下去。"

---

① 卡芭是卡皮托莉娜的爱称。

这我毫不怀疑,我请他给我讲讲有关卡皮托莉娜的事。

"卡皮托莉娜吗?她是个姑娘,——完全是个孩子。她是维亚特卡省一个商人的女儿……可是走错了路。越往后越糟,最后进了妓院。……我一看哪,完全是个孩子嘛!我的老天爷,我想这怎么行呢?哦,于是和她认识了。她老是哭。我说:'没关系,忍耐一下!我救你出去——慢慢来!'那时候我什么都准备好了,钱啊等等……可是忽然我喝酒的毛病发了,流落到了阿斯特拉罕。后来又来到这里。有一个人把我的情形告诉了她,她就给我写来了这封信。"

"那你打算娶她吗?"我问他。

"娶她,我怎么成!我有喝酒的毛病——我怎么能做丈夫呢?不,我只能这样办:帮她赎了身,随她上哪儿去。她会给自己找个出路的,——可能做一个正派人。"

"她想跟你一起过日子……"

"这只是她胡思乱想。她们都那样……这些娘儿们……我很了解她们。我和许多各种各样的女人打过交道。甚至有一个商人的老婆……当时我在马戏班里当马夫,她竟看上了我。'当马车夫去吧,'她说。我那时候正好在马戏班里待腻了,所以我同意了,去了。哦,也就……她对我亲热起来。他们家有房屋,有马,有仆人,生活过得像贵族一样阔气。她的丈夫又矮又胖,模样儿就像我们这个老板,可她自己却是那么瘦,那么灵活,像只猫,还那么热情。有时候抱住我亲嘴,简直像在心头撒了一把滚烫的火炭。弄得我浑身发抖,简直可怕极了。有时候她吻着我,自己却哭个不停:连她的肩膀都发抖了。我问她:'你怎么了,薇伦卡①?'可她说:'你真是个孩子,'她说,'萨沙,你什么也不懂。'她可爱极了……不过她说得也对,我什么也不懂——我很蠢,我自己知道。我不懂我在干什么,也不想想我该怎么生活!"

他不再往下说了,他眼睛睁得大大地看着我;眼睛里流露出来的

---

① 薇伦卡是教名薇拉的爱称。

既不是恐惧,也不是疑问,而是一种不安,他的漂亮的脸因此变得更悲哀、更好看……

"哦,你和那个商人的老婆后来结果怎么样?"我问道。

"我吗?你瞧,烦恼极了。我告诉你吧,我的老弟,那时候我烦恼得简直活不下去了,根本没法活了。好像全世界就只有我一个人,除了我之外,哪儿也没有活人了。我那时候对一切都讨厌,我对我自己也讨厌了,我讨厌所有的人;即使他们都死去,我也不会哼一声!这多半是我有病了。打那时起,我开始喝酒……所以我对她说:'薇拉·米海洛芙娜!你放了我吧,我再也受不了啦''怎么,'她说,'你讨厌我了吗?'她说着就笑了笑,你知道,她笑得多么不自然。'不,'我说,'不是我讨厌你,是我自己受不了啦。'起初她没有懂得我的意思,甚至开始对我叫嚷,乱骂一通……后来她懂了。她低下了头说:'既然这样,那你就走吧!……'她哭了。她的眼睛乌黑乌黑的。头发也是乌黑的,卷曲的。她不是商人家出身,是做官人家的……嗯……我很可怜她,那时候我自己也讨厌我自己。她和那样的丈夫在一起过日子当然是苦恼的。那人简直就像一袋面粉。……她哭了好久;她跟我处熟了……我很爱她:常常把她抱在手里摇荡。她睡着了,我就坐在她身旁看着她。人睡着的时候常常是很好看的,是那样的纯朴;只有呼吸和微笑,没有别的。也有时候——我们住在别墅里的时候——常常和她一同坐车出去玩,这是她最喜欢的。我们乘车到了树林里,把马拴在一个角落里,走到草地上荫凉的地方。她叫我躺下,把我的头枕在她的膝上,给我念一本什么书。我听着听着,睡着了。她念的是些有趣的故事,非常有趣。有一个讲哑巴盖拉辛和他的狗的故事[①],我是永远忘不了的。他是个哑巴,是个受迫害的人,除了一条狗之外,没有人爱他。别人嘲笑他捉弄他的时候,他马上就到狗那儿去……这是一个很悲惨的故事。……那是农奴制度时代发生的事……女主人对他说:

[①] 指俄国作家屠格涅夫(1818—1863)的短篇小说《木木》。

'哑巴,去把你那条狗淹死了吧,要不然它老是叫。'哦,哑巴就去了……他驾了一条小船,把狗放在小船上,就走了……我听到这里浑身发抖。我的天!一个活生生的人在世界上惟一的一点乐趣被扼杀了!这是什么世道……那是个极动人的故事!真实,好就好在这里!常常有这样人,在他们心目中,整个世界只有一件什么东西,比如说,一条狗。为什么是一条狗?因为没有任何人爱这样的人,可是狗却爱他。没有一点爱,人是活不下去的:人天生有个灵魂,就是为了使他能够爱……她念给我听了许多各种各样的故事。这是一个很可爱的女人,至今我还怜惜她……要不是命运的摆布,我是不会离开她的,除非她自己要这样,或者她的丈夫知道了我和她的关系。她很温柔——这是最主要的,她的温柔不是像施舍似的,而是出自内心的。她和我接吻,不过女人总是女人……有时候在她身上可以发现那么一种柔情……简直美极了,那时候她是个多么好的人。有时候她看着你一直看到灵魂深处,讲起故事来,好像是个保姆或者母亲。这样的时候,我在她面前常常简直像个五岁的孩子。不过我最后还是离开她走了——多么烦恼啊!我老想到别的什么地方去……'别了,'我说,'薇拉·米海洛芙娜,原谅我。''别了,'她说,'萨沙。'接着,这个不可思议的女人,她把我的衣袖卷到胳臂肘以上,在我手臂上咬了一口!我差一点要嚎叫起来!几乎把整整一块肉给咬下来了,——手臂痛了三个来星期。到今天还留着那个疮疤。"

他把他那只肌肉发达的又白又美的手臂露出来给我看,善良而又悲哀地微笑了。在胳臂肘附近的皮肤上清楚地看见一处伤疤——两个半圆形的、末梢几乎连接在一起的齿痕。科诺瓦洛夫看着这些齿痕,微笑着摇摇头。

"真是个怪女人!她这是咬一口留作纪念的。"

我从前也曾听见过这一类的故事。几乎每个流浪汉过去都有过一个"商人的老婆"或者"一位出身高贵的夫人",而且所有的流浪汉,他们虽然讲法多种多样,可是他们所讲的商人老婆和夫人完全是一些离奇的人物,在他们身上奇怪地把各种决然相反的肉体上和心理上的特点结合在一起。如果她今天是蓝眼睛的,凶恶而快活的,那么可以预料,一个星期之后,您又会听说她是黑眼睛的,善良而爱哭的。而且,那些流浪汉讲到她时,常常带着怀疑的口气讲许许多多贬低她的细节。

但是在科诺瓦洛夫讲的故事里听起来却使人感到有一些真实的东西,其中有些是我所不熟悉的特点:念书给他听,在科诺瓦洛夫这样体格强壮的人身上加上"孩子"这样的称呼……

我想象着一个灵巧的女人,她睡在他的手臂上,头紧贴在宽阔的胸怀里,那该是多美,这使我更加相信他讲的故事的真实性。此外,他回忆"商人的老婆"时的哀愁而温柔的声调也是非常动听的。真正的流浪汉无论是谈论女人或是谈论别的事都从来不用这样的声调,——他们喜欢显示,在他们看来,世界上没有一样东西是他们不敢骂的。

"你干吗不开口,你以为我撒谎吗?"科诺瓦洛夫问,他的声音里流露出不安的情绪。他坐在面粉袋上,一手拿着一杯茶,一手慢条斯理地捋着胡子。他的蓝眼睛试探地和询问地看着我,脑门上清晰地横着一条条皱纹……

"不,你要相信我……我干吗要撒谎呢?假定说我们的流浪汉弟兄们都是讲故事的好手吧……不行啊,朋友:要是一个人在一生中没有什么美好的东西,他自己替自己编一个故事,把它当作真的事情讲给人家听,他对谁也不会有什么害处。他讲给人家听,自己也相信似乎确有其事,——他这样相信了,哦,他心情也就愉快些。许多人靠这样过日子。没有办法啊……不过我讲给你听的,那倒是真的事情——的确是这样的。难道这里有什么特别的东西吗? 一个女人活着,她觉得苦闷。比方说,我是个马车夫,可是这对于女人是无所谓的,因为不论是马车夫,是贵族老爷,还是军官——反正都是男人……在她们看来所有的男人都是下流胚,追求的都是一码子事儿,而且每个人都老是想多捞进点,少付出点。普通人还有点良心。我就是个普通人……

娘儿们在这一点上对我很了解,——她们知道我不会欺侮她们,不会嘲笑她。女人要是有了罪过,不怕别的,就怕别人嘲笑她、挖苦她。她们比我们有廉耻心。我们达到了目的,可以到处去讲,炫耀自己有本事,说:瞧,我们勾搭上了一个傻娘儿们!……可是女人没地方去说,谁也不会把她的罪过看作是有胆量……老弟,她们之中即使是最堕落的人,也比我们有廉耻心。"

我听了他这一席话,心里想:"这人说的这些话对他来说是很不体面的,难道他说的是真心话吗?"

可是他却沉思地用他那明亮得像孩子似的眼睛凝视着我,越来越使我对他的话感到惊异。

炉子里的木柴烧完了,一堆火红的木炭在面包房的墙上投下了一圈粉红色的光……

一小块点缀着两颗星星的蓝天向窗里观望着。其中一颗星——大的那颗——像绿玉似的闪着光,另外一颗离它不远,却看不大清楚。

过了一个星期,我和科诺瓦洛夫成了好朋友了。

"你是个老实的小伙子!这样好!"他一面说,一面咧开嘴微笑着,举起他的大手拍拍我的肩膀。

他干活干得真是手艺高超。看着他怎样对付一块七普特重的面团,把它擀薄,或者俯身在木柜上揉面,把强壮的手臂齐胳臂肘伸进一大块富有弹性的面团里去,那面团在他钢铁般坚硬的手指中间吱吱地响,那是很有看头的。

起初,看见他把我好不容易赶上从盘子里分批投在他的铲子上的生面包迅速地扔到炉子里去,我生怕他把它们堆在一起了;但是当他烤出了三炉面包,一百二十个松软的、暗红的、鼓得高高的大圆面包中,没有一个是"挤坏了"的,那时候我才明白,和我共事的是一位行家能手。他喜欢干活,干得入迷了,炉子烤得不好,或者面团发得慢了,他就垂头丧气,如果老板买了潮湿的面粉,他就要生他的气和骂他;如果出炉的面包是圆圆的、鼓得高高的,"发得很足",颜色红得恰到好处,面包皮又薄又脆,他就像个孩子似的又快乐又满意。有时他从铲子上取下一个烤得最好的面包,烫得从一只手里倒到另一只手里,高兴地笑着对我说:

"啊,咱们做出了多漂亮的家伙……"

看到这个巨人般的孩子一心一意扑在他的工作上,我也感到非常愉快,——每一个人干任何工作也都应该这样……

有一次我问他:

"萨沙,听说你唱歌唱得很好?"

"我会唱……不过我只是有时候唱唱……唱一阵子。我一烦闷就唱歌……如果我一开口唱歌,那就是我感到烦闷了。这你可别提了,别撩惹我。你自己不会唱歌吗?唉,你呀——你这家伙!你还是耐心等着我吧……将来咱们俩一起唱。好吗?"

我当然同意了,我想唱歌的时候,就吹吹口哨。但是有时候在揉面团和做面包的时候,忍不住轻轻哼几句。科诺瓦洛夫听见我哼,他的嘴唇也微微动着,过了一会儿,他提醒我应许过的诺言。有时候他粗鲁地对我嚷叫:

"得啦!别哼啦!"

有一次我从我的箱子里取出一本书,靠窗口坐下,开始读起来。

科诺瓦洛夫直挺挺地躺在装面团的木柜上打瞌睡,我在他耳旁翻书的簌簌声使他睁开眼睛来。

"什么书?"

这是一本叫《波德利波沃村的人们》[①]的书。

"大点声念,好吗?……"他请求我。

于是我就坐在窗台上念起来,他坐在木柜上,头靠在我的膝上听

[①] 《波德利波沃村的人们》是俄国作家费·米·列舍特尼科夫(1841—1871)的著名的小篇小说。书中描写的是帝俄农奴制改革前彼尔姆的农民和卡马河上纤夫的悲惨生活。

我念……有时我的视线越过书本看到他的脸,和他的眼光相遇,我至今还记得,他那双眼睛睁得大大的,很紧张,很用心地听着……他的嘴也是半张着,露出两排整齐、洁白的牙齿。他那向上掀起的眉毛,那高脑门上的弯弯的皱纹,那抱住膝头的两只手,那整个凝然不动、聚精会神的神态,使我感到温暖,我也竭力把瑟索伊卡和皮拉①的悲惨的故事讲得更清楚和更生动。

最后,我累了,把书合上。

"完了吗?"科诺瓦洛夫低声问我。

"还不到一半呢……"

"把它全部念完,好吗?"

"好吧。"

"唉。"他坐在木柜上,抱住自己的脑袋摇来摇去。他想说什么话,嘴巴一开一合,像拉风箱似的透着气,而且不知道为什么眯着眼睛。我没有料到会有这样的效果,也不理解它的意义。

"你念得多好啊!"他低声说,"用各种不同的语气念……他们都像是活生生的人……阿普罗斯卡!皮拉……多傻呀!我听了觉得可笑……后来怎么样啦?他们到哪儿去了?我的天哪!这可都是真事啊。这可都是些真正的人……实实在在的庄稼人。……声音和相貌也完全是活生生的……喂,马克西姆!让我们把面包放到炉子里烤上——你再念下去!"

我们放好了一炉子面包,准备好了另外一炉,我又把书念了一小时四十分钟。然后又停一阵子——一炉子面包烤好了,我们把面包取出来,放上另外一炉,还揉了面团,发了面……这些活儿都是以狂热的速度进行的,而且几乎是一声不响就干完了。

科诺瓦洛夫皱着眉头,偶尔向我温和地发出简短的命令,自己也拼命地赶……

---

① 瑟索伊卡和皮拉是中篇小说《波德利波沃村的人们》中的男女主人公。

到早晨,我们把书念完了,我觉得我的舌头也发麻了。

科诺瓦洛夫骑在一袋面粉上,用奇怪的眼神望着我的脸,双手撑在膝上默不出声……

"好吗?"我问道。

他眯缝眼睛摇着头,不知道为什么又放低了声音说:

"这是谁写的?"他眼光里露出一种非言语所能形容的惊异样子,脸上忽然冒出一股热烈的感情。

我告诉他这书是谁写的。

"哦,他是个了不起的人!写得多好啊!嗯?简直可怕。能抓住人的心——生动极了。他这位作家怎么啦,他写这本书得到了什么?"

"这是什么意思?"

"哦,比如说,给了他奖赏或者别的什么?"

"为什么要给他奖赏呢?"我问道。

"怎么为什么?一本书……就像是一份警察局的告示。现在人们读它……议论它:皮拉,瑟索伊卡……这是些什么人啊?大家都会同情他们……老百姓没有知识。他们过的是什么日子?哦,不过……"

"不过什么?"

科诺瓦洛夫腼腆地看看我,怯生生地说:

"总该有个规定。这是人啊,应该支持他们才是。"

为了答复这一点,我对他发表了一大篇议论……但是,唉!这些议论没有产生我所希望的效果。

科诺瓦洛夫沉思起来,他低下了头,摇摆着整个身体,不时地叹息,他没有说一句话来妨碍我说话。最后我累了,就住口不说了。

科诺瓦洛夫抬起头,忧郁地看看我。

"那么,看来他什么也没有得到?"他问道。

"说谁啊?"我问道,早把列舍特尼科夫给忘了。

"我说那作者。"

我没有回答他,我很生这位听众的气,他显然并不认为他自己有能力解决世界性的问题。

科诺瓦洛夫不等到我回答,就把书拿在自己手里,小心地翻了翻,把它打开又合上,然后放回原处,深深地叹了口气。

"这一切多么聪明啊,我的天!"他轻声说,"一个人写了一本书……就是纸,在纸上写上各种各样的圈圈点点——就成了书。写完以后就……他死了吗?"

"死了。"我说。

"人死了,可是书留下来了,大家还念它。人们用眼睛看书,口里念出各种各样的话。你听了,就懂得:原来世界上有过皮拉,瑟索伊卡,阿普罗斯卡这样一些人……你同情这些人,虽然你从来没有见过他们,他们和你也毫无关系!也许街上就有几十个活生生的这样的人在走动,你见了他们,他们的事儿你却一点也不知道……他们的事情和你毫无关系……他们走他们的,来来去去的……可是在书里边,你对他们却同情得简直心都碎了……这是怎么回事呢?……可是作者没有得到奖赏就死了?他什么也没有得到吗?"

我生气了,我告诉他作家们得到的报偿……

科诺瓦洛夫吃惊地睁大眼睛听我说,深表同情地啧啧地咂着嘴唇。

"是这样。"他深深地叹了一口气,咬住了左面的小胡子,忧郁地低下了头。

于是我开始讲述酒店在俄罗斯文学家生活中所起的祸害的作用,讲述一些杰出的真诚的天才怎样被毁于伏特加酒——伏特加酒是他们非常困苦的生活中的惟一慰藉。

"唉,难道这样的人也喝酒吗?"科诺瓦洛夫低声问我。他那睁得大大的眼睛里闪烁着对我的不信任,对那些人的恐惧和同情。"喝酒!他们怎么啦……写了书以后喝起酒来了?"

在我看来,这是一个提得不得体的问题,所以我没有回答。

"当然啰,以后,"科诺瓦洛夫找到了答案,"有些人活着,看着人家生活,感受着别人生活中的痛苦。他们的眼睛准是特别的……心也是特别的……他们把生活看透了,烦恼起来……就把烦恼写到书里去……可是这已经没有用了,因为心被触动了,心中的烦闷拿火来烧也烧不掉……只有一个办法:以酒浇愁。哦,于是就喝酒……我说的可对?"

我同意他的看法,这似乎给他增添了勇气。

"哦,说实在的,"他继续发挥有关作家心理的议论,"为了这一点就应该奖励他们。对吗?因为他们比别人懂得更多,而且给别人指出各种不合理的事。比如说,现在我是什么呢?是流浪汉、穷光蛋、酒徒、神经病。我过的生活一点意思也没有。除了看看世界之外,我为什么要活在世界上,在这个世界上有谁需要我呢?没有落脚的地方,没有老婆,没有孩子,甚至对这些也毫无兴趣。过一天,烦恼一天……为什么呢?不知道。我心里毫无打算,懂吗?这怎么说呢?心里没有那种火花……没有那种……力量,是不是?哦,我身上缺少一种东西——就是这么回事!懂吗?我活着,我寻找这种东西,想念这种东西,但这是种什么东西呢?……我也不知道……"

他一手支撑着脑袋看着我,他脸上表现出他在努力思索,想替自己的思想寻找表达的方式。

"哦,还有呢?"我追问他。

"还有?……我也讲不清楚……但是我想,如果有哪位作家仔细观察我一番,他是能对我解释我的生活的,对吗?你说呢?"

我想,我自己就能够给他解释他的生活,于是我立即着手来做这件在我看来是轻而易举的明显的事。我从生活的条件和环境说起,说到人世间不平等的现象,说到成为生活的牺牲品的人和成为生活的主宰的人。

科诺瓦洛夫注意地听着。他坐在我对面,一手撑着面颊,他那蓝色的大眼睛睁得大大的,显出若有所思和很聪明的样子,渐渐地仿佛蒙上了一层轻雾,前额上的皱纹越来越深,他似乎屏住了气息凝神倾听,努力想理解我的话。

这一切使我很高兴。我热烈地给他描绘他的生活,并且证明,他之所以成为这样的人,并非是他的过错。他是生活条件所造成的悲惨的牺牲品,本来是和大家一样的生来就有平等权利的人,但是被一系列历史的不公正的事驱赶到了社会的底层。我结束时说:

"你对你自己是没有什么可以责备的……你是受欺侮的……"

他默默无言,目不转睛地盯着我,我看到他眼里泛起善良的明亮的微笑,急切地等待着他对我说的那些话的反应。

他温柔地笑起来,以一种女性似的温柔的动作挨到我身边,把一只手放到我的肩膀上。

"老弟,你讲得多轻松啊!不过你是从哪儿知道这些事的?都是从书上看来的吗?你的书读得真多。唉,要是我也能读那么多的书,那该多好!……不过主要的原因还是你是怀着很大的同情心讲的……我还是第一次听到这样的话。好极了!大家都把自己的不幸归罪于别人,可是你却归罪于整个生活,整个制度。这样看来,照你的意思,人本身是没有什么罪过的,天生该当流浪汉,他就当流浪汉。你讲那些囚犯讲得很好:他们所以盗窃,是因为没有活干,可是要吃饭……你把这些事说得多么叫人同情!你的心肠看来是很慈善的!……"

"且慢,"我说,"你同意我的看法吗?我说得对不对?"

"对不对,你知道得更清楚——你识字……要是拿别人来说——那恐怕是对的……可要是我……"

"你怎么?"

"哦,我可与众不同……我喝酒,那是谁的过错呢?我的弟弟巴维尔卡,他不喝酒,他在彼尔姆开了一家面包房。我干活比他强,可我却是个流浪汉,酒鬼,我再没有别的称呼,没有别的份儿……然而我们是同一个母亲生的孩子!他还比我年轻。可见,我自己身上准是有什么不对的地方……那就是说,我生下来就和别人不一样。你却说,所有的人都是一样的。可是我走的是一条特别的生活道路……而且不单是我一个人,像我们这样的人多得很。我们是一些不同寻常的人……无论哪一类都包括不进去。我们是另外一类……对我们法律也是要特别的……要很严格的法律——才能从生活中把我们连根铲除!因为我们没有用处,可是我们却在生活中占着一个位子,站在别人的生活道路上……有谁对不起我们呢? 我们自己对不起自己……因为我们对生活没有兴趣,我们对自己没有感情……"

他,这个有着孩子般明亮眼睛的大人,带着那么轻松的口气把自己从生活中划出来,放到生活所不需要、因而应当连根铲除的一类人中去,说的时候,还带着那样的苦笑,使我对这种自卑大为吃惊。在这以前,我还没有在流浪汉身上见过这种自卑,这些人和一切都隔绝,对一切都敌视,他们时时刻刻想对一切事物试试他们的凶狠的怀疑论的力量。我遇见过的只是这样的人,他们总是责怪一切,埋怨一切,一再表白自己个人是无辜的,而却顽固地闭口不谈许多足以推翻他们的论据的明显事实,——他们总是把自己的不幸遭遇归罪于冥冥中的命运,归罪于坏人……科诺瓦洛夫却不责怪命运,也不谈论别人。对于他个人生活中的那一切乱七八糟的事,他只是责怪他自己。我越是顽强地竭力想向他证明,他是"生活环境和条件的牺牲品",他越是固执地要我相信,他之所以遭到悲惨的命运,都要怪他自己……这是很奇特的,但是因此我很生气。可是他却以鞭挞自己而感到满足;当他以响亮的男中音对我喊出下面的话的时候,他的眼睛里闪耀的正是这种满足的光辉:

"人人都是能自己做主的,如果我是坏蛋,那不能怪别人!"

这样的话如果出自一个有文化的人之口,就不会使我感到惊奇,因为在号称"知识分子"的复杂而混乱的心理状态中,是不乏这种弱点的。但是这些话出自一个流浪汉之口,——虽然在肮脏的城市贫民窟中那些被命运所凌辱的、饥寒交迫和粗野的非人非兽的人里头,他也是一个知识分子,——从一个流浪汉的口中听到这些话是很奇怪的。

因此只能得出一个结论,科诺瓦洛夫的确是一个特别的人物,但是这却不是我所希望的。

从外表上看,科诺瓦洛夫完全是一个非常典型的流浪汉;但是我对他观察得越深,我越相信,我接触到的是另外一种流浪汉,他打破了我对一些人的看法;这些人我本来认为早已应该算作一个阶级而值得注意的,是因为他们贪得无厌的欲望非常强烈,他们很凶恶,但是决不愚蠢。

我和他争论得越来越热烈。

"喂,等一等,"我叫道,"一个人,各种黑暗势力从四面八方向他扑来,他怎么站得住脚呢?"

"使劲顶住!"我的论敌激动地闪动着眼睛说。

"往哪儿顶呢?"

"找到自己的立足点顶住!"

"那你为什么不顶住呢?"

"我说过了嘛,你这个人真怪,我的不幸要怪我自己嘛!……我没有找到我的立足点!我还在找,我想找,可是找不到!"

然而应该照料一下面包了,于是我们就一边干活,一边继续互相证明自己见解的正确性。当然,谁也没说服谁,我们俩都很激动,干完活就躺下睡了。

科诺瓦洛夫摊开手脚躺在面包房的地板上,很快就入睡了。我躺在面粉袋上,从上面向下看着他那强健的长着大胡子的身躯,巨人似的伸开四肢躺在一条铺在木柜旁边的席子上。散发着一阵阵热面包、酸面团和碳酸气的气味……天亮了。灰色的天空透过盖着一层面粉的玻璃窗望进来。大车轰隆隆地响着,牧人吹着笛子,招呼畜群集合起来。

科诺瓦洛夫打着呼噜。我看着他那宽阔的胸脯在起伏,思忖着各种各样能最快地使他和我的信仰一致起来的方法,但是什么方法也没有想出来,就睡着了。

早上,我和他起来发了面,洗了脸,坐在木柜上喝茶。

"怎么,你有书吗?"科诺瓦洛夫问道。

"有……"

"能读给我听听吗?"

"可以……"

"那就好!你说这么办好吗?我干一个月活,从老板那里领到了钱,拿一半给你!"

"干什么?"

"你拿去买书……给你自己买你喜欢的书,也给我买一些——买两本也好。给我买些讲庄稼人的书。讲像皮拉和瑟索伊卡这类的书……要带着同情心写的,知道吗?不要为了逗人发笑的那种……有些书完全是扯淡!潘菲尔卡和菲拉特卡——第一页上还有图画——那糟透了。都是些庸庸碌碌的人,各种各样的神话。这我不喜欢。我不知道你那里有些什么书?"

"你想听听讲斯坚卡·拉辛的书吗?"

"讲斯坚卡的?写得好吗?"

"写得好……"

"去拿来吧!"

不久我就念给他听科斯托马罗夫[①]的《斯坚卡·拉辛之乱》[②]。开头有一段才气横溢的专论,几乎像一首史诗,但是没有引起我那大胡子听众的兴趣。

"为什么这里没有对话?"他一面向书里张望,一面问我。我解释了为什么没有对话,他甚至打了一个哈欠;他本想掩饰一下,但是没有做到,他有点不好意思,抱歉地对我说:

"读下去——没关系!我不过是……"

---

① 尼·伊·科斯托马罗夫(1817—1885),俄国历史学家、人种学家、作家。
② "斯坚卡·拉辛之乱",指一六七〇至一六七一年间在俄国发生的由斯捷潘·拉辛领导的农民起义。起义被沙皇政府镇压,拉辛于一六七一年六月被处死。

但是随着那位历史学家用画家的笔法描绘出斯捷潘·季莫费耶维奇①的形象,使这位"伏尔加自由民②之王"从书页上栩栩如生地站立起来时,科诺瓦洛夫的表情也完全变了样。起初他露出厌烦而无动于衷的样子,眼睛昏昏欲睡,后来他渐渐地、在我不知不觉中、以令人吃惊的新姿态在我面前出现了。他坐在我对面的木柜上,双手抱住膝部,把下巴颏放在上面,因此他的大胡子盖住了他的腿,他那双渴望的、奇怪地燃烧着的眼睛,从严峻地紧皱着的眉毛底下望着我。他身上那种常常使我惊奇的孩子般的天真,此刻一点都没有了;本来对他那双善良的蓝眼睛非常相衬的纯朴而温柔得像女性似的一切,现在都消失得无影无踪了。他那双蓝眼睛现在变得暗淡而细小了。在他那缩成一团的肌肉丰满的身体里有一股雄狮般的火热的气息。我停下来不念了。

"念下去!"他轻声地、但却庄重有力地说。

"你怎么啦?"

"念下去!"他重复说,语气之间除了请求之外还有点生气的味道。

我继续往下念,有时我看看他,看见他越来越激动。他身上发出一种使我兴奋和陶醉的气息——像一阵炽热的云雾。接着我念到了斯坚卡被捕的一段。

"被捕了!"科诺瓦洛夫叫喊起来。

在这喊声中响彻着痛苦、屈辱、愤怒。

他脑门上出汗了,眼睛异样地睁得很大。他从木柜上跳下来,个子高高的,激动得不得了,站在我对面,把一只手放在我肩膀上,急促地高声说:

"等一等!别往下念……告诉我,后来呢?不,停一停,别说!他被处死了吗?是不是?快点念下去,马克西姆!"

---

① 斯捷潘·季莫费耶维奇是拉辛的教名和父名,斯坚卡是斯捷潘的爱称。
② "自由民",指不堪虐待而逃亡到伏尔加流域去的农民。

可以认为,拉辛的亲兄弟是科诺瓦洛夫,而不是弗洛尔卡。好像有一种三百年来一直没有冷却、没有中断的血缘关系至今还把这个流浪汉和斯坚卡联结在一起,这个流浪汉以他那活生生的、强壮的身体的全部力量,以他那"无限"苦闷的心灵的全部激情,感觉到了那位三百年前被捉住的自由的山鹰的痛苦和愤怒。

"看在基督的分上,念下去吧!"

我兴奋而激动地念着,我感觉到我的心在怦怦跳动,我和科诺瓦洛夫一起体会着斯坚卡的苦恼。接着我们念到了刑讯的一段。

科诺瓦洛夫把牙齿咬得咯咯响,他的蓝眼睛像火炭似的闪着光。他从我身后扑到我的身上,也是眼不离书。他的呼吸声在我耳边响着,把我的头发吹到眼睛上去了。我摇了摇头,把头发甩上去。科诺瓦洛夫看见了,把他那沉重的手掌放在我的头上。

"这时拉辛咬紧牙关咯咯作响,把牙齿和着鲜血一起吐在地上……"

"够啦!……妈的!"科诺瓦洛夫叫了一声,从我手里把书夺过去,使出全身的力气把它扔在地上,随后自己也瘫下来坐在地上。

他哭了,因为他羞于流泪,他号叫着,免得哭出声来。他把脑袋藏在膝间,一面哭,一面在肮脏的斜纹布裤子上擦眼睛。

我坐在他面前的木柜上,不知道说什么话来安慰他。

"马克西姆!"科诺瓦洛夫坐在地上说。"太可怕啦!皮拉……瑟索伊卡。还有斯坚卡……啊?是什么命运啊!……他把牙齿都吐了出来!……是吗?"

说着说着,他全身都发抖了。

特别使他吃惊的是斯坚卡把牙齿都吐出来了,他不时痛苦地抽动肩膀,谈论那牙齿。

在我们面前出现的那幅折磨人的酷刑场面的影响下,我们俩仿佛喝醉了酒似的。

"你给我把它再念一遍,好吗?"科诺瓦洛夫从地上把书捡起来递给我,说服我道。"好吧,指给我看看,什么地方写到牙齿?"

我指给他看,他的眼睛盯住了这几行字。

"他把他的牙齿和着鲜血一起吐出来,是这样写的吗?就是那么几个字,和别的所有的字一样……老天爷!他多么痛啊,是吗?连牙齿也……不过最后的结果怎样?处死刑?啊呀!好极了,老天爷,他们到底把人处死了!"

他表现这种喜悦的心情时,怀着极大的激情,眼睛里流露出非常满意的神情,这种强烈希望备受折磨的斯坚卡速死的恻隐之心真使我不寒而栗了。

整整这一天我们是在奇怪的浓雾中度过的:我们老是谈论斯坚卡,回忆他的一生、有关他的歌曲和他受到的酷刑。科诺瓦洛夫有两三次用嘹亮的男中音唱起歌来,后来又中断不唱了。

从这一天起,我们彼此更加亲近了。

我又给他念了几次《斯坚卡·拉辛之乱》、《塔拉斯·布尔巴》和《穷人》[①]。对于塔拉斯,我们这位听众也挺喜欢,但是塔拉斯不如科斯托马罗夫的小说给他的印象鲜明。对于马卡尔·杰渥式庚和瓦丽娅[②],科诺瓦洛夫不能理解。马卡尔的信里的语言,他只觉得可笑,而对于瓦丽娅,他则抱着怀疑的态度。

"唉,你啊!对老头儿那么入迷!狡猾的女人!他呢,这么个丑八怪!马克西姆,你别再念这个玩意儿浪费时间啦!这有什么意思?男的给女的写信,女的给男的写信……净是糟蹋纸……让他们见鬼去吧!既不可怜,又不可笑;写它干什么?"

我向他提出波德利波沃村的人们,可是他不同意我的看法。

"皮拉和瑟索伊卡——那是另外一种人!他们是活生生的人,他

[①] 《塔拉斯·布尔巴》是俄国作家果戈理的小说;《穷人》是俄国作家陀思妥耶夫斯基的小说。

[②] 马卡尔·杰渥式庚和瓦丽娅都是《穷人》中的男女主人公。

们活着,挣扎着……可是这些人干什么?光是写信……多无聊!这简直不是人,写得不怎么样,是编出来的。瞧塔拉斯和斯坚卡,要是叫他们站在一起……我的天!他们会干出多么好的事业来。那时候皮拉和瑟索伊卡——也会鼓起精神来,是不是?"

他弄不清时代,在他的想象中,凡是他喜欢的英雄人物都是同时存在的,只是其中两个在乌索利埃①,一个在"霍霍尔"②中间,一个在伏尔加河上……我费了九牛二虎之力才使他相信,即使瑟索伊卡和皮拉沿着卡马河顺流而下"走一遭",他们和斯坚卡也是碰不到一起的,即使斯坚卡"越过顿河哥萨克地区跑到霍霍尔那儿去",他在那儿也找不到布尔巴③。

科诺瓦洛夫明白了是这么回事,他很苦恼。我想让他听听普加乔夫暴动④的事,看他对叶美尔卡⑤的态度如何。科诺瓦洛夫对普加乔夫却百般挑剔。

"唔,这个大骗子,嗤,你瞧!冒充沙皇造反⑥……毁了多少人,狗东西!……斯坚卡么?老弟,这是另一码事。可是普加奇⑦——不过是个卑鄙小人。真够味儿的!还有没有像斯坚卡这一类的书?你找找看……不过这个肉麻的马卡尔,你把他扔在一边吧——没味儿。最好你还是再念一遍,斯坚卡是怎么被处死的……"

在假日里,我和科诺瓦洛夫过河到草地去。我们随身带了点伏特加酒、面包和书,一清早就动身"到自由的空气里去",——科诺瓦洛夫是这样称呼这些远足旅行的。

---

① 该城在乌拉尔地区,卡马河上流。
② "霍霍尔"是俄国人对乌克兰人的称呼,这里指乌克兰。
③ 因为这几个人物分别生活在十七、十九世纪,所以不会碰到一起。
④ 普加乔夫暴动,指一七七三年至一七七五年间在俄国发生的叶美连·普加乔夫(1742—1775)领导的农民起义。
⑤ 叶美尔卡是叶美连的爱称。
⑥ 当时俄国农民很相信有一个"好皇帝"就能改善他们的生活,因而普加乔夫也就冒称为彼得三世皇帝。
⑦ 普加奇是对普加乔夫的蔑称。

我们特别喜欢到"玻璃厂"①去。不知道为什么这样称呼那座盖在离城不远的田野上的建筑物。这是一座三层楼的石砌房屋,屋顶已经塌了,窗框也都弄得弯弯曲曲的,有几个地窖,一到夏天,就到处是臭气熏天的泥泞。这座房子是绿灰色的,一半已经坍毁,仿佛要倒下来的样子。它从田野上用它那些黑洞洞的凹进去的、残缺不全的窗户眺望着城市,像是一个残废者受到了命运的折磨,被驱逐到城外去,奄奄一息地非常可怜。春汛时节,河水年复一年地冲刷着这所房屋,可是整个建筑物,从屋顶到屋基盖上了一层绿苔,却巍然耸立着,周围都有水洼,挡住了经常光顾的警察,——它耸立着,虽然没有屋顶,却给各种形迹可疑和无家可归的人们提供了一个栖身之所。

栖身在这所房子里的人总是很多的;他们衣衫褴褛、食不果腹、害怕阳光,像猫头鹰似的住在这个废墟里。我和科诺瓦洛夫在他们中间是受欢迎的客人,因为他和我从面包房出来的时候,总是带来又大又圆的白面包,路上还买上几升伏特加酒和一大盘"热菜"——肝啦、肺啦、心啦、肚子啦。我们只要花两、三个卢布就可以请这些被科诺瓦洛夫称之为"玻璃厂住户"的人们饱餐一顿。

他们用讲故事的办法来报答我们的款待。在他们讲的故事中,骇人听闻、惊心动魄的真事同最朴素的谎言离奇地交织在一起。每个故事在我们面前都好像一条花边,其中占多数的是黑线——那就是真事,也有些地方是色彩鲜艳的线——那就是谎言。这种花边落到脑子和心里去,用它粗鲁的,种种恼人的画面紧压着脑子和心,压得它们疼痛难当。那些"玻璃厂住户"按照他们特有的方式爱我们——我常常给他们念各种各样的书,他们也几乎总是全神贯注地、专心地听我念书。

---

① 是喀山城近郊的一家老玻璃厂,原属旧教徒商人萨维诺夫,厂址后来成了教派的礼拜堂,十九世纪五十年代为政府下令封闭。其后,这里便成了无家可归者的栖身之所。

这些被排斥在生活之外的人对生活的了解深刻得使我大为惊讶,我聚精会神地听他们的故事,但是科诺瓦洛夫听他们讲故事,却只是为了反驳讲述者的高论,并且把我也拉到争论中去。

科诺瓦洛夫听了一个服装奇特、模样儿很不好惹的汉子所讲的生活和堕落的故事,——听了这种总是带着辩护性质的故事,他若有所思地微笑着,摇着头。这被大家发觉了。

"不相信吗,廖沙?"讲故事的人嚷道。

"不,我相信……怎么可以不相信人呢!即使你知道他在撒谎,你也得相信他,听他讲,尽力了解他为什么撒谎?有时候谎话比真话更能说明一个人……再说,我们对于自己有什么真话可说的呢?只能说一些最肮脏的……可是撒谎却可以撒得很好……对吗?"

"对。"讲故事的人表示同意。"那你为什么摇头呢?"

"为什么?因为你讲得不对……你讲得使人听起来,好像你的一生不是你自己而是你的同伙们和各种各样的过路人所造成的。可是这时候你在哪里呢?为什么你不拿出力量来反抗你自己的命运呢?我们老是埋怨人家,我们自己也是人啊,怎么会弄成这样?这样说来,人家也可以埋怨我们喽?这样说来,人家妨碍我们生活,我们也妨碍别人生活,对吗?哦,这怎么解释呢?"

"应当建立一种人人都有自由、谁也不妨碍谁的生活。"他们对科诺瓦洛夫说。

"可是应该由谁来建立生活呢?"他得胜似的问道,生怕别人抢先答复,又立即回答说:"我们!我们自己!如果我们不会建立生活,我们的生活建立得不好,那我们怎么建立生活呢?可见,我的弟兄们,关键全在于我们!唔,可是大家知道,我们是些什么人……"

大家反对他的意见,为自己辩护,可是他顽强地坚持自己的主张:谁也没有在哪方面对不住我们,每个人都是自己对不起自己。

要他放弃采取这种立场的根据是极端困难的,同时要接受他对人们的看法也是很困难的。一方面,在他的观念中,他们在法律上是有权力建立自由的生活的,另一方面,他们是些软弱的、脆弱的人,除了互相埋怨之外对什么都是无能为力。

这样的争论,大多是从中午一直争到半夜,然后我和科诺瓦洛夫离开那些"玻璃厂住户",摸黑踩着没到膝部的泥泞回去。

有一次我们差一点淹没在一个泥塘里,另外有一次我们碰上了围捕,在警察局里和"玻璃厂"里二十个各式各样的朋友过了一夜,这些人在警察局看来都是一些可疑的人物。有时候我们不想高谈阔论,我们就远远地走到河对岸的草地上去,那里有一些小湖,湖里有很多春汛时游过来的小鱼。我们在其中一个小湖岸上的灌木林中点起篝火;我们所以要点上篝火,只是为了美化环境,然后我们念念书或者谈谈人生。有时科诺瓦洛夫沉思地建议:

"马克西姆,让我们看看天空吧!"

我们仰卧着,望着我们头顶上深邃的青天,起初我们还听见四周树叶的飒飒声和湖水的拍击声,感觉到自己身体底下是大地……后来渐渐地那青天仿佛把我们吸引到它那儿去了,我们失去了存在的感觉,仿佛离开了大地,在广漠的天空中飘浮,我们处于似睡非睡、无牵无挂的境界中,竭力不讲话,也不活动,以免破坏它。

我们这样一连躺几个钟头,然后回家去工作,精神和肉体都感到焕然一新。

科诺瓦洛夫深沉地、无言地爱着大自然,他在田野里或者在河上时,总是全身充满了一种平和而温柔的情绪,使他更像一个孩子。有时他望着天空深深地叹息着说:

"啊!……多好啊!"

而在这赞赏声中,总是比许多诗人的辞藻有着更多的含意和感情;诗人们赞赏大自然,与其说是出于对大自然的无法形容的柔和的美的真正崇拜,不如说是为了保持自己作为感情细腻者的声誉……

像一切事物一样,做诗成为职业,诗也就失去了它神圣的纯朴性。

一天一天地过去,过了两个月。我和科诺瓦洛夫谈了许多事,念了许多书。我经常反复地把《斯坚卡之乱》念给他听,以至于他已经可以流利地用自己的话来一页一页地从头到尾讲述这本书了。

这本书对于他有时候好像成了一个富有魔力的神话对于一个敏感的孩子那样。他用书中人物的名字来称呼他所接触到的对象。有一次,一只盛面包的盘子从架子上掉下来打碎了,他就懊恼地、恶狠狠地喊道:

"唉,你这个普罗佐罗夫斯基将军!"

他把烤得不好的面包叫做弗罗尔卡,把酵母叫"斯坚卡的小枕头",而斯坚卡本人则成了一切非凡的、巨大的、不幸的、不成功的东西的同义词。

关于那个卡皮托莉娜,就是我第一天认识科诺瓦洛夫时读到她的信和替他给她写复信的那个女人,在整个这段时间里几乎没有提到过。

科诺瓦洛夫给她寄钱是寄给一个叫菲利普的人,请他到警察局去替那个姑娘作保,但是无论是菲利普,还是那个姑娘,都没有什么回音。

忽然,有一天晚上,我和科诺瓦洛夫正准备烤面包的时候,面包房的门打开了,从黑洞洞的潮湿的门廊里传来一个女人的战战兢兢的同时又很热情的低语声,她说:

"对不起……"

"找谁?"我问。这时候科诺瓦洛夫把铲子放下,搁在腿旁,不好意思地拉扯着自己的胡子。

"科诺瓦洛夫师傅是在这里干活的吗?"

现在她站在门口了,吊灯的光直照在她戴着毛线织的白头巾的头上。头巾底下露出一张圆圆的、可爱的、鼻子微微翘起的小脸,面颊鼓起,丰满的红嘴唇微笑着,因而面颊上显出两个小酒窝儿。

"在这里!"我回答她说。

"在这里,在这里!"忽然科诺瓦洛夫高兴得大声说,他扔下铲子,大踏步向那位女客走去。

"萨申卡!"她迎着他深深地舒了口气。

他们互相拥抱,为了拥抱,科诺瓦洛夫向她低低地俯下了身子。

"哦,怎么啦?好吗?来了好久了吗?瞧你!自由了吗?好极了!你瞧?我早说过嘛!……现在你又有了路了!大胆地走吧!"科诺瓦洛夫还是站在门口,双手搂住了她的脖子和腰不放,对着她急急忙忙地诉说着。

"马克西姆……老弟,今天你一个人奋斗吧,我要去办点女人家的事……卡芭,你在哪儿落脚?"

"我是一直就上你这儿来的……"

"这——儿?这儿来可不行……这儿是烤面包的地方……怎么也不行!我们的老板是一个非常严格的人。得另外去找个地方过夜……比如说,开一个房间。走吧!"

说完,他们就走了。我一个人留下来对付这些面包,预料科诺瓦洛夫天亮以前是不会回来的,可是我不胜惊讶的是,大约过了三个小时,他回来了。使我更为吃惊的是我本来希望在他的脸上看到喜悦的光彩,可是我看了他一眼,看到他的脸色却是沮丧、烦恼和疲乏。

"你怎么啦?"我问他,我非常关心我的朋友这种反常的情绪。

"没什么……"他萎靡不振地回答,沉默了一会儿,气鼓鼓地啐了一口口水。

"到底怎么啦?……"我坚持要问清楚。

"怎么对你说呢?"他伸直身子躺在木柜上,没精打采地回答说。"到底……到底……到底是娘儿们!"

我费了很大力气才从他口里打探到事情的原委。最后,他对我说出了大致这样一番话:

"我说嘛——就是个娘儿们!如果我不是傻瓜,这种事就怎么也不会发生。懂吗?你不是说过:娘儿们也是人!谁都知道,她们光会

213

用后腿走路,她们不吃草,会说会笑,那就是说,不是牲口。可是究竟不是咱们弟兄一伙的人……为什么?那……我就不知道了!我觉得不合适,可是我不明白为什么……你瞧她,卡皮托莉娜想干什么。她说:'我要像妻子一样的和你同居……'又说:'我情愿做你的看家狗……'根本不对头!'哦,你这可爱的姑娘,'我说,'你这个傻丫头;哦,你想想,你怎么能和我同居呢?第一,我好喝酒;第二,我什么房子也没有;第三,我是个流浪汉,不能老住在一个地方……'还有诸如此类的事,很多很多……可是她说:'好喝酒,那没关系!'又说:'所有做工的男人都是大酒鬼,可是他们都有老婆,'还说:'房子会有的,只要有了老婆,'她说,'你就哪里也不会去了……'我说:'卡芭,这件事我可是怎么也不能同意,因为我知道——这样的生活我不会过,也学不会。'可是她说:'那我就要跳河了!'我对她说:'你这个傻——丫头!'她就破口大骂,骂得好凶啊!她说:'唉,你这个捣蛋鬼,不要脸的东西,骗子,长腿鬼!……'她骂了一遍又一遍……简直对我大发脾气,骂得我几乎要逃走了。后来她哭起来。一面哭一面埋怨说:'你既然不要我,'她说,'何必把我从那个地方弄出来呢?'说,'你何必把我从那里骗出来呢,现在,'她说,'叫我到哪儿去呢,'她说,'你这个红头发的傻小子……'你看,现在把她怎么办呢?"

"说实在的,你为什么要把她从那里弄出来呢?"我问。

"为什么?唉,你真是个怪人!还不是我可怜她!一个人陷进了泥塘……随便哪个过路人都会可怜他。至于成家……以及诸如此类的事,那不行,这我是不能同意的。我怎么能有家呢?要是我能做到这样,我早就决定做了。理由多着呢!我还可以找个有陪嫁的……其他等等。既然我没有力量做,我怎么能干这种事呢?她哭了……那当然……不好……可是怎么办呢?我做不到呀!"

他甚至用摇脑袋的动作来肯定他那句烦恼的"我做不到"的话。他离开木柜站起来,两手把胡子抓乱了,低下了头,啐了一口,开始在面包房里踱来踱去。

"马克西姆!"他用请求的口吻不好意思地开口说,"要不然你去她那儿走一趟,想办法对她说说,为什么我不能那样做……好吗？去吧,老弟!"

"我能对她说什么呢？"

"把实话告诉她! ……就说,他做不到。这对他不合适……再不然就说……他有脏病!"

"这不是说谎吗？"我笑起来。

"是呀……是说谎……不过倒是个很好的理由,是吗？唉,你呀,见鬼去吧! 瞧,多么糟糕! 啊？我哪里能娶老婆呢？"

他说这些话的时候是那样踌躇而惊愕地摊开两只手,使人明白——他没有地方安顿老婆! 虽然他把这件事讲得很可笑,可是这件事的悲剧的一面却使我深深地思考着那个姑娘的命运。他在面包房里不停地踱来踱去,好像自言自语地说：

"我现在也不喜欢她了,简直可怕! 她这样的缠住我,要把我拉到什么地方去,好像是个无底洞。唉,你啊,给自己选中了一个丈夫! 她不大聪明,却是个狡猾的姑娘。"

看来这是在他身上开始表现出一个流浪汉的本能：他感觉到他追求了一辈子的自由受到了侵犯了。

"不,我是不会上钩的,我是一条大鱼!"他自吹自擂地叫喊起来。"我就这么办,嗯……可是究竟怎么办呢？"他在面包房中央站住,微笑着沉思起来。我注意着他那兴奋的面部表情的变化,竭力猜测他会作出什么决定。

"马克西姆! 我们到库班去吧?!"

这我可没有料到。我曾经有过对他进行文化教育工作的想法：我希望教会他识字,把我自己当时所知道的一切都传授给他。他答应过我,整个夏天不离开这里,这使我感到我的任务减轻了一些,可是现在突然……

"哦,这你简直是胡闹。"我有点为难地对他说。

215

"那我有什么办法呢？"他嚷叫道。

我开始对他说，卡皮托莉娜对他提出的要求完全不像他想的那么严重，他应该再看一看，再等一等。

结果没有等多久。

我们背向窗子坐在炉子前的地上聊天。时间已经临近午夜，离科诺瓦洛夫回来之后大约过了一、两个小时。忽然我们背后传来一阵丁零当啷打碎玻璃的声音，一块分量相当重的石头轰然一声掉在地上。我们俩吃惊地跳起来，跑到窗口去。

"没有打中！"有人对着窗口尖声叫道，"扔的不准！可惜……"

"咱—咱们走吧！"一个男低音粗野地叫着，"咱—咱们走吧，我以后再收拾他！"

一阵绝望的、歇斯底里的、醉醺醺的、尖利得刺激神经地哈哈大笑声，从街上冲进打破了玻璃的窗里来。

"这是她！"科诺瓦洛夫苦恼地说。

这时我只看见两条腿从墙壁上挂下来伸向窗前凹进来的地方。它们向下挂着，奇怪地摇摆着，而且用脚跟敲着砖墙上的坑，仿佛在给自己寻找立足点似的。

"咱——咱们走吧！"一个男低音含糊不清地说。

"放开手！别拉我，让我出口气。永别了，萨什卡！永别了……"接着是一阵相当不堪入耳的咒骂。

我走近窗口，发现是卡皮托莉娜。她低头向下，双手扒住了墙壁，竭力向面包房里边张望，她那蓬乱的头发披散在肩头和胸前。白头巾歪在一边，紧身衣的前襟扯破了。卡皮托莉娜喝醉了，摇来摆去地打着呃，咒骂着，歇斯底里地尖声叫喊，全身发抖，蓬头散发，通红的醉醺醺的脸上流满了眼泪……

一个身材高大的男人俯身向着她，他一只手撑在她的肩膀上，另一只手撑在房屋的墙壁上，不停地吼叫着：

"咱—咱们走吧！"

"萨什卡！你把我给毁了……你可要记住！你这该死的,红毛鬼！再也不要见你了。我对你抱过希望……可你这个坏蛋倒嘲笑我……好吧！咱们以后再算账！你倒躲起来了！真不要脸,可恶的家伙……萨沙……亲爱的！"

"我没有躲起来……"科诺瓦洛夫走到窗口,爬到木柜上去,闷声闷气地、沉重地说,"我不会躲起来的……你何苦呐……我是要你好；我想你会好起来的,你却讲些完全没有道理的话……"

"萨什卡！你能把我杀掉吗？"

"你干吗喝得这么醉？难道你知道……明天会发生的什么事吗？……"

"萨什卡！萨沙！把我淹死得啦！"

"得啦！咱—咱们走吧！"

"流——氓！你干吗假装好人？"

"这是什么声音,啊？什么人？"

守夜人的警笛声干扰了这场对话,而且盖过了它,然后又安静下来。

"鬼东西,我怎么会相信你呢……"姑娘在窗外号啕大哭。

后来她的两条腿忽然抖动了一下,迅速地向上一晃就在黑暗中消失了。传来一阵低沉的说话声和喧闹声……

"我不愿去警察局！萨——沙！"姑娘悲伤地号叫。

马路上传来沉重的脚步声。

警笛声,沉闷的吼叫声,哀哭声……

"萨——沙！亲——爱的！"

看来,有人遭到了毒打。这一切渐渐离我们远去,声音更加低沉,像噩梦似的消失了。

这场非常迅速地演出的活剧使我和科诺瓦洛夫愣住了,我们望着黑暗中的街道,无法从哭泣、号叫、咒骂、盛气凌人的吆喝、痛苦的呻吟中清醒过来。我想到其中个别的声音,很难相信这一切不是做梦。这

217

场难受的小小的活剧异常迅速地结束了。

"完了！……"科诺瓦洛夫再一次听了听那无声而严峻地向窗里窥视他的寂静的黑夜，不知为什么特别温和而简单地说。

"她把我折腾得这样！……"过了几分钟，他用惊讶的口吻接着说道。他仍然保持着原来那个姿势：跪在木柜上，双手撑在有些倾斜的窗台上。"她落到警察手里了……她喝醉了……跟一个鬼东西在一起。她这么快就完了！"他深深地叹了口气，从木柜上爬下来，坐在面粉袋上，两手抱住脑袋，摇晃着身子低声问我：

"马克西姆，你给我说说，现在这样的结局，你怎么看？……对这件事，我到底有什么错？"

我说了我的看法。首先要弄清楚你想做的那件事，事情开始的时候就该想到它可能会有什么结果。这一切他都不清楚，也不知道，因此从哪一方面说都是他的过错。我对此很恼火。卡皮托莉娜的呻吟和呼叫声，醉汉说的"咱—咱们走吧"，这些声音还在我耳边回响着，我不能原谅我的伙伴。

他低下头听我说，等我说完了，他抬起头来，我在他的脸上看到了恐惧和诧异的表情。

"是这么回事！"他感叹地说，"解说得好！哦，可是……现在怎么办？啊？怎么办？我对她怎么办？"

他说话的语气中饱含着诚恳地意识到自己对不起这个姑娘的纯真的感情，饱含着无能为力、犹豫不决的情绪，以致我立刻转而同情起我的伙伴来，我想，大概我对他说得太尖锐了。

"是呀，我干吗要把她从那个地方弄出来呀！"科诺瓦洛夫后悔起来。"唉！瞧她现在这样对待我……我要到那儿去，到警察局去，想想办法……我一定要见她……还要……我要对她说……说点什么。去不去呢？"

我觉得他去同她见面不会有什么好结果。他能对她说什么呢？何况，她喝醉了，恐怕已经睡着了。

但是他的主意拿定了。

"我要去,等着瞧吧。不管怎么样,我到底是希望她好……可是那儿她周围的都是些什么人?我要去。你留在这儿吧……我很快就回来!"

说完,他戴上便帽,甚至连平时喜欢穿的破靴子也不穿,迅速离开面包房出去了。

我干完活就躺下睡了。第二天早上,我醒来后,照平时的习惯看了一眼科诺瓦洛夫睡觉的地方,他还没有回来。

直到傍晚的时候他才回来——他愁眉苦脸,蓬头散发,脑门子上皱纹很深,蓝眼睛里蒙上了一层云雾。他看也不看我,走到木柜那儿,看看我干的活,一声不响地躺在地上。

"怎么啦,你见到她了?"我问。

"就是为了见她才去的。"

"那怎么样啦?"

"没什么。"

很明显——他不想说。估计他这样的情绪不会持续很久,我也就不再拿这些问题去使他烦恼。他整天不说话,只是在必要的时候才向我说几句和工作有关的简短的话,他垂头丧气地带着和他回来时一样迷茫的眼睛在面包房里踱步。他心里仿佛什么东西熄灭了;他干活干得慢腾腾的,萎靡不振,只顾想他的心事。到了夜里,我们把最后一批面包放进炉灶里去,怕它们烤过头了,我们没有躺下睡觉,他请求我:

"好吧,念一点有关斯坚卡的什么东西吧。"

因为关于拷打和死刑的描写最使他激动,我就开始给他念这一段。他胸部朝天伸开四肢躺在地上一动不动地听着,眼睛直愣愣地望着被烟熏黑了的拱形天花板。

"就这样把一个人弄死了,"科诺瓦洛夫慢吞吞地说,"不过那时候到底还可以活下去。自由自在。有地方好去。现在是一片安静和顺从……如果这样从旁边看看,现在的生活简直安静极了。念书,认字……可是人们生活还是没有保障,对人们没有一点照顾。他们要犯罪是禁止的,可是不犯罪又不可能……街上挺有秩序,可是心里却乱糟糟的。谁也不能理解谁。"

"那么你和卡皮托莉娜的事儿怎么样啦?"我问。

"啊?"他震动了一下。"和卡芭的事儿? 完啦……"他坚决地挥挥手。

"那就是说,你把事了结啦?"

"我? 不……是她自己。"

"怎么了结的?"

"很简单。她还是那一套,没有什么别的……一切照旧。不过以前她不喝酒,现在喝起酒来了……你去把面包取出来,我要睡了。"

面包房里变得静悄悄的。灯罩熏黑了,炉挡儿偶尔毕喇地响着,烤焦的面包皮在架子上也发出破裂的声音。在我们窗户对面的街上,守夜人在那里谈话。还有一种奇异的声音不时从街上传入耳鼓——又像是什么地方的招牌在吱吱地响,又像是有人在呻吟。

我取出面包,躺下睡觉,可是睡不着,我半闭着眼睛躺着,谛听着夜间的一切声息。忽然我看见,科诺瓦洛夫不声不响地从地上起来,走到架子跟前,从上面取下科斯托马罗夫的书,把它打开来,凑到眼睛跟前。我清楚地看到他那沉思的脸,我注视着,看他怎样用手指在书上一行一行地移动,摇摇头,翻过一页,又聚精会神地看着书,后来眼光移到我身上。他那沉思的、瘦削的脸上流露出一种奇怪的、紧张而疑虑重重的神气,他的面部表情使我感到新奇,他的眼睛对着我望了好久。

我克制不住好奇心,问他在干什么。

"我以为你睡了……"他不好意思起来;随后走到我跟前,手里拿着书,在我旁边坐下来,讷讷地说:"我,你看,想问你一件事……有没有什么讲讲生活守则之类的书? 教人怎样生活的书? 我要弄清楚,哪些行为是有害的,哪些是还可以的……我,你看,被我自己的行为搞糊涂了……有的事情起初我觉得是好事,结果却成了坏事。像卡芭的事就是这样。"他透了口气,用恳求的声调接下去说:"你给找找,看有没有讲人的行为的书?找到了念给我听听。"

沉默了几分钟。

"马克西姆!……"

"啊?"

"卡皮托莉娜可把我抹黑啦!"

"唉,得啦……你就算了吧……"

"当然啰,现在已经没办法了……不过,你说说……她有权这样做吗?"

这是一个微妙的问题,但是我想了想,还是给他作了一个肯定的答复。

"我也这么想……她有权这样做……"科诺瓦洛夫沮丧地拉长声音说,然后又沉默了。

他在他那条直接铺在地面的席子上忙了好久,几次站起来,抽烟,在窗口坐坐,重新又躺下来。

后来我睡着了,等我醒来时,他已经不在面包房里,直到晚上他才露面。他仿佛浑身蒙上了一层尘土,他那迷茫的眼睛里凝结了一种一动不动的东西。他把便帽扔在架子上,叹了口气在我旁边坐下来。

"你到哪儿去了?"

"去看了看卡芭。"

"怎么样?"

"完啦,老弟!我不是已经对你说过了……"

"看来对这种人是没有什么办法了……"我试着想平复平复他的情绪,便开始谈谈强大的习惯势力以及其他等等在这种场合可以谈的话。科诺瓦洛夫怎么也不吭一声,只是望着地上。

"不,哪是这么回事!这和习惯势力没关系!就因为我是一个有传染病的人……我没有在这个世界上生活的份儿……我身上有毒气散发出来。只要我走到人跟前,他立刻就会被我传染了。对于任何人,我只能给他带来痛苦……只要想一想:我这一生给谁带来过乐趣?没有给谁!可是,我和许多人打过交道。我是个烂掉了的人……"

"这是胡说八道!……"

"不,这是真话!"他坚信不疑地点点头。

我劝他改变这种想法,可是他从我的话里却找到了更多的深信自己不配生活的根据。

他不久就发生了急剧的变化。他变得沉郁、萎靡,失去了对书的兴趣,干活也已经不如以前那样起劲,沉默而孤僻。

空闲的时候他躺在地上,执拗地瞧着拱形的天花板。他的脸瘦削了,眼睛失去了孩子般明亮的光彩。

"萨沙,你怎么啦?"我问他。

"喝酒病又要犯了,"他解释说,"我很快就要大喝伏特加……我身体里面烧得慌……像是得了胃灼热症,你知道……到时候了……要不是这件事,我大概还可以拖些时候。唔,这件事可刺激了我……怎么会这样?我希望给人做好事,可是忽然之间……结果根本不是那么回事!不错,老弟,非常需要为生活定些规矩……难道就想不出这样一种规矩,使所有的人的行动像一个人似的,并且使大家都能互相了解吗?要知道人跟人互相距离这么远,是根本不能生活的呀!难道聪明的人们不懂得,需要在世界上定些规矩,而且,要使人人清楚吗?……唉!"

他专心一致地思考着生活必须有规矩的问题,我的话他也不听了。我甚至注意到,他似乎开始避开我了。有一天,他第一百零一次地听了我的改造生活的设想之后,他对我生气了。

"哦,你得了吧……这我听说过了……这不是生活的问题,是人的问题。首先的问题是人,懂吗?哦,再没有任何别的问题了……照你的意思办,结果就会这样:这一切都在那里改造的时候,人却依旧像现在这样。不行,你得先改造人,给人指出道路……使他们觉得在这个世界上是光明的而不是憋得慌——这才是需要为人们做的事。教他们找到自己的路……"

我不同意他的看法,他不是发火就是变得阴郁起来,烦恼地嚷叫说:

"唉,别唠叨了!"

有一天,他傍晚出门去,夜里没有回来干活,第二天也没有回来。他没来,老板来了,脸上露出担心的神色说:

"我们的列克萨哈①大喝起酒来了。在'斯坚卡'酒店里待着呢。得另找一个面包师傅了……"

"他也许会恢复过来的吧?!"

"哦,好吧,那你等着……我可了解他……"

我到"斯坚卡"酒店去——这是一家巧妙地设在石头围墙里的一家小酒店。它的特色是里面没有窗户,光线是透过天花板上的一个窟窿射进来的。实际上这是在地里挖出来的一个方坑,顶上盖着一层薄板。里面一股泥土味、马合烟的烟味和酿坏了的伏特加的酒味,里面坐满了常去的顾客——一些愚昧无知的人。他们整天泡在那里,等待来酒店吃吃喝喝的工人。想把他们的钱喝个精光。

科诺瓦洛夫坐在小酒店中央的一张大桌子旁,周围有六个衣衫褴褛得出奇的、面孔像霍夫曼②小说中的人物似的先生,他们恭敬地、奉承地听他说话。

他们喝啤酒和伏特加酒,吃点什么像干土块似的下酒菜……

"喝吧,弟兄们,喝吧,尽量喝吧。我有的是钱和衣服……足够喝上三天。喝光了……完事!我不想再干活了,也不想在这儿待下去了。"

"这是个最糟糕的城市。"一个活像约翰·福斯塔夫③的人说。

---

① 列克萨哈是亚历山大的蔑称。
② 恩·特·霍夫曼(1776—1822),德国浪漫主义作家。
③ 约翰·福斯塔夫是莎士比亚的重要历史剧《亨利四世》中的主要人物。

"干活?"另一个人狐疑地望着天花板,诧异地问道,"人生在世,难道就是为了这个吗?"

于是大家立刻闹起来,他们向科诺瓦洛夫证明他有权把一切都喝光,甚至把这种权利说成是应尽的义务——和他们一起把一切都喝光。

"啊,马克西姆……他还背着背包!"科诺瓦洛夫见到我,说了一句双关语。"喂,读书人和法利赛人①,来喝一杯!老弟,我完全离开正路了。完了!我要喝它个精光……喝到身上只剩下毛发。你也来吧,啊?"

他还没有醉,只是他的蓝眼睛闪耀着兴奋的神色,像绸扇子似的垂在他胸前的漂亮的大胡子不时地抖动着,这是因为他的下颚在神经质地哆嗦的缘故。衬衫的领口敞开着,雪白的前额上闪动着小粒的汗珠,那拿着一杯啤酒向我伸过来的手颤抖着。

"别喝了,萨沙,我们离开这儿吧!"我把手放在他的肩膀上说。

"别喝了?"他笑起来,"要是你早十年上我这儿来说这句话,也许我会不喝了。可是现在我还是喝的好……我有什么办法?要知道,我感觉到,一直都感觉到,生活中的任何活动……可是我怎么也不能理解,不知道我的路在哪儿……我感觉到,所以我才喝酒,因为此外我没有事情可干……来干一杯!"

他的伙伴们怀着明显的不满的神情看着我,十二只眼睛极不友好地上下打量着我。

这些穷苦人怕我把科诺瓦洛夫带走——这顿酒宴,他们也许已经等待了整整一个星期了。

"弟兄们!这是我的朋友,一个有学问的人。见鬼!马克西姆,你能在这里念一段斯坚卡的故事吧?……啊,弟兄们,世界上有多少好的书啊!有讲皮拉的……马克西姆,是吗?……弟兄们,这不是书,是

---

① 法利赛人是古代犹太的一个政治派别,曾对早期基督教作过斗争,因此在《圣经·新约》里被贬称为伪君子,后人即以"法利赛人"为伪君子的同义词。

血和泪。可是……这个皮拉——可不就是我吗？马克西姆！……还有瑟索伊卡——也是我……真的！现在一切都明白了！"

他圆睁着眼睛，带着惊愕的神气看着我，他的下嘴唇奇怪地颤动着。他的伙伴们不大乐意地在桌旁给我腾出了一个座位。我在科诺瓦洛夫旁边坐下来，恰巧就在这个时刻，他拿起一杯兑了一半伏特加的啤酒。

他显然是想用这杯混合酒尽快把自己灌醉。他一饮而尽，从盘子里拿起一块外表像土块实际是熟肉的下酒菜，朝它看了看，就扔到肩膀后面酒店里的墙上。

他的伙伴们低声叽里咕噜地说话，像一群饿狗。

"我是一个堕落的人……我母亲干吗要生我？我一点也不明白……黑暗！……憋气！……马克西姆，既然你不愿意跟我喝酒，那就永别了。面包房我是不去了。我还有钱在老板那里，你去把它取来给我，我要把它喝光……不！你拿去给自己买书吧……要不要？不想要？那就算了……还是拿去吧？你这个蠢猪，要是这样……给我走开！走——开！"

他喝醉了，他的眼睛野兽似的闪着光。

他的伙伴们已经完全准备好要揪住我的脖子把我从他们圈子里赶出去，我不愿等到他们动手，就走了。

大约过了三个小时以后，我又到"斯坚卡"酒店去。这时科诺瓦洛夫的伙伴又增加了两个人。他们都喝醉了，他不如他们醉得那么厉害。他唱着歌，臂肘撑在桌子上，穿过天花板上的窟窿望着天空。醉鬼们摆出各种不同的姿势听他唱，有几个在打嗝。

科诺瓦洛夫用男中音唱着，唱到高音的地方就用假嗓子，像所有内行的歌唱家那样。他一手支撑着面颊，深情地唱出了华彩乐句，他的脸激动得发白，眼睛半闭着，喉头向前挺起。八张醉醺醺的、没有表情的、通红的脸望着他，只是有时听见咕噜声和打嗝声。科诺瓦洛夫的歌声颤动着、哭泣着、呻吟着。看到这个可爱的小伙子唱着他的忧伤的歌曲,真是令人难受得要落泪。

难闻的气味,汗涔涔、醉醺醺的面孔,两盏冒着黑烟的煤油灯,给煤烟熏染得发黑的酒店的板壁,酒店的泥土地和充满了这泥坑的昏暗——这一切都是阴郁和病态的。仿佛这是一群被活埋在墓穴里的人在大张盛宴,其中有一个人临死前在唱最后一支歌,和上天告别。我的伙伴的歌子里发出了无望的哀愁,平静的绝望和没有出路的忧伤。

"马克西姆在这儿吗?你愿意上我这儿来当队长吗?"他中断了他的歌唱,向我伸出手来说,"老弟,我完全准备好了……我自己召集了一帮人……喏,就是这些人……以后还有人要来……我们会找到的!这没——没有关系!把皮拉和瑟索伊卡也招来……我们每天给他们吃米饭和牛肉……好吗?你来吗?把书随身带着……你可以念斯坚卡和别人的故事……朋友!哎哟!我要吐啦,我要吐啦,……要——吐——啦!……"

他举起拳头使出全身的力气在桌子上捶了一下。玻璃杯和酒瓶丁零当啷地响起来,他的伙伴们清醒过来,酒店里立刻掀起了一片可怕的喧闹声。

"喝吧,伙计们!"科诺瓦洛夫喊道,"喝吧!解解愁——喝个痛快!"

我离开他们走了,在街门口站了一会儿,听见科诺瓦洛夫正在口齿不清地大发议论,当他重新开始唱歌的时候,我动身到面包房去,在我后面,那拙劣的酒醉的歌声在寂静的夜间还呻吟和哭泣了好久。

过了两天,科诺瓦洛夫离开城市到别的地方去了。

一个人必须出生在有文化的社会里,才能有耐心在这个社会里度过一生,而不想离开这个一切都被琐碎、恶毒、虚伪的风习固定下来的艰难环境,不想离开这个充斥了病态的自尊心、思想上的宗派观念和形形色色的虚情假意的环境,一句话,不想离开这个使情感冷淡、头脑腐化的四大皆空的环境,而到别的什么地方去。我不是在这样的社会环境里出身和受教育的,正是由于这个使我感到愉快的原因,我在大量地接受了这个社会环境的文化之后,经过一段时间就感到迫切需要离开它的圈子,摆脱这种过于复杂和文雅得病态的生活,稍稍清新一下耳目。

在乡村里,几乎也是像在知识分子中间那样,难受得令人作呕和发闷。最好是到城市的贫民窟里去,那里的一切虽然也都很肮脏,但却总是那么纯朴而真诚,或者到故乡的田野里和大路上去走走,这是最吸引人的,很能令人心旷神怡,而且除了一双能够耐劳的好腿以外又不需要任何钱财。

大约五年前我计划要做的正是这样的旅行。我漫游神圣的罗斯①,到了费奥多西亚②。当时那里正动工修筑一道防波堤,我想挣一点钱做盘缠,便到建筑工地去了。

我希望先看看这个工程的全景,就爬到山上,坐在那里,俯视那浩瀚、澎湃的大海和为它制造镣铐③的小小的人们。

在我眼前展开了一幅辽阔的劳动的图画:海湾前面整个岩石海岸都被挖掘开了,到处都是石坑、一堆堆的石头和木材、手推车、圆木、铁条、打桩机,还有些用木材制造的各种设备,人们正在这些东西之间奔忙着。他们用炸药炸山,用丁字镐砸碎岩石,为铁路线清除场地,在巨大的灰池里搅拌混凝土,用它做成一俄丈见方的石块,投入海中,筑起一道堡垒,抵挡奔腾不息的海浪的猛烈冲击。他们在那被他们的双手破坏得支离破碎的深褐色的山岭的衬托下,显得很小很小,像一些小虫子似的。他们在一堆堆碎石块和一垛垛木料中间,在云雾似的石粉的尘埃里,在南方白天三十度的炎热中,像一些小虫子似的忙忙碌碌地蠕动着。他们周围是一片混乱,他们头顶上的炎热的天空给他们的

---

① 罗斯是古代俄罗斯的国名。
② 一八九〇年,黑海滨的塞瓦斯托波尔重新成为俄国黑海舰队的重要基地,为此在费奥多西亚城兴建巨大的海港。高尔基于一八九一年八九月间到该地去找工作。
③ 指修筑防波堤。

忙忙碌碌的活动增添了这样一种景象:仿佛他们正在往山里掘进去,竭力要钻到山里去,以躲避灼热的炎阳和他们周围那幅凄凉残破的景象。

在闷热的空气中响着嘟哝声和隆隆声。传来丁字镐敲击石头的声音。手推车的轮子哀怨地唱着。铁锤沉闷地落在木桩上。唱《杜比努什卡》①的歌声如泣如诉。斧头砍着圆木,把它们削光。灰暗的忙碌的人们用各种声音叫喊着。

有一处地方,有一小群人响亮地吆喝着,他们正在对付一块巨大的山石,努力把它推开去;另外一处地方,有些人正在把一根沉重的木材抬起来,他们用力地叫喊着:

"起—来—来哟!"

被挖掘出了许多裂缝的山,低沉地回响着:

"来——来——来!"

有一队人弯腰推着满载石头的手推车,沿着用木板铺垫成的弯斜不正的路线缓慢地移动着。朝他们迎面过来另外一队推着空车的人,他们走得很慢,走一段歇上一两分钟……打桩机旁边有一群密密麻麻的身着各种颜色衣服的人,其中有一个人用男高音拖长了声音唱道:

伊—唉赫—马,弟兄们,热得很哪!
伊—唉赫! 谁也不可怜咱们哪!
奥—奥伊,杜—比努什卡,
乌—乌赫宁!

人群发出有力的吼叫声,他们紧拉绳索,铁锤沿着打桩机的框架,飞也似的向上升起,然后从那里落下来,发出低沉的轰隆声,打桩机也抖动起来。

那些灰色的小小的人们在山和海之间的场地上奔忙着,空气中响

---

① 《杜比努什卡》是旧俄工人劳动时唱的歌曲。

彻着他们的叫喊声,充满了尘土和人们身上的汗酸味儿。穿着有金属钮扣的白制服的调度人员,在他们中间走动,那金属钮子在阳光下闪闪发光,像一些人的冷淡的黄眼睛。

大海静静地伸展到烟雾茫茫的地平线,晶莹的波浪轻轻地拍打着活跃的海岸。海在阳光下闪闪发光,它好像是在用格列佛①式的善意的微笑笑着,格列佛意识到,如果他想动的话,只要动一动,小人国居民的工作就要化为乌有。

大海躺着,海的光辉耀眼欲花。浩瀚、强大、和善的海,它的强劲的气息吹拂到岸上,使疲惫不堪的人们神清气爽;他们正在用自己的劳动限制海浪的自由,海浪现在也是那么驯顺地和声音嘹亮地爱抚着那被挖得坑坑洼洼的海岸。大海仿佛很可怜他们:它生存的那些年代教它懂得,不是那些正在从事建设的人们蓄意反对它;它早就知道,这不过是一些奴隶,他们的作用是和大自然面对面地斗争,而在这斗争中,也准备好承受大自然对他们进行的报复。他们只顾埋头建设,永远不停地劳动,他们的血汗就是大地上一切建筑物的混凝土;可是他们自己却什么也得不到,他们把自己的全部精力献给了从事建设的永不衰竭的愿望——在大地上创造奇迹的愿望,但是到头来却没有给予人们以栖身之处,而且给他们的面包也太少了。他们——也是大自然的一分子,所以大海并不是愤怒地,而是爱抚地看着他们那种得不到好处的劳动。这些如此用力地蚕食着山头的灰色小虫——他们也是大海的一点一滴的水,它们怀着大海的永远要扩张自己领域的愿望,首先冲向海岸上无法攀登的冰凉的岩石,又首先在岩石上撞得粉身碎骨。这些点点滴滴的水大多与大海有着血缘的关系,只要暴风雨掠过它们,它们就完全像大海一样的强大,一样的想要破坏。大海自古以来就熟悉在荒漠中建造金字塔的奴隶们以及薛西斯②的奴隶们。薛西

---

① 英国讽刺作家斯威夫特(1667—1745)的主要作品《格列佛游记》中的主人公。
② 薛西斯,公元前四八五年至前四六五年的波斯国王,曾亲自率领波斯军远征希腊,结果全军覆没。

斯这个可笑的人物,因为大海冲垮他的玩具桥,他竟想把大海打三百下来惩罚它。奴隶从来是相同的,他们总是服从,他们总是吃得很坏,却又总是在完成宏伟的、奇迹般的事业,有时把强迫他们工作的人们奉为神明,更经常的是诅咒他们,偶尔也奋起反对自己的统治者……

波浪静悄悄地跑到布满着人群的海岸上来,人们正在建筑石头屏障来阻止海浪的永不停息的活动,波浪跑上岸来,唱着它们嘹亮的、亲热的歌:它们歌唱过去,歌唱它们几世纪来在这大地的海岸上所看见的一切……

……工人中间有一些奇怪的、干瘪的、紫铜色的身影,他们缠着红头巾,戴着土耳其帽,穿着蓝色短上衣和裤腿窄小而后裆宽大的灯笼裤。据我所知,这是安纳托利亚①的土耳其人。他们的喉音很重的口音混杂着维亚迪奇人②的拖长的口音,以及伏尔加流域的坚定而急速的语句和霍霍尔的柔软的语调。

那时俄罗斯发生了饥荒,饥饿几乎把所有遭到厄运的省份的人们赶到这里来了。他们分成一个个小集体,竭力保持着同乡人和同乡人在一起,只有那些四海为家的流浪汉,由于他们独立不羁的外貌、服装和特殊的说话方式,因此在那些依附于土地的、只是因饥荒所迫暂时和土地断了关系而又不能忘记土地的人群中间,一下子就能被认出来。在所有的灾民集体里都有流浪汉:在维亚迪奇人中间,在霍霍尔中间,他们到处为家,但他们大多数却聚集在打桩机旁,因为那是比推手车和干铁镐活要轻一些的活儿。

我走近他们的时候,他们正好放下手里的绳索,站在那里,等待工头把打桩机的滑轮上的机件修理好;多半是它把绳索"咬住"了。工头在木塔顶上摸索,不时地在那里叫喊:

"拉!"

他们懒洋洋地拉着绳索。

---

① 安纳托利亚是小亚细亚的别称,在今土耳其境内。
② 古代俄国的种族之一,居住在奥卡河流域。

"停——停！……再拉。停——停！拉！……"

领唱人是个好久没有刮脸的小伙子,一脸麻子,像士兵一样立正站着。他耸耸肩膀,眼睛向旁边瞟了一下,清了清嗓子,开口唱道:

"吊—锤把木桩打进地里去哟……"

下面一句甚至连最宽大的检察官也通不过,因此引起了全场一致的哄笑,显然这是领唱者的即兴之作,他在伙伴们的笑声中表现出像一个早已习惯于在观众面前获得这样成功的艺术家似的神气,捻了一下自己的小胡子。

"拉—拉！"工头在打桩机顶上愤怒地吼叫,"笑什么！……"

"米特里奇,别把嗓子喊破喽！"有一个工人警告他。

这声音我很熟悉,我在什么地方见过这个长着椭圆形的脸和蓝色大眼睛的、高身材、阔肩膀的人。这不是科诺瓦洛夫吗？不过科诺瓦洛夫没有像这个小伙子那样的在高耸的前额上从右太阳穴到鼻梁之间横过一道伤疤；科诺瓦洛夫头发的颜色要淡一些,也没有这个小伙子那样细小的发卷；科诺瓦洛夫有一口宽阔、漂亮的胡子,而这个小伙子却刮了脸,留着霍霍尔式的两撇下垂的浓须。尽管如此,他身上有些东西却是我非常熟悉的。我决定同他扯一扯,问问他"要找活干"该找谁,于是我开始等待他们把这根桩打完。

"噢—噢—乌赫！噢—噢—噢赫！"人群更有力地喘息着,他们拉住绳索蹲下来,又立即站直身子,好像准备脱离大地飞到空中去似的。打桩机吱吱地响着和抖动着,许多赤裸裸的、晒黑了的、毛茸茸的手臂,同绳索一起拉直了,在人群的头顶上举起来；手臂上的肌肉像瘤子般地鼓起来,但是那个四十普特重的铁锤上升的高度越来越小,它打在木桩上的声音也越来越低。看着他们干活的样子,可以使人联想到这是一群偶像崇拜者在祈祷,在绝望和狂热中向他们的冥冥中的上帝高举双手,顶礼膜拜。流着汗的又脏又紧张的面孔,紧粘在潮湿的前额上的凌乱的头发,深褐色的脖子,紧张得发抖的肩膀——所有这些人都穿着勉强盖住身体的五颜六色的破衬衣和破裤子,使他们自己周围的空气充满了热烘烘的气息,并且融合成一堆沉重的筋肉,在充满着南方的炎热和浓烈的汗酸味的潮湿的气氛中笨拙地忙碌着。

"停!"有人用恶狠狠的吃力的声音喊道。

工人们放下了手里的绳子,绳子无力地挂在打桩机旁边,工人们沉重地就地坐下,擦着汗水,艰难地吁着气,活动着背脊,抚摸着肩膀,空中充满了絮絮叨叨的埋怨声,像一头被激怒了的巨兽在咆哮。

"老乡!"我对着我看中的那个小伙子说。

他懒洋洋地转过身来看看我,他的眼睛在我脸上扫了一下,眯缝着眼睛对我凝视着。

"科诺瓦洛夫!"

"我看看……"他用一只手把我的脑袋向后推了一下,好像要抓住我的喉咙似的,忽然爆发出一阵欣喜的、善良的微笑。

"马克西姆!啊,是你……这个死鬼!老朋友……啊?你也落到这种地步啦?加入流浪汉一伙了?哦,那也好!好极了!你来了很久了吗?你从哪儿来?咱俩现在可以一起走遍所有的地方了!从前……那是什么生活?只有烦恼,无聊;那不是生活,是一天一天地烂掉!我呢,老弟,从那时起就在人间漫游。我到过些什么样的地方啊!呼吸过什么样的空气啊……不,你装扮得多么巧妙……认不出了:从服装看,是个大兵;从脸上看,是个大学生!哦,从一个地方到另一个地方,这样的生活好吗?斯坚卡我可还记得……还有塔拉斯,皮拉……都记得!……"

他用拳头在我腰里捅了一下,又用他那宽大的手掌拍拍我的肩膀。他连珠炮似的提出问题,我连一个字也插不进去,我望着他那张因重逢的喜悦而发光的和善的脸,只是微笑着。我也很高兴能见到他,非常高兴;和他相会,使我想到这是我生活的开始,这开始,毫无疑问,比继续原来的生活要好。

最后我终于能问问我的老朋友,他前额上的伤疤和头上的鬈发是怎么来的。

"这个,你瞧……可有着一段历史呢。我们三个伙伴想偷越罗马尼亚边境,去看看罗马尼亚那边是什么样子。哦,比萨拉比亚有这么一个小地方,紧靠边界,叫卡古尔,我们就从那里出发。那是在夜里,当然啰,我们偷偷地走着。忽然听到一声喊叫:站住!那是海关警戒线,我们竟然爬到那儿去了。唔,跑吧!可马上有个兵朝着我的脑袋就是一家伙。砍得不那么厉害,可我还是在医院里躺了个把月。是怎么回事啊!那个士兵原来是同乡!是我们穆罗姆城的人!……他不久也被送进了医院;有一个走私贩把他打伤了,在他的肚子上捅了一刀。我们清醒过来,弄清楚了是怎么回事。那个兵士问我:'是我把你砍了一下吗?''就是你,如果你承认的话。''可能是我,'他说,'你可不要生气——那是我的职务。我们以为你们走私。你瞧,'他说,'人家也回敬了我一下——把我的肚子捅开了。真没办法:生活可不是闹着玩儿的。'这样,我和他就成了朋友。他是一个很好的士兵,叫雅什卡·马金……那鬈发么?鬈发么?我的老弟,那是让一场伤寒病害的。我害过一场伤寒病。在基希涅夫我被关进监狱,要判我偷越边境罪,我就是在那里得了伤寒。……我害这个病躺倒了,躺了一些时候,勉强起来了。要不是那女护士照料我,恐怕我就起不来了。老弟,我真觉得奇怪:她为我忙忙碌碌,像对待孩子一样,可我对她有什么用呢?'玛丽娅·彼得罗芙娜,'我对她说,'你不要来那一套啦,我实在不好意思!'可是她却暗地里笑我。那姑娘心肠真好……有时她给我念一些劝人为善的书。哦,我就说,有没有什么有趣的东西?她拿来了一本书,是讲一个英国水手的故事的。这个水手,他的船失事沉没了,他逃生到一个没人的荒岛上去,他在这个岛上安置下来过日子。很有意思,多可怕!这本书我非常喜欢,我真想也这样的到他那儿去。你知道这是什么样的生活?海岛,大海,天空——你一个人自己过日子,你什么都有,你自由自在!那里还有一个野人。哦,要是我,就把那个野人淹死——他对我有屁用!我就是一个人也不会寂寞。你读过这样的书吗?"

"哦,可是你是怎么从监狱里出来的?"

"啊——是放出来的。审问了一下,说我没有罪,就放出来了。很简单……这样吧:我今天不再干活了,去他妈的!得啦,干得够多了。我有三个卢布,今天干了半天,还有四十个戈比可拿。瞧有多少本钱!所以跟我一起到我们那儿去……我们不住工棚,就住在附近,在山里……那边有一个住人是很舒服的山洞。我们有两个人住在那里。那一个伙伴病了——疟疾把他折磨得够呛……哦,你在这里坐一会儿,我去找工头……我马上就来!……"

他迅速地站起来走了,恰巧正是打桩工人拉起绳索开始干活的时候。我留下来坐在石头上,看着在我周围闹哄哄的奔忙的景象和宁静的墨绿色的大海。

科诺瓦洛夫的高大的身体在人群、石堆、木头和手推车中间穿过去,在远处消失了。他一面走,一面挥着手,他穿着对他来说显得又短又小的蓝色的粗布衬衫,粗麻布裤子和笨重的破旧不堪的靴子。一头蓬松的淡褐色鬈发在他的大脑袋上飘动着。有时他回过身来,用手向我做些什么信号。他整个人好像变成另外一个人了,他变得生气勃勃、沉着自信而又坚强有力。他周围到处都在工作,木头发出破裂的声响,石头分裂开来,手推车萎靡不振地吱吱嘎嘎地叫着,扬起了云雾般的尘土,什么东西轰隆一声巨响掉落下去,人们叫喊着、咒骂着、哼哼着、歌唱着,好像在呻吟似的。在这乱成一团的响声和活动中,我那跨着坚定的脚步远去的朋友的漂亮的身影,非常清晰地显现出来,仿佛是暗示出科诺瓦洛夫的为人似的。

我们见面以后过了两个小时,我和他躺在那"住人是很舒服的山洞"里。事实上这个"山洞"确实非常舒服——很久以前有人在山里开采石头,掘了一个四方形的大壁龛,里面可以十分宽敞地容纳四个人。不过洞很低,洞口上面悬着一块大石头,像屋檐似的,因此要进洞里去,就要在大石头前面的地上卧倒,然后把身子塞进去。洞深三俄尺①左右,不过连头都爬进去是不必要的,而且也有危险,因为出口上

---

① 三俄尺的合两公尺多。

的那块大石头会坍下来把我们完全埋在里面。我们不希望这样,所以采取这样的办法:把腿和身体伸到洞里,里面非常凉爽,头部留在太阳光底下,在山洞的隙缝里,这样,如果我们头顶上的大石头掉下来,它只会砸烂我们的头盖骨。

那个生病的流浪汉全身都爬到阳光底下去,躺在我们旁边两三步以外的地方,所以我们听得见他在疟疾发作时牙齿相击的声音。这是一个干瘪而瘦长的霍霍尔:"从波尔塔瓦来的[①]。"他沉思地对我说。

他在地上滚动,竭力想把自己紧紧地裹在那完全用破布缝成的灰色的长袍里,他非常形象地咒骂着,他看到他的一切努力都白费,就骂起来,不过他仍然继续往身上裹那长袍。他有一对小小的黑眼睛,一直眯缝着,仿佛他永远在全神贯注地察看什么东西似的。

太阳热不可当地烤着我们的后脑,科诺瓦洛夫在地上插了几根棍子,把我的军大衣张在棍子上,做成一张类似幕帷的东西。从遥远的地方传来海湾上隐隐约约地干活的喧闹声,可是我们看不见海湾:我们右边岸上是一座布满了像一块块沉重的石头似的白色房屋的城市,左面是大海,我们前面也是大海。大海伸展到无边无际的远方,在那里,有一些奇异而温柔的、从未见过的色彩,淡淡地融合成神奇的海市蜃楼似的美景,由于它们那些不可捉摸的美丽的色调而令人赏心悦目……

科诺瓦洛夫望着那边,幸福地笑着对我说:

"太阳要落山了,我们生起篝火来,煮一壶茶,我们有面包,有肉,想吃西瓜吗?"

他用脚从一个坑里钩出一个西瓜来,从口袋里拿出一把刀子,一面切西瓜,一面说:

"每次我一到海边,我总是想:为什么人们很少住到海边来?他们要是这样做就会好些,因为大海是那样温柔可爱……人们见了它心里就会产生好思想。哦,你讲讲,你自己这几年是怎么过来的?"

[①] 原文为乌克兰语。

我开始对他讲。大海在远处已经蒙上了一层紫色和金黄色,迎着太阳升起了形状柔和的粉红中带着烟色的云。仿佛从海底升起了白色的群峰,那些山峰披着皑皑白雪的盛装,被落日的余晖映成了绯红色。

"马克西姆,你在城市里混是完全白费力气,"科诺瓦洛夫听了我的业绩以后,坚信地说,"是什么东西吸引你到城市里去的?那里的生活腐败。没有空气,没有活动的天地,人需要的什么都没有。人呢?到处都是人……书呢?哦,你书也读够了!得啦,你不是为了读书而生的……而且书——也都是胡说。哦,你买了书,放进背包就走。你愿意跟我到塔什干去吗?到撒马尔罕或者别的什么地方去吗?……然后我们去阿穆尔河……干不干?我嘛,老弟,我打定主意要走遍大地——这是最美的事。你走啊走,总是看到新东西……什么也不用想……微风向你迎面吹来,把心里的各种尘埃吹得干干净净。又轻松,又自由……谁也不会给你添麻烦:想吃——就停下来,干点什么活,挣半个卢布;没有活干——就讨一点面包,人家会给的。这样——就可以见识见识许多地方……可以看到各种美好的东西。走吧?"

夕阳西下。海上的云渐渐变暗,海也变得阴暗起来,天气凉快了。有的地方已经出现星星,海湾里干活的嘈杂声停止了,只是偶尔从那里传来人们的呼喊声,轻轻的,像叹息似的。风向我们吹来,带来了波浪冲击海岸的忧郁的低语声。

漆黑的夜色迅速地增浓,那霍霍尔的身影在五分钟前还有着明显的轮廓,现在已经成了模糊的一团……

"要是生起篝火就好了……"他咳嗽着说。

"可以生……"

科诺瓦洛夫不知从哪儿拿来一堆木片,用火柴把它们引着了,小小的火舌开始亲昵地舐着黄色的有树脂的木头。一缕缕轻烟在充满大海的潮湿和清新的气息的夜空中袅袅升起。周围越来越宁静:生活仿佛离开我们退到别处去了,它的声音在黑暗中融化和消失了。云散了,星星在深蓝色的空中发出灿烂的光辉。在丝绒般的海面上也闪烁着渔船上的灯火和星光。我们面前的篝火烧旺了,像一朵红黄色的大花……科诺瓦洛夫把茶壶放到篝火上,他抱着膝盖,若有所思地望着火。霍霍尔像一只大蜥蜴似的爬到火边来。

"人们造了许多城市、房屋,一堆一堆地聚集在那里,给大地造成了祸害,气也喘不过来,大家互相挤来挤去……多好的生活!不,这才是生活,像我们这样……"

"噢,"霍霍尔摇摇头,"要是我们过冬时再能搞到两件羊皮袄,要不然弄到一所暖和的小屋,那就完全是老爷似的生活了……"他眯缝着一只眼笑了一声,看看科诺瓦洛夫。

"是啊,"科诺瓦洛夫不好意思地说,"冬天是一个讨厌的季节。为了过冬,城市确实是需要的……那是毫无办法的事……不过大城市终究是没有什么意思……两三个人都不能和和睦睦住在一块,为什么人们还要这样一堆一堆地聚集在一起呢?……我说的是这个!当然,如果仔细想一想,无论在城市里,在草原上,无论什么地方,都没有人的活路。不过这些事儿最好还是不要去想它……想也想不出什么办法,反而叫人伤心……"

我以为科诺瓦洛夫过了一段流浪生活会有所变化;我还以为,我们刚认识时他心头烦恼的疙瘩,由于这些年来他呼吸了自由的空气,已经像果皮一般地从他身上脱落了;但是他最后一句话的语气使我那位朋友在我面前又恢复到我所熟悉的那个仍然在寻找自己的"立足点"的人。仍然是那样的对生活困惑不解的疙瘩和思考生活的那种毒素,侵蚀着这个强健的,可是不幸生来就有一颗敏感的心的人。在俄罗斯的生活中有许多这样"喜欢思考"的人,他们比任何人都不幸,因为他们思考的重担被他们头脑的盲目性加重了。我惋惜地看看我的朋友,可是他却仿佛为了证实我的想法似的,忧郁地喊道:

"马克西姆,我想起了我们的生活和那儿发生过的……一切事儿。打那以后,我走过多少地方,看到过许多各种各样的事情……世界上没一件事使我称心!我找不到安身的地方!"

"为什么生就这样一个脖颈,没有一个轭套可以配得上呢?"霍霍尔冷淡地问,一面把沸腾的茶壶从火上取下来。

"不,你告诉我……"科诺瓦洛夫问道,"为什么我不得安宁?为什么人们生活得不错,他们干自己的事,有老婆、孩子等等?……而且他们总是兴致勃勃地干这干那。可是我就不能。难受。为什么我要难受呢?"

"人就是爱发牢骚,"霍霍尔惊讶地说,"难道你发发牢骚就好过一些吗?"

"对……"科诺瓦洛夫忧郁地同意了。

"我向来不大说话,不过我知道怎么说。"这个坚忍不拔的人怀着自尊心说,他正在不倦地和他的疟疾斗争。

他咳嗽起来,翻动了一下身子,狠狠地朝篝火里吐了一口唾沫。我们周围万籁无声,张起了浓重的夜幕。我们头顶上的天空也是黑暗的,月亮还没有出来。大海,与其说我们是看见了,还不如说是感觉到了——我们面前的黑暗是那样的浓重啊。仿佛有一层黑雾降到大地上。篝火熄灭了。

"咱们睡吧!"霍霍尔提议说。

我们钻到"山洞"里去,躺下来,把头从里面伸到外面空气中。大家都沉默着。科诺瓦洛夫一躺下去,就一动不动,好像变成了石头一样。霍霍尔不停地翻动着身子,牙齿一直在打战。我久久地看着篝火里的柴火逐渐熄灭下去:起初那柴火又大又旺,随后渐渐变小变弱,蒙上一层灰烬,终于在灰烬下面熄灭了。很快火堆里除温暖的气息之外就什么也没剩了。我看着它想道:

"我们大家也是这样……要是能燃烧得更旺些就好了!"

……三天以后,我和科诺瓦洛夫告别。我到库班去,他不愿意去。但是我们俩分手时都相信我们还会见面。

结果却没有……

陈冰夷　译

鲍 列 斯[*]

这是一个朋友讲给我听的：

"我在莫斯科做大学生的时候，碰巧旁边住着一个'那种'女人——你懂吗？她是波兰人，名叫杰列扎。她生得高大强壮，黑头发，一字浓眉，一张大脸又粗又蠢，活像是用斧子凿出来的，——她那双黑眼睛里野性的闪光，重浊的低音，马车夫般的举止和她那像市场女贩的肌肉发达的魁伟的身材，使我看了害怕。……我住在阁楼上，她和我对门。平时，要是我知道她在家，我从不把房门打开。不过这种情形当然是不大有的。有时我会在楼梯上、院子里遇到她，这时她就向我投来我认为是凶狠而下贱的微笑。不止一次我看见她喝得醉醺醺的，目光失神，披头散发，笑起来似乎特别丑……碰到这种情形，她总是对我说：

"'大学生先生，您好！'一面哈哈傻笑着，这使我增加了对她的厌恶。为了避免这样的见面和寒暄，我真想搬走，可是我那小小的房间是如此的可爱，从窗口眺望出去的景色是如此的开阔，而这条街又是如此的清静……我忍下去了。

"有一天早上我躺在床上，极力想找出点理由来不去上课。忽然间，门开了，这个讨厌的杰列扎站在门口用低沉的嗓音大声说道：

"'大学生先生，您好！'

---

[*] 本篇最初发表于一八九七年五月一日《尼日戈罗德报》。译自《高尔基三十卷集》第三卷。

"'您有什么事?'我说。我看见,她的脸上露出为难的神气,好像有所恳求……这种神情在她是不寻常的。

"'先生,您看,我有点事要求您……我想您一定会帮忙的!'

"我躺在那里没有作声,心里想:

"'诡计!无非是想玷污我的清白。可要顶住啊,叶戈尔!'

"'您看,我要写封信到老家去。'她说,而且说得这样恳切、文静、腼腆。

"'唉,'我想,'好,就这么着吧,来吧!'我站起身来,坐到桌旁,拿出了纸,说道:

"'请到这边来,坐下,说吧……'

"她走过来,小心翼翼地在椅子上坐下,含着歉意望着我。

"'来吧,写给谁呢?'

"'斯文采纳城,华沙路,鲍列斯拉夫·卡施普特收……'

"'写什么呢?说呀……'

"'我亲爱的列斯……我的心肝……我忠实的爱人……愿圣母保佑你!我的心肝……你为什么这么长久不给你相思的小鸽子杰列扎写信……'

"我差一点要纵声大笑起来。好一个'相思的小鸽子',身高十二俄寸①,拳头有一普特重,那副尊容黑得好像小鸽子终生在打扫烟囱,脸一次也没有洗过似的!我好不容易才忍住笑,问道:

"'这个鲍列斯契②,他是谁?'

"'是鲍列斯,大学生先生,'她好像因为我把名字搞错而生我的气了。'他是我的未婚大……'

"'未婚夫?!?'

"'先生有什么好奇怪的呢?难道我女孩子家不该有个未婚

---

① 一俄寸等于4.4厘米。一俄尺等于0.71米,按俄国惯例,人的身长高过二俄尺者,二俄尺即省略不提,因此杰列扎的身高约为1.95米。
② 鲍列斯契在土语中是"毛病"的意思。

夫吗?'

"她,女孩子家?!

"'哦,当然应该!世界上什么样的事都有……他早就是您的未婚夫了吗?……'

"'有五年多了……'

"'哦,哦!'我心里想。好,我们把信写好了。不瞒您说,这封信是那样的情意绵绵,如果写信的不是杰列扎,而是另外一个块头比她小一些的,我可能情愿跟这位鲍列斯对调一个位子呢。

"'先生,您受累了,谢谢您!'杰列扎鞠着躬对我说。'也许,我也能给您干点什么吧?'

"'不啦,非常感谢!'

"'先生会不会有衬衫或是裤子破了?'

"我觉得,这个穿裙子的巨人说得我脸红了,于是我相当严厉地说我不需要她帮忙。

"她走了。

"过了大约两个星期……晚上。我坐在窗前吹着口哨,心里盘算着怎样来消愁解闷。很无聊,天气又恶劣,哪儿都不想去,我记得,由于百无聊赖,我就来作自我分析。这也相当乏味,可是别的什么事又都不想做。门开了——谢天谢地!——有人来了……

"'怎么样,大学生先生手头没有什么要紧的事吧?'

"是杰列扎!哼……

"'没有……有什么事?'

"'想麻烦先生再给写一封信……'

"'好吧……是给鲍列斯吗?……'

"'不,现在是他给我写……'

"'什——么?'

"'噢,我这个人真笨!先生,请原谅,我说得不对!现在您看,要写信的不是我,是一个女朋友……不,不是女朋友,是一个男朋友……

他自己不会写……可是他有个未婚妻,就像我……叫杰列扎……所以,或许先生肯写封信给那个杰列扎吧?'

"我瞧着她——她那张脸上窘态毕露,手指发抖,语无伦次——于是……我明白了!

"'原来是这么回事,太太,'我说,'根本就没有什么鲍列斯和杰列扎,这都是您在捣鬼。从我身上您可捞不到好处,我也不愿意跟您结交……您明白吗?'

"她突然似乎很异样地吃了一惊,发慌了,不知如何是好,嘴唇可笑地一动一动,想要说什么,可是什么也没有说。我等待着下文。我看出来,并且也感觉到,我疑心她要勾引我,似乎有点冤枉了她。这里面好像另有文章。

"'大学生先生。'她开口说,可是忽然把手一摆,猛的朝门口转过身去,走了。我心里感到非常不是滋味,我听见,她把门砰的关上了,声音非常之响,——显然,那胖女人发火了……我想了一想,决定去找她,叫她来,她要写什么我都给她写。

"我走进她的房间——看见她坐在桌旁,臂肘支在桌上,两手紧抱着头。

"'请听我说。'我说……

"……这件事我每次讲到这里,总觉得无地自容……愚蠢透了!是啊……

"'请听我说。'我说……

"她跳起来,眼睛闪闪发亮地朝我走过来,双手放在我的肩头,开始对我絮絮低语——更准确地说,是用她的低音吼起来……

"'唔,怎么样啊?有什么呢?就是这样!没有什么鲍列斯,没有……也没有杰列扎!可是与您有什么相干呢?用笔在纸上划两笔,您费什么劲吗?唉,您啊!还是这样个……白白净净的读书人呢!什么人都没有,没有鲍列斯,也没有杰列扎,有的只是我一个!好吧,怎么样啊!说呀?'

"'请问,'我被这样的接待弄得张口结舌,我说,'是怎么一回事?并没有鲍列斯吗?'

"'是呀,没有!那有啥呢?'

"'那么杰列扎——也没有啰?'

"'杰列扎——也没有!我——就是杰列扎!'

"这可把我弄糊涂了!我睁大了眼望着她,极力想弄明白,我们两个到底是谁疯了?她又走到桌前,在桌上翻了一阵,然后走到我面前,生气地说:

"'既然要您写信给鲍列斯那么费劲,那么这里是您写的东西,您拿去吧!别人也会给我写……'

"我看见——我手里拿的是写给鲍列斯的信。咳!

"'请听我说,杰列扎!这一切究竟算什么呀?您何必要叫别人写信,如果我写的您都不寄出去?'

"'寄到哪里去?'

"'寄给这位……寄给鲍列斯呀?'

"'原说没有他呀!'

"我实在给闹糊涂了!只好不去管它,一走了事。可是她来解释了。

"'那有啥呢?'她生气地说,'没有他,就是没有嘛!'她摊开双手,好像不明白似的。'到底为什么没有他呢?我希望他是有的……难道我不是跟大伙一样的人吗?当然,我……我懂得……可是我写信给他,不是对谁也碍不着……'

"'对不住——写给谁呀?'

"'给鲍列斯呀!'

"'不是没有他这个人吗?'

"'唉,老天爷!没有又有啥关系呢,不是吗?没有,可是就当他是有的!……我写信给他,结果,就像他当真是有的……至于杰列扎嘛——这就是我,他写回信给我,我再写给他……'

"我明白了……我感到是如此的痛苦,如此的难堪,如此的惭愧。

在我旁边,离我三步的地方,有一个人,在这世界上没有一个能够真心地对待她、爱她的人,于是这个人就给自己臆造出一个朋友来!

"'您替我写了信给鲍列斯,我再把它让另外一个人来念,那人念给我听的时候,我一面听一面就想,鲍列斯是有的!我再求人替鲍列斯写封信给杰列扎……给我。当人家给我写这样的信再念给我听的时候,我就完全以为鲍列斯是有的了。这样一来,我活在世上心里也舒服些……'

"……是啊……就这么办吧!好吧,从那时起,我就按时每星期两次写信给鲍列斯、再替鲍列斯写回信给杰列扎……这些回信我写得很动人……她有时听着听着就痛哭起来……用她那低音呜呜地哭。为了我用想象出来的鲍列斯写给她的信所赢得她的热泪,她便无偿地替我缝补袜子和衬衫等等……后来,在这件事之后过了三个月,她不知为了什么事坐了牢。现在,她大概已经不在人世了。"

……我的朋友弹掉卷烟的烟灰,怅惘地望着天空结束道:

"唉,是啊……一个人苦味尝得愈多,他对甜的渴望就愈是厉害。而我们这些人,披着我们那陈腐的德行的外衣,透过自命不凡和确信自己在道德上是完美无缺的薄雾互相瞧看,对于这个道理并不能领会。

"结果呢,弄得颇为愚蠢,而且……非常残酷。我们尽说什么,堕落的人们……可是堕落的人们是什么呢?首先——这是人,同样的骨骼,同样的血肉和同样的神经,跟我们的一模一样。关于这一点,日复一日地对我们说了不知有多少世纪。可是我们只管听着……天晓得,这一切是多么荒谬!其实,我们自己岂不也是堕落的,而且,恐怕甚至堕落得很深……堕进了各种狂妄自大的深渊,自以为我们的神经和头脑比那些只是不及我们狡猾、不及我们善于假冒为善的人们的神经和头脑更为优越……不过,这都无须去说了。这一切都是老生常谈……简直叫人都不好意思去说它了……"

磊 然 译

好闹事的人*

在《N—报》编辑部的一间宽敞明亮的房间里,编辑焦躁不安、怒气冲冲、神经质地跑来跑去。他手里紧攥着当天的报纸,断断续续地叫骂着。这位编辑个子矮小,尖瘦的脸上蓄着一把胡须,还戴着一副金丝边眼镜。下身穿的是一条灰裤子,他跺着两只脚,围着屋子中间的一张长桌转来转去。桌上堆满揉皱了的报纸、大样和散乱的手稿。出版商是个身材高大,体形肥胖,头发淡黄的中年男子。他站在桌旁,一只手撑在桌上,另一只手擦拭着前额,白皙而又餍足的脸上露出一丝含蓄的讪笑,一对明亮的眼睛注视着编辑。拼版工人长得瘦骨嶙峋,脸色蜡黄,胸脯塌陷。他穿着一件肮脏而又过长的褐色外衣,怯生生地紧靠在墙上。他扬起双眉,瞪眼瞧着天花板,像是在回忆或思考着什么,可是,过了一分钟,失望地微微抽动了一下鼻子,忧郁地把头垂到胸前。编辑部送稿员的身影伫立在门口,一些心事重重、脸上流露出不满神情的人进进出出,不时地把他推开。编辑说话的声音凶狠、激愤而又高亢,有时达到尖叫的程度,这使出版商皱起了眉头,使拼版工人吓得直打哆嗦。

"可是……这太卑鄙无耻了!我要向法院提出追究这个恶棍的刑事责任……校对来了吗?真见鬼,我问,校对来了没有?把所有的排

---

* 本篇写于一八九六年年底,最初发表于一八九七年《北方通报》第八期。译自《高尔基三十卷集》第三卷。

字工人都召集到这儿来!去叫过了吗?可是,你们只要想一想,会引起什么后果!各家报纸会一哄而起……可耻!整个俄罗斯都……我绝不轻饶这个恶棍!"

编辑把攥着报纸的双手举到头部,停住了脚步,仿佛想用报纸把头包起来,使它免遭凌辱似的。

"您还是先把干这件事的人找出来吧!"出版商冷笑着建议说。

"我会找——找到的,先生!会找到的!"编辑的眼睛一闪,又急促地走动起来。他把报纸紧贴在胸口上,使劲地乱揉乱扯。"我一定把他找出来,把他扭送……这个校对怎么回事儿?……啊哈……都来啦……那么就请进来吧,先生们!哼!……铅字大军的谦逊的指挥官们……请进吧……"

排字工人们一个个鱼贯地进入大厅。他们已经知道发生了什么事,所以每个人都等着受指控。在他们满是铅粉和污垢的脸上一律表现出一种呆滞而麻木的、无动于衷的神情。编辑在他们面前停住了脚步,把拿着报纸的双手反剪到背后。由于他个子比他们矮小,为了看一看他们的脸,他不得不仰起脑袋。这个动作他做得过于迅猛,眼镜突然跳到他的前额上。他想,眼镜会掉下来的,便赶忙抬起一只手,想接住它,但就在这时候,眼镜又落回到鼻梁上了。

"你们真该死。"他咬牙切齿地说。

在排字工一张张污黑的脸上露出了幸灾乐祸的笑容。不知是谁抑制不住,竟笑出了声。

"我叫你们到这儿来,不是让你们冲着我龇牙咧嘴的!"编辑怒不可遏地嚷了一句,脸色变得苍白。"看来,你们出尽了报纸的丑了……如果你们当中有人是诚实的,懂得什么是报纸,新闻界……那他就会说出,这是谁干的……在社论中……"编辑神经质地开始把报纸展开。

"究竟是怎么回事呀?"有一个人问道,在这个人的问话声音里除了一般的好奇外,并无别的意思。

"啊!你们不知道?那就请你们……就是这儿……'我们工厂的

立法经常是报界热烈讨论的对象……也就是说,是些愚蠢的、毫无意义的胡诌的对象! ……'就是这么回事! 你们心满意足了吧? 谁加了这个'胡诌',他是不是最好……主要的是:'胡诌'! 这显得多有文化,多俏皮啊! 好吧,你们当中谁是这位'愚蠢的、毫无意义的胡诌'的作者呀? ……"

"这篇文章是谁写的? 您写的? 那这篇文章中所有的话都是您写的。"还是刚才向编辑提问的那个人镇定自若地说道。

这是一种大胆放肆的举动,大家不由地猜测到,肇事者找到了。大厅里一阵骚动。出版商向那群排字工跟前走得更近了一些,编辑踮起脚尖,想通过排字工人们的头看一眼那个说话人的脸。排字工人向两旁让开了,在编辑面前站着一个敦敦实实的年轻人,他身穿蓝色的工作服,长着一脸麻子,左鬓上一缕缕卷曲的头发向上弯起。他站着,双手深深地插在裤袋里,一双凶狠的灰色眼睛若无其事地盯着编辑,从蓄着淡褐色卷曲胡须的嘴角上露出一丝微笑。大家都看着他。出版商严厉地紧蹙双眉,编辑带着惊讶和愤怒的神情,拼版工人则矜持地微笑着。排字工人们的脸上,既露出掩藏不住的高兴,又带着惊恐、好奇的神色……

"这……就是您?"编辑终于用手指指着麻脸的排字工人问道,并意味深长地撇了撇嘴。

"是我……"那个工人答道,同时笑了笑,笑得不知为什么特别直率和令人难堪。

"啊——啊! ……太好了! 这么说,就是您了? 您究竟为什么要加上那一句? 请问……"

"可是难道我说了是我加的吗?"他看了看自己的伙伴们。

"可能就是他,米特里·帕甫洛维奇。"拼版工人对编辑说。

"好,说是我,就是我。"排字工挥了一下手,出自一种好心承认了下来。

大家又都沉默了。谁也没料到他会承认得那么快,那么心平气和。编辑的愤怒顷刻间变作了惊讶。麻脸工人周围的空隙变得更大了,拼版工人很快向桌边走去,排字工人们闪到了两边……

"这么说,你这是故意的,有意图的?"出版商瞪眼打量着麻子,问道。

"请回答!"编辑挥动着揉皱的报纸,大声嚷道。

"别嚷嚷……我不怕!好些人都对我嚷过,可都没用!……"排字工的眼睛里闪过一种大胆而又果断的光芒。"确实……"他倒换了一下脚,对着出版商接着说,"我是有意塞进这几个字的……"

"你们听见了吗?"编辑对大伙儿说。

"你究竟搞的是什么名堂,你这个鬼东西!"出版商突然大发雷霆。"你使我蒙受了多大的损失,你懂吗?"

"对您来说,倒没什么……没准儿,还增加了零售额。对编辑先生来说,确实……这种事儿不怎么合胃口。"

编辑好像气呆了。他站在那个沉着而又厉害的人面前,眼睛里默默地闪着怒火,找不到话语来表达他内心的激愤。

"老弟,要知道,为了这件事你要倒霉的!"幸灾乐祸的出版商慢条斯理地说道。突然,他变得温和起来,用手拍了一下自己的膝盖。

其实,他对发生的事情和工人放肆无礼的回答心里是满意的,因为编辑对他的态度常常有些傲慢,不加掩饰地流露出自己才智上的优越感,而现在他这个自尊心很强的、自以为是的人却被人治住了,而且是被这么一个人!

"伙计,你这样放肆无礼,我们对你也不能客气!……"他又补充了一句。

"是啊,很可能,你们不会饶了我的。"那个排字工人承认说。

这些话和这种语气又给人以深刻的印象。排字工人们面面相觑。拼版工人扬起眉梢,不知怎地瑟缩成一团。编辑退到桌子跟前,用双手撑在桌上,这时不知所措和备受委屈的表情超过了愤怒,他目不转睛地注视着自己的对手。

"你叫什么名字?"出版商从口袋里拿出一个记事本,问道。

"尼科尔卡·格沃兹杰夫!"拼版工人立即说。

"你这个犹大,没问你,你就别多嘴。"那个排字工严厉地看了拼版工人一眼,说道,"我自己有嘴,我自己会回答……我叫尼古拉·谢苗诺维奇·格沃兹杰夫……住址是……"

"我们会找到的!"出版商有把握地说,"现在你滚蛋吧!全走吧!……"

排字工人们都走了,踩得地板咚咚直响。格沃兹杰夫走在大家的后面。

"你等一等……对不起……"编辑的声音低微,但很清晰,并向格沃兹杰夫身后伸出了一只手。

格沃兹杰夫回过身来朝着编辑,懒洋洋地往门框上一靠,捻着胡须,用一双无所畏惧的眼睛盯着他的脸。

"有这么件事儿我要问你。"编辑开始说。他想说得心平气和些,但他没能做到;说话的声音变了,叫嚷了起来。"你承认……你干这种荒唐的事……是冲着我来的,是吗?这是什么意思?是对我报复?我问你,为什么?你明白吗?你能回答我吗?"

格沃兹杰夫扭动了一下双肩,把嘴唇一撇,垂下头,沉默了片刻。出版商不耐烦地顿着一只脚,拼版工人向前伸着脖子,而编辑咬着嘴唇,神经质地撅得手指喀喀响,大家都在等待着。

"看来,我还是说吧……只不过像我这样一个没有文化的人,恐怕你们会听不明白……那就请原谅了!……是这么回事儿。您写各种各样的文章,建议大家要博爱以及诸如此类的……这套东西我也说不清楚,我文化水平低……恐怕,您自己知道,您每天在写些什么……我呢,就读您的这些文章。您议论到我们工人……我也读……不过我读起来感到厌恶,因为您所写的都是些无关紧要的东西。全是些无耻的谎话,米特里·帕甫雷奇!……因为您写的是:不要掠夺,可是在你们印刷厂里又是怎样呢?基里亚科夫上星期工作了三天半,工钱是三卢布八十戈比,可是他病倒了。妻子到账房来拿钱,管账的却对她说,不该给她钱,她反而还要交二十个卢布的罚款。这就是您所谓的不要掠夺!关于这些规章您为什么不写呢?还有,管理员骂人,动不动就打童工,这些为什么不写呢?……您不能写这些,因为您搞的也是这一套……您写人们在世上生活得很糟,我跟您说,您所以总写这些,是因为您除此以外,什么也不会。就这些……所以在您眼前所发生的任何暴行您都视而不见,但是关于土耳其人的暴行您却津津乐道。难道您的那些文章不是分文不值吗?为了让您感到羞耻,很久以来我就想在您的文章里加上些大实话。按理说,应该加得比这次还要多。"

格沃兹杰夫傲然挺起胸脯,把头仰得高高的,带着胜利的神情注视着编辑。编辑紧靠在桌上,用双手抓住桌子,上身向后仰着,脸色红一阵白一阵,并且一直带着轻蔑、羞涩和病态的笑容,不时地眨着那双睁大的眼睛。

"他是社会主义分子?"出版商转身对着编辑,战战兢兢,又颇感兴趣地低声问道。但编辑微微一笑,低下头,什么也没有回答。

拼版工人走到窗前,那儿放着一个种着黄柏的木桶,在屋子的地板上投下了斑驳的阴影。拼版工人站到木桶后面,用像老鼠一样滴溜儿转的小黑眼睛,从那儿瞅着大家。他的眼睛里流露出一种期待着什么的焦急神情,并且不时跳动着喜悦的火花。出版商望着编辑。编辑感觉到了这一点,他抬起头,眼里闪着不安的光芒,脸在神经质地颤抖。他向正在离去的格沃兹杰夫喊道:

"对不起……请您等一等!您侮辱了我。但您无权……我希望,您是了解这一点的吧?我对您的直言不讳表示感激,但我再说一遍……"

他想用讥讽的口气说话,但从他的话里可以听到的不是讥讽,而是一种苍白无力和虚伪的调子。他稍作停顿,想振作起来,进行既符合他的身份,又是这个妄加评论的人应得的反击。他还从未想过,这个人有权来对他,一个编辑,评头论足。

"很清楚!"格沃兹杰夫摇了摇头,"谁能夸夸其谈,谁就是惟一正确的。"

排字工站在门口,回过头来向四周扫了一眼,脸上明显地露出一种极不耐烦的想离开这儿的神情。

"不,对不起!"编辑举起一只胳膊,提高嗓门说,"您对我提出了指控,而且在这以前就以我在您面前的所谓罪过为理由擅自惩罚了我……我有权申辩,所以我请您听着……"

"您的事跟我有什么相干?如果有必要,您找出版商去申辩吧。和我有什么可说的?我冒犯了您,那您就拽我到法官那儿去好了。而您呢——却对我说要申辩!"他猛一转身,把双手向后一背,就走了。

他穿着一双打了大后掌的沉甸甸的靴子,走起路来把靴子跺得山响,在编辑部那间敞棚型的大屋子里发出隆隆的脚步声。

"真没料到有这样的麻烦事儿!"当格沃兹杰夫砰的一声关上门后,出版商惊叹道。

"瓦西里·伊凡诺维奇,我和这件事毫无关系……"拼版工抱歉地摊开双手,说道,然后战战兢兢迈着碎步走到出版商跟前。"我管拼版,怎么也不会知道,值班的会塞给我些什么。我站了整整一夜……现在还在这儿,家里老婆生着病,孩子没人照应……三个孩子……为了一个月挣三十个卢布,可以说,我流尽了血汗。他们雇用格沃兹杰夫的时候,我就对费多尔·帕甫洛维奇说过:'费多尔·帕甫洛维奇,我说,我从小就知道尼科尔卡,我应当告诉你,尼科尔卡是个捣蛋鬼,是个小偷,是个没良心的人。他受过法官的审判,我说,还坐过牢……'"

"为什么事坐的牢?"编辑没有看说话的人,若有所思地问道。

"为鸽子的事,先生……确切说,不是因为鸽子,是因为撬了锁。他一夜之间撬了七个鸽棚的锁……把人家养的鸽子全放了,轰跑了!

我也有一对深灰的鸽子,一只是带着哨子的筋斗鸽①,另外一只也是良种鸽,就这样丢失了。是非常值钱的鸽子。"

"他偷去了?"出版商好奇地问。

"不,他不会干这种事来取乐的。他因为偷盗也受过审,不过后来宣判无罪。他就是个捣蛋鬼……他把鸽子放了,就感到高兴,嘲弄我们这些爱养鸽子的人……人家揍过他好几次了。有一次揍得很重,还被送进了医院……他出院以后,在我干亲家的炉灶里砌进了几个魔鬼。"

"砌进了几个魔鬼?"出版商十分惊讶。

"太荒唐!"编辑耸了耸肩,皱起前额,然后又咬着嘴唇,陷入了沉思。

"这是千真万确的事,只不过说得不确切。"拼版工羞涩地说,"要知道,他,就是尼科尔卡,是个炉匠。他是个多才多艺的能工巧匠:在石印方面他很在行,又善雕刻,还是个水管工……说到我那位干亲家,她自己有一栋房子,是神甫家庭出身,雇他来改砌炉子。他按要求把炉子改装好了。只不过,这个卑鄙的家伙,把一个装着水银和针的瓶子砌在炉墙里……里面还放了些别的什么东西。这样就会发出一种声音,一种特别的声音,喏,像是呻吟和叹息,于是人们说,房子里闹鬼了。炉子里生上火,瓶子里的水银烤热了,开始膨胀。那些针在玻璃上蹭来蹭去,就发出像人锉牙齿似的声音。除了针,在水银里还放了各种铁玩意儿,这些东西也发出各种不同的声音:针是一种声音,钉子又是另一种声音,就形成了一种魔鬼般的音乐……干亲家甚至想把房子卖掉,可谁也不买,谁高兴和魔鬼住在一起呀?她做了三次洒圣水的祈祷也不起作用。这个女人就号啕大哭,她的女儿已经有了婆家,快嫁出去了,养了近百只鸡,两头牛,家景很好……但突然间闹起鬼来了!东想个办法,西想个办法,伤透了脑筋,看着怪可怜的。可以说,

---

① 筋斗鸽是一种能在飞翔时表演翻筋斗动作的鸽子。

还是尼科尔卡解救了她。他说,给我五十个卢布,我就把魔鬼撵走!她先付了二十五个卢布,后来,当他取出瓶子,大家弄清了事情的真相后,就算吹了!她想到法院告状,但别人劝阻了她……尼科尔卡的高招儿还多着呢。"

"由于他的一个好心好意的'高招儿',从明天起我就要付出代价。我?!"编辑神经质地高声喊道。接着,他蓦地离开原地,又开始在屋子里跑来跑去。"噢,我的天啊! 这一切是多么愚蠢和卑鄙……"

"得啦,您也太认真了!"出版商安慰他说,"登一个更正,说明一下事情的原委就行了……这个青年人倒挺有意思,真该死。把鬼安放在炉子里,哈—哈! 不,真的! 我们是得教训教训他,不过这个聪明的浑小子,还能引起别人对他的那么一种……您要知道!……"出版商在脑袋上方啪的弹了一下手指,朝天花板瞥了一眼。

"这使您觉得很有趣,是吗?"编辑厉声嚷道。

"怎么? 难道不可笑吗? 真聪明,狡猾的家伙!"出版商回敬了编辑的叫嚷。"您打算根据哪一项条文和他打官司呢?"

编辑疾步走到出版商的紧跟前。

"官司我不和他打! 我没法打,瓦西里·伊凡诺维奇,因为这个魔鬼创造者是对的! 你们印刷所里鬼知道在搞什么名堂,您听说过吗? 承蒙您的关照,我还蒙在鼓里呢。他是完全对的!"

"就连在您的大作中加的那一句话也对吗?"出版商尖刻地问,并讥讽地把嘴唇一撇。

"那又怎么的? 就在这件事情上也是对的! 您要知道。再说,我们是自由派的报纸……"

"我们印两千份,包括赠阅和交换的在内,"出版商冷冷地插嘴说,"可是我们的竞争者印九千份还都脱销!"

"还有什么呢?"

"就这些。"

编辑失望地挥了一下手,眼睛也变得暗淡无光了,又开始在大厅里来回走动。

"好一个美妙的处境!"他一面耸着肩,一面在嘟哝,"简直是一场围捕!所有的狗都追着一只,而且这一只还戴着嘴套。还有那个倒霉的工——工人!噢,天哪!"

"没什么了不起,我的老兄,别着急!"瓦西里·伊凡诺维奇突然劝说起来,一面温和地微笑着,好像被不安和争论弄得疲惫不堪一样。"发生了的事是会过去的,以后又可以重新恢复自己的荣誉。这件事情与其说是悲惨的,还不如说是可笑的。"

他友好地向编辑伸出自己一只胖乎乎的手,然后,就离开大厅到办公室去了。

忽然,办公室的门打开了,格沃兹杰夫出现在门前。他戴着一顶便帽,脸上隐约露出一丝善意的微笑。

"我是来告诉您,编辑先生,如果您想和我打官司,那就说一声,因为我要离开这儿走了,我可不愿意被押解回来。"

"滚你的吧!"编辑盛怒之下差点儿没有哭出声来,他吼叫了一声后就跑到屋子的紧里面去了。

"那么说,这件事就算了。"格沃兹杰夫说,正了正头上的帽子,在门前泰然自若地转身走了。

"噢——噢,狡猾的家伙!"瓦西里·伊凡诺维奇怀着赞赏的心情吁了一口气,然后,怡然自得地微笑着,不慌不忙地开始穿大衣。

在上述事情发生后大约过了两天,格沃兹杰夫身穿一件蓝色的工作服,腰间束着一条皮带,裤腿散在擦得锃亮的皮靴外面,后脑勺上歪戴着一顶白色的便帽,拿着一根拐杖,在"山"上庄重地散步。

所谓"山"是一个伸向河岸的缓坡。很久以前,在这个坡上曾经有一片茂密的小树林。现在几乎整个林子都被砍伐尽了,只是有些地方被暴风雨摧折过的巨大而又弯曲的橡树和榆树,向天空伸着老迈而中空的躯干,多节的枝丫远远地向四周延展着。树根周围长出一些弯弯曲曲的新枝嫩芽，一簇簇灌木丛偎依着树干。在绿茵茵的草地上有许多被游人踏出的通往下面河边的蜿蜒曲折的小道，河面沐浴在灿烂的阳光下。有一条宽阔的道路——一条荒芜的驿道横穿过"山"坡。游人主要就是沿着这条山道，分作两行，左来右往迎面散步。

格沃兹杰夫总喜欢和游人们一起顺着这条道来回徘徊，感到自己和大家一样，自由地呼吸着充满树叶清香的空气，也自由自在地慢慢悠悠地缓步而行，成为一种巨大的整体的一部分，感到自己和所有人是平等的。

这一天他略微有点醉意，他那坚毅的满是麻子的脸庞看来既和善而又平易近人。他左鬓上的一缕缕淡褐色的鬈发向上卷曲着，衬托着耳朵，显得十分好看。这些鬈发贴在帽圈上，使格沃兹杰夫的仪表增添了一个年轻工人所具有的那种自满自足的剽悍神气。他随时都可以唱歌，跳舞，打架，任何时候都不反对去喝上几杯。这种天生来的具有一定气质的鬈发好像要向大家表明，尼古拉·格沃兹杰夫是个热情奔放、自信心很强的年轻人。他用略微眯缝起的眼睛满意地不时打量着周围，毫无恶意地在人群中挤来挤去，对别人的推挤也并不在意。当他踩着太太们的拖地长衣襟时，他便彬彬有礼地向她们表示歉意。他和大家一起吸着飞扬的尘土，但心情却非常舒畅。

透过树叶间的空隙可以看到河对岸的草原上夕阳西下的景色。那边紫红色的天空显得温暖而又和煦，那绿油油的草原和天际相连接的地方令人神往。在游人的脚下是一片片斑驳的树影，但人群并没有去注意这些美丽的树影，踏着它们散步。格沃兹杰夫左嘴角上派头十足地叼着一支烟卷，从右嘴角慢慢腾腾地吐出缕缕细烟，他仔细地端详着游人，心里感到有一种迫切的愿望：和别人到"山"下的饭馆里，喝上两瓶啤酒，闲聊一阵。可是没有遇到一个熟人，要结交一个新相识又没有适当的机会。今天虽然是个节日，又是春光明媚，但不知为什么人们脸色阴沉，虽说他已经不止一次，带着善意的微笑和准备随时进行谈话的神情，探询地望过和他并肩走着的人们的面孔，但没有人理会他那想攀谈的心情。突然,在他眼前,在攒动的人头中闪过编辑那个很眼熟的,头发修剪得很整齐,像是削平了的后脑勺。格沃兹杰夫想起了他曾痛快地整治过这个人,就笑了笑,高兴地看着伊斯托明那顶有点低矮的灰色礼帽。有时,编辑的帽子被别的游人的帽子遮住了,这使格沃兹杰夫感到不安,他踮起脚尖,寻找那顶帽子,每当他找到后,就又露出了微笑。

就这样,他跟随在编辑的后面,边走边回忆着往事。过去,他,格沃兹杰夫,是个炉匠的儿子尼科尔卡,而这位编辑呢,是个教堂执事的儿子米季卡。他们还有个同伴米什卡,他们给他起了个绰号,叫"糖罐"。还有一个瓦西卡·茹科夫,是个官吏的儿子,家住在街道的最末端。那是一幢古老的,长着苔藓的漂亮房子,周围还有一些附属建筑物。瓦西卡的父亲有一个非常好的鸽子棚。这幢房子的院子里是玩捉迷藏的好地方,瓦西卡的父亲是个吝啬鬼,把一切破烂东西都保存在院子里——几辆坏了的马车,一些破桶,烂箱子。如今,瓦西卡是县里的医生,在原先那座古老房子的地方建起了铁路仓库。那时候他们都住在城边的潮湿后街上,他们彼此相处得很和睦,但和其他街上的孩子却有着难解的仇恨。他们常常把果园、菜园洗劫一空,玩羊拐子,滚球和一些别的游戏,在教会小学上过学……从那时候算起,已经过了将近二十年了……

这是已经过去的往事了,那时候像炉匠的儿子尼科尔卡一样调皮而又肮脏的孩子们,现在已成了要人。但是炉匠儿子尼科尔卡却还待在潮湿后街上。他们在教会小学毕业后就上了中学,尼科尔卡却没上……要是能和这位编辑谈谈话,那会怎么样呢?打个招呼就开始谈?从为那件不愉快的事道歉说起,然后就随便谈谈,总之,谈谈生活……

编辑的帽子在格沃兹杰夫的眼前时隐时现,仿佛在召唤格沃兹杰夫,于是格沃兹杰夫下定了决心。正巧在这时候,编辑一个人独自走着,身边没有旁的游人。他迈着穿在浅色裤子里的两条细腿在那儿走着,眯缝起近视眼,左顾右盼端详着游人。格沃兹杰夫走到他身边,从旁用亲切的目光看着他的脸,等待打招呼的适当机会,同时怀着一种强烈的愿望,想知道编辑会怎么对待他。

"您好,米特里·帕甫洛维奇!"

编辑向他转过身,用一只手抬抬帽子,另一只手扶了一下鼻梁上的眼镜,认出是格沃兹杰夫后,就把脸一沉。

这并没有使格沃兹杰夫灰心丧气,相反,他用一种令人极其愉快的风度向编辑弯了弯腰,向他喷出一股酒味,问道:

"您散步?"

编辑站了片刻,他的鼻翼和嘴唇厌恶地抽动了一下,随后冲着格沃兹杰夫冷冷地说道:

"您有何贵干?"

"我吗?没什么!我这是……今天天气好啊!我非常想和您谈谈那件事!"

"我不愿和您谈任何事儿!"编辑说着加快了脚步。

格沃兹杰夫也紧紧跟上。

"您不愿意?我理解……您有这种权利,这一点我很清楚……既然我出了您的丑,当然您就一定会恨我……"

"您,简直是……您喝醉了……"编辑又站住了,"如果您还缠着我不放,我就要请警察来了。"

格沃兹杰夫和蔼地笑了起来。

"唔,那又何必呢?"

编辑用一种烦恼的陷入窘境而又不知如何是好的眼光瞟了他一眼。游人们已经怀着好奇心看着他们。伊斯托明无可奈何地向四周环顾着。

格沃兹杰夫觉察到了这一点。

"我们拐弯吧!"他说,不由分说地、巧妙地用肩膀把伊斯托明从宽阔的路上推到一条狭窄的小径上去;小径两旁长着灌木丛,一直通往山下。

编辑对他的这一举动没有表示异议,这可能是因为措手不及,也可能是因为离开了其他的游人,和他单独在一起,可以更快、更便于摆脱对方。他轻轻地、小心翼翼地拄着手杖,沿着小路往下走,格沃兹杰夫跟在他身后,对着他的帽子喘气。

"这儿附近有一棵倒下的树,我们就坐下……您,米特里·帕甫洛维奇,您不要因为我的这个举动生气,请原谅我!我这是因为有气……有时我们这类人心里窝的火用酒都浇不灭……所以在这种时候就想给别人捣捣乱:朝过路人脸上打一下或做一些别的什么……我不后悔,做了的事也就做了,但是,我非常清楚,也许这次做得有点过火了……没有分寸。"

可能是这种开诚布公的表白打动了编辑,格沃兹杰夫的为人引起了他的好奇,也可能他明白,他无法摆脱这个人,于是就问格沃兹杰夫:

"您究竟想谈些什么?"

"随便……什么都可以谈!我心里很难过,因为我感到很委屈……就在这儿坐下吧。"

"我没有工夫……"

"我知道……是报纸!它吞噬了您半个生命,您把整个身体健康都搭在报纸上了。我是知道的!那个出版商又干了什么?他办报是赚钱,您办报是流血汗!您为了写东西把自己的眼睛都熬坏了……坐下吧!"

在他们面前,小道上横着一段开始腐烂的大树墩——这是一棵大橡树的残存部分。榛树的枝丫弯下来,遮在那段树墩上,搭成了一个绿棚;透过树枝可以看到被晚霞染红的天空;空气中充满了嫩叶的香气。格沃兹杰夫坐下了,对还站着正在犹豫地左顾右盼的编辑说道:

"我今天喝了点儿酒……米特里·帕甫洛维奇,我的生活寂寞无聊!我好像比自己的工人同伴们落后了,我的思想和他们完全不同。

今天我看见您,使我想起,您不也曾是我的同伴吗……"

他笑起来了,因为编辑看着他,脸上的表情急遽地变换着,使他变得着实可笑。

"同伴?什么时候?"

"那是很早了,米特里·帕甫洛维奇……那时候我们还住在潮湿后街……记得吗?彼此就相隔一个院子。我们对面住的是'糖罐'米什卡,按现在称呼是米哈伊尔·叶菲莫维奇·赫鲁廖夫,法院侦查员,过去和他严厉的父亲住在一起……您记得叶菲梅奇吗?他常常抓住我和您的鬓发摇晃……您倒是坐下呀!"

编辑同意地点了点头,就坐在格沃兹杰夫的身边。他用一个正在追溯早已忘却的往事那种人所有的紧张眼神看着他,一面还搓着前额。

格沃兹杰夫沉浸在往事的回忆中。

"那时候我们的生活多么快活呀!为什么人不能一辈子就老是个孩子呢?要长大……为什么?到头来埋进土里。一辈子遭到各种不幸……变得暴躁、凶狠……无聊!活着,活着,到了生命的最后一刻却成了废物一堆……那时候我们常常无忧无虑地、愉快地生活着,简直和鸟儿一样。我们飞过篱笆,去采摘别人的劳动果实……记得吗,有一次在彼得罗芙娜的菜园里偷东西,我用黄瓜打了您的鼻子,您喊了起来,我溜掉了……您和您妈去向我父亲告状,我父亲把我狠狠地揍了一顿……那个米什卡,米哈伊尔·叶菲莫维奇……"

编辑听着,情不自禁地笑了。他本想在这个人面前保持严肃和尊严。但格沃兹杰夫对童年时代那些愉快的日子讲得娓娓动听,而在他的话语里暂时还没有触动米特里·帕甫洛维奇自尊心的那种特别尖锐的口气。况且周围一切又都很美好。从上面传来游人们走在沙土路上发出的沙沙的脚步声,隐约可以听到说话的声音,偶尔飘来一阵笑声;一阵风掠过,这一切微弱的声音就被树叶发出的凄凉的飒飒声所淹没。每当树叶的飒飒声停止后,便出现片刻的寂静,仿佛周围的一切都在全神贯注地倾听格沃兹杰夫的讲话,他东拉西扯地讲着少年时代的故事。

"您记得油漆匠科洛科利措夫的女儿瓦丽卡吗?她现在嫁给了开印刷厂的沙波什尼科夫。神气十足的太太,走过她的身边都令人不寒而栗……那时候她是个病病歪歪的小丫头……记得吗,有一次她走丢了,我们整条街上的男孩子都到野外和山沟里去找她!在兵营里找到了她,穿过田野把她带了回来……闹得满城风雨!科洛科利措夫请咱们吃甜饼干。瓦丽卡看到妈妈就说:'我在军官太太那儿来着,她要收我当女儿!'嘿—嘿!……当女儿!……是个很漂亮的姑娘……"

从河上传来了一些声音,像是有人从宽厚而又郁闷的胸中所发出的低微的呻吟声。一艘轮船驶过,空中飘浮着叶轮拍击河水的哗哗声。天空是玫瑰色的,在格沃兹杰夫和编辑的周围,暮色渐渐变浓,春夜徐徐降临。万籁俱寂,静得那样深沉,格沃兹杰夫好像也受了周围宁静的支配,压低了声音……编辑默默地听着,在自己的记忆中唤起一幕幕模模糊糊的久远的往事。这些事情过去确实有过……

"那么,米特里·帕甫洛维奇,这么说我和您是同出一巢……但各飞东西……当我想起,我和过去的同伴之间的整个区别就在于我没有念过中学,我就常常感到痛苦和难过……莫非一个人的价值就在这一点上吗?有人说,人的价值表现在心灵上,在他对自己亲近的人的感情上……就拿您来说吧,您是我亲近的人,而我对您有什么价值呢?丝毫没有,对吗?"

编辑沉湎在自己的思想中,很可能没有听见对方的问题。

"对!"他用真诚但又心不在焉的口吻说道。

格沃兹杰夫哈哈大笑起来,编辑忽然醒悟了过来:

"对不起,我说对,究竟指的是什么?"

"是指,我对您来说是不存在的……有没有我,对您无所谓,不值一提。我的心灵对您有什么用?在这个世界上我孤独一人,并且所有认识我的人都讨厌我。所以,我的性格变得凶狠,喜欢搞些恶作剧。

然而,我也有感情,有才智……我的处境使我感到委屈。我哪一点不如您?只不过我从事的职业……"

"是—是啊……这是可悲的!"编辑紧蹙双眉,说道。他停顿了一会儿,接着用一种安抚的口吻继续说:"但是,您要知道,这里需要用另外一种观点……"

"米特里·帕甫洛维奇,观点有什么用?人对人应表示关注并不是从观点的角度出发,而是由于内心的激发。什么是观点?我在讲生活中的不合理现象。难道根据某种观点就可以把我淘汰吗?可是在生活中我却被淘汰了——在生活中没有我的出路……为什么呢?就因为我没有学问吗?如果你们这些有学问的人,不是从观点出发,而是根据别的什么来考虑问题,那你们就不应该忘掉我,我的性情越来越凶暴,我正在无知的深渊中毁灭,你们应该把我提携起来,同你们一样,难道不是吗?或许——从某种观点来看——不应该这样做?"

格沃兹杰夫略微眯缝起眼睛,自得地看着对方的脸。他感到自己精神振奋,他把长年来在杂乱无章的、毫无成果的劳动生活中所形成的全部哲理一股脑儿倾吐了出来。编辑被对方咄咄逼人的架势弄得不知所措,他竭力想弄清,这是个什么样的人,怎样来反驳他的话?格沃兹杰夫却自我陶醉地继续说:

"你们是聪明人,你们可以给我上百个答案,但所有的答案都是一个意思:不,不应该!可我要说:应该!为什么?因为我和你们是同一出身,来自同一条街上的人……你们不是生活的真正主宰,不是贵族……从那些人身上我们休想得到什么东西。他们说一句:'滚蛋!'——我们这类人就得走开。因为,他们自古以来就是贵族,而你们所以成了贵族,是因为你们懂得语法和一些别的什么……但是您是我们自家兄弟,我就可以要求您给我指出生活的道路。我是小市民,赫鲁廖夫也是,您是教堂执事的儿子……"

"但是,对不起……"编辑用请求的口吻说,"难道我否定您的权利吗?……"

格沃兹杰夫对编辑否定什么和承认什么丝毫不感兴趣；他需要的是倾诉自己的衷肠，他感到此时此刻他已能够把一切激动着他的东西统统说出来了。

"不，请您让我说！"他低头凑近了编辑，眼睛里闪出兴奋的光彩，开始用一种神秘的低声说话，"您以为，现在我为早年被我打破鼻子的同伴们工作，是件容易的事吗？大约一年前为法院侦查员大人赫鲁廖夫修建厕所时得到了四十个戈比的小费，这对我说来难道是毫无痛苦的吗？他和我是同一阶层的人呀……他过去的名字是'糖罐'米什卡……他到现在还像过去一样满口蛀牙……"

编辑沉思地从侧面望着他，默默地思忖着，该对这个年轻人说些什么呢？需要说些中听的，出自肺腑的真心话。但眼下，米特里·帕甫洛维奇·伊斯托明无论在头脑里，还是在心里，都找不到一句需要说的话。对各种"问题"的有原则的高谈阔论在他心中早已引起了烦闷和厌倦。他今天出来休息一下，有意回避与熟人相遇，而这个人偏偏喋喋不休地谈着。当然，在他的谈话中，正像人们说的一切话一样，有部分真理。这些话是耐人寻味的，并且能够成为小品文的非常有趣的题材……

"您要知道，您所说的一切都是老生常谈。"他开口说道，"关于人与人之间关系的不公正早有议论……不过，以前完全是另一类人谈论这些话，从这一意义上说，也许您的话是新颖的……您的思想表达得有点片面、不完全正确……但是……"

"又抬出您的观点来了！"格沃兹杰夫冷笑了一下，"哎呀，老爷先生们！你们的头脑倒很发达，可是心，看来，已经僵死了……您还是说些能对症下药的话吧……这样才对！"

他垂下头，等着回答。

伊斯托明皱起前额，又瞥了他一眼，感到有一种想要离开的强烈愿望。在他看来，格沃兹杰夫喝醉了，因此在慷慨陈词之后，情绪极坏。他瞧着格沃兹杰夫那顶滑到后脑勺上的白帽子，看着他的麻脸和神气的卷发,打量了一下他强壮结实的整个身体,认为他是个非常典型的工人,并且如果……

"您到底怎么看?"格沃兹杰夫问道。

"我究竟能对您说什么呢?老实说,我并不十分清楚,您究竟想要什么……"

"问题就在这里!……您什么也回答不了我。"格沃兹杰夫冷笑了一下。

编辑如释重负地松了口气,他正确地估计到,谈话结束了,格沃兹杰夫已经不会再用问题来缠住他了……但突然,他又想了想:

"要是他打我一顿怎么办呢?他——那么凶恶。"

他不禁想起了在编辑部发生那场风波时,格沃兹杰夫脸上的表情。于是,他心存疑惧地斜睨了他一眼。

夜幕已经降临。从河上传来的歌声不时打破四周的寂静。有人在合唱,男高音的声音听得非常清晰。一些大甲虫,发出金属般的嗡嗡声,在空中飞来飞去。透过树叶可以看见点点繁星……有时头上的树枝不知为什么颤抖起来,可以听见叶子发出的轻微的抖簌声。

"就要下露了。"编辑小心翼翼地说道。

格沃兹杰夫抖颤了一下,向他转过身来。

"您说什么?"

"要下露水了,我说,这是有害的……"

"啊—啊!"

两人沉默了一会儿。河面上传来了一声叫喊:

"唉—唉嗨!在—驳—船—上!……"

"我想走了。再见!……"

"我们去喝两瓶啤酒好吗?"格沃兹杰夫突然建议说,然后又笑着补充一句:"请赏光!"

"不,请原谅,在这种时候我不能。我该走了,您知道……"

格沃兹杰夫从树墩上站起来,闷闷不乐地看了看编辑。

编辑也站了起来,向他伸出手去。

"这么说,您不愿意和我一起喝啤酒啰?!那就拉倒吧!"格沃兹杰夫粗鲁地说,并猛地把帽子往额头上一拉。"贵族老爷!像你们这样的,一对就值一分钱!我一个人也可以喝个痛快……"

编辑壮着胆转过身去,背对着谈话的对方,随后沿着小径往上走去,奇怪地缩着脖子,就像是怕碰着头似的。格沃兹杰夫迈着大步沿山坡往下走去。河上传来了声嘶力竭的叫喊:

"在驳—船上!魔鬼!把—船—划—过—来—来!"

轻轻的回声在树丛中荡漾开来:

"过—来—来—来!……"

周 圣 译

万卡·马金*

扁而长的颅骨，两扇招风大耳，一张焦黄而冷漠的面孔，长着几撮红毛的颧骨和尖下巴，一双郁闷、呆滞、失神的凸眼睛，一只长长的鼻子，一张总是半开半闭、耷拉着下唇的大嘴；脖子也是长长的而且青筋毕露，肩膀是塌落的，胸部是瘪的，肚子像孕妇一样挺得老远，左臂显然比右臂短了一截，腿是罗圈腿，这笨拙躯体的脑袋上扣着一顶当中补了个黑补丁的棕色破缘帽；帽子太大，为了不让它滑到眼睛上，就把它挂在长长的脑袋的左半边，让耳朵和被尘垢沾得像毡子一样密实的淡黄色浓发托着；一件花粗布的衬衫缀满了补丁，晃晃荡荡地使他那丑陋的身体显得越发难看，两条裤管套在干瘦的细腿上又肥又大，包脚布散着，树皮鞋也咧着口子。这就是为您描画的维亚特卡①人、木匠万卡·马金的一副真实画像，大自然创造他仿佛就是专门为了让人知道什么叫作丑八怪，专门供他周围的人取笑和消遣似的。

这后一项使命，万卡·马金完成得很有成效，——包工队里的伙计们远远地看见他就朝他那边歪歪头，哄笑起来：

"鬼马车来了！"

我从来没有见过鬼马车，但是看到在地上一步一步挪动的马金

---

* 本篇最初发表于一八九七年四月十三日、二十日和二十七日《南方生活》周刊。译自《高尔基三十卷集》第三卷。

① 即今基洛夫城。

时，我总有一种感觉，似乎他的全身筋络都已经抽掉，因而形成他那种奇怪的步法：迈步之前，两腿先向左右两边甩两甩，仿佛是为它们这个怪样的主人探一探，两旁有没有更平坦好走的路；两只臂膀在委顿的、微驼的身躯两侧有气无力地摆动着，脑袋一个劲儿地摇晃着，拼命想弄正滑落到鼻子上的帽子，但总是白费力气；鼻子大声地呼哧着，使劲地吸着气；工具筐也从背上滑到了腰间。尽管如此，马金的郁闷的双眼依旧是呆然无神地直盯着遥远的地方；这双眼睛仿佛同那晃晃悠悠的躯体并不相干，不是长在一个人的身上似的。

他有一种可笑的习惯，总是用鼻子哼着一个没有词儿的、大概也没有结尾的小调；就连走路的时候，他也没放弃这个习惯，一面走，一面哼哼，鼻子里还发出呼哧呼哧的响声，就像一辆跑了远路、散了架的、嘎吱嘎吱响着的、又破又锈的马车。

大家叫他"马虎鬼"、"瞌睡虫"，这些称呼对他再合适不过了，看起来，这丝毫无损于他的自尊心，因为不管叫哪个外号他都是很乐意地用他那冷淡和嘶哑的声音答应着：

"干什么？"

根据身份证上的记载，他已经四十七岁了，可是包工队里的年轻小伙子们还是叫他万卡①，很少人称呼他的大名②。污辱性的外号一点儿也不能触怒他；他对自己的伙伴非常冷淡，喜欢一个人待着，也善于在一伙人当中独处。节日里，包工队全体工人到小酒馆喝茶，如果他们招呼他，他也去。饮茶喝酒时，他还是像平时一样沉默寡言，郁郁不欢。虽然如此，说他孤僻却是不公正的：不，他更像一个思考深奥莫测的难题的人，又近似一个不吵不闹的精神病患者。从他进包工队的第一天起，他那双瞪得大大的似乎能看透人心和洞察一切的眼睛就使得木工巧匠奥西普爷爷和涅斯特尔产生如此的想法：

"这个维亚特卡人，看上去，那……神经不太正常……他的眼睛没

---

① ② 万卡是伊凡的昵称。伊凡是本名，即这里说的大名。

神,死死的……是啊! 这就是说,不太正常……也许是生活把他折磨苦了,要不就是他的良心不那么……不那么干净……就是说……有污点。……灵魂里的污点落到眼睛上就会把人的眼睛遮住。……人的眼睛滴溜溜地转也不好,这表示心里不踏实……良心不安或是有心事。人的眼睛发呆也不好……一个人要是心里干干净净、没做什么亏心事,他就会目不斜视……看什么都是正眼瞧着,就是说,又亮,又有神……是啊……因此,你们,孩子们,那个……要对这个维亚特卡人留点神……可别出什么事儿:咱们不知道他是哪号人……"

于是整个包工队的年轻人都留神地观察着这个眼睛发呆的人的一举一动,最初他们认为他是一个非常糟糕的工人。他懂手艺,但是斧头、锯子和刨子在他那双大手里很不听使唤,这些铁器里也仿佛浸透了这个人的消极情绪,它们不像其他工人手里的工具那样,干起活儿来那么带劲儿,那么铮铮作响,有时,干着干着马金突然停下来,默默地察看着工具,寻思着什么。

"你这个毒蝇蕈!打盹儿呐?!"班长严厉地吆喝他。

马金不声不响地又干了起来。

"他是咱们队里的慢性子。"小伙子们轻蔑地嘲笑他说。

"忙什么?"万卡·马金一本正经地问,瞧着小伙子,等待他们回答。他们笑着,捉弄着他,他还是不动声色,对那些尖酸刻薄的讽刺和粗暴的举动一概淡然处之。

大家都不喜欢他。在尼日戈罗德人的包工队里只有他一人是维亚特卡人,他同别人合不来,懒洋洋的,毫无风趣,不像包工队的人。可是,在取笑他时,人们不敢过分地捉弄他,因为他们知道,马金虽然生理上有缺陷,可是很有力气。这一点人们是这样发现的。

一天,在工地上有六个人搬一根粗大的圆木;马金扛着较粗的一头。

"别摇晃!"前面的人吆喝他。可是他同他们走不齐,他的罗圈腿不让他和大家步伐一致,因此圆木就"荡着秋千"。

"瘸鬼,步子稳一些!"

他呼哧呼哧地喘着气,想尽量跟上伙伴们的脚步,于是圆木把他们晃荡得更厉害了。

"死老鸹!"包工队的大力士之一、粗壮的亚科夫·拉普杰夫叫了起来,同时,用一块又长又重的木板拦腰给了马金一下。马金哼了一声,一句话也没说,继续朝前走去。他们把圆木搬到了指定的地点以后,他回到亚科夫干活儿的地方。站在亚科夫面前心平气和地问道:

"你为什么要打人?"

"走开!"拉普杰夫恶狠狠地叫了一声。

"你是上司吗?你打人?"万卡追问。

"跟你说别缠着我!就是打死你这曲腿蜘蛛,也算不了什么!"

"为什么?"万卡问。

"亚科夫,给他一个耳光!他找什么麻烦……"有人给拉普杰夫出主意。他听了他们的话,刚抡起胳膊……立即被万卡不慌不忙地照着额头一拳,打得他仰面朝天跌倒在地上。

包工队里所有的人都大吃一惊。人们对力量总是敬服的,不管这力量用什么形式表现出来。拉普杰夫算是个出了名的大力士,因此他不能马上在这个维亚特卡人面前服输。他从地上爬了起来,卷起袖口,恶狠狠地对万卡说:"你等着……现在我要把你的肋骨统统打断……"

"呶……"马金含含糊糊地回了一声。

"让开,弟兄们,别管他们,"奥西普爷爷下了命令,"别碰他们,让他们较量一次……就这么办……干吧,小伙子们,可是得凭良心……不许暗算别人……上帝保佑!来一下!噢哟哟?!"

万卡的左腰上挨了一下,而拉普杰夫又从地上爬起来,加倍凶狠地瞧着自己的对手。万卡等着他,一面喘气,一面用左手揉搓被打疼了的左腰。拉普杰夫沉不住气,冲了上来,万卡不慌不忙地挥动长长的右臂,自上而下当头一拳,干脆利落地把对手打翻在地。从旁看来,

真像是他把钉子揳进了亚科夫的脑袋。拉普杰夫被打倒七次,最后一次已经爬不起来,便骂起人来了:

"蠢货!怎么总打人的头呀!你这个站不直的怪物,我身上哪儿不能打啊?丑八怪就是丑八怪,连打架都不像个人样……"

包工队里所有的人都认为,万卡虽然膂力过人,但确实不会打架。然而万卡对打败了的对手发了话。他威严地举起右手握紧的拳头,对拉普杰夫说:

"打人会落什么下场,你明白了吧?哼!我这是手下留情,要不然没那么便宜……下回别再找碴儿了。……脑袋用冷水冲一冲,就会好的……不会太疼的……冲冲去吧!"说完,他就按自己的老习惯,哼起一首永远也唱不完的小调,离开了打架的地方。

包工队的全体人员对这件事都感到惊异不止。他们感慨地说:"嘿,这个鬼家伙,真没想到!"拉普杰夫是这样一个矮墩墩,膀大腰圆,又强壮又快活的人,而那马金却是个残废!

"看到了吧?"奥西普爷爷说,"这个维亚特卡人说话说得在理……他的心肠不坏……他么,那个,上帝亏待了他。可是他对亚科夫说得对。不要随便找碴儿,不要随便招惹别人……大家都是人……为什么要没事找事呢?这维亚特卡人做得对:打了该打的人,还对人家说:'去,'他说:'冲冲头去'。这样讲也是有他的用意的!瞧,维亚特卡人是什么样的……你们就记住我的话吧——他还会做出些咱们想不到的事呢……"

小伙子们表示:"最好把他从包工队里赶出去……"

"他不像包工队的人……的确是这样,"奥西普爷爷沉思着说,"可为什么他是这个样子呢?……赶走……那个……要等等看……咱们还不摸他的底儿……也许,他会跟咱们合得来……"

"可他有什么出息呢?"小伙子们反对说。

"不错,他老是磨磨蹭蹭的……干活儿一点儿也不行……这也是明摆着的……可是要知道,我的伙计们,他也得要吃要喝,也要上税①呀！不是吗？他也是个农民哪……赶走，这怎么能行呢？我们要赶走他，别人要赶走他……他到哪儿找吃找喝去呀？"

大家不再反驳老爷爷了，万卡·马金也就留在包工队里。起初大家等他来靠拢大伙儿，后来大伙儿就迁就了他，人们虽然认为：不管是工作，还是性格，他都最差劲儿，人们虽然总是取笑他，而且往往是非常不怀好意地取笑他，但再也不提赶走他的事了。大家对他那种磨磨蹭蹭，但总是踏踏实实、一丝不苟的工作也习惯了，凭着这种工作，他每周可以拿到两个卢布来支付包工头的伙食费。

他就像一小群人中间一只癞皮羊：他的地位是十分确定的，因为在每个人群中间都必须有一个人，用他的缺点来衬托这个人群的优点——没有这个条件，优点就显不大出来，也不那么突出了。

一天，在为富商斯穆罗夫盖一幢四层楼房的工地上，木匠们在已经砌好的三层楼周围搭带网的脚手架。他们在为修建第四层楼搭架子。

大约在吃午饭的时候，包工头扎哈尔·伊凡诺维奇·科洛博夫亲自来到了工地。他是一个红脸盘，留着一大片梳得整整齐齐的红胡子的大胖子。他一到就用那双当老板的人特有的挑剔的灰色眼睛环视了整个工地一眼，数了数在场的木匠，发现马金正慢吞吞地顺着脚手架往上拖一块木板，便发起火来：

"喂，你这个海蛆！爬快一点……唔，瘸鬼！该死的寄生虫……"

木工们明白，老板今天情绪不好，因此加倍努力干活，可是这也不顶事，包工头骂人，并不是因为该骂，而是因为他想骂。

"你们这帮傻瓜，我不早就对你们说过吗，不要拿新木料当踏板，不要把新杉篙锯成踏板？要用旧木料！……"

---

① 沙皇政府在一八六一年废除农奴制时，规定农民须向地主缴纳赎金，才能取得份地。农民无钱缴纳赎金，向国家借贷一部分款子。实际上，农民赎取的不是土地，而是人身自由。没有偿清赎金的农民需向政府上税，称为暂时义务农。本文中的万卡·马金便是个暂时义务农。

"那样脚手架就不结实了,扎哈尔·伊凡诺维奇。"亚科夫·拉普杰夫谦恭而尊敬地说。

"你懂什么,笨蛋?"科洛博夫扯起嗓门喊道。

他把手下人吓唬了大约半个小时,最后木匠们开始准备吃饭,他却小心地踏着木板走上了脚手架。

"这家伙就爱骂人。"奥西普爷爷嘟囔着。

"胖鬼。"拉普杰夫轻声骂道。

其他的小伙子们也附和着他们,马金却不声不响、不慌不忙地收拾自己的工具。

"怎么样,咱们走吧?"奥西普爷爷对围在他身边的包工队的工人们说,"还等什么? 等他从那儿爬下来,再把大伙儿骂一通吗?"说着,爷爷向脚手架那边晃了晃头。

科洛博夫站在第三层的架子上用手和双脚试试立柱和踏板是否结实。他用力踏着木板,可以听到他的靴子在咯吱咯吱响。木匠们瞥了他一眼,一道走开吃饭去了。

这时空中发出了一种刺耳的响声——钉子从木头里脱出来的吱吱声和木板劈裂的喀嚓声。奥西普爷爷转回身去奇怪地在原地跳了一下,叫了起来:

"伙计们!"

随着他的叫声只听见一阵木头折断的喀嚓声,木板掉下的轰隆声和一声绝望的嗥叫:

"救命呀!"

木匠们都惊呆了。脚手架正往下倒着,架子的支柱慢慢地、晃晃悠悠地脱离了墙壁,仿佛被墙壁推开来似的,木板、木片、砖头纷纷散落下来。一团团云雾似的尘土扬了起来,科洛博夫在烟尘里狂叫着:

"老天爷! 哎哟!"

木头一面喀嚓嚓地响着,一面往下掉,木匠们茫然地看着他们已经搭成的架子散得七零八落,不敢走近前去,他们在原地踌躇着,听着奥西普爷爷的责备:"我说过……小伙子们,用钉子钉结实——瞧!不听我的……伤了人了!要知道也许会摔死的!哎哟你,圣母啊!你们为什么站着不动?为什么站着,魔鬼们?去……把他拖出来呀……咳!哎哟,你呀,上帝啊!你们倒是去呀!狗东西们!听见了吗?"

"干吗这么着急呀?"拉普杰夫阴沉沉地说,"谁也怨不着……他自己说的:要用旧木料……"

"钉子都没有……他不给!"有个人喊着说。

"倒是我们的过错啦?"另一个喃喃说。

"那么就让他这样去死吗?是吗?让他死?"

奥西普爷爷在包工队的工人中间手忙脚乱,由于激动而满脸通红,用哆哆嗦嗦的双手推推这个,拉拉那个。

脚手架上的立柱,一根接一根地摇晃着,吱吱地响着离开了房子的墙壁。砖头、木板不断从架子上飞下来;还掉下了一只双耳木桶,在地上滚动起来。石灰撒落着,白色的烟雾笼罩着出事的地方。科洛博夫的喊声已经听不到了。

"那么我去吧!"马金若有所思地望着烟尘说,并走向前去……

"别去!会砸死你的!"大家向他喊道。

"别管!万卡,去吧,朋友……为了上帝,去吧!"

即使没有奥西普爷爷的鼓励,他也会去的。他像平常一样,不慌不忙地走着,甩着罗圈腿,身子晃来晃去地走着。

不一会儿,来了一大堆吵吵闹闹的人,人群中间有两个警察在瞎忙着。扬起的石灰已经散了,露出了毁得乱七八糟的脚手架,——到处翘着木板和杉篙,有几根还在摇晃,仿佛不愿倒下去。

有一块木板伸在房子的窗口外面,比其他的板子晃得更厉害,因为科洛博夫在它的一端趴着。他用双臂和双腿抱住木板,把头和肚子紧贴在上面,就这样在半空中悬着。木板的另一端被一堆倒下来的木头夹住,在窗户的横梁上支着。木板被夹得很紧,然而它可能会折断,或者等到挂在木板上的人精疲力尽,一松手从差不多三层楼的高处掉下来,落在尖尖的折断了的木头上。而这会儿他正一动不动地俯在木板上,仿佛同木头长在一起,一声也不响。

众人看到这幅情景,顿时沉静了片刻,随后叫嚷得越发厉害了,这嘈杂声表现出人们从害怕到好奇的各式各样的感情。后来,人们彼此商量开了。

"应该抻一张帆布,让他跳到帆布上……"

"要是他已经失去了知觉呢?"

"进屋里去把木板抽回窗里去。"

"木板断了可怎么办?……"

"从下面把木板撑住!"

"能撑得住吗?拿什么才够得着木板呢?……"

"瞧!你们瞧啊!"

马金出现在窗口,手里拿着一条绳子,大概是说了些什么,因为他的双唇在翕动着。大家安静了下来。

"扎哈尔·伊凡内奇!听得到吗?我说,扔给你一条绳子,你把绳结套在木板头上拉紧!明白不明白?接住!"

绳子在空中展开,落在科洛博夫的身上。他慢慢地,轻轻地动了一动,木板就颤动起来。他哼了一声。

"你别发怵,伊凡内奇!心里做一做祷告,就干起来吧!不忏悔,上帝是不饶恕的……"奥西普爷爷从下面喊着。人们也给科洛博夫打气,他费了好大劲才把绳结套上了木板的顶端……

"好啦,现在安安静静地躺着吧!"马金说完便从窗口消失了。随后绳子绷紧了,木板开始慢慢地抬了起来。

"好啊,万尼亚!"奥西普爷爷明白了马金的意图,高兴地叫了起来,"鬼东西!去吧,去帮帮小伙子忙!万尼亚真是好样的!伙计们,去吧!"

几个人奔进了房子,不一会儿,木板就被拉起来向窗户口倾斜着。这时马金又在窗口出现了。

"现在,扎哈尔·伊凡诺维奇,趴在板子上往后爬吧!开始吧,轻轻地爬,板子支得住……挺结实……像虾那样往后退着爬……爬吧……"

危险虽然还没有过去,木板还可能折断,但是人群里已经发出了笑声。科洛博夫满身尘土,面无人色,嘴张得大大的,瞪着一双失神的眼睛,趴在木板上,往后爬着。这幅情景的确已经失去了悲剧的成分。

他小心地挪动双手,时而缩成一个大球,时而伸开自己的身体。两腿从木板上掉了下来,拼命在空中乱蹬一气,木板一弯,他便呆住不动,紧贴木板,高声地、悲哀地、哼哼地叫了起来。这一切都使人发笑,包工头向窗户爬得越近,人们笑得越响。

"难怪啊,大概他的大肚皮上扎了刺啦!"一个红头发的油漆工开心地高声说。

"现在胃口一定是更好了!"

"他的胃口总是很好的。吃过饭他还能把我们小伙子们都吃掉①。"拉普杰夫由于有什么高兴事在说着俏皮话。

科洛博夫终于爬到了窗口,接着便消失在窗子里。后来他来到了人们面前,两人一边一个架着他,身上的衣服都扯破了,满身汗渍和尘垢。他勉强地挪动着双脚。人们把他安置在马车上拉走了。看热闹的人开始散了,有几个人围住了马金,详细地询问他,怎么会想到去把老板弄下来的。他手拿绳子站在那里解释道:

"是这样……在这种情况下主要靠的是那块木板……我该吃饭去了……"

"可是要知道,没准会砸死你的呀,你怎么还是去了?……"

"不会,你们看,不是没砸死我吗……看来,我们的伙计们都走了……"

"这不是他吗!万尼亚!我们正找你呐!我们说,他在哪儿呀?

---

① 此处语义双关,指他还要不住嘴地骂人。

可他——他就在这儿!"奥西普爷爷嚷嚷着来到马金面前。

"去吃饭吧……上帝真帮你的忙,是吗?这个,万尼亚兄弟,是上帝帮忙啊!是他的力量……因为木板——它算什么?这就是说,老天爷不愿意人不忏悔就摔死……当然,还有你,还有绳子……这也是起作用的……可是你不要自以为了不起啊……"

马金同聪明的爷爷并排走着,用鼻子大声地吸着气,毫不在乎地听他讲话。

"没伤着你吗?"

"没有……脚上碰了一下……"

"痛吗?"

"没什么,痛……大概,就会好的……"

"应该用酒擦擦……"

马金沉默片刻接着说:

"酒嘛最好还是喝……"后来叹了口气又加上一句:"要是有酒的话……"

"会有酒的!"奥西普爷爷快乐地答应他。

吃完了饭每人还喝了一盅酒,包工队的工人都在等候包工头来安排怎样处理脚手架。

"大概很快会下来的。"拉普杰夫望望天花板,皱着眉头说。

"会下来的,这很清楚……要骂人的,一定会说,狗东西们,差点儿送了我的命!"年轻小伙子阿福尼亚发表了看法,温和地笑了笑。

"怎么会不骂呢?"奥西普爷爷问。"他是应该骂的,因为在这件事上有我们的不是。虽然木料破旧了点儿,但是我们长着手和眼睛啊。这就是他骂人的理由……"

大家和老爷爷争论了一会儿,一致认为,虽然脚手架用的是旧木料,立柱是拼凑起来的,钉子也不够,但是他们这方面也有疏忽大意的地方,既然如此,科洛博夫就有理由骂人了。

"这全都是废话,"拉普杰夫不以为然地说,"他才不需要什么理由呢！没有理由他也照样会找碴儿骂人的……"

大家都认为是这样,可是这一回他们全都错了。

扎哈尔·伊凡诺维奇大模大样地来到包工队工人面前。他一跨进门槛,木匠们就看出,他不想骂人。

"伊凡在哪儿?"他问道。

包工队里有三个叫伊凡的:其中的两个从长凳上站了起来,以询问的目光看着包工头。

"那一个在哪儿?"科洛博夫皱起眉头问。

"维亚特卡人? 他在铺上躺着呢……打会儿盹儿。伊凡,喂,伊凡! 快起来,老板叫你……"

马金咕哝一声,打了个哈欠,从铺板上爬下来,走到包工头面前。科洛博夫大大地吸了一口气,使他的肚子都摇晃了一下,两腮也鼓了起来。

"喂,伊凡,"他不慌不忙地开口说道,"我有话对你说……原来你是这些笨蛋里头最机灵的小伙子……要是没有你,我就完了,有这可能,因为别的都是些什么人呢? 简直是木头……蠢货,都没了主意……嗯,总之,我多亏了你,是你救了我的命……明白吗? 因此……我想诚心诚意地报答报答你……就这样……"

科洛博夫用责备的眼光环视了一下包工队的工人,他看到在木匠们的脸上有一种共同的好奇和期待的表情……

"怎么,魔鬼们,把眼睛都瞪出来了? 你们想,假使我给伊凡奖赏,你们就和他一起把它喝掉吗? 来吧,谁喝就罚他一卢布! 明白吗? 而你,伊凡,什么也不要给他们……他们已经在打主意……看见了吗? 大家对你的钱都眼红了! 哎,你们呐……看见人家傻里傻气,就想白喝人家的酒吗? 你,伊凡,把钱寄去上税或者干别的,一个也别给他们!"

"什么钱?"伊凡问道。

"现在就……喏,给你……谢谢你!"

扎哈尔·伊凡诺维奇塞到马金手里三个卢布,带着宽宏大量和等待的神气瞧着他。马金凝视着自己手中的钞票。

"那么,这就是给我的喽?"他思量着拉长了声音问道。

"怪人!当然是啦……"

"嗯……看来是因为我带着绳子爬了上去……总之……"

"就是因为这个嘛,木头脑袋!"科洛博夫笑着说。马金的冷漠和迟钝使他觉得可笑。

"难道我这是为了三个卢布?"伊凡·马金问道。他站在那儿,没精打采地低着头,仍然在仔细地打量着钞票,也不抬头看包工头一眼。

"怎么,嫌少吗?"科洛博夫冷冷地笑了一笑,把一只手插进了裤子口袋里。伊凡皱着眉头瞧了他一眼,然后慢慢地抬起头,叹了口气。他的脸抽搐了一下,那表情就像闻到了菜汤中的臭肉味儿或者烂白菜的气味。

"你真的这样认为——我是为了三个卢布?拿回去吧……给你!你这个蠢人,扎哈尔·伊凡诺夫……给了三个卢布,还满以为不错!难道你不懂得?我爬上去救你是可怜你的命,不是为了讨三个卢布。我尽力使你不要没作忏悔就送了命,可你却来这一套!为了你这种奖赏,我真想给你一个耳光!走吧,免得惹祸……走吧!我讨厌你……"

他像平常一样,开始说话时,总是慢吞吞地,带着沉思的意味儿,可是讲到末了,声调就提高了,不知怎的还咆哮起来。大为惊愕的木匠们瞪大了眼睛瞧着他,奥西普爷爷在笑着,而这意外的情况使科洛博夫的脸色变得刷白。

"什么?你!要打我的耳光?赶我走?你?"他说,惊讶得喘不上气来,"可你,你,老魔鬼!还笑我?"

"走开,听见了吗,扎哈尔·伊凡诺夫!当心点儿,别闹着玩,"马金凶猛地吼叫起来:"去吧……给我结账!"

"对!"奥西普爷爷高声说。

科洛博夫又不知所措了。包工队所有的工人都盯着他,冷冷地、仇恨地瞧着他,因此他感觉到,他那老板的威风突然消失得无影无踪了。但是他不打算离开,有某种东西不让他这样做。于是他站在工人面前,冷笑着,重复道:

"原来是这样!真行啊!好吧,嗯?你再说一句!"

"我说,"伊凡说,"我只是不会……可是我真想给你脸上来一下!对你说,滚开,听见了吗?别弄脏我的眼睛!"

"说得对!"奥西普爷爷高声叫道。

"哼,魔鬼们,好啊!我会收拾你们的!我要给你们点儿颜色看看!"

可是他感到他既没法收拾他们,也摆不出威风来。于是突然之间,他一转身就溜掉了。

"就得这样,万尼亚!干得对!"奥西普爷爷狂叫道,在马金身边转来转去。"好!干脆利落!什么?三个卢布?休想!不是什么地方都可以凭着三个卢布占上风的!你以为有钱就什么都能干吗?万尼亚,你干得好!你让他懂得了这一点!"

包工队所有的工人懂得,长相丑陋的万卡·马金让老板长了见识,并且干得很漂亮。大家像看待一桩新鲜事那样看着他,既好奇又有几分害怕。也许是他们还该他点什么吧!可是他却又变成他们所熟悉的那个带着几分傻气的懒汉万卡·马金,站在人们面前,与平时一样萎靡而迟钝。

晚上,马金和奥西普爷爷被包工头解雇以后,坐在小酒馆里喝茶。马金沉默地嚼着白面包,奥西普爷爷向他谈着对他这一行为的看法。

"想必是他拿那张钞票伤了你的心。你爬到那儿去有可能受重伤,没准还会送命。为什么要去呢?只为了怜悯别人。因为他也是一个人嘛,人同此心,心同此理呀……可他竟然给你三个卢布……这怎么能行呢?三个卢布当得了什么?这件事上你豁出了性命,显出你整个心灵,但在他眼里不过值三个卢布?!难道这不使人生气吗?不是吗?"

万卡·马金把鼓满两腮的面包用力地咽了下去,端起一杯茶,慢慢地说道:

"我真该轻轻地给他一下……哪怕揪住他的头发,把他拖走也好,不是吗?……可又挺可怜他的……我看他不过是个笨蛋……咳,随他去吧!"

他挥了挥手,便就着茶碟①嘘嘘地喝起茶来,每喝一口都要有滋有味地咂咂嘴。

陆桂荣　译

---

① 俄国人习惯把茶倒在碟子里再喝。

扎祖勃林纳[*]

……我的牢房里的圆窗对着监狱的院子。这扇窗离地很高,不过把桌子靠墙放了再爬到桌上,我就可以看到院子里发生的一切。在窗上面的屋檐下,有几只鸽子做了窠,所以,有时我从窗口俯视院子,它们就在我的头顶上咕咕叫着。

我有充分的时间来熟悉监狱里的犯人,并且知道,在这些抑郁寡欢的人们里面,那个最快活的人叫做扎祖勃林纳。

这是一个敦敦实实的胖小伙子,红脸,高高的额头,额头下面一双明亮的大眼睛永远是生气勃勃,很有精神。

他把帽子戴在后脑勺上,剃光的头上两只招风耳朵显得很滑稽;衬衫领口的带子他总是不系拢,短上衣的钮扣也不扣。他的肌肉的每一个动作都让人懂得,他里面有一个不会沮丧和不会怨恨的灵魂。

他总是嘻嘻哈哈,好动,爱热闹,他是狱中最受欢迎的人,老有一群穿灰号衣的同伴围着他。他会异想天开,做出种种可笑的动作给他们逗乐,让他们开心,用他那发自衷心的欢乐来给那灰暗寡欢的牢狱生活中增添一点乐趣。

有一次,放风的时候,他从牢房里带着三只巧妙地用细绳拴着的耗子出来。扎祖勃林纳赶着它们在院子里奔跑,一面叫喊着他是乘着

---

[*] 本篇最初发表于一八九七年五月十一日《南方生活》周刊第十八期。译自《高尔基三十卷集》第三卷。

一辆三套马车。耗子被他的叫喊吓昏了,向四面乱窜,而看热闹的犯人们瞧着这个胖子和他的三套马车,都像孩子似的哈哈大笑。

显然,他认为自己活着只是为了让大伙开心,所以为了达到这个目的,他可以不择手段。有时,他的发明采取的形式竟很残忍。譬如说,有一次,犯人中的一个男孩子坐在靠墙脚的地上打瞌睡,扎祖勃林纳去用什么东西把男孩的头发粘在墙上,等头发粘牢了,他突然去叫醒他。那孩子连忙跳了起来,结果用两只又瘦又细的手捧着脑袋,痛哭着跌倒在地上。犯人们都哄堂大笑,使扎祖勃林纳大为得意。后来,——这是我从窗里看见的,——他在哄那孩子,孩子的头发有好大一簇粘在墙上……

除了扎祖勃林纳,监狱里还有一个宠儿——一只胖胖的小猫,黄毛,是个受大伙宠爱的、顽皮的小东西。犯人们每次出来放风,总要在什么地方把它找出来,和它玩上半天,从这个人的手里传到那个人的手里,跟在它后面在院子里跑,让它抓他们的手,抓他们的因为跟宠儿这样玩而显得有生气的脸。

小猫一出场,便把大伙对扎祖勃林纳的注意力吸引了过来,而后者对于这种厚此薄彼的态度是无法满意的。扎祖勃林纳在气质上是个演员,而作为一个演员,对于自己的才能又过分地自负。当他的观众都被小猫吸引过去,只剩下了他一个人,他就蹲在院子的一个角落里,从那里注视着在这几分钟里把他遗忘了的同伴们。我呢,从自己的窗口注视着他,并且体会到在这种时刻充满他内心的种种感受。我认为,只要一有机会,扎祖勃林纳必然要对小猫下毒手,于是我暗暗可怜这个快乐的犯人。一个人要是心心念念想成为人们共同注意的中心,这种憧憬对他就是极端有害的,因为再没有什么比要想取悦于人的渴望会那样迅速地戕害心灵的了。

当你身羁囹圄的时候,你甚至对牢房四壁霉菌的生活都会发生兴趣;因此,我从窗口那么密切注意着这一幕小小的悲剧和一个人对小猫的嫉妒心理是可以理解的,我那么焦急地等待着结局的心情,也是可以理解的了。结局来了。

有一天,天气晴朗,阳光灿然,犯人们纷纷从牢房里出来到院子里放风,扎祖勃林纳看见院子角落里有一桶绿漆,是油漆监狱屋顶的油漆匠留下来的。他走到漆桶跟前,想了一想,便用一个手指蘸了点漆,把自己的口髭漆成绿色的。他那张红脸配上这两撇绿口髭,引起了哄堂大笑。一个少年看了扎祖勃林纳的做法也要如法炮制,也动手来染自己的上唇,但是扎祖勃林纳把手往桶里一蘸,麻利地给他抹了一脸。那少年鼻子里呼哧地呼哧地喷着气,一面直是摇头,扎祖勃林纳围绕着他手舞足蹈,看的人都哈哈大笑,给这个滑稽的家伙叫好。

恰恰在这一刻,小黄猫在院子里出现了。它姿态优雅地举起爪子,不慌不忙地在院子里走着,摇着往上竖起的尾巴,显然丝毫不怕被人群睬着,人们正围着扎祖勃林纳和被他抹了一脸漆的少年(那少年拼命在用手掌擦去脸上的油漆和铜绿的黏性混合物)狂喊乱叫。

"弟兄们!"有人提高嗓门说,"米什卡[①]来了!"

"啊!小滑头米什卡!"

"黄毛!小咪咪!"

小猫被抓住了,从这个人的手里传到那个人的手里,受大伙抚爱着。

"瞧,它可吃足啦!肚子鼓鼓的!"

"它长得可真快啊!"

"它还抓人呢,小鬼头!"

"放了它,让它自己来跳……"

"来,往我的脊背上跳……你来跳吧,米什卡!"

扎祖勃林纳周围空无一人。他一个人站在那里,用手指擦掉口髭上的漆,一面瞧着小猫在犯人们的肩膀上和背上跳跃。大伙都觉得这非常好玩,笑声不绝。

---

① 小猫的名字。

"弟兄们！咱们来把小猫漆一漆吧！"响起了扎祖勃林纳的声音。这声音听上去,好像扎祖勃林纳既在提出这种解闷的建议,又在征求大家的同意。

这群犯人喧哗起来。

"这样它会死的!"有人说。

"被漆弄死？瞎说!"

"来吧,扎祖勃林纳！快来漆吧!"

一个阔肩膀、有着火红的大胡子的小伙子兴奋地喊道：

"魔鬼,真亏你想出这样的花招!"

扎祖勃林纳已经把小猫拿在手里,向着油漆桶走去。

瞧—呀—瞧,弟兄们,这下子……

扎祖勃林纳唱道：

黄猫漆成
绿猫：
咱们大伙来跳舞庆贺吧！

响起了一阵哄然大笑。犯人们笑得捂着肚子,向四下闪开,——我可以看到扎祖勃林纳抓着小猫的尾巴,把它浸到桶里,边跳边唱着：

且住,别再咪咪叫叫,
别让教父心烦恼！

笑声更响了。有人声音尖细地说：

"啊—啊—啊！啊,这个歪肚子犹大！"

"啊,我的爹呀!"另外一个人呻吟着说。

大伙笑得上气不接下气,快憋死了。笑使这伙人前仰后合,东倒西歪;笑声响如雷鸣,震撼着空气;它是强有力的,无忧无虑,愈来愈甚,几乎达到歇斯底里的程度。女牢的窗口也有一张张包白头巾的笑脸朝院子里看。看监狱的人背靠着墙,大肚子挺着,他双手捧着肚子,连珠炮似的发出浑厚、低沉,使自己窒息的大笑。

人们笑得在漆桶四周乱转。扎祖勃林纳蹲着身子跳着,两只脚跳出各种奇奇怪怪的花样,一面唱着:

啊,日子过得真快活!
从前有个灰猫,
生个儿子是黄毛,
如今黄毛变绿毛!

"得啦,你这个该死的!"火红的大胡子呻吟着大叫道。

可是扎祖勃林纳正在兴头上。他周围鸣响着穿灰号衣人们的疯狂的笑声;他知道,使大伙笑成这样的正是他。这种意识在他的每一个动作里,在他逗人发笑的、表情变化多端的面部的每一个怪模样里,都明显地流露出来;他的全身也由于得意的喜悦而抽动着。他抓着小猫的头,抹掉它身上多余的油漆;他像一个意识到自己征服了观众的演员那样如痴如醉,不觉疲乏,边舞边唱着:

亲弟兄们,
你们去看看教堂的日历,
得给猫咪取个名字,
我们叫它什么好呢?

在这群欣喜欲狂的犯人周围的一切都在欢笑,——铁窗的玻璃上的阳光在笑,监狱院子上空的蓝天在微笑,连它那肮脏古旧的墙壁,也像那些尽管暗自心花怒放、却不得不压抑下心头喜悦的人们那样微笑着。周围的一切都重生了,它们甩掉了身上那令人沮丧的单调的灰暗色调,生意盎然,充满了这涤荡一切的笑声。这笑声像太阳,甚至使污浊也显得不那么难看。

扎祖勃林纳把绿猫放在草上。小草一簇簇的从石缝里长出来,给监狱的院子增添一点色彩。扎祖勃林纳兴奋得喘不过气来,浑身大汗,仍旧在表演他的舞蹈。

但是笑声已经停息。笑得太多了,它使人精疲力尽。有人还歇斯底里地尖叫着,有几个人还在哈哈大笑,不过已经有了间歇……最后有一刻大伙都沉默了,除了在哼着一支舞曲的扎祖勃林纳和那低声哀叫着的小猫。它在草上爬着,颜色和草的颜色几乎一样。油漆一定糊住了它的眼睛,使它行动也不方便。它,大脑袋,身上溜滑,莫名其妙地用颤抖的爪子走走停停,好像身子粘在草上似的,老是咪咪地叫个不停……

> 受过洗礼的民众,快来瞧!
> 绿猫(以前的黄猫米什卡)
> 在寻找,
> 可是找不到一个安身的地方!

扎祖勃林纳在一旁给小猫的行动做注释。

"你这个狗东西,真有你的,可真会动脑筋!"那个红胡子的大个子年轻人说。观众用感到厌腻的目光看着自己的演员。

"它叫得多厉害啊!"一个少年犯人说,他朝小猫点点头,又朝同伴们看了一眼。他们注视着小猫,都不作声。

"怎么,它这一辈子都要是绿的了吗?"那少年问。

"你以为它还有多久好活啊?"蹲在米什卡旁边的一个高个子、花白头发的犯人说,"一会儿它在太阳底下晒干了,身上的毛都粘在一块,它就要死了……"

可是小猫令人心碎地叫着,在犯人们的情绪上引起了反应。

"要死掉?"少年问,"要是给它冲洗干净呢?"

没有人回答他。这一小团绿色的东西在这些粗鲁的人们脚下绕来绕去,那副无可奈何的样子真叫人可怜。

"咳!累得我满身大汗!"扎祖勃林纳高叫一声便猛的扑在地上。谁也不去理睬他。

少年走到小猫跟前,把它抱在手里,可是立刻又把它放在草上,说:

"浑身发烫……"

后来他打量了一下同伴们,抱怨地说:

"你看米什卡!这一来,我们可没有米什卡了!何必要把这个畜生弄死呢?这算什么……"

"哦,也许能好。"红胡子说。

这个难看的绿色的东西老在草上爬着,二十双眼睛盯着它,可是已经没有一张脸上带有一丝笑意。大家都绷着脸不作声,大家都变得像这个小猫一样地可怜;好像它向他们诉说了自己的苦难,而他们也感到了它的痛苦。

"能好!"少年提高嗓门冷笑了一声,"这算什么……本来好好的米什卡……大伙都喜欢它……干吗要折磨它呢?还不如把它弄死了好……"

"这都是谁干的?"红胡子犯人恶狠狠地喊道,"就是他这个魔鬼,都是他出的鬼点子!"

"得啦,"扎祖勃林纳和解地说,"恐怕是大伙一块儿决定的吧!"

说着,他好像怕冷似的把身子缩起来。

"大伙一块儿!"少年模仿着他。"还说呢!就怪你一个人……就是!"

"你这个小牛犊,不要哞哞地叫。"扎祖勃林纳心平气和地相劝说。

花白头发的老头把小猫抱在手里,仔仔细细地把它研究了一番,出了个主意:

"要是给它在汽油里洗个澡,能把油漆洗掉!"

"依我看,不如拎起它的尾巴把它扔过墙去。"扎祖勃林纳说了又笑着补充说:"最简单不过了!"

"什——么!"红胡子怒吼了,"要是我也这样对付你呢?你愿意吗?"

"魔鬼!"少年突然大叫一声,从老头手里一把夺过小猫,冲到什么地方去了。老头和还有几个人跟着他。

这时,扎祖勃林纳就孤单单地留在一圈对他怒目而视的人们当中。他们似乎等待着他下一步干什么。

"弟兄们,这又不是我一个人干的!"扎祖勃林纳叫屈说。

"住嘴!"红胡子环顾着院子,大喝一声,"不是一个人!那还有谁?"

"不是大伙都有份吗!"这个逗笑的人响亮地脱口而出。

"哼,狗东西!"

红胡子对着他的牙齿使劲一拳。演员往后闪开,可是后面又有人在他的后脑勺上给了一记。

"弟兄们!……"他苦苦哀求说。

可是他的弟兄们看见,在离他们远远的地方有两个看监狱的人,于是他们就把他们的宠儿紧紧地围起来,几拳把他打倒在地。从远处看这些挤做一团的人,可能以为这伙人是在起劲地聊天。扎祖勃林纳被他们包围着、遮挡着,就躺在他们脚下。不时发出一阵低沉的声音:这是他们在用脚踩踏扎祖勃林纳的肋骨;他们平心静气地、不慌不忙地踩着,等这个像蛇那样蜷曲起来的人露出一个特别便于下脚的地方再来踩上几脚。

这种情形继续了大约有三分钟。忽然传来了看监狱人的声音:

"喂,你们这些鬼东西!别胡来,别打死了!"

犯人们没有立即停止拷打。他们一个一个的从扎祖勃林纳身边走开,每人临走的时候都踩他一脚来和他告别。

等他们都散了,他仍旧躺在地上。他脸朝下趴着,肩膀在哆嗦——大概是在哭——他不住地咳嗽和吐痰。后来他小心地、像是怕浑身骨头会散架似的,先用左手撑着地面,慢慢地爬起来,后来一条腿一弯,像有病的狗似的哀叫了一声,坐在地上。

"装死!"红胡子威胁地大喝一声。扎祖勃林纳猛的用力一撑,连忙站了起来。

后来,他摇摇晃晃地朝着牢狱的一堵墙走去。他一只手按在胸口,另一只手伸向前面。现在他用那只手扶着墙站下来,头俯向地面。他咳嗽着……

我看见,有一滴滴的黑点滴在地上;可以清楚地看到,这些黑点在牢狱的灰墙上闪了一下。

为了不让自己的血迹弄脏公家的建筑物,扎祖勃林纳想尽方法让血滴在地上,不要有一点滴到墙上。

大家都在笑他……

从那时起小猫不见了。而扎祖勃林纳也不再跟任何人分享犯人们的关注了。

磊 然 译

克里米亚速写*

一　乌　米

……每当早晨醒来,我便打开房间的窗户,倾听着从山上透过果园中茂密的绿荫向我传来的心事重重的歌声。无论我醒得多早,这歌声都已经回荡在充满着盛开的桃花和无花果的香甜气息的晨空里了。

清风从阿伊-佩特里山巍峨的峰顶簌簌吹来,微微地拂动着我窗前浓密的树叶,树叶的簌簌声给歌声增添了许多令人心旷神怡的美感。歌曲本身并不优美,而且有些单调,整个曲调很不和谐。在看来本应停顿的地方,听到的却是悲伤而激动的呼号,随后这一惊心动魄的喊叫又同样出人意料地变作了柔肠百转的怨诉。这歌是一个苍老而颤抖的嗓音唱出来的,日复一日,从早到晚,什么时候都能听到这支像山溪一般流下来的唱不尽的歌子。

村民们对我说,这心事重重的歌声他们已经听了七个年头。我问他们:

"这是谁在唱?"他们告诉我,这是一个叫乌米的疯老婆子唱的。六年前她的丈夫和两个孩子出海捕鱼,至今没有回来。

---

*　本篇最初发表于一八九七年六月一日《尼日戈罗德报》。译自《高尔基三十卷集》第三卷。

从那时起乌米便每天坐在自家土房的门槛上,望着大海歌唱,等待着自己的亲人。一次,我去看她。我沿着蜿蜒的小道,经过几个伫立在山坡上的土屋,穿过一个个果园和葡萄园,爬上了高山。在山石背后翠绿的树丛中,我看到了乌米老太婆的那所半坍塌的土屋。在从亚伊拉山顶滚下的巨石中间,长着几株法国梧桐、无花果树和桃树。溪水潺潺地流着,在它流过的地方形成许多小小的瀑布,土屋顶上长着青草,墙上爬着曲曲弯弯的藤蔓,屋门正对着大海。

乌米坐在门旁的石头上,她的身材匀称颀长,白发苍苍。她那布满细小皱纹的脸,已被太阳晒成了棕褐色。层层叠叠的石堆,年久失修的半塌的土屋,在炎热的蓝天衬托下的阿伊-佩特里山的灰色峰顶,以及在太阳照耀下寒光熠熠的大海,所有这一切在老人周围形成了一种肃穆静谧的气氛。在乌米脚下的山坡上,有一些零零落落的村舍。透过果园的绿树丛看去,它们那五颜六色的屋顶,酷似一个被打翻了的颜料箱。从山下不时传来马具的叮当声,还有潮水拍击海岸的沙沙声。偶尔还可以听到聚集在集市上咖啡馆附近的人们的喧嚷声。在这儿的山顶上是一片宁静,只有淙淙的溪水,伴随着还在六年前已经开始了的乌米的幽思漫漫的歌声。

乌米一面唱,一面用笑脸迎着我。她的脸在微笑时皱得越发厉害了。她的眼睛年轻而明亮,眼里燃烧着专心致志的期待之火。她温存地打量了我一眼,重又凝视着一片荒漠似的大海。

我走近前去,在她身旁坐下,听着她歌唱。歌子是那样奇特:满怀信心的曲调不时为忧思所代替,其中含有焦灼不安和疲倦的调子,它时而中断,寂然无声,时而又响起来,充满了喜悦和希望……

但是不论这歌曲表现什么样的情绪,乌米老太太的脸上却只有一种表情,那是一种坚信不疑的期待,一种满怀信心的、安详而喜悦的期待。

我问她:

"你的丈夫叫什么名字?"

她粲然一笑,回答说:

"阿布德拉伊姆……大儿子叫阿赫乔姆,还有一个叫尤努斯……他们很快就会回来的。他们正在路上。我马上就会看到船了。你也会看见的!"

她说"你也会看见的"这句话时,似乎深信,见到他们父子对我说来也将是莫大的幸福,似乎当她丈夫的渔船出现在海天之际,出现在她那被南方的烈日晒干了的、木乃伊般的棕色手指所指的那一道深蓝色的细线上时,我会感到莫大的快乐。

随后她又唱起了那支期待和希望之歌。我看着她,一面听,一面想:"就这样怀着希望该有多好啊!心里充满了对未来的巨大欢乐的期待,这样活着该有多好啊!"

乌米一直在唱着,她微微地摇晃着身躯,目不转睛地凝视着在日光下闪烁着耀眼光辉的茫茫大海。

她完全沉湎在一种思念里,不理会任何别的东西了,坐在她身旁的我对她说来已不复存在。我对她这种全神贯注的神态满怀敬意,我觉得,她这种只怀着一种希望的生活很值得羡慕,我沉默着,情愿让她把我忘却。这一天海上风平浪静,它像一面明镜,映射出明亮的天色,但并未使我产生什么希望。随后我便满怀着惆怅悄然离去。身后传来了歌声和溪水响亮的淙淙声,海鸥在海上翱翔,一大群海豚在离岸不远的地方尽情嬉戏,远方是苍茫的大海。

年迈的乌米永远等不到什么了,但她将怀着希望活着和死去……

二 小姑娘

一天中午,我正呼吸着海上对人有益的空气,看到在公园的小径上散步的病人中间有一个小姑娘,她那双充满了一种奇特的忧伤的大眼睛,好像默默地探询着什么,这使我感到非常惊讶。

很难判断她的年纪,她那对深色的带有疑问神色的眼睛像老人一样严肃,眼神也像一个饱经忧患和思虑重重的人。但从她那瘦骨嶙峋的身材和小脸蛋看来,最多不过十岁。

玫瑰色的上衣披在她那瘦削的肩膀上,就像挂在衣架上一样。她的脖子和面颊由于久病而变得蜡黄,在鲜艳的衣服衬托下,显得更加憔悴。小姑娘的背有些驼,走起路来一瘸一拐的,很明显,她的两腿是弯曲的。可是这个病孩子的那双美丽而哀伤的眼睛却有一种说不出的魅力,吸引着人们对她的注意,使她那疾病造成的肢体上的缺陷不甚显眼了。这个小姑娘具有一种充满崇高精神的殉道者的美。

显然,从出生的那天起,她那羸弱的体质就受到病魔的摧残,而这种使她不胜负担的病痛不久即将由死亡来解脱。不祥的干咳在折磨着她,当她从我身边走过时,我听到了她那急促的呼吸,不过这也许只是我的感觉。在公园里繁茂的树荫下,在南方的明亮的阳光里,她使人产生一种奇特而痛苦的心情:我可怜她并且有些觉得对不起她,她所以这样不幸,仿佛也有我的一份间接的过失。有时,她沿着公园的小径慢慢地走着,用那美妙的双眼望着前方。她的四周百花吐艳,春意盎然,鸟雀竞鸣,柏树向空中散发出芳香,汪汪的溪水潺潺流过公园碧绿的草坪;大海和蓝天互相依恋,海浪发出温和的絮语,仿佛在讲述故事。小姑娘好像看不到这满园春色,也听不到大自然复苏的乐声,她向一棵古老的雪松走去,走到它刚健的枝叶浓荫下,在一条长凳上坐下。陪伴她的总是一个高个子的人,他衣着讲究,面孔呆板,右手食指上戴着一枚很大的宝石戒指,老是拿着一根粗粗的手杖。

每当小姑娘在长凳上坐下来的时候,他便问她:

"累了吗?"

他说话的声音很响,小姑娘经他这样一问总是哆嗦着,点点头表示回答。她通常坐得很久,一个小时或更多些,但我从未见她同这个陪伴她的人讲过话。她的眼睛总是望着前方,无声地询问着,问谁呢?问什么呢?她的对面是一个池塘,池中水面上露出一块难看的金字塔形的石头。石头的顶端有一股向上喷得很高的泉水,泉水发出响亮的哗哗声落到池中。在这股泉水倒挂下来化作串串水珠,像瀑布一般纷纷落下的地方,被阳光染上了霓虹般的色彩,就像五彩缤纷的宝石雨,真是美极了。但是小姑娘从来不看一眼太阳的这种游戏,她的目光总是越过眼前的一切眺望着远方,仿佛是透过种种景物看到了什么似的。

对这个生病的小姑娘周围沸腾的生活所作的这一番观察,使人产生一种近似恐怖的神秘感。

"为什么她这样痛苦?她生下来过着这样的生活,这是为了什么,又是什么人需要她这样活着呢?"

我看到她就会产生这样的问题,就会为这种谁也不需要的残酷感到不寒而栗,从而觉得它更加残酷了。

……有一次,陪伴她的人(不知是她的家庭教师,还是她的父亲?)走开了,把她一个人留在雪松下的长凳上,这时,我在她身旁坐了下来。她看了我一眼,凄然一笑。这笑使我的心难过得收缩起来。我想跟她谈谈,但不知道说什么才好,只得默不作声,她的目光使我发窘,我对她产生了一种比尊敬更甚的感情。

我们周围的生活充满了一片欢腾和洪亮的喧闹声。我们头上的鸟儿,脚边的蚂蚁,全都在匆忙地生活着、飞翔着、歌唱着、忙碌着。我一面瞧着这位小姑娘,一面想:"她同她身后的那棵雪松之间,同那只被她不经意地扔下的花瓣盖住的蚂蚁之间,形成了多么鲜明的对照。倘若这种对照并没有使她深感屈辱,那该多好啊!"

她首先同我攀谈起来。

"您也不舒服吗?"她一面微笑,一面用微弱的声音说道。

"有一点。"我回答。

"您在这儿觉得愉快吗?"

"愉快……您呢?"

"我不喜欢,阳光太刺眼了……太吵闹了……"

"难道您不喜欢这种喧闹吗?多美呀……听!夜莺和云雀的歌

唱,海浪和溪流的声音,还有树叶的簌簌细语……"

"太多了……也太响了。要是能安静些……"

"是的,还是安静一点的好……"

她肯定地点了点头说:

"在彼得堡真叫人讨厌!在我们乡下多安静啊,安静极了!尤其是夜里。我非常喜欢在夜间躺着,听着。好久好久地听着……好久好久地,可什么也听不到……仿佛大地上什么也没有似的……连大地也不存在……以后突然听到什么响声,就会打个寒噤……这多好啊……"

她咳嗽起来了。

"您说多了不合适……"

"是的。"她简短地应了一声。沉默片刻以后,她又低声地,几乎是耳语般地说道:"什么对我都不合适……"

我站起来离开了她,生怕在她面前流露出激荡着我整个身心的悲痛。

从那时起,我们每次见面都打招呼——她总是向我点头微笑,她的微笑一天比一天缺乏生气。

一天,我来到公园找她,只见一位神色淡漠的先生向我迎面走来,手里抱着一个小姑娘。

当他走近我身旁时,我突然感到十分不安,便轻声问他:

"睡着了?"

他忧心忡忡地看了看我,用喑哑的声音回答:

"她死了……"

陆桂荣　译

戈尔特瓦的集市*

戈尔特瓦镇①位于一个高地上。高地伸入草地,好像一个岬角伸入大海一样。它地势平坦,三面被普晓尔河的变幻莫测的水流围绕着,北方、西方和东方呈现出开阔的地平线。在高地的南部,戈尔特瓦的白色农舍簇拥在一起,淹没在一片翠绿的杨树、李树和樱桃丛里,景色如画。农舍后面,一座普普通通的、也是白色的木结构教堂的五个圆顶高耸入云。顶上金色的十字架反射出一束一束的阳光,在灿烂的阳光中它们原来的形状已经不复可辨,倒像烈焰熊熊的火炬。

往东是一片平坦的耕地——一方方黄色和深色的庄稼,五色斑斓,一直延伸到天边;在这些方块中间到处都是郁郁葱葱的村边园地,白色的农舍隐藏在花园里,道路像蛇一样在庄稼中间蜿蜒,远处牧场上的牲口仿佛是玩具。这个高地的西边是一座陡峭的悬崖,俯视着水流湍急的普晓尔河;河水在太阳底下闪着银光,两岸都是柳树和黑杨;普晓尔河对岸也是田野,一直延伸到天际,田野上也是一块块碧绿的草地,一行行成熟的庄稼和点点白色的农庄。不管你往哪儿瞧,到处都是围着杨树和柳树的农庄……富饶的乌克兰土地上人烟稠密!

巨大的空间密密地停满了大车,人声嘈杂,空气炎热,尘土飞扬。

---

* 本篇最初发表于一八九七年七月二十日和八月三日《尼日戈罗德报》。译自《高尔基三十卷集》第三卷。

① 位于乌克兰波尔塔瓦省。

到处都有乌克兰庄稼汉在走来走去,在争论,在哄笑,到处都听得到乌克兰妇女活泼的、像爆豆子似的谈话声。十个霍霍尔一分钟里说的话相当于三个犹太人在同一时间内说的话,而三个犹太人在同一分钟内说的话却不会超过一个吉卜赛人。如果打个比方,那么霍霍尔应当比作大炮,犹太人比作速射枪,而吉卜赛人则是速射榴弹炮。吉卜赛人的黑脸、黑头发和雪白的凶猛的牙齿不住地在人丛中闪现着;他们的富有特色的、喉音很重的谈话声就像连珠炮似的,简直听不清他们在讲些什么。他们的灵活的动作和手势是优美的,但是却使人担心;眼白淡蓝的深色眼睛非常灵活,透露出狡谲和厚颜无耻的神色。他们狡猾、灵活,像是寓言里温柔的狐狸,而当他们龇着牙的时候,却又像是饿狼。他们中间有四个人在围攻一个乌克兰庄稼汉,他们在说服他,你一言我一语,他们的说得头头是道的话语像冰雹一样落到他那简单的脑袋瓜上,已经把他弄糊涂了,弄得不知所措了。他站在他们中间,拼命搔着后脑勺,苦苦地思索着。他牵着一匹小马驹。一些马蝇在围攻它,就像吉卜赛人围攻它的主人那样猛烈起劲,在这一簇人周围,有一群人注视着这场交易的进行。

"等一等!……"霍霍尔说。

"我不想等!"一个吉卜赛人叫起来。"我等什么:难道我等着是为了赚几文钱吗?我就像对着上帝那样坦白地对你讲吧:我的马是没得说的,就连波尔塔瓦的省长都愿意骑着它随便到哪里去,哪怕到彼得堡也行!你瞧——我的马多棒!你的马算什么马!它只有一点像我的马,那就是它也有四条腿和一条尾巴!可是它那条尾巴又是什么样的尾巴啊?真寒碜,老兄,真寒碜,算什么尾巴呀……"

那吉卜赛人使劲拉着马尾巴,用手在它身上到处摸,用眼睛打量它,一面说个没完。他的伙伴带着不屑一顾的神气劝他说:

"唉,算了吧!你愿意赔本换吗?真傻!……算了吧……"

"赔本?赔本我也换!我的马和钱我还做不了主吗?我喜欢这个人,我愿意为这个人做点好事!老兄!向主祷告吧!……"

霍霍尔脱下帽子,于是他们俩就对着教堂恭恭敬敬地画起十字来。

"啊,愿主赐福给我们!"吉卜赛人大声说,"把我的马牵去吧,要记住我的好心……把它牵去吧,只要贴给我五个卢布就行……再没有别的了!……说妥了!……伸出手来吧……"

霍霍尔使出全力用手掌拍了一下吉卜赛人的手掌,说道:

"我出两个卢布!"

"唉!四个半卢布吧!"

"两个卢布!"

吉卜赛人用足力气地拍了一下霍霍尔的手,拍得霍霍尔把手在空中甩了甩,再仔细地瞧瞧自己的手掌,似乎想证实它是不是还完好无损?

"四个卢布,一文也不能少!"

"两个卢布!"霍霍尔坚持他的数目。

"好吧!"吉卜赛人精疲力尽地说,"现在到您老婆那里去吧,告诉她您是一个多么傻的傻瓜……"

"两个卢布!"霍霍尔说。

"还是这样——那么向上帝祷告吧!"

他们又一次祷告,又一次互相击掌。

"好,祝您幸运,牵去吧,我愿意吃亏:我不愿意多拿您一文钱,我的好人,如果您口袋里没有钱的话……那就给三个半卢布吧?"

"不。"霍霍尔摇着头,一面打量着吉卜赛人的那匹没精打采的、身上的毛蓬起的马。

"三个卢布二十五戈比怎么样?"

"不……"

"但愿您向您老婆要菜汤的时候,她也对您说一百个'不'!给三个卢布吧?连这也不愿给?那就照您的价钱换吧……唉,我钱也拿不到,好马也没了!"

297

两匹马偷偷地易了主,霍霍尔牵着那匹换来的棕黄的大母马走了。母马冷漠地迈着软弱无力的腿。它的脸是忧郁的,它那对无神的眼睛沮丧地望着人群。

不多一会儿霍霍尔又回来了。他走得很急,马几乎跟不上他;他的神色窘迫而慌张。这几个吉卜赛人神色自若地望着他,用他们的怪腔怪调的语言交谈着什么事情。

"这件事是犯法的。"霍霍尔走到他们跟前,摇着头说。

"什么事啊?"吉卜赛人中间有一个探问道。

"就是这……你们怎么把我……"

"我们把你怎么啦?……"

"等一等!……怎么……"

"到底怎么?"

"等一等啊!"

"等什么?等母马下小驹?可你,老兄,还没有跟它结婚哩!"

人群里发出一片哄笑声。可怜的霍霍尔向他们申诉起来:

"好心的人们,请替我主持公道吧!他们把一匹没有牙的马换了我的一匹有牙的马!"

人们不喜欢笨人,正像他们不喜欢弱者一样。他们都站到吉卜赛人那一边去了……

"那你的眼睛到哪儿去了?"一个白发老头问霍霍尔道。

"谁叫你跟吉卜赛人打交道!"另外一个用教训的口吻说。

受骗的霍霍尔说,他看过马的牙齿,但是没有注意上面的牙,可是上牙却有三个是断了的。大概,马儿被人狠狠打过,打断了它的三个牙齿。这样的马有什么用?它不能吃,——瞧,它的肚子多么鼓。人群里有两三个人开始替霍霍尔说话了。开始吵嚷起来,嗓门最大的是那个吉卜赛人,他毫不感到疲倦……

"唉,我的好人!你干吗这样吵翻了天?难道你不知道该怎么买马吗?买马,就像挑选老婆一样,是一件大事啊……听着,我给你讲一个有名的故事……从前有兄弟三个,两个很聪明,老三是个傻子,就像你,难道我……"

吉卜赛人的伙伴也拼命地嚷,替他辩护;霍霍尔们懒洋洋地还骂着;人群愈来愈密,愈来愈拥挤了……

"现在我该怎么办呢,好心的人们?"那个受冤屈的人痛苦地问道。

"去找警察吧!"人们向他喊道。

"我是要去!"他下决心说。

"别忙,我的好人!"那个吉卜赛人拦住他。"你要毁了我吗?请吧!给我三个卢布,我把你的马还给你!干不干?那就给两个卢布吧!干不干?好,你去控告吧……"

霍霍尔并不特别愿意到警察那里去"打官司",所以他沉吟起来。四面八方都有人给他出主意,但他好像成了又聋又哑,自己在盘算着。他终于打定了主意……

"唔,你瞧,"他沮丧地对吉卜赛人说,"让上帝去审判你吧……把我的马还给我,至于贴给你的两卢布,就算是你的了……你这个坏透了的家伙,你简直是在抢!"

吉卜赛人敲了他的竹杠,却摆出一副对他大发慈悲的模样。

"这些人真机灵!"庄稼汉们散开的时候,称赞吉卜赛人说。

"莫斯科来的煤焦油,工厂出品,机器也能用,质地优良,又香又黏!六戈比一夸脱①,十五戈比一俄石②!"一个坐在大车上的切尔尼戈夫③人叫喊着。大车、油桶和商人本人——这一切都被煤焦油弄得乌黑油腻,好像是连在一起的一大块东西在移动,向周围散发出特殊的香味。

"喂,大概五戈比一夸脱你也卖吧?"一个头戴草帽、穿着肥大异常

---

① 合一升多。
② 约合三升。
③ 今乌克兰共和国切尔尼戈夫省的省会。

的裤子的乌克兰庄稼汉问这个煤焦油商人。

"不！五戈比不行,我向老板起过誓要卖六戈比……"

"啊,就算五戈比吧！"

"绝对不行！"

"唉,怎么也不行吗？"

"你听着,老兄,我照五戈比一夸脱卖给你,只是你对谁也别讲……你不说吗？"

"好,我不说……"

"那么你拿桶来吧。"

"干吗用？"

"装煤焦油啊！"

"我才不要您的煤焦油呢,我已经买到了……也是六戈比一夸脱,也是在您这里买的……我问您,只是想知道您现在卖煤焦油价钱是不是便宜些。"

卖煤焦油的一声不响地扭转了身,赶着马在大车中间走过去,一面叫卖着自己的货物……那个乌克兰庄稼汉目送着他,一面对另外一个伸开四肢躺在大车上的人说：

"要是我早上不买一夸脱煤焦油,那我的钱袋里就可以多出一个戈比了……"

"唉……真热啊！"

"就像在地狱里一样……"

"难道你爹从地狱里写信告诉过你,说那边是这么热吗？"大车上的人问道。

困人的炎热越来越厉害。煤焦油、粪便、汗水的气味和薄薄的一层刺鼻的灰尘一起弥漫在空中。大车旁边,到处都有阉牛站着,躺着,不知疲倦地嚼着干草,用善良的大眼睛望着地面。似乎,它们在思考：它们的脸显得非常懂事,眼睛里闪露出平静的、习惯的忧伤神情。母牛和牛犊哞哞叫着，绵羊咩咩地叫喊着，顾客试镰刀时发出铿锵的声音。来卖牲口或是羊毛的乌克兰庄稼汉躺在大车底下躲太阳，等着顾客。买主们在大车中间走来走去，审视着牲口，跨越着货主们横七竖八地伸开在地上的腿。每一个买主手里都拿着一根鞭子，在走近阉牛时总要用鞭子抽一下温驯的牲口的肋部。阉牛如果是躺着的，就慢腾腾地站起来，如果是站着的，就被打得移动着沉重的身子。

"这一对要多少钱？"一个顾客对着空车问道。

从大车底下响着不慌不忙地回答：

"九十个卢布……"

"那么贵！"顾客说了就走开，或者是问道：

"老兄，您为什么不要个整数一百呢？"

"它也不值那么多，——所以不能再多要。要是您的心肠这么好，那就给一百吧，我会收下的……"

"谢谢您……可您到底要多少？"

"这样吧，为了免得多费口舌，我要您……九十卢布吧……"

讨价还价开始了。乌克兰庄稼汉们并不操之过急，——这完全不是他们的性格，——卖主一直要到他确信买主是认真想买以后才从大车底下爬出来。他们稍微争了一阵，就互相击掌，祷告了十多次，买主走开又回来。一切都进行得慢条斯理，但都很认真，经过思考。这时，听不到大俄罗斯人那种使人胸口憋气、目瞪口呆的粗野的谩骂，代替它的是词汇丰富、一语破的的幽默。也听不到大俄罗斯人的不客气的称呼"你"。比如，一个没有胡髭的年轻人向一个白发苍苍的老头买一对小牛，跟老头讲价钱，老头就会申斥他的买主道：

"我觉得，您，年轻人，太早把妈妈的奶头换上了烟袋，因为我听不出您的话有什么道理……"

"怎么的，老大爷！小牛确实不好看，长着这样的角……"

"难道您是用角耕地吗？那您不如去买两只羊：羊角最好看……"

以色列的子民像泥鳅一样在大车中间转来转去。他们什么都问，什么都摸，什么都买。乌克兰庄稼汉对他们称"你"，睁大眼睛盯着他们。地主老爷傲视乌克兰庄稼汉；在霍霍尔同地主老爷的谈话中，透过表面的敬意，不时流露出蔑视的腔调。显然，地主早已被确定为"蜂群里无用的瓢虫"了。

拴在一辆大车旁边的一头牛，突然摇晃了一下，倒在地上抽搐起来。卖牛的乌克兰女人跳下大车，像在旋风里一样围着得病的牲口打转。可怜的女人的脸上露出接近于恐惧的吃惊的表情，她一下子就失去了卖掉牲口的希望。

"噢，主啊！噢，善心的人！救救吧——这是怎么的？这是怎么的？噢，圣母啊！"

人群一下子增加了，大家热烈地讨论起这件不幸的事情来。他们作出种种推测：这头牛为什么得病，怎样医治它最有效？这时闪出了一个年迈的老头，全身像长了霉似的披着破布片，他开始数说着牛的不好，一面低声祷告。人们都脱下帽子，默默地等待着祷告的效果，偶尔画着十字。可是牛仍旧在地上抽搐着，它挣扎着试图站起来，又重重地倒下。它困难地喘着粗气，温顺的眼睛里流露出无限的痛苦。后来，它的主人脱下头上的帽子，用帽子来按摩牲口的脊背，他还用帽子围着牛角绕了三圈，又围着牛颈和牛尾绕了三圈。但这也无济于事。有人拿来一瓶煤焦油，往牲口的喉咙里灌，后来又给它吃松节油，最后，来了一位马医，一个阴沉的庄稼汉，腰间带着各式各样的器械。他煞有其事地审视了一下母牛，用一根生锈的钉子戳进牛颈上的静脉。浓稠的黑血一缕缕涌出来。人群里出现了一个好教训人的人。他望了望母牛和它的悲痛万分的男主人，说道：

"瞧，老兄，这是上帝给您的惩罚……我觉得您是想隐瞒您的牛是怎样的牛……可是主把您的用心揭穿了……就是这样！"

霍霍尔望了望他，忧郁地摇摇头。

"上帝知道我的用心的……"他叹了口气。

在这出戏旁边又演出了另外一出戏。一个乌克兰女人像一架破风车转动着叶子板似的挥舞着双手,责骂她的汉子。他坐在地上,双手撑着地,傻笑着。他的鼻子通红、发亮,帽子推在后脑勺上,衬衫的领口敞开,太阳直射着他的胸膛和脸庞。

"你这个叫花子!难道你不害臊吗?唉,强盗胚!我要拿鞭子来抽你几下……"

"奥莲—娜!安静一点!"男人拖长声音说,一面对老婆眨眨眼。"听着……我也替你买了半夸脱酒。"

"噢—噢!"女人哼哼唧唧地说,"不要脸的东西!"

她向男人弯下腰去,费了好大劲才把他从地上扶起来,然后设法把这个烂醉如泥的身子塞到大车底下。男人的脑袋撞到车轮上,他警告老婆道:

"我裤袋里有瓶酒……别碰碎了……啊?"

不多一会儿他们俩就亲亲热热地一同喝完那半夸脱酒,那位好心肠的、虽然很严厉的夫人已经用干草和衣服给自己的丈夫盖严实,使他可以随便往哪边倒都不至于把脑袋撞到车轮上。

一个年纪很轻的犹太人胸口挂着一个小箱子,一面走一面叫喊着:

"罗姆内的烟!老爷们抽的烟!味儿最冲的烟!谁抽这种烟,就能把老婆呛死。"

"要是能把老婆呛死,那可真是好烟!"一个叫索洛皮·切烈维克的人说。

在集市中心,长长的两排货棚夹成一条宽阔的街道,街上密密麻麻地挤满了人。在一个麻布棚下面有一个犹太人摆下了轮盘赌场。以年轻人为主的一群人团团地围着他,人群中不时发出一会儿是不高兴的、一会儿是兴奋的声音:

"红哪!黑哪!双数!"

旁边有一个脸色苍白、神情焦急的小伙子在劝说另外一个小伙子：

"奥尼西梅！借我一个卢布！我也许可以捞回我的钱……噢，我要是不参加这害人的玩意儿就好了……转啊，转啊，把你的口袋都掏空了……"

一个尖胡须雅罗斯拉夫人在卖梳子、刀子、书本子、肥皂……

"大家来啊！外国货！首都来的图书！香喷喷的肥皂！最好的香水！年轻人！让我来向您推荐一本令人愉快的读物好吗？要不要细看一下，非常吸引人的故事——伊凡·伊里奇先生之死，托尔斯泰伯爵的著作。还有一本逗乐的喜剧——《教育的果实》。非常含蓄地嘲笑了首都的老爷们和俄国的庄稼汉。只卖二十戈比！伯爵的著作——只卖二十戈比，再便宜谁也不肯卖的！还有，您要不要《银公爵》？讲的是伊凡雷帝的故事……因为这是本旧书，所以出三十五戈比我就肯卖了！诗人普希金的诗，每本五戈比和三戈比……语言优美，内容有趣……《勇敢的安德列，俄国故事》①……定价三戈比。《雅潘查，鞑靼骑兵，攻克喀山城的故事》②。这是关于养鸡的书——想不想得到这方面的知识？定价五戈比……来一把刮胡子的刀子吧！《圣徒传》……美人儿！买一面小镜子吧！有香皂……什么？伊凡·伊里奇十戈比？书上印着二十戈比。十戈比我只能卖这本《犹太人故事》……大婶！这样会把梳子弄断的……老兄！买剃刀吗？《阴间的生活，或死后我们灵魂的命运》……读读非常有益，定价半卢布！不想要吗？《家畜的疾病》，买一本看看吧！《素食菜谱》……我卖给你一块表吧：银的像金的一样，走得准极了，价钱便宜……老先生，要不要给女儿买块香皂？……亲爱的，不能再让了：伊凡·伊里奇——十八戈比……"

---

① 一种通俗读物。这里说的可能是 С.П.伊兹沃尔斯基编纂的《勇敢的战胜者安德列和在他的棺木中死去的美女谢莉玛》，在一八六八年出版于莫斯科。

② Ц.С.卡西罗夫的历史小说。

这个干瘦而精壮的雅罗斯拉夫人一秒钟都没有住过嘴,一下子可以招呼二十个顾客。他的响亮的声音把远处的人都吸引过来,在他的棚子旁边聚集起密密的人群。有些人在买东西,有些人望着卖主,听着他的又快又响亮的话。一个健壮的、蓄着口髭的霍霍尔瞪着鼓出的大眼睛久久望着雅罗斯拉夫人,突然哈哈大笑起来。

"先生,您笑什么?"他旁边有一个人问道。

"瞧他,这个莫斯卡尔①,让毒蛇爬到他这个鬼东西的喉咙里去吧……他就像一架脱粒机一样。一个普通人一个月说的话,也没有他一小时讲的多……"

在装着奥波什尼亚陶器的大车旁边,霍霍尔们在做交易。陶器上的画非常出色,但是做工有些粗糙。这里的人们都不慌不忙。一个热得懒洋洋的妇人撑着阳伞走过来,她拿起一只陶瓷缸——类似大俄罗斯人的陶瓷钵头那样的东西,仔细看了一下,问道:

"多少钱?"

"什么?"趴在大车底下的卖主问道。

"陶瓷缸多少钱?……"

"三十五戈比……"

"噢,我的妈!太贵了!"

"这还贵?"

"当然贵!你瞧,它不平,歪歪扭扭的……"

"您怎么啦,太太,您要用这个陶瓷缸来射击吗?要它平干吗?它又不是枪,是陶瓷缸。"

"话虽不错……不过它确实不光滑,又没有光泽……"

"只有镜子才平滑光亮,不过那是镜子,不是陶瓷缸……"

"它还有裂纹的声音……"

---

① 十月革命前乌克兰人和白俄罗斯人对俄罗斯人蔑视的称呼。

"啊？那就是说,它有个小洞眼。"

"还有小洞眼……"

"世界就是这么造成的,太太,它上面尽是洞眼……就是您,太太,围巾上也有个小窟窿……"

太太脸红起来,整理了一下胸前的围巾……

"太太,请您再瞧瞧,也许您能找到一个结实的陶瓷缸。"

太太打量着一个个陶瓷缸,卖主则一动也不动地躺在大车底下望着她……

"劳驾告诉我——这只好吗?"太太让他看她挑中的那只陶瓷缸。

"这一只吗?这是最好的了……"

他们开始讲价钱。这会持续很久,常常陷于停顿,那时妇人就挖空心思想出陶瓷缸的各种各样的新的缺点,卖主却在大车的阴影下享着清福。乌克兰妇女们更会做生意。她们出售一种粉红色的饮料、樱桃和石斑鱼。这种鱼整堆整堆地放在地上,因为这里的人非常爱吃,所以卖得很快。妇女们的响亮的声音简直刺耳。

"黑海的鱼,刻赤的鱼,腌过的,味道鲜美!"

"还有最好的鱼!"

傍晚来临了。太阳已经低低地挂在草地上空,乌云般滞留在集市上空的尘土在夕阳的照耀下好像变成了玫瑰色。人们把牲口朝普晓尔河赶去,响起了哞哞的牛叫声和严厉的吆喝声,有些地方还响起了歌声。从墓地那边传来快活的芦笛声。那边,在把长眠者围起来的土墙旁边,聚集起一群青年,他们根本不理会"先人的坟墓",准备在它们面前跳舞。墓地上的杨树缓缓地摇动着树梢,仿佛在抗议对安息地区的和平与宁静的破坏。

现在我已经长大,
我想找个男人出嫁……

戈尔特瓦的集市

　　两个醉汉边唱边走近墓地。他们用肩膀互相推撞着,像伤了腿的人那样摇摇晃晃,脚步不稳。两人的脸都是红喷喷的,露出怡然自得的神气,他们两个因为想唱得协调把嗓子都唱哑了。一个把帽子歪戴在一边耳朵上,另外一个把帽子拿在手中,用它来指挥,竟没有察觉,帽子里钻出了一些布片和麻屑,在空中飘荡着。从墓地那边迎着他们传来了热情地跳戈帕克舞①的细碎的跺脚声和奋激的芦笛声。

　　大车的影子愈来愈长。炎热减退了。从草地那边飘来新割下来的干草的香味。太阳落山了,轻飘飘的云片沉思地、一动不动地停留在空中,因为夕照的缘故还呈现出粉红色。嘈杂声逐渐静下去;被一天的忙碌和炎热弄得困惫不堪的人们正准备躺下去,有的露宿,有的睡在大车底下。牛嚼着干草,沉重地呼吸着;马打着响鼻。

　　现在各种音响已经互不相连,清晰可闻,它们并不汇合成在白天使人震耳欲聋,昏昏如醉的那种嘈杂声。听,响起了庄严的音乐。在一个拉簧风琴的盲者身边,站着一群人,他们光着头,默默地、虔诚地听着音乐。

　　"上帝啊,我们赞美和感谢我们的创世主。"盲者用洪亮的乐器伴奏着唱道。沉厚的、安慰人的曲调在空中,在汗流满面、尘土遍身的虔诚的人们头上回绕。有些人低声说着什么话——看得见他们的嘴唇在翕动,有些人则叹着气……大部分是默不作声,一动不动,极为严肃。

　　从墓地那边传来有力的、快活的歌声,那是一群年轻人在合唱:"嗨—嗨!"叠句轰响着。

　　听得出,这支歌是年老的、爱好自由的骑士骑着马在辽阔的草原上行军时编成的,他们"为基督的信仰和哥萨克的自由"曾经洒过自己的沸腾的热血……

　　"歌颂我们上帝的光荣吧……因为他是世界的创造主,人类的庇

---

　　① 一种乌克兰的民间舞。

307

护者，我们可以在他那里找到安息的地方……"盲者一边拉一边唱。

夜降临了。

有的地方已经亮起了篝火的火光，在篝火周围看得出被火光照得微红的人形。草地上飘来令人惬意的清新的气息。那边，幽暗、美丽、湍急的普晓尔河急速地奔向第聂伯河，再和它一起奔流入海。星星亮起来……

夜降临了。

水 夫 译

奥尔洛夫夫妇[*]

几乎每星期六晚祷前,都有一个女人的可怕的尖叫声,从商人佩通尼科夫肮脏破旧的房子的地下室的两扇窗子里,传到狭小的院落里来。这院落里挤满了许多用木头盖的,年久失修,东倒西歪的杂用房,并且还堆满了各种破烂。

"别走!别走,醉鬼、恶魔!"她用低沉的声音叫喊着。

"放手!"一个男子高声回答她。

"我不放你,你这恶棍!"

"胡说,你会放的!"

"你杀了我,我也不放你!"

"你?瞎扯,你这异教徒!"

"天哪!他要杀我了,天——天哪!"

"你放——放手!"

只要喊叫一开始,一天到晚在这个院落的一间木棚里研颜料的,彩画匠苏奇科夫的学徒先卡·奇日克便迅速地从那儿跑出来,他的老鼠似的小黑眼睛闪着光芒,放声叫道:

"靴匠奥尔洛夫家又打架了!哎呀!"

这个小奇日克是各种逸闻的热烈爱好者。他跑到奥尔洛夫住房

---

[*] 本篇最初发表于一八九七年十月《俄罗斯思想》杂志。周扬据英译本转译,孙新世据俄文版《高尔基三十卷集》第三卷校订。

的窗户跟前,俯伏在地,向下垂着他那顽皮的毛蓬蓬的头和他那被褚石色和褐色颜料弄脏了的活泼的面庞,贪婪地观察着下面那个散发着霉臭、靴匠用蜡和烂皮子味儿的黑暗潮湿的洞窟。洞底有两个人的身影疯狂地扭打在一起,嘶哑地叫着、对骂着。

"你会打死我的。"女人气喘吁吁地警告说。

"没—没关系!"男人自信地、满怀愤恨地让她放心。

于是便听见一阵重重地打在什么软东西上的闷声闷气的响声、喘气声、尖叫声,以及一个好像正在使劲翻转一件重物的男子的急促的吭哧吭哧的声音。

"哎呀!他用鞋楦头揍得她好狠啊!"奇日克描述着地下室里正在进行的一切,而聚集在他周围的人——裁缝们、法院里传送公文的列甫琴科、手风琴手基斯利亚科夫和另外一些爱看热闹的人,都不住嘴地询问先卡,急得一会儿拉拉他的腿,一会儿扯扯他那涂满了颜料的裤子。

"怎么样了?"

"他骑在她身上,把她的脸往地板上撞。"先卡报告着,他看到的景象使得他心旷神怡地蜷缩着身子。

看热闹的人们也都伏在奥尔洛夫家窗前,他们急切地想亲眼见到这场格斗的每一个细节;虽然他们早就知道格里沙·奥尔洛夫和老婆干仗时采用的手法,但仍然感到吃惊:

"哎呀,恶魔!打出血了吗?"

"她的鼻子打得满是血了……直往下淌呢!"先卡上气不接下气地报告说。

"哎呀呀,上帝呀,我的天呀!"女人们叫道,"哎呀,鬼东西、害人精!"

男人们则较为客观地议论着。

"他一定会把她打死的。"他们说。

手风琴手用一种预言家的语调宣布:

"记着我的话——他会用刀开膛的!哪天他对这种打法腻味了,就会马上结束这出戏的。"

"打完了!"先卡从地上跳了起来,低声对大家说。一转眼的工夫,他已经从窗边飞跑到另外一个角落里,占据了一个新的观察点,因为他知道奥尔洛夫马上会走到院子里来的。

看热闹的人们迅速地散开了,因为他们并不愿意被盛怒的皮靴匠看见;现在格斗已经结束,他在他们眼中完全失去了兴趣,加上在这种情况下碰见他,也不无危险。

通常,当奥尔洛夫从他住的地下室出来时,院子里除了先卡之外,看不见一个人影。他艰难地呼吸着,他的衬衫被撕破了,头发乱蓬蓬的,他那激动的、汗涔涔的脸上,有一道道抓伤的伤痕,他皱着眉头,用充血的眼睛疑惑地向院子的四周环视着。他背着双手,慢慢地向一辆破旧的无座雪橇走去,那雪橇底朝天放在柴棚的墙边上,在这种情况下,他有时剽悍地吹着口哨,一边向四下望着,那眼神似乎想和佩通尼科夫房子里的全体居民挑战。他坐到雪橇的滑雪板上,用衬衫的袖子擦去他脸上的汗水和血迹,他一动不动地、精疲力竭地坐在那里,呆呆地盯着房子的一面墙壁。这面墙壁上的灰泥已经剥落了,上面涂满了斑驳的颜色,苏奇科夫家的彩画匠们有一种习惯,一下工,就在这段墙上把画笔弄干净。

奥尔洛夫约莫三十岁光景。神经质的、清秀的脸上长着黑色的小胡髭,使得丰满、红润的嘴唇更加惹眼。在他那高鼻梁的大鼻子上,两道浓眉几乎连在一起,一双总是在不安地闪烁着的黑色的眼睛从眉毛下边探视着。他中等身材,由于职业的缘故,背有些驼,肌肉丰满、血气旺盛;他久久地坐在雪橇上,沉浸在一种迟钝麻木的状态里,仔细地观看涂满了颜色的墙壁,他那健康的、晒黑了的胸脯在深深地呼吸。

太阳已经下去了,但是院子里还很闷热;散发着油漆、松焦油、腌白菜和某种腐烂物的气味。从这所房子两层楼的每个窗户里都传出歌声和谩骂声,有时一个醉醺醺的嘴脸从窗框子里伸出来,打量奥尔洛夫片刻,嘲弄地笑了一笑,便不见了。

画匠们放工出来了;他们打奥尔洛夫身边走过,斜眼瞟瞟他,互相使眼色,院子里充满了他们热闹的科斯特罗马土话的声音。他们有的打算去洗澡,有的打算下酒馆。裁缝们从二楼下来,进了院子,这些衣履不整、体质羸弱、两腿弯曲的人,开始打趣科斯特罗马的画匠们那种连珠炮似的土话。全院都充满了喧哗声,充满了热闹、活泼的欢笑和戏谑。奥尔洛夫坐在自己的角落里,一言不发,也不看任何人一眼。没有谁走近他,也没有谁敢和他开玩笑,因为谁都知道在这个时候他像一头凶恶的野兽。

他坐在那里,心中充满了隐隐的、沉郁的激愤。这激愤压迫着他的胸口,使他呼吸困难,他的鼻孔凶猛地翕动着,嘴唇咧着,露出两排坚实的大黄牙。他心中产生一种模糊、阴暗的感觉。红色的、昏暗的斑点在他眼前晃悠,忧郁和对伏特加酒的渴望在折磨着他的五脏六腑。他知道,如果喝点酒,他就会好过一些,但是现在天还亮着,他羞于穿着这样褴褛的、撕得破烂不堪的衣服经过大街走到酒馆里去,大街上人人都认得他格里戈里·奥尔洛夫。

他不愿意当大家取笑的对象,但是他也不能回家去洗洗脸,换身衣服。因为在家里,被打得遍体鳞伤的妻子正躺在地上,而现在他对她厌恶已极。

她正在那里呻吟,感到她是一个受难者,感到她在他面前是正确的,——这些他都知道。他还知道,她的确是正确的,而他是有罪的,这就愈益增加了他对她的憎恶,因为除了这种认识之外,还有另一种恶毒、阴暗的感情在他的心里翻腾,这种感情比上述认识更为有力。在他心中,一切都是模糊和烦恼不堪的,因此他优柔寡断地屈服于自己内心的沉痛的感觉,无法将这种感觉弄清楚,他知道,只有一瓶伏特加酒可以解除他的愁苦。

这时手风琴手基斯利亚科夫走过院子。他穿着一件绒布背心,一件红绸衬衫和一条灯笼裤,裤脚塞在讲究的长筒靴子里。他腋下夹着放在绿套子里的手风琴,黑胡髭向两边翘着,便帽剽悍地歪戴在一边,脸上洋溢着豪放与欢乐的神气。奥尔洛夫欢喜他的豪放派头、他的演奏和他的快乐的性格,并且羡慕他那轻松的、无忧无虑的生活。

> 格里沙,我祝贺你胜利,
> 也恭喜你给抓破了脸皮,

奥尔洛夫对基斯利亚科夫的这个戏谑并没有生气,虽然他听到它已经有五十来次了。再说,手风琴手这么唱唱并无恶意,只不过是喜欢开开玩笑而已。

"怎么,老兄!又来了一场普列文大战[①]?"基斯利亚科夫问靴匠,在他面前站了一会儿。"呵,你呀,格里沙,你这个大傻瓜!有一条咱们大家都走的路,你最好也去吧……咱们去喝一杯吧……"

"我就来。"奥尔洛夫头也不抬地说。

"我等着你,我苦苦地将你思念……"

过了一会儿,奥尔洛夫也去了。

他刚一离开,便有一个矮胖的女人手扶着墙壁从地下室里走出来。她头上严严实实地包着一条头巾,在脸面上头巾的缝隙中只露出一只眼睛、一小部分面颊和额头。她步履蹒跚地走着,穿过院子,坐到她丈夫坐过的地方。她的出现并没有使任何人感到惊奇——这种事他们已经司空见惯了,而且他们知道她将坐在那里,直到她的格里沙喝醉了,懊悔了,从酒店归来。她来到院子里是因为地下室里太闷人,而且因为她还得在格里沙酒醉回家的时候把他扶下楼梯。楼梯已经朽了,又很陡;有一回格里沙从楼梯上摔下来,胳膊脱臼了,约莫有两个星期没干活,那段时间,他们为了糊口,几乎当光了全部家私。

从那个时候起,玛特廖娜就守候着他。

---

① 普列文是保加利亚北部的一个城市。在一八七七年至一八七八年俄土战争中为土耳其一重要军事据点,经过五个月的围攻,被俄军攻下。

有时候同院的某个居民走过来坐到她身边,这多半是列甫琴科——一个留胡髭的退役下士,审慎、庄重的乌克兰人,他的头发理得很整齐,鼻子红得发紫。他坐下来,打着呵欠问道:

"又打架了?"

"干你什么事?"玛特廖娜用挑衅的语调出言不善地回答。

"一点也不相干!"乌克兰人说,接着两人都好半天不言语。

玛特廖娜沉重地喘息着,好像有什么东西在她的胸口里呼噜噜地响着。

"你们为什么老是干仗?你们有什么可争的呢?"乌克兰人议论道。

"那是我们的事……"玛特廖娜·奥尔洛娃简短地回答。

"当然是,当然是你们的事。"列甫琴科表示同意,点了点头。

"那你干吗来缠着我?"奥尔洛娃理直气壮地说。

"哎呀呀,你怎么这样呀!不让人家对你说一句话!我一看见你们俩,就想,你和格里沙真是一对!每天都甩棍子抽你们两顿才好呢。早上一顿,晚上一顿。就该这么对付你们!那时候你们两人就不会这样浑身是刺儿了吧……"

说完,他气呼呼地离开了她,这使玛特廖娜很高兴:院子里早就有了风言风语,说这乌克兰人对她表示亲热是别有用心的,因此她恼恨他,恼恨他也恼恨一切多管闲事的人。乌克兰人迈着军人笔直的步伐,向庭院的角落走去,别看他已经是四十岁的人了,却精神饱满、身强力壮。

这时,奇日克不知从什么地方钻出来,突然在他面前出现。

"她呀,好叔叔,那个奥尔莉哈,也是个辣萝卜!"他小声对列甫琴科说,一面向玛特廖娜坐的地方丢眼色。

"哼,让我来给你个厉害看看,让你尝尝辣萝卜!"乌克兰人用威吓的口吻说,实际上在他的胡髭下面却隐藏着微笑。他喜爱这个活泼的奇日克,并且很注意听他说话,他知道奇日克了解这个院子里的种种秘密。

"围着她转是得不到什么好处的,"奇日克并不理会列甫琴科的威吓,继续把他所知道的说个清楚,"画匠马克西姆卡也试过来着。她使劲儿地扇了他一家伙!我亲耳听见的,打得可厉害呐!劈脸一记耳光,像打在鼓上似的!"

这个倒大不小的、活泼、敏感的孩子,虽然只有十二岁,但是他却像海绵吸水一样贪婪地吸取着他周围生活中的一切污秽。在他的额头上已经有了一条纤细的皱纹,这表示先卡·奇日克已经会动脑子了。

……院子里一片黑暗。头上出现一块正方形的蓝色的天空,繁星在天上闪烁。从院里向上望去,这个四面围着高墙的院落活似一个深坑。在坑底的一个角落里,有一个小个子女人,她在挨打之后坐在这里休息,等待着喝醉了的丈夫归来……

奥尔洛夫夫妇结婚三年多了。他们有过一个小孩,快满一岁半时死掉了;他们两个人都没有为死去的孩子悲伤很久,他们指望以后再生一个,因此也就安下心来了。

他们住的地下室是一间很大的、长方形的、昏暗的房间,有着拱形的天花板。一个庞大的、俄国式的炉子紧靠在门边,炉门对着窗户;在炉子和墙壁之间,有一条狭窄的过道通到一块四方形的地方,那里,光线是从两扇朝着院落的窗子射进来的。两道斜射的、昏暗的光线通过窗户射进地下室,房间里潮湿、寂静、死气沉沉。生活在地下室的上面的什么地方沸腾着,而传到这儿,传到奥尔洛夫夫妇身边的只有一些暗哑的、不十分清楚的声音,它们像一团团无色的飞絮一样,掺杂着灰尘,从地上的生活里飞落到这洞窟里来。在炉子对面,在玫瑰花图案的黄布幔后面,顺墙摆着一张双人木床;在另一面墙旁,摆着一张他们喝茶、吃饭用的桌子;在床与对面的墙壁之间,有两块光亮的地方,是他们夫妇俩的工作场所。

蟑螂在墙上懒洋洋地爬来爬去,细咬着贴图画时黏在墙上的面包瓢,这些图画是从画报上剪下来的。沮丧的苍蝇到处乱飞,发出闷人的嗡嗡声,那些沾满了苍蝇屎的图画,看起来像是暗灰色墙壁上的一块块黑色的斑点。

奥尔洛夫夫妇的一天是这样开始的:玛特廖娜早上六点左右醒来,洗了脸便把茶炊生上。这把茶炊不止一次在他们打得不可开交时被摔得歪七扭八,因此补满了锡补丁。等到茶炊烧开时,她已经把房间打扫干净,去小铺买了东西,然后叫醒丈夫。等他起了床,洗完脸,茶炊已经摆在桌子上,咝咝地、哈啊、哈啊地响着。于是他们便坐下来喝茶,吃白面包,两人一顿要吃一俄磅。

格里戈里活儿干得好,所以他老是有活儿干。他在喝茶的时候分配活儿。他做那些需要熟手做的细活,他的妻子搓麻线、粘鞋里,给那些穿歪了的靴后跟上钉底层儿和诸如此类的下手活儿。他们在喝茶时也谈到午餐吃什么。在冬天,需要多吃些食物时,这倒是一个相当有趣的话题。但是在夏天,为了节省开支,只在节日里才生火,而且也不是每个节日都生,他们多半喝点冷杂拌汤,是用克瓦斯、洋葱、咸鱼做的,有时也加点借同院邻居的火煮熟的肉。吃完早饭,他们就坐下来干活:格里戈里坐在一只蒙上皮子、旁边有了裂缝的桶上,妻子坐在他旁边的一张矮凳上。

起初他们默默地工作——他们有什么好谈的呢?有时他们也谈一两句有关工作的话,随后一沉默就是半点钟或半个多钟头。锤子在敲击,麻绳穿过皮子,发出沙沙的声音。格里戈里有时打个呵欠,而且每打一个呵欠,末了总要长长地吼一声或者嗷嗷地大叫一声。玛特廖娜不时的叹息,有时候奥尔洛夫唱起歌来。他的嗓子很尖,声音有些刺耳,但是他会唱歌。歌词有时像怨诉的、快速的宣叙调,从格里沙的胸中疾速地涌出,好像害怕不能把想说的话说完似的,有时又突然拉长调子,变成忧伤的、悲哀的、大声的叹息,还带着哀号声"哎嗨!"从窗户飞进院落。玛特廖娜用一种柔和的女低音应和着她的丈夫。两人的脸上都露出了沉思的、忧伤的表情。格里沙的黑眼睛被泪水湿润了,闪动着。他的妻子沉浸在音响的世界里,不知怎的发呆了,坐在那里半睡半醒,身体左右摆动;有时她似乎为歌子所打动,声音哽咽,唱到中间停了下来,然后又继续应和着丈夫的歌声唱下去。在唱歌的时候,两个人都没有感到对方的存在,都在努力借别人的语言倾诉自己暗淡生活的空虚和苦闷,也许,他们是想借这些歌词来表达他们心灵深处产生的模糊的思想和感觉。

有时候格里沙随口唱道:

> 哎呀,你呀,生活……哎呀,你呀,
> 　　我的该死的生活……
> 还有你,悲伤!哎呀,还有你,我可
> 　　诅咒的悲伤,
> 万分可诅咒的悲—伤—伤!……

玛特廖娜不喜欢这些即兴歌曲,她在这种时候总是问他:
"你干吗要像狗在死人面前一样号叫?"
不知道为什么他立刻生她的气了:
"蠢猪!你懂什么?你这个沼泽地里的妖怪!"
"叫吧,叫吧,汪汪汪地叫吧……"
"你住嘴!我是什么人——难道是你的徒弟吗?你居然想长篇大论地来教训我,啊?"

玛特廖娜看见他颈上青筋暴露,两眼闪着怒火,她就不作声了,沉默了很久,有意不回答她丈夫的问话,他的怒火也就像迸发时一样很快地熄灭了。

她掉转头,避开他向她寻求和解、等待她露出微笑的目光,但同时她又充满了心惊胆战的感觉,生怕他为了她现在这样对他而再生她的气。与此同时,她又生他的气,眼看着他渴望与她和解,这在她又是一件愉快的事—要知道,这就是生活、思想、激情啊……

他俩都年轻健壮,互相爱慕,彼此为对方感到自豪。格里沙生得那么强壮、热情、漂亮,而玛特廖娜长得白净、丰满。灰色眼睛里闪耀着火焰。同院的人们都说她是一个"水灵的娘们儿"。他俩互相爱恋,但是他们的日子过得很寂寞,他们没有能使他们彼此得到慰藉的爱好和兴趣;他们满足于一个人的"总得活下去"这种自然的要求(人是有喜怒哀乐、有思想的啊)。如果奥尔洛夫夫妇有生活的目的,哪怕是一文一文地积攒金钱这样的生活目的,那么,无疑他们也会过得轻松些。

　　但是他们连这样的目的也没有。

　　他们老是厮守在一起,已经互相习惯了,彼此熟悉了对方的一言一行。日子一天天过去,时光几乎没有把任何使他们得到快乐的东西带进他们生活里来。有时,在节日里,他们去看像他们一样的精神空虚的朋友,有时朋友来看他们,喝酒、唱歌,往往打起架来。然后又一天天地打发着恰似看不见的锁链的一个个环节一样平淡的日子,工作、寂寞和无缘无故的彼此生气,使这些人的生活变得更加沉重。

　　有时候格里沙说:

　　"这样的生活,真是活见鬼!为什么我老惦记着它?工作完了烦闷,烦闷完了工作……"说完,他沉默片刻之后,抬眼望着天花板,带着迷惘的微笑继续说:"母亲遵照上帝的意旨生了我,这是没法反对的!我学会了手艺……这是为了什么呢?难道说,除我之外,皮靴匠还少吗?嗯,行,就当靴匠吧,可是以后又怎样呢?这对我有什么值得高兴的呢?……我坐在这个洞窟里做靴子……然后就会死去。人家说现在霍乱流行……那又怎么样呢?不过是,有过一个格里戈里·奥尔洛夫,是做靴子的,得霍乱死了。这有什么意义?干吗我一定要活着,做靴子,然后去死,啊?"

　　玛特廖娜默不作声,她感到丈夫的话里有一种可怕的东西;有时她求丈夫别说这种话,因为他这些话忤逆了哪位知道怎样安排人间生活的上帝。但有时候,她的心情不好,她就用怀疑口吻对丈夫说:

　　"你要是不喝酒的话,也许会生活得快活一些,这些思想也就不会钻到你的头脑里了。别人生活着,不发牢骚,一个劲儿攒钱,自己开作坊,久后就像老爷一样生活。"

"原来你是赞同你的这些没心肝的蠢话呀,鬼婆娘!你动脑筋想想吧,喝酒是我惟一的快乐,我怎能不喝呢?别人吗?请问,这种幸运儿,你知道几个?难道我在结婚以前像现在一样吗?这个,我实话对你说,折磨我,使我生活苦恼的正是你呀……唔,你这个癞蛤蟆!"

玛特廖娜受了委屈,但是她感到丈夫说的对。他喝醉了的时候,的确是既快乐又温存,而她所说的别人不过是她想象出来的人物,——他在结婚以前,的确是一个快乐的人,又有趣,又善良……

"为什么会这样?难道说我真的拖累了他吗?"她思忖着。

她的心为这个恼人的想法而发紧,她怜悯起自己和丈夫来了:她走到他跟前,温存地、含情脉脉地凝视着他的眼睛,紧紧地贴到他的胸前。

"唔,现在要舔人了,你这母牛……"格里沙忧郁地说,假装要把她从自己身上推开;但是她心里明白,他是不会那样做的,于是她更近、更紧地偎依着他。

这时他的眼睛突然明亮起来,他将活计扔到地上,将妻子搂在膝上,无数次地、久久地吻她,并且深深地吁着气,小声说话,好像怕被什么人听见了一样:

"噢,莫特丽娅①!咱们两人生活得多糟糕,哎呀呀!我们像野兽一样互相厮打,为什么要这样呢?我的星宿是这样的,每一个人都在一个星宿下面出生,那个星宿就是他的命根子。"

但是这个解释不能使他满意,他将妻子搂在胸前,陷入了沉思。

他们在自己地下室里昏暗的光线下和混浊的空气中,这样坐了许久。玛特廖娜只是长吁短叹,一言不发。但有时在这幸福的瞬间,她回忆起他给她受的冤枉气和对她的毒打,她就默默地流着眼泪埋

---

① 莫特丽娅是玛特廖娜的昵称。

怨他。

这时,他由于妻子温和的责备而感到内疚,便更加热烈地抚爱着她,她却越说越来劲,诉不完的苦,这终于又把他惹火了。

"别诉苦了!我打你的时候,恐怕我比你痛苦一千倍。你明白吗?快住口吧。要是由着你们这些女人,你们马上就会要人的命。不要再责备我了吧!一个人对生活厌恶已极,你对他还有什么可说的呢?"

有时他的心也会在她默默的眼泪的洪流和充满爱情的诉怨下变软,他沮丧地、沉思地解释说:

"我的性情是这样,叫我有什么办法?我常常伤害你,这是千真万确的。我很清楚,你是世上惟一爱我的人……嗯,可我常常忘记了这一点。你明白吗,莫特丽娅,有时候我恨不得让我的眼睛别望你,你好像让我厌烦极了。这时我心里便生出一个恶念:我最好是把你和我自己给撕个粉碎。而且你越比我对,我就越想打你……"

她未必懂得他的话意,但是他那种忏悔的、温存的语调使她安静下来。

"但愿我们能够改过,能够慢慢地习惯起来。"她说,没有意识到,他们早就彼此习惯了,而且还在彼此消耗着。

"要是咱们能生个孩子,也许要好一些,"她叹着气说,"那样咱们就又有解闷的,又有操心的事情了。"

"那你干吗不生呢?生吧……"

"可是……你老是这么样打我——我不能生孩子。你打我的肚子,打我的腰,打得太疼了……哪怕别用脚踢也好呀……"

"嗯,"格里戈里阴郁而又难为情地替自己辩护,"难道在那种时候还顾得上想应该用什么打、打什么地方?再说,我也不是什么刽子手……我不是为了寻开心才打你,是因为苦闷……"

"它,这苦闷,怎么会在你心里头产生的呢?"玛特廖娜忧郁地问。

"命该如此,莫特丽娅!"格里沙谈起哲理来了,"命该如此,还有脾气……你看,我不如旁人,比方说,不如那个乌克兰人吗?可是他却无忧无虑地活着。他独自一人,没有妻子,什么人都没有……要是没有你,我准会死去的……可是他就没事儿!他吸着烟斗,乐呵呵地,——这魔鬼,他甚至连吸口烟也心满意足。但是我却办不到……我生来心里就不安静,我的性格像弹簧一样:一压——它就抖动……比方说,我出门上街,看见这,看见那,东西多的是,我却一无所有。这使我感到气恼。那个乌克兰人什么也不需要,他这个满嘴胡髭的鬼东西一无所求,这也使我气恼,可我……连自己需要什么都不知道……我都要!嗯—是的……我坐在这个洞窟里,干活,我一无所有。又是和你在一起,你是我的妻子,你有什么趣呢?女人就是女人,跟所有的女人一模一样……我对你知道得一清二楚;我甚至知道你明天怎样打喷嚏,因为你在我面前可能打过一千次喷嚏了。……因此我能有什么样的生活,什么样的乐趣呢?没有乐趣。嗯,这就是我为什么要去酒馆的缘故,因为那里快乐。"

"那你干吗要讨老婆呢?"玛特廖娜问。

"干吗?"格里沙冷笑道,"鬼才知道干吗……说句良心话,是不应该讨老婆的……我最好是去当流浪汉……在那里虽然会挨饿,但是自由自在,想去哪儿就去哪儿!可以走遍全世界!……"

"那你就去吧,放我自由吧!"玛特廖娜叫道,马上就要大哭起来。

"你要上哪儿去?"格里沙威严地问。

"那是我自己的事情!"

"上哪儿去?"他眼里闪出凶光。

"你别嚷嚷,我不怕你……"

"还是跟什么人勾搭上了?快说!"

"你就放我走吧!"

"放你上哪儿去?"格里沙狂喊道。

他把她的头巾扯下来,抓住了她的头发。殴打使她恼怒,恶感唤醒了她的整个灵魂,给了她极大的愉快。她本来只消三言两语便能将他的炉火扑灭,但是她不,她反而火上加油,冲着他发出意味深长的微笑。他气得发狂,殴打她,毫不留情地殴打她。

  但是在夜晚,当她备受折磨、遍体鳞伤地上床躺在他身边呻吟时,他斜眼望着她,沉重地叹着气。他感到难受,他受到良心的谴责,他明白,他的嫉妒毫无根据,他毫无道理地殴打了她。

  "唔,够了够了,"他难为情地说。"难道是我的错吗?你也不好嘛……你本该劝劝我的,可你反而激怒我。你干吗要这样干?"

  她没有说话,但是她明白她为什么要这样干,她知道,现在她这个被打得遍体鳞伤、受尽欺侮的女人就要得到他的爱抚,他的热烈、温柔、和解的爱抚了。为了得到这爱抚,她宁愿让自己的腰部每天都被打得疼痛不堪。这时,丈夫还没有来得及抚摸她,她现在仅仅是由于期待丈夫的爱抚而高兴得哭了起来。

  "嗯,得了得了,莫特丽娅!唔,宝贝儿,啊?别哭了,你就饶恕我吧!"他抚摸她的头发,亲吻她,并且由于整个身心都充满了痛苦而咬得牙齿咯咯作响。

  他们地下室的窗户敞开着,但是天空却被邻舍的大墙遮着,因此在他们房间里,像往常一样又暗、又闷、又窄。

  "唉,生活!这简直是苦役!"格里沙低声说,他不能用言语把痛苦地感觉到的一切表达出来。"都怪这个洞窟,莫特丽娅。咱们是什么呀!咱们真像被活埋了一样……"

  "那么,我们搬到旁的地方去住吧。"玛特廖娜满脸流着甜蜜的泪水建议道,她光从字面上去理解他的话。

  "嗳—嗳!不是那个意思,我的姑奶奶!即使搬到顶楼上,我们也还是住在洞窟里……不是住宅,而是洞窟……生活——就是洞窟!"

  玛特廖娜沉思起来,随后又说道:

  "上帝保佑,也许,我们能好起来……"

  "嗯,'我们能好起来……'你时常这么说。但是,莫特丽娅,咱们的情况并没有见好……吵架的次数越来越多了,明白吗?"

这是真的,他俩吵架的间隔越来越短了,终于每个礼拜六从一大早起格里沙就对妻子充满了敌意。

"今天晚上,我一完工就到酒店找'秃子'去……我要喝个够……"他宣布说。

玛特廖娜奇怪地眯缝起眼睛,一声不响。

"你不吭声?你就这样不吭声吧,这样你也少挨点揍。"他警告她。

他整天恶狠狠地,越近傍晚越凶,他三番五次地提醒她说,他要痛饮一番,他感觉到她听了这些话是会难过的,但他看见她固执地沉默着,眼睛闪着坚定的光辉,在房间里走来走去,准备打架,这就使他更加生气了。

晚上,他们的灾祸的报信人先卡·奇日克公布了"战况"。

格里沙打完妻子后,有时整整一夜不露面,有时连星期天也不见人。被打得浑身青紫的她往往带着严厉的表情,默默地迎接他,但内心里对衣衫被撕碎了的、常常也是被痛打了的、浑身污浊、两眼充血的格里沙却充满了隐秘的怜惜之情。

她知道,他需要喝一杯酒以解宿醉。她已经准备了半瓶伏特加酒。他也知道这个。

"倒一杯酒给我。"他嘎声请求,喝下两三杯之后,便坐下来工作……

那一整天他都受着良心的谴责;他常常忍受不了那钻心的痛苦,抛下工作,用极难听的话骂人,在房间里跑来跑去或者倒在床上。莫特丽娅耐心地等待他平静下来,那时他们就又和好起来。

起初,这种和解里还包含着许多辛酸和甜蜜,但是日子长了,所有这些都渐渐失去了味道。他们之所以再和好起来,已经几乎只是因为整整五天,都到了礼拜六,他们彼此还不说话,感到很不方便而已。

"你会变成醉鬼的。"莫特丽娅叹着气说。

"我会成醉鬼的。"格里沙承认她说得正确,并且带着一个无论成不成醉鬼都毫不在意的人的神气,向旁边啐了一口。"可你会从我这儿逃走的。"他设想着生活的前景,探询地望着她的眼睛。

一个时期以来,她已开始低垂下眼睛了,这是她从前没有过的。格里沙看到这副光景,便不怀好意地皱着眉,小声地锉着牙齿。实际上,她现在瞒着丈夫,还在偷偷地去找算命的女人和女巫医,从她们那儿带回各种各样的符箓和炭块。当这一切都无济于事的时候,她便去向保佑人不酗酒的伟大殉教者圣沃尼法季耶祷告,在祷告时她始终跪在地上,伤心地哭泣着,不出声地翕动着颤抖的嘴唇。

但是她越来越经常地感到对丈夫强烈的、冷酷的憎恨,这憎恨在她心中引起了忧郁的思绪。她越来越不怜悯这个人了,这个人在三年前曾经用他快乐的笑声、温存、情话使她的生活过得那么的美满。

这两个实际上本来不错的人,就这样一天又一天地生活下去,等待着那能彻底粉碎他们这痛苦而荒谬的生活的事情的来临……

一个星期一的早晨,当奥尔洛夫夫妇吃早餐的时候,在他们那令人愁闷的住宅门口,出现了一个身体魁梧的巡警。奥尔洛夫从座位上跳了起来,试图在他那醉昏昏的头脑里把近几天的事情回忆起来,他一言不发,用模糊的眼睛凝视着来客,心里等待着最坏的事情发生。妻子惊慌不安地、责备地望着他。

"这边,这边。"巡警在邀请着什么人。

"这里黑得真像在深渊里,鬼把商人佩通尼科夫抓去才好呢!"说这话的是一种年轻的、愉快的声音。一个穿白制服的大学生走进地下室。他手里拿着一顶制帽,头理得光溜溜的,他的额角生得很高,而且晒得黑黑的,透过眼镜闪烁着一双逗笑的、愉快的、褐色的眼睛。

"你们好!"他用男低音喊道。"我很荣幸地自我介绍,我是一个卫生员!我是来调查你们这里的生活情形的……还来嗅一嗅你们这儿的空气;你们这儿的空气真难闻呀!"

奥尔洛夫轻松地舒了一口气,高兴地微微一笑。他立刻就喜欢上这个大学生了;他的脸庞是这么健康、绯红、善良,在两颊和下巴上都覆盖着淡褐色的绒毛。这张脸总是带着一种特别的、爽朗的微笑,由于这微笑,奥尔洛夫夫妇的地下室似乎变得明亮和快乐起来。

"喂,二位主人!"大学生一口气讲下去,"你们得把污水桶倒得勤一些,因为这种难闻的气味都是从桶里发出来的。我要劝告您,大婶,最好把它洗刷得勤些。至于您,大叔,为什么脸色这么烦闷?"他转向奥尔洛夫,并且马上抓着他的手,给他号脉。

大学生麻利的动作使奥尔洛夫夫妇有些发窘。玛特廖娜不知所措地微笑着,默默地打量着他,格里戈里不信任地微笑着。

"你们的肚子好吗?"大学生问。"你们说吧,别不好意思,这是平平常常的事,假如有什么不好过,我们可以给您各种酸性药物,保管药到病除。"

"我们没什么……都挺健康,"格里戈里微笑着说,"要是我看上去不大健康……那也是表面现象……因为,说实话,我多喝了点酒。"

"怪不得我闻见,似乎您,主人,昨天稍微多喝了一点,只多喝了一点点,您知道……"

他说这话的语调是那么滑稽,扮了那么一个鬼脸,使得奥尔洛夫忍俊不禁,扑哧一声笑了出来。玛特廖娜用围裙掩住嘴,也笑了起来。笑得最快乐、最响亮的是大学生自己,他又最早收敛笑容,当那些因为大笑而出现在他饱满的唇边和眼角的皱纹消失时,他那单纯、坦率的脸,不知怎的显得越发单纯了。

"一个做工的人喝点酒,如果有节制,是可以的,但是现在这种时候,最好是把酒戒了。你们听说过现在有什么病流行吗?"

这时他脸上带着严肃的表情,开始用简单明了的语言对奥尔洛夫夫妇讲述霍乱病以及预防它的方法。他一面说话,一面在房子里走来走去,一会儿用手摸摸墙壁,一会儿望望门背后,那儿挂着洗手罐,放着装着脏水的洗衣盆;他甚至弯下腰来闻闻火炉下面是什么东西在发味儿。他正处在变嗓子的年岁,因此,讲起话来嗓音忽高忽低。他朴实的话语不知怎的,自然而然,不需要听众费一点力气,就字字句句都深深地印入他们的脑海里。他的明亮的双眼闪烁着,他整个人都充满了专心致志于工作的青年人的热情。

格里戈里带着好奇的微笑听他的每一句话,玛特廖娜不时扑哧地笑了起来;巡警早就走了。

"那么,从今天起就要注意清洁了,主人们。你们旁边正在盖房子,只要花五个戈比,你要多少石灰浆,泥水匠就会给你多少。至于酒,主人……必须戒掉,嗯,再见了……我会再来拜访你们的……"

他像来时一样迅速地不见了,在这对夫妇的脸上留下了满意的微笑,他那双含笑的眼睛深深地印入了他们的记忆之中,一种自觉的毅力突然涌进了他们愚昧的生活,使他们不知所措。

"哎—呀呀!"格里戈里摇晃着脑袋,拉长了声调说。"瞧,是个化学家!可是有人说他们毒死老百姓!一个长着这样面孔的人难道会干那样的勾当吗?……不。他光明磊落地来到这儿,并且马上就——你看,我就是这样!石灰浆——难道有害处吗?柠檬酸——是什么玩意儿?那只不过是一种酸而已,再没有别的什么了!而主要的是要使空气里、地板上、脏水桶里,处处都保持清洁……嗳,见鬼!还说他们是毒人的人……这么一个直爽的小伙子,会吗?他说,做工的人有节制地喝酒永远是应该的……你听到了吗,莫特丽娅?哦,那就倒一杯给我吧,还有酒,是吧?"

她不知从什么地方拿来一瓶酒,很乐意地从瓶中给他倒了半茶杯伏特加酒。

"这实在是一个好人……使人对他有好感,"她一边说,一边微笑着回忆这个大学生,"但是旁的人怎么样,谁了解他们呢?也许他们真是被雇去……"

"被雇去做什么呀,是被谁雇的呀?"格里戈里咆哮起来。

"雇去毁灭人……人家说,穷人太多了,就下了一道命令:把多余的人都给毒死。"玛特廖娜说。

"这话是谁说的?"

"人人都这么说。彩画匠的厨娘也这么说,还有许多旁的人也……"

"一群笨货!这难道有什么好处?你想一想:他们给治病!这怎么理解?办丧事!难道这不赔本吗?还得要买棺材、墓地,还有其他……这一切都要由国库支付……胡说八道!要是真的想搞清洗和缩减人口,只要抓起来,送到西伯利亚就成了:那地方容得下所有多余的人!或者送到没有人烟的荒岛上去……下命令让他们劳动。这就是清洗,甚至是非常有利的……因为要是不把人关到荒岛上,荒岛上就交不出任何税来。而对国家来说,交税是首要的,因此把人毒死,又得花钱去埋葬他们,对国库说来是划不来的……明白了吗?至于大学生……他们是好闹事的人,这是真的,但他们多半是去造反,至于说毒死人……不—不,就是拿全世界的金钱也买不动他去干这种勾当!难道不是一眼就看得出来,他不会去干这种事的吗?他的长相就不是那一号人……"

一整天他们都在谈论那个大学生,和他对他们讲的一切。他们回忆他的笑,他的表情,他们记起他制服上掉了一颗扣子,但是为了追忆那颗扣子是"在左胸还是在右胸上"的问题,他们几乎大吵起来。玛特廖娜一口咬定是在右边,她的丈夫说在左边。格里戈里已经狠狠地骂了她两次,但是他及时想到,妻子往茶杯里倒伏特加时并没有倒净,因此他对她让步了,随后他们决定从明天起开始打扫室内卫生。他们好像沐浴在春风化雨中一样,又重新谈起那个大学生来。

"不,这真是一个有心眼的人!"格里戈里赞不绝口,"他来了,像跟咱们认识了十年似的……什么都闻遍了,都讲明白了,再没有别的了!既没有嚷嚷,也没有吵闹,虽然他也是一个长官……嗳,他真行。你要明白,这呀,老兄,是真的关心咱们。玛特廖娜,一眼就看出来了……他希望我们无病无灾,而不是……那些传说都是胡扯,什么毒害人,那是女人家的饶舌!他问,肚子怎么样?……假使他要毒害我,问我肚子怎样了对他有什么用?而且他是怎样巧妙地解释这些……

怎么叫的？那些钻到我们肠子里的魔鬼，嗯？"

"好像叫什么乱扯，"玛特廖娜笑了笑，"我想，这只不过是吓一吓我们，好让老百姓讲卫生……"

"嗯，谁知道，也许是真的……要知道，潮湿是会长蛆的。哎呀，你呀，见鬼！那些小虫子叫什么名字来着？乱扯？不是……这个名字想不起来了，我也不懂……"

躺下来睡觉的时候，他们又带着天真的兴奋谈起了白天的事：这种兴奋是当孩子们在交谈初次感受到的、引起他们强烈印象的事物时才有的。他们在谈话中睡着了。

早晨，他们很早被叫醒了。在他们床边站着彩画匠家的胖胖的厨娘，她那平素总是红红的、圆圆的脸一反常态，变成了苍白色，拉得很长。

"你们怎么这样清闲自在？"她匆匆忙忙地说。不知为什么特别地吧嗒着肥厚的嘴唇。"咱们院子里发生霍乱了……主来光顾咱们了！"说着，她突然哭了起来。

"哎，你胡说吧？"格里戈里叫道。

"可我昨天晚上没有把脏水桶拿出去。"玛特廖娜负疚地说。

"我的亲爱的朋友，我想算清账。我走……我走……回乡下去。"厨娘说。

"谁遭殃了？"格里戈里起床时问道。

"拉手风琴的！夜里得了这个病……得了这个病，先生们，肚子一下子就疼起来，就像是吃了砒霜一样……"

"拉手风琴的？"格里戈里喃喃地说。他很难相信。这么个快乐、勇敢的小伙子，就在昨天他走过院子时，还同往常一样像只孔雀似的。"我去看看。"奥尔洛夫怀疑地微笑着，下了决心。

两个妇女都惊慌地叫了起来：

"格里沙，要传染的呀！"

"你干什么，我的爷，你上哪儿去？"

格里戈里使劲地骂了一句,把脚伸进一双破烂不堪的鞋子里,头也没梳,衬衫的领扣也没扣,径直向门口走去。妻子从他背后抓着他的肩膀,他感觉到她的手在发抖,突然不知为什么发起火来。

"我抽你耳光!滚开!"他大声地呵斥道,推了她的胸部一把,于是走出了门。

院子里显得空荡和冷清,当格里戈里向手风琴手的房间走去的时候,他感到恐惧,打了一阵冷战,但同时他又感到非常满意,因为全体房客中只有他才有这样的胆量去看那个病人。当他看到裁缝们从二楼窗子里注视着他的时候,这种感觉便益发增强了。他甚至吹着口哨,满不在乎地摇了一下脑袋。但是到了手风琴手住的那个小房间的门口时,先卡·奇日克的样子使他有点扫兴。

先卡·奇日克把门打开了一条缝,把自己尖尖的鼻子塞进门缝里,他像平常一样,在观察着。他被吸引到如此地步,直到奥尔洛夫揪着他的耳朵,他才转过身来。

"你看,格里戈里叔叔,他抽筋抽得多厉害!"他低声说,抬起他那张肮脏的小脸,那脸在他刚才亲眼所见的事情的印象之下显得更加尖削了。"他就像干枯了一样,像一只破木桶,真的!"

奥尔洛夫感到周围的空气恶臭难闻,他站在那里,默默地听着奇日克说话,同时尽力用一只眼睛从没有掩上的门缝里望进去。

"也许应该给他多喝点水,格里戈里叔叔?"

奥尔洛夫盯了一眼这孩子紧张的、甚至神经质地战栗着的脸,他自己也感到心情紧张起来。

"去取些水来!"他吩咐奇日克,然后勇敢地把门大打开,却微微向后退了一步,停留在门槛上。

格里戈里用蒙眬的眼睛,看见了基斯利亚科夫,手风琴手穿着节日的衣服伏在桌子上,两手紧紧地抓住桌子,他那穿着漆皮鞋的双脚无力地在潮湿的地上移动着。

"谁呀?"他沙哑、冷漠地问,就像他失去了嗓音一样。

格里戈里控制着自己,小心翼翼地踏着地板走到他跟前,竭力用一种振奋、甚至开玩笑的口吻说。

"是我,米特里·帕甫洛夫老弟……你怎么啦,是昨天喝多了吧?"他注意地、带着恐惧和好奇心打量着基斯利亚科夫,简直认不出他来了。

手风琴手的脸整个消瘦了,颧骨高高地突了出来。他两眼深陷、眼圈发绿,眼睛奇怪地、一动也不动地、模糊地凝视着。双颊上的皮肤呈现出炎夏里的死尸的颜色;面孔阴森可怖,只有两颚的缓慢动作表明这人还活着。基斯利亚科夫用呆滞不动的眼睛久久地凝视着格里戈里的脸。这种凝视使他感到恐惧。奥尔洛夫不知为什么用双手摸了摸自己身子的两侧,他站在离病人三步远的地方,感到好像什么人用一只潮湿、冰冷的手扼住了他的喉咙,扼住了,并且在慢慢地将他扼死。他心里想尽快地离开这个房间,这里以前总是那么舒适,但是现在却充满了令人窒息的霉臭味儿,阴森寒冷。

"呀……"他准备离开这里,刚想说话,但是手风琴手铅灰色的脸奇怪地搐动起来,发黑的嘴唇张开了,他用无声的嗓音说:

"我……要……死了……"

他说出这四个字时的无法解释的平静使奥尔洛夫觉得自己的头脑和心灵里好像挨了四记重重的打击。他面带茫然的表情转身向房门走去,迎面碰见了奇日克,奇日克上气不接下气、满身大汗地飞奔进屋,手里提了一桶水。

"这呀——是从斯皮里多诺夫的井里打来的水,他们不让我打,那些鬼东西……"

他把水桶放到地上,迅速奔到一个角落里,然后又跑回来,递给奥尔洛夫一个杯子,继续飞快地说:

"他们说,你们那儿有霍乱……我说,唔,那又有什么要紧?你们这里也会有的,现在霍乱来要人的命,像在村子里头一样……他就这样,照我的脑袋上使劲儿打了一家伙。"

奥尔洛夫接过杯子,从桶里舀了水,一饮而尽。在他耳边响起了绝望的话语:

"我……要……死了……"

奇日克极为灵活地在他身边转来转去,感到他所处的环境再好不过了。

"给我点水喝。"手风琴手说,推着桌子在地板上移动。

奇日克跑上前去,把一杯水送到他乌黑的唇边。格里戈里倚着门边的墙站着,似乎在梦中一样,听着病人怎样大声把水吸进嘴里,随后又听见奇日克建议要替基斯利亚科夫脱衣服,扶他到床上去睡,后来又听见彩画匠家的厨娘的声音。她那宽阔的面孔带着恐怖和怜悯的表情从院落的一个窗子里窥望着,她还用哭腔说:

"最好给他吃罗木酒调制的烟炱:一杯酒放两汤勺烟炱,可酒要倒得满满的。"

一个看不见的什么人提议用橄榄油加渍黄瓜的酸水,再加上王水给他治病。

奥尔洛夫突然感到他心中沉重的、难以忍受的一片漆黑被某种回忆照亮了。他使劲儿地擦着自己的前额,似乎是想加强这光亮的强度,于是他突然走出房间,横穿过院落,消失在街上了。

"老天爷!皮靴匠也传染上了!他跑到医院去了!"厨娘连哭带叫地解释奥尔洛夫跑开的原因。

玛特廖娜站在厨娘身边,圆睁着眼睛,脸色苍白,浑身发抖。

"你胡说,"她沙哑地说,她的苍白的嘴唇几乎说不出话来,"格里戈里不会害这种鬼病的,他不会病倒的!"

厨娘悲伤地号叫一阵后,就走开不见了。五分钟后,一群邻居和过路人聚集在商人佩通尼科夫的屋子旁边,低声地谈论着。在他们每个人的脸上都变换着同样的神情:灰心丧气变为紧张,故作镇静有时取代了愤慨,奇日克不时从院子里跑出来到人丛去,又从人丛里跑进院子里,露着两只光脚,不住嘴地报告一些关于手风琴手的住房内的事态进展的情况。

众人紧紧地挤在一堆,街上肮脏、恶臭的空气里充满了他们低沉的谈话声,偶尔传来一种恶意的、了无意义的、难听的咒骂。

"看,是奥尔洛夫吧!"

奥尔洛夫乘了一辆用粗麻布做车篷的大车来到了大门前,他坐在驾车人的身边。驾车的是一个阴郁的人,穿了一身白衣服。他用深沉的低音叫了一声:

"让路!"

就把车子直驶到人群中去。

这大车的形状和赶车人的吆喝声似乎压制了看热闹的人们的兴奋情绪,所有的人马上阴沉下来,许多人很快地散开了。

奥尔洛夫夫妇认识的那位大学生随在大车后面出现了。他的帽子滑在脑后,额头上大汗淋淋,他穿了一件长长的、洁白耀眼的外衣,在外衣前襟的下摆上,有一个很打眼的、又大又圆的破洞,破洞的边缘是红褐色的,显然是刚刚被什么东西烧穿的。

"喂,病人在哪里?"他大声问,斜眼望了望聚集在大门边的人群,他们并不欢迎他。

一个什么人大声说道:

"你看看,这样的厨师呀!"

第二个声音轻一些,但更为恶毒地说:

"等着吧,他会请你吃的!"

像平素一样,在人群中出现了一个爱耍嘴皮子的人。

"他会给你一碗汤喝,把你的肚皮给胀破!"

发出了不愉快的、被提心吊胆的疑虑弄得黯然失色的笑声。

"他们自己倒不怕传染,这怎么解释呢?"一个脸上表情紧张,聚精会神的眼光中充满了怨恨的人,用意味深长的语调问。

众人的脸色阴暗了下来,谈话声也更轻微了……

"抬出来了!"

"是奥尔洛夫！啊哈,狗东西！"

"他不害怕吗?"

"他有什么关系?酒鬼……"

"当心,当心,奥尔洛夫!把腿抬高一点……对了!预备好了!走吧,彼得!"大学生吩咐着。"我马上就来。嗯,奥尔洛夫先生,我请求你帮助我给这儿消消毒……顺便,趁这个机会你也学学消毒的方法……同意吗?"

"我能做。"奥尔洛夫说,环顾四周,感到很自豪。

"我也能做。"奇日克说。

他将那凄惨的大车送到大门口,回来时刚好赶上帮忙做事。大学生透过眼镜望着他。

"你是谁呀,啊?"

"是彩画匠那边的,是个学徒……"奇日克回答。

"你怕霍乱吗?"

"我吗?"先卡吃惊地回答,"嚄!我啥也不怕!"

"是这——这样吗?好极了!现在听着,弟兄们。"大学生坐在地上的一只桶上,摇晃着身子,开始讲奥尔洛夫和奇日克必须好好把自己的身子洗干净。

玛特廖娜胆怯地微笑着走到他们这儿来。厨娘跟在她后面,一边走,一边用油污的围裙揩着她的泪眼。过了一会儿,又有几个人,小心翼翼地、像猫儿走近麻雀一样,向这群人走来。约莫有十个人聚集在大学生身边,挤成一堆,这使他振奋起来。他站在人群中间,迅速地做着手势,像讲演一样说了起来,时而引起听众脸上的微笑,时而使他们全神贯注,时而引起极端的不信任和猜疑的讥笑。

"对待一切疾病,最重要的——是自身的清洁,你们呼吸的空气的清洁。"他坚定地对自己的听众们说。

"噢,上帝!"彩画匠的厨娘大声地叹息,"应该向伟大的女殉道者瓦尔瓦拉祈祷,保佑我们不要暴死……"

"人身上和空气里头都有那个①,可是它们②也会死的。"一个听众这样说。

奥尔洛夫挨着他的妻子站着,眼望着大学生的脸,心里在想着什么。有人拉了一下他的衬衫。

"格里戈里叔叔!"奇日克在他耳边小声说,眼睛亮得像燃烧着的炭火,"米特里·帕甫洛夫快要死了,他没有亲人……手风琴归谁呢?"

"别讨厌,快走开,小鬼!"奥尔洛夫挥手轰他。

先卡走到一边,停在手风琴手住室的窗前,用贪婪的眼光搜索着房间里的什么东西。

"石灰浆、松焦油。"大学生大声地一样样列举着。

在这个骚乱日子的傍晚,奥尔洛夫夫妇正坐着喝茶的时候,玛特廖娜好奇地问她的丈夫:

"你刚才同那个大学生到什么地方去了?"

格里戈里用模糊的、陌生的眼睛望着她,没有回答。

近中午时,格里戈里给手风琴手的房间消过毒以后,就和卫生员一道出去了,将近三点钟时,他带着沉思的、默默的神情回到家中,上了床,一直沉默不语地仰面躺到喝茶的时候,虽然妻子三番五次地试图引他讲话,但都没有办到。他甚至没有骂她,这是件怪事,使她很不习惯,并且使她感到紧张。

凭那把全部生活都专注在丈夫身上的女人的本能,她怀疑有什么新的东西吸引了他,她觉得害怕,因而更急于想知道——他怎么的了?

"你也许不舒服吧,格里沙?"

格里戈里从他的茶碟里呷下了最后一口茶,用手抹了抹他的胡髭,不慌不忙地将空杯子微微移近妻子,愁眉不展地说:

---

① ② "那个"和"它们"均指细菌。

"我同那个大学生上传染病院去了……"

"上霍乱传染病院?"玛特廖娜叫了起来,压低了声音,吃惊地问道:"那里病人多吗?"

"连咱们的这一个在内,有五十三个……有一些病人有了好转……能走动了……一个个面黄肌瘦……"

"霍乱病人吗? 我想不是吧? ……把别的什么人塞进那里头装样子:瞧瞧,他们说,我们能治好!"

"你这笨蛋!"格里戈里坚决地说,愤怒地瞪了她一眼。"你们都是一群蠢货,无知和愚蠢,没别的! 和你们这种愚昧无知的人生活在一起能把人给愁死……你们什么也不懂。"他鲁莽地把重新斟满的茶杯移到自己面前,就不吭声了。

"你在哪儿受过这样的教育呢?"玛特廖娜挖苦地问,叹了一口气。

他沉默不语,若有所思,严厉得难以亲近。茶炊快熄灭了,咝咝地拉长声调尖叫着,使人感到十分寂寞无聊。一股油颜料、石碳酸和令人恶心的污水坑里的臭气从院子传进窗子里来。黄昏时的晦暗,茶炊的咝咝声和那些气味——这一切紧紧地搅和在一起。黑色的炉口望着这对夫妇的样子,就像感到了自己的使命是在适当的时机将他俩吞噬掉一样。夫妇俩嚼着白糖,弄得杯盘叮当作响,他们一口一口呷着茶。玛特廖娜叹息着,格里戈里用一根手指头敲着桌子。

"从没看见过那么清洁!"突然他愤愤地讲了起来,"每一个职工都穿白衣服。病人常常洗澡……给他们喝葡萄酒,两个半卢布一瓶的! 食物……光是香味就能饱人……只要想一想:活在世上,甚至连鬼都不屑于啐你一口,更别想有谁偶尔能来看看你,向你问长问短:过得怎样呀,总而言之——生活怎样? 过得称心如意呢,还是要死不活? 但是一等到人要死了,他们不仅不让死,甚至不惜自己遭到损失,病院……葡萄酒……两个半卢布一瓶! 难道那些人就想不到这个吗? 办病院、买葡萄酒都得花很多钱啊。难道这些钱不能每年拿出一部分来改善生活吗?"

妻子没有用心去领会他的话,但她充分地感到,这些话是新的,因此她准确地得出了一个结论:格里戈里心中产生了某种对她不利的想法。她最想知道的是,这事与她有什么相干?这个愿望包含有畏惧和希望,以及对丈夫的某种敌意。

"我想,那里的人知道的比你多。"当格里戈里说完后,瘪了一下嘴时,她说。

格里戈里耸耸肩膀,斜眼望望她,沉默了一会儿,用更高的声调说:

"他们知道不知道,那是他们的事,但是如果我没有领略过一点儿生活的味道,就得死去的话,我就能够议论这个问题。我要跟你说的是,我再也不愿这样生活下去了,坐在这里等着,等着霍乱降临到我身上,让我抽搐,我不愿意。我不能够!彼得·伊凡诺维奇说:'迎上去,打败它!命运跟你作对,你就反对命运,看谁胜谁负?这是战斗!没别的……'你是说,现在怎么办吗?我要到病院去当杂役,没有别的办法!你懂了吗?我要进入虎口,吞了我吧,可我要用脚踹!……一个月挣二十个卢布,还可能给奖金……会死吗?有这个问题,但是在这里兴许死得更快。"

奥尔洛夫一拳打在桌子上,以至所有的茶具都跳动起来。

玛特廖娜在讲话开始时,带着忧心忡忡和好奇的神情望着他,但在讲话结束时,已经是怀有敌意地眯缝着眼睛。

"是那个大学生教你这样做的吗?"她克制地问。

"我自己有头脑,能够判断。"格里戈里回避了直接的答复。

"那他教你怎样甩掉我呢?"玛特廖娜继续说。

"你吗?"格里戈里有些发窘了,因为他还没来得及考虑妻子的事。当然,可以把女人留在家里,平常都这么做的,但是留下玛特廖娜却是危险的。对她要严加防范。被这种思想所烦扰的奥尔洛夫愁眉苦脸地接着说:"怎么办?你将来在这里住……我去挣工资……嗯,就这样办……"

"这样办。"女人平心静气地说,并且冷冷一笑,这是一种意味深长的、女性的微笑,这马上引起了男人钻心的妒意。

神经过敏的、灵敏的奥尔洛夫觉出了这一点,但是由于自尊心,他不愿意暴露自己,他责备妻子道:

"你光是哼哼唧唧,没别的话了?……"他警惕起来,等待着她还要说什么别的话。

她又用那种激怒人的笑法微微一笑,就不作声了。

"嗯,那么怎么办呢?"格里戈里提高了嗓门问。

"什么?"玛特廖娜说,漠不关心地拭着茶杯。

"毒蛇!你别耍滑头,我揍死你!"奥尔洛夫大发雷霆。"也许我是去送死!"

"那不是我送你去的,你别去……"

"你会高兴送我去的,我知道!"奥尔洛夫用讽刺的口吻喊道。

她沉默不语。这把他气坏了,但是奥尔洛夫克制住自己习惯了的表示感情的方法,他之所以能克制是因为脑子里闪过一种想法,照他看来,这种想法是非常毒辣的,他幸灾乐祸地微笑着说道:

"我知道,你巴望着我哪怕是下地狱。嗯,咱们走着瞧吧,看谁胜谁负……是的!我也能走这一步的,啊,你瞧着我吧!"

他从桌边一跃而起,从窗台上拿起便帽,撇下妻子走了。她玩弄的手段并没能使她满意,反被对方的威吓弄得烦乱不堪,她怀着对未来日子越来越害怕的心情,低声自语着:

"啊,上帝!圣母!圣母呀!"

她在桌前坐了很久,试着猜测格里戈里要做什么?在她面前摆着洗净了的茶具。落日把一片红光照在邻家的大墙上,那墙正对着他们房间的窗子,白色的墙壁反射这光线,映入了房内,摆在玛特廖娜面前的玻璃罐的边沿在闪耀着。她皱眉望着这微光的闪射,直到她两眼望累了的时候。于是她收拾好茶具,在床上躺了下来。

格里戈里回来的时候,天已经全黑了。从他走下楼梯的脚步声,她就猜到了丈夫是高兴的。他嫌屋里黑,骂了一句,走到床边,坐了下来。

"你知道怎么回事?"奥尔洛夫微笑着问。

"怎么回事?"

"你也有工作了!"

"上哪儿工作?"她用发抖的声音问。

"就是我要去的那个医院!"奥尔洛夫用庄重的声调说。

她抱着他的脖颈,双手紧握在一起,吻着他的嘴唇,他没有料到这样,将她推开。

"她在装假……"他心里想,"她这个狡猾的女人根本不想和那些人在一起。她在装假,毒蛇,她把丈夫当傻瓜……"

"你干吗这样快活?"他粗鲁并且猜疑地问,恨不得把她推倒在地板上。

"我就觉得快活嘛!"她敏捷地回答。

"你要滑头!我知道你!"

"你是我勇敢的叶鲁斯兰①!"

"住嘴……要不然,你给我小心点!"

"你是我亲爱的格里沙!"

"你到底是怎么一回事?"

当她的抚爱使他驯服了一些的时候,他担心地问她:

"那么你不害怕吗?"

"咱们能在一起就行了。"她简短地回答。

他听到这话很高兴。他对妻子说:

"你真行!"

他使劲捏了她一把,捏得她尖声叫了起来。

---

① 叶鲁斯兰是俄罗斯民间传说中的英雄。普希金曾根据关于叶鲁斯兰的传说写了长诗《鲁斯兰与柳德米拉》。

奥尔洛夫夫妇值班的第一天,碰巧进院的病人非常多,这两个习惯于缓慢的生活节奏的新手在繁忙的事务面前感到既胆怯又不习惯。他们笨手笨脚,听不懂命令,被那些怕人的印象弄昏了头,不知所措,尽管他们想好好工作,却只是妨碍别人。格里戈里几次感到,为了他的无能,他真该受到严厉的吆喝或者训斥,但是使他非常诧异的是,竟然谁也没有责备他。

有一位身材高大,长着黑胡髭,鹰钩鼻子,右眉上生了一个特别大的疣子的医生,吩咐格里戈里扶一个病人进浴盆里去,格里戈里使劲地抓着病人的两个腋窝,弄得病人哎哟哟地直叫唤,并且皱起了眉头。

"你呀,亲爱的,别把他的骨头折断了,他整个人也能放得进浴盆的……"医生严肃地说。

奥尔洛夫感到狼狈,但是那个病人——一个又瘦又长的大高个子,勉强地微笑了一下,用嘶哑的声音说:

"是新来的吧……还不习惯。"

另外一个医生,是一位长着尖尖的灰白色胡须和炯炯有神的大眼睛的老年人,在奥尔洛夫夫妇初来病院的时候,就教他们应当怎样对待病人,在不同的情况下应当作什么,抬病人该怎样抬法;最后还问他们,昨天洗过澡没有,并且把白围裙分发给他们。这位医生的声音是柔和的,他说话说得很快;奥尔洛夫夫妇都非常喜欢他。在他们周围闪动着穿白衣服的人们,传出了命令声,杂役赶忙答应。病人们在嘶哑地说话,唉声叹气,不断地呻吟。水在流着,发出哗啦哗啦的响声。这些声音都飘浮在空气里,而空气里充满了那么浓厚的、强烈的、刺鼻的难闻的气味,以致使人觉得医生的每一句话,病人的每一声叹息,似乎也发出了呛鼻的气味。

起初,奥尔洛夫觉得这里是一个混沌世界,他在里面总觉得不自在,他会憋死、会生病的……但是过了几个钟头,他受到处处弥散着的工作热情的感染,他也振作起来,充满了要努力适应这工作的愿望,感到要是他和大家忙在一起,他就会安心和轻松一些的。

"升汞！"一个医生叫道。

"热水！"一个瘦瘦的、眼皮红肿的大学生吩咐。

"您——您姓什么？奥尔洛夫……请把他的脚擦干！……要这样擦……你明白吗？这—这样，这—这样……轻一点，不然你会擦掉他的皮！"另一个长头发、麻脸的大学生做给格里戈里看。

"又抬来了一个病人！"有人通知道。

"奥尔洛夫，把他抬进来。"

格里戈里尽心竭力地去做，弄得满头大汗，耳鸣眼花，头昏脑涨。有时他在纷至沓来的印象之下简直忘记了自己的存在。病人那土黄色面庞上浑浊的眼睛下面的绿斑，那好像被疾病磨得光滑了的骨头，那发黏的、恶臭的皮肤，那濒于死亡的身子的可怕的痉挛——这一切痛苦地压在他心上，引起一阵阵恶心。

他有几回在病院的走廊上匆匆地见到他妻子一面；她瘦了，脸色苍白，神色惘然。他用沙哑的声音问她：

"喂，你怎么样？"

她报以微微一笑，什么也没说就走了。

一个格里戈里完全不习惯的想法刺痛着他的心：也许，他不该把自己的妻子带到这儿来，带到这龌龊不堪的工作中来！她会生病的……于是，当他再遇见她的时候，他严厉地叫道：

"当心点，时常洗洗手，要注意身体！"

"我不当心又怎样？"她露出细白的牙齿，挑衅地问他。

这使他发火了。真找到地方开玩笑了，这傻瓜！这些娘们儿真是一批贱货！但他没有来得及说一个字儿，玛特廖娜见他光火的眼神，便连忙走开，到女病房去了。

一分钟以后，他已经在抬一个认识的巡警去太平间。巡警在担架上轻轻地摇晃着，呆滞的眼睛从扭歪了的眼皮下面凝视着明亮的、炎热的天空。格里戈里心中略带恐怖地望着他：就在两天以前，他还看见这个巡警在站岗，当他走过时还骂了这个巡警一句；他们之间有些小小的不和。而现在,这么个强壮的汉子,狠心肠的人竟然死去了,模样变难看了,并且由于抽搐而全身痉挛着。

奥尔洛夫感到这样不好,——如果一个人在一天之内就会死于这种恶病的话,那为什么要生到这个世界上来呢?他自上而下地望着那个巡警,对他动了怜悯之心。

但是突然死尸弯曲的左臂慢慢地动了起来,并且伸直了,而歪到左边的嘴唇,原来是半张着的,也自动闭上了。

"站住!普罗宁……"奥尔洛夫用沙哑的声音说,将担架放到地上。"还活着呢!"他小声地对和他一起抬尸体的那个杂役说。

那杂役回转身来,仔细地看了看死者,生气地对奥尔洛夫说:

"为什么胡说八道!难道你不明白,他这是为了进棺材才伸直的吗?快点,抬吧!"

"可他真的在动呀?"奥尔洛夫抗议着,因为恐怖而战栗了。

"抬吧,你该明白,你这怪人!你怎么不懂话呀?我说:他伸直了,嗯,这就是说,动弹了。你瞧着吧,你的无知可能会使你遭殃的……活着!难道可以对死尸说这样的话吗?老兄,这么说会出乱子的……明白吗?不要多嘴,对谁也别说他们在动弹,他们都这样。要不然的话,母猪告诉公猪,公猪传遍全城,那就要出乱子了——说埋活人!老百姓一拥而进,会把咱们打得落花流水。你也会吃苦头的。你懂了吗?我们把他撂在左边吧。"

杂役平静的声音和他那不慌不忙的步伐,使格里戈里清醒了。

"你呀,老兄,千万别垂头丧气,会习惯的,这里很好。伙食不错,待人也好,还有别的方面,一切都很好,老兄,咱们都会死的;这是最平常的事情。眼下呢,要活下去,要明白,千万别害怕,这是主要的关键!你喝酒吗?"

"喝。"奥尔洛夫说。

"你看,我有一瓶酒放在那个小地窖里面,以备不时之需,快点,咱们去喝两杯。"

341

他们走到病院一个角落里的小地窖里,喝了酒,普罗宁滴了几滴薄荷水在白糖上,递给奥尔洛夫,说道:

"吃吧,不然你会有酒味儿,这儿对于伏特加酒可管得严厉了。因为喝酒有害处!"

"你对这儿习惯了吗?"格里戈里问他。

"我——一来就习惯了。坦率地说,成百的人在我眼前死去了。这里的生活不平静,但是,说句老实话,生活不错。这是神圣的工作。就像在战争中似的……你听说那些男护士和女护士的事了吗?在土耳其战役中,这种人我可见得多了。我到过阿尔达汉①和卡尔斯②城下。嗳,老兄,这些人比我们这些当兵的更纯洁。我们当兵的打仗,有枪、有子弹、有刺刀;可是他们,赤手空拳地在枪林弹雨里跑来跑去,就像在一座绿荫蔽日的花园里散步一样。他们把我们的伤员,还有土耳其人,抬起来送到急救站去,他们周围一日一日!唏一尤!乞一嚓,子弹横飞!有时候打到护士的后脑勺上——咔嚓一声——就没命了!……"

在这番谈话和喝了一些伏特加酒之后,奥尔洛夫心里爽快多了。

"既来之,则安之。"他一面给病人擦脚,一面安慰自己。在他后面,有谁在呻吟着,凄怆地恳求道:

"喝—水!哎呀,好人们—们!"

而另外一个人却咯咯地叫了起来。

"哦……噢!……呵呵呵!再热一点!……医生老—老爷,有益处!基督保佑您,——我感觉得出来!请再给我倒点开水吧!"

"给他葡萄酒!"瓦先科医生叫道。

奥尔洛夫一边工作,一边看到,实际上这一切并不像他不久以前所想象的那么糟糕和可怕,这里并不是混沌一片,而是有一个强大的、有理性的力量在起着作用。但是,当他想到那个巡警时,他还是打哆

---

① ② 都是土耳其的城市。

嗦,斜眼望了望病房对着院子的窗口。他相信那个巡警是死了,但是在这一信念中存在着一种不稳定的成分。假使那死者突然跳起来叫喊呢?于是他记起了什么人说过:有一次那些害霍乱病死去的人们从棺材里冲了出来,朝四面八方跑掉了。

他想起了妻子:她怎么样了?有时产生了一种瞬息即逝的愿望,希望抽个空儿去看看玛特廖娜。但是随后奥尔洛夫似乎为自己这个愿望感到难为情,他对自己喊道:

"让这个小胖肉墩子转悠转悠吧!也许,她会瘦一点,会丢掉她的那些想法的……"

他总在怀疑妻子心中有一些想法,这些想法对作为丈夫的他来说是凌辱性的,有时候在怀疑中他能达到一定的客观主义,甚至承认她的这些想法是有根据的。她的生活是苦闷的,由于这种生活,什么糟糕透顶的想法都会钻到脑子里来的。这种客观主义通常使他的怀疑暂时变成自信。然后他扪心自问:为什么他要从自己的地下室爬出来,进了这个开水锅呢?他困惑莫解。但是所有这一切念头,只在他心灵深处回旋,它们似乎被他对医务人员行动的全神贯注隔断开来,使之不能直接影响他的工作。他在任何劳动中都没有看见过像这里的人们那样作出自我牺牲,当他望着医生和医科学生精疲力尽的面容时,他不止一次地想道,所有这些人——真的不是白拿薪水!

奥尔洛夫一下班,就疲倦不堪地跑到病院的院子里去,靠着药房窗下的墙壁躺了下来。他思绪混乱,心口疼痛,两条腿疼得钻心。他什么也不想,也无所求,他直挺挺地躺在草地上,仰望着天空,天上的云朵被彩霞映得十分绚丽,他疲倦得要死,立刻睡着了。

他梦见,似乎他和妻子在医生家里的一个大房间里做客,周围摆着维也纳式的椅子。病院里所有的病人都坐在这些椅子上。医生和玛特廖娜在大厅中央跳"俄罗斯"舞,他自己则拉手风琴,并且快活地大笑,因为医生的两条长腿完全是僵直的,而庄严、骄傲的医生在大厅里走着,紧跟在玛特廖娜的后面——活像沼泽地里的一只白鹭。所有的病人也都哈哈大笑起来,在椅子上笑得前仰后合。

突然那巡警在门口出现。

"啊哈!"他用阴森可怖的声调叫道,"格里沙,你以为我已经死了?你在这里拉手风琴,却把我抬到太平间去了!那么,跟我去吧?起来!"

奥尔洛夫吓得浑身发抖,大汗淋漓,他迅速地抬起身子,在地上坐了起来。瓦先科医生蹲在他面前,责备他说:

"朋友,要是你睡在地上,还算什么卫生员,而且还是肚子贴着地皮,啊?这样你会让肚子着凉的,要是你卧病在床,那么,能有什么好结果,你会死去的……朋友,这样可不行啊,病院里有你睡觉的地方。没有告诉过你吗?看,你出汗了,还在打冷战,哎,来,我给你点药吃吃。"

"我是因为太疲倦了。"奥尔洛夫低声喃喃地说。

"那更糟糕!你得注意身体,目前是危险时期,而你又是一个有用的人。"

奥尔洛夫默默地跟着医生走过病院的走廊,一声不响地喝下一小杯药,又喝了另一小杯,他皱了皱眉头,啐了一口。

"好,现在去睡觉吧!"医生也挪动着他两条细长的腿,在走廊的地板上走着。

奥尔洛夫注视着他的背影,突然咧嘴微笑,他追上了医生。

"太谢谢啦,医生!"

"谢什么?"医生站住了。

"谢谢您的关心。我现在要拼命为您工作!因为我喜欢你们这种忙碌的生活……而且……我也高兴我是一个有用的人……总而言之,太感—感谢您了!"

医生惊讶地审视着这个杂役由于喜悦而显得兴奋的面孔,也笑了。

"你真是一个怪人!不过,没什么,你这一切都很好,一片诚意!

干吧,什么都好好地干吧;这不是为了我个人,而是为了病人。咱们必须把人从病魔那里夺回来,从它的魔爪下夺过来,你懂了吗?那么你就好好工作,竭尽全力战胜疾病。现在,去睡觉吧!"

奥尔洛夫很快地躺到床上,他沉沉欲睡,感到肚子里又暖和、又舒服。他心情愉快,因为和医生进行了这么爽快的谈话而感到自豪。

他怀着由于妻子没听见这番谈话而感到遗憾的心情睡着了。明天告诉她吧。……她会不相信的,这老泼妇。

"起来喝茶,格里沙。"清晨妻子把他叫醒了。

他微微抬起头来,望着她。她对他微笑着。她的头发梳得光光溜溜,穿着肥大的白色外衣,显得整齐清洁、容光焕发。

他看见她这种样子,心里很高兴,但同时他又想到,病院里别的男人也会看见她这副模样。

"喝什么茶?我自己有茶叶,我上哪儿去喝呢?"他皱着眉头说。

"你跟我一起去喝。"她提议说,一边用抚爱的眼光看着他。

格里戈里将自己的眼光移到一边,说他就来。

她走了,他又躺到床上,沉思起来。

"真有你的!叫我去喝茶,蛮亲热的……可是一天的功夫,她就瘦了。"他怜悯起妻子来,想做件使她愉快的事。或者就买点糖果之类在喝茶的时候吃吧?但是洗脸的时候,他又把这个念头打消了:干吗要把女人宠坏呢?就这样她也能过呀!

他们在一间小小的、明亮的房间里喝茶。那房间有两扇窗户临着洒满了金色晨曦的田野。露珠还在窗下的草地上闪烁。在遥远的地平线上,在朦胧的淡红色的晨雾中,可以看见驿道两旁的树木。长天一碧如洗,潮湿的青草和泥土的气息从田野漾进窗口。

桌子摆在两扇窗子中间靠墙的地方,三个人坐在桌旁:格里戈里、玛特廖娜和她的一位女同事——一个高大的、瘦瘦的中年妇女,有一张麻脸和一双温和的灰眼睛。她叫费莉察塔·叶戈罗芙娜,是个老处女,八级文官的女儿,因此不能喝用病院开水锅里面的水冲的茶,总是用自己的茶炊烧开水。她用疲劳不堪的声音把这一切告诉了奥尔洛夫,然后殷勤地招待他坐在窗子近旁,好饱饱地呼吸"真正自由自在的空气",之后,便走开不见了。

"怎么样,昨天累了吧?"奥尔洛夫问他的妻子。

"累得真够呛!"玛特廖娜兴奋地回答。"我不停地来回奔跑,头昏脑涨,话也听不懂,眼看着要直挺挺地躺下了。勉强支持到下班的时候……我老是在祷告,我心里想:上帝,帮帮忙吧。"

"你害怕吗?"

"死人吗,我怕。你知道,"她俯身靠近丈夫,用惊恐的声音低声对他说,"他们死了以后还在动,这是千真万确的!"

"这我也看一看见了!"格里戈里怀疑地笑了一下。"昨天巡警纳扎罗夫死后差一点没给我一记耳光。我把他抬到太平间去,他突然挥动左臂……我差一点没躲开……是这样的!"他有点添枝加叶,但并非出自他的本意要吹牛,而是自然而然说出来的。

在这间窗户外面是无尽的绿野和蓝天的明亮而又清洁的房间里饮茶是很称他的心意的。而且还有让他称心的——不知道是妻子,还是他自己,总而言之,他想表现自己身上最好的一面,成为即将来临的这一天的英雄。

"我要在这儿工作——拼命地干,就这样!因为我这样做是有理由的,首先,我告诉你,这儿的人们是世上少有的!"

他把同医生的谈话告诉妻子,并且,无意间又略微夸张了一些,这使他更加兴高采烈了。

"其次,是工作本身!老兄,这是件神圣的工作,比方说吧,就像战争一样,霍乱和人——看谁胜谁负?这需要智慧,什么都要做得一丝不苟。霍乱是什么?这必须弄清楚,然后用能治服它的东西把它战胜!瓦先科医生对我说:'奥尔洛夫,你是这个事业中有用的人!'他说,别害怕,把病从病人的脚上给驱逐到病人的肚子里,在那里头,他说,我用酸性的药物把它给夹着。那它就完蛋了,病人就会复原,并且会一辈子感谢咱们,因为,是谁救了他的命?是咱们!"奥尔洛夫骄傲地挺起胸膛,用兴奋的目光望着妻子。

她沉思地望着他的脸微笑着,他的模样儿变得漂亮了,现在他非常像很久以前、还没有结婚时她所见到的那个格里沙。

"在我们病房里也是每个人都热心工作,都挺善良。女医生胖胖的、戴着眼镜。她们都是好人,对人说话都那么朴实,和他们在一起什么都能弄懂。"

"这么说来,你没什么,你是满意的啰?"格里戈里的热忱冷了一点,问道。

"我吗?上帝,你想一想?我挣十二个卢布,你挣二十个——一个月三十二个卢布!还供给膳宿!这样,要是这种病害到冬天的话,那咱们可以攒多少钱呢?……到那时候,上帝保佑,咱们可以从那个地下室搬出去了……"

"对,这也是一件要紧的事情……"奥尔洛夫若有所思地说,他沉默了一会儿,拍了一下妻子的肩膀,用充满了希望的、热情的声调说:"嗳,玛特廖娜,难道说咱们就交不了好运吗?别胆怯,放明白些!"

她满脸通红。

"只要你忍着不喝酒就好了……"

"别说这个了!到什么山上唱什么歌,走到哪儿说哪儿的话……生活变了,我的行为也会变的。"

"上帝呀,但愿如此!"女人深深地叹息着。

"别说了,嗐!"

"我的好格里沙!"

他们怀着彼此之间一种新的感情分开了。他们被希望所鼓舞,准备工作到精疲力尽,他们精神振奋,心情愉快。

过了三四天,奥尔洛夫受到一些好评,人们夸他是个敏捷、麻利的小伙子,与此同时,他注意到普罗宁和病院其他几个杂役都嫉妒起他来了,想整他。他提防起来,他心中也唤起一种对胖脸的普罗宁的恼恨,虽然他并不反对和普罗宁交朋友和"谈心"。同时,当他见到同事们在工作中明显地想加害于他的时候,他感到痛苦。

"嗳,这群坏蛋!"他心中喊道,轻轻地磨着牙齿,他也尽力不错过适当的机会向对手狠狠地报复一下子。他不禁想到了妻子——因为和她可以畅谈一切。她不会嫉妒他的成功,而且也不会像普罗宁一样,用石碳酸烧坏他的靴子。

每天的工作都像刚来那天那么紧张和忙碌,但是由于他越来越知道该怎样工作,所以已经不那么疲劳了。他学会了区别各种不同药品的气味,并且从中能辨出酒精的气味,他一有机会就悄悄地闻酒精,觉得很愉快。他觉得闻酒精的气味,几乎跟喝一大杯伏特加酒一样,使他感到舒服。只要医务人员一张口,他就听懂了他们的吩咐。他总是那么善良、爱说话,知道怎样才能够替病人解闷。医生和大学生也越来越喜欢他了,就这样,在新的生活方式的种种印象的影响下,他身上产生了一种奇怪的、激昂的情绪。他觉得自己是一个有特殊品质的人。他心中激起了一种想去做一件使得人人都注意他、使得人人都感到惊讶的事情的愿望。这是一个人突然意识到自己是人,但是对这新的事实还缺乏信心,还想要用什么来对自己和旁人证明这一点的那种特殊的上进心;这是一种能逐渐转变为无私的、渴望建立功勋的上进心。

由于这种觉醒,奥尔洛夫做了各种冒险的事情,比方,他独自一人,不等同事们的帮助就竭尽全力地把一个笨重的病人从病床上扶到澡盆中去。他去照顾那些最脏的病人,毫不畏惧有被传染的可能,用一种天真的、有时是轻蔑的态度对待死人。但这一切都不能使他满足:他渴望做一件更大的事业。这种渴望在他心中燃烧着,折磨着他,以致使他感到抑郁,这时他便向妻子倾吐心怀,因为也再无别人可谈。

一天傍晚,当他们下了班,喝完茶以后,夫妻俩一道走到田野里去。病院离城很远,在一片辽阔的绿色平原中间,一边是一座绿色的树林,另一边是遥远的城市建筑物的轮廓;向北面,田野伸展到远方去,在那儿,绿色的田野消失在朦胧的蓝色的天际;在南面,田野被河边陡峭的悬崖切断,沿着悬崖有一条乡间大路,路两旁有排列均匀的、枝叶茂密的老树。夕阳西下,城里高高地耸立在那些暗绿色花园上面的各个教堂的十字架,在空中闪烁着,反射出一束束金色的光芒,城边房屋的玻璃窗上也闪着落日的反照。从什么地方传来了音乐声。从那长满了枞树的峡谷里散发出松脂的气味。空气里散发着树林的各种各样的、潮湿的香味;暖风把含着芳香气味的柔浪温和地送入城市。在这荒凉、辽阔的田野里是那么舒畅、静谧、甜蜜和引人愁思。

奥尔洛夫夫妇默默地在草地上走着,他们高兴,因为他们吸进的不是病房的污浊空气,而是新鲜的空气。

"这是哪里在奏乐,在城里还是在兵营里呢?"玛特廖娜低声地问陷入沉思的丈夫。

她不喜欢看见他沉思——在这样的时刻,他对于她便显得陌生和疏远了。这几天来,他们这么难得相聚,所以她更加珍惜这相聚的时刻。

"音乐吗?"格里戈里反问,好像从梦中惊醒一样。"这鬼音乐,让它见鬼去吧!你最好听一听我灵魂中响着的音乐……这才是音乐呵!"

"什么?"玛特廖娜不安地凝视着他的眼睛,问道。

"我也不知道是什么……我的心灵在燃烧……它渴望辽阔的天地……好让我发挥我的全部力量……哎!我感到自己有精力,有无限的精力!这就是说,如果这霍乱病,比方说,化成一个人,化成一个勇士……哪怕是化为伊利亚·穆罗梅茨[1],我都会和他角力!去拼个你死我活!你厉害,我奥尔洛夫也厉害,看谁胜谁负?我会把他掐死,自

---

[1] 俄罗斯壮士歌中的勇士。

己也在战斗中死去……他们会在田野里我的坟墓上,为我竖一个十字架,上面写着:'格里戈里·安德列耶夫·奥尔洛夫之墓……他为俄罗斯消灭了霍乱。'此外我别无所求……"

他说话的时候,脸涨得通红,眼睛闪着光芒。

"我的大力士!"玛特廖娜低声蜜语,紧紧地靠在他身旁。

"告诉你……刀山我也敢上……只要是做有益的事!是为了使人们生活得轻松。因为——我见到一些人:瓦先科医生、大学生霍赫里亚科夫,他们工作得简直令人感到惊奇!他们早就要累死了……你以为是为了钱吗?为了钱是不会那样工作的!医生——上帝保佑!——倒还有那么一点……可是老头子有一回自己就病倒了,瓦先科顶了他四天四夜的班,那段时间里甚至连家都没回过……这不是为了钱,他们这样做是出于同情。他们怜悯人们,因此不吝惜自己……试问,这是为了谁呢?为了所有的人……为了米什卡·乌索夫……米什卡是应该坐牢的,因为,大家都知道米什卡是个贼,也许,更坏……他们给米什卡治病……而且当他能起床的时候,他们都很高兴,都笑了起来……我也想尝一尝这样的快乐……为了得到许多这样的快乐,我就是死了也甘心!因为我看见他们高兴得大笑时,我真羡慕得心痛啊,我浑身难受,急得直冒火,嗳,你呀……鬼东西!"

奥尔洛夫又陷入了沉思。

玛特廖娜默默无语,但是她的心惊慌地跳动着,因为她丈夫的激昂的情绪使她害怕,她在丈夫的言语里清晰地感觉到他那愿望里面的巨大热情,她不理解他的愿望,因为她从未去理解它。她所珍惜、需要的是丈夫,而不是英雄。

他们走到峡谷旁边,互相挨近着坐了下来。幼小的白杨树茂密的树梢从下面仰望着他们。峡谷下面笼罩着淡蓝色的暮霭,发出潮湿以及败叶和松针的气息。有时一阵微风吹过,白杨树的树枝便轻轻地摇曳着,小枞树也轻轻地摇曳着,整个峡谷充溢着微微颤抖着的、羞涩的低语,好像有一个被树林温柔地热爱着和保护着的人儿,在峡谷里大树的庇荫下睡着了。所以树枝在悄悄地互相私语着,生怕惊醒了他似的。城市里闪烁着灯光,灯光在一片黑暗的花园的衬托下,显得格外突出,像繁花一般。奥尔洛夫夫妇默默地坐着,他沉思地用手指在膝上敲着,玛特廖娜不时地看看他,轻轻地叹着气。

突然,她用手臂挽着他的颈项,把头靠着他的胸膛,低声地说:

"格里沙,我亲爱的人!我心爱的!你现在又变得对我那么好了,我勇敢的人!要知道似乎有一段时间……那时刚结婚……我和你生活在一起……你从来没有对我说过一句重话,你老是和我谈话,把心事告诉我……从来不对我吆喝。"

"你还想这种事吗?要是你想的话,我会使劲儿地揍你一顿的。"格里戈里亲切地开玩笑说,心头涌起了对妻子的怜爱之情。

他轻轻地抚摸她的头发,他喜欢这种抚爱,这是一种慈父对婴孩的抚爱。玛特廖娜事实上也像一个小孩:她爬到他的膝头上,在他的怀里缩成一个软绵绵的、温暖的小团。

"我亲爱的!"她喃喃地说。

他深深地叹了一口气,从他的口里,自然而然地倾吐出对他自己和对他的妻子说来都是新的语言。

"嗳,我的小猫咪!你看,不管怎样,没有比丈夫更亲近的人了。可是你却老想着要躲开……要知道,就是我有时候伤害了你,那也是由于忧伤!我们住在洞窟里……看不见阳光,也不认识人。现在从洞窟里走了出来,我才恢复了视力,在这之前,我是个瞎子。现在我明白了,妻子,不管怎样,是生活中最亲近的朋友。因为,说真的,人们都是些毒蛇……老是想彼此毒害……比方说——普罗宁,瓦秀科夫,……嗳,让他们见鬼去……不说了,莫特丽娅!咱们会好起来的,别丧失勇气……咱们要生活在人们之中,过着明白事理的生活……嗯?你怎么啦,我的傻婆娘?"

她哭了,流着甜蜜的幸福的眼泪,而对他提出的问题则用亲吻回答他。

"我惟一心爱的人!"他低声说,也吻着她。

他们俩彼此用亲吻来揩去眼泪,两人都感到了泪水的淡淡的咸味。奥尔洛夫仍然久久地说着那些对他说来是全新的话语。

天已经全黑了。点缀着无数灿烂星群的天空带着庄严的忧愁俯瞰着大地。田野里寂静得和天上一样。

他们养成了在一起喝早茶的习惯。他们在田野里谈话的第二天早晨,奥尔洛夫不知为什么不好意思地、愁容满面地来到他妻子的房间。费莉察塔生病了,玛特廖娜一个人在房间里,她笑容可掬地迎接她的丈夫,但脸色马上阴沉下来,不安地问道:

"你怎么了?病了吗?"

"没有,没什么。"他干巴巴地回答,在椅子上坐下。

"那么,怎么回事?"玛特廖娜又问道。

"我睡不着。老是在想,昨天我和你瞎说了半天,咱们都变软弱了……我现在为自己害羞……这种事是无益的。你们女人家在这种时候,就打算把别人掌握在手心里……嗯,是的……只是你对这别存幻想,你办不到……你欺骗不了我,你制服不了我。你要明白这些!"

他说这一切时样子非常威严,但是没有望着妻子。玛特廖娜的视线一直没有离开他的脸,她的嘴唇奇怪地歪扭了。

"怎么,昨天你对我那么亲切,现在你后悔了?"她低声问,"你后悔亲了我、抚爱了我?是这样吗?我听了这话感到屈辱……非常痛苦,你用这话撕碎了我的心,你要的是什么?你感到和我在一起无聊吗?难道你不爱我了,是吗?"

她怀疑地望着他,她的声调既充满了痛苦,又像是在对丈夫挑战。

"不—不是,"格里戈里发窘地说,"我只是一般地说说……我和你过的是……你自己明白,是什么样的生活!一想起来,心里就难受。可是现在咱们爬出来了……不过我有点害怕。一切变化得这么快……我感到自己好像一个陌生人一样,你好像也变了。这是怎么一回事？今后又会怎样呢？"

"今后听天由命吧，格里沙！"玛特廖娜严肃地说，"只是你别因为昨天你那么好而后悔。"

"算了吧，别说了……"格里戈里用同样发窘的声调打断了她的话，"你知道吗，我想，总之，咱们不会有什么结果的。我们从前的生活里既没有布满鲜花，现在的生活也并不合我的心意，虽然我现在不喝酒、不跟你打架、不骂人……"

玛特廖娜抽搐着哭了起来。

"你现在没有时间再干这样的事了。"

"要去痛饮一番我总会抽得出时间的，"奥尔洛夫微微一笑，"我不想去，这真是怪事！此外我总觉得有点……不知道是有点惭愧呢，还是害怕……"他摇了一下头，又沉思起来。

"天知道你是怎么回事，"玛特廖娜沉重地叹了一口气，说道，"生活顶好的，虽说工作忙些；医生都喜欢你，你自己循规蹈矩，我不知道是怎么一回事？你太不安分了。"

"这是真的，我太不安分了……我夜里想：'彼得·伊凡诺维奇说：一切人都是平等的，而我难道不同人家一样吗？然而，比方，瓦先科医生就比我好，彼得·伊凡诺维奇也比我好，还有许多其他的人也……这就是说，他们和我不是同等的人，我也不是和他们同等的人，这我感觉到了。他们医好了米什卡·乌索夫的病，并且为此高兴……我就不能理解这个。总而言之，一个人病好了，有什么可高兴的呢？老实说，他们的生活比霍乱的痉挛还要坏。他们明白这一点，可是还高兴……我也愿意像他们一样快乐，但是我不能够……因为，像我刚才说过的，有什么可高兴的呢？'"

"这是因为他们怜悯人。"玛特廖娜不以为然地说，"在我们女病房里也是一样……如果一个病人渐渐好起来，上帝呀，那会发生什么样的事呀！一个贫穷的女病人出院，她们给她许许多多的劝告、金钱和药品……甚至使我感动得流泪……这些善良的人们！"

"你说流泪……我只是感到奇怪……没有别的。"奥尔洛夫耸耸他的肩膀,擦着自己的头,惶惑不解地望着妻子。

她也不知从哪儿来的口才,努力向丈夫证明人们是值得怜悯的。她俯身向着他,用抚爱的眼光凝视着他的面孔,她久久地向他谈到人们和生活的重负,可是他却注视着她,心里想:

"她可真健谈呀!她哪儿来的这些话呢?"

"你自己也有怜悯心呀,你说,要是有力量的话,你也要把霍乱卡死的。那么,这是为了什么呢?正是因为有了霍乱,连你的景况也好了一些了。"

奥尔洛夫突然哈哈大笑起来。

"这倒是真的!的确好起来了!嗳,你呀,真该挨打!别人死了,可我的景况却因此好了起来,是吗……这就是生活!呸!"

他站了起来,笑着去上班。当他走过走廊时,突然因为除他之外,没有旁人听见玛特廖娜的谈话而感到惋惜。"她的话说得多么好呀!女人,女人,她也明白事理了。"他满怀愉悦的感觉,走进了病房,病人嘶哑的声音和呻吟立即传到他的耳里。

玛特廖娜也尽量努力去扩大她在丈夫生活中日益增长的作用。劳动的、匆忙的生活大大提高了她对自己的估价。她没有去想,也没有去议论,但是她忆起以前在地下室中,只关心丈夫和家务事的狭隘生活,就不由地要对今昔做个对比,于是地下室生活的阴暗的画面就逐渐地离她而去,日益遥远了。病院当局因为她的勇气和善于工作而看重她,对她越来越亲切,把她当作人来看待,这对她是前所未有的,使她精神焕发起来……

有一次她值夜班的时候,那位胖胖的女医生开始仔细地询问她的生活,玛特廖娜乐意地、坦白地向她倾诉自己的经历时,突然微笑不语了。

"你为什么笑呢?"女医生问。

"是因为……我过去的生活太坏了……亲爱的夫人,您信不信,我过去不明白这一切,现在我才明白,有多不好。"

在这次回顾以往的生活以后,玛特廖娜心中对丈夫产生了一种奇怪的感情,她仍然像过去一样以盲目的女性的爱去爱他,可是她开始觉得,格里戈里似乎对不起她。有时他和她谈话,她采取了一种庇护的调子,因为他不安的言谈常常引起她的怜悯,但是她有时心里还是怀疑是否有可能与丈夫过一种安静与和平的生活,虽然她相信,格里戈里终有一天会老成起来,他心中的苦闷会消失。

依照事情的常规,他们应该彼此接近,他俩都年轻、勤勉、健壮,他们也许能够过着一种贫穷的、半饥半饱的惨淡的生活,一种富农式的、全副精力消磨在追逐每一分钱上的生活,但是由于格里戈里所谓的他"心里的不安宁",由于那种不能和日常工作调和的想法,使他们避免了这种结局。

一个阴沉的九月的早晨,一辆大车驶进了病院的院子里,普罗宁从车里扶出一个粘了满身颜料、骨瘦如柴、面黄肌瘦、奄奄一息的小男孩。

"又是一个从潮湿街佩通尼科夫的房子里来的病人。"车夫回答病人从哪儿来的问题时说。

"奇日克!"奥尔洛夫伤心地喊道,"啊呀,上帝呀!先卡!奇日!你认得我吗?"

"我认—认得。"奇日克费力地说,他还躺在担架上,慢慢地翻着白眼,想看看在他身边走着并向他俯下身来的奥尔洛夫。

"噢,你这快乐的小鸟儿!你怎么说起胡话来了?"奥尔洛夫问道。他看见这受疾病折磨的可爱的孩子的样子,非常惊骇。"为什么不能放过这个孩子?"他悲伤地摇了一下头,把自己满腔愁绪变成这一句问话。

奇日克默不作声,他瑟缩着。

"我冷呀!"当他们把他放到床上,脱掉他褴褛的、沾满了各种颜料的衣服时,他说。

"我们马上就给你洗一个热水澡!"奥尔洛夫应许他,"我们要把你治好。"

奇日克摇摇小脑袋,小声说:

"治不好的……格里戈里叔叔……把耳朵……凑过来。我偷了手风琴……它在柴棚里……前天,是我偷了以后第一回碰它。啊,真好呀! 我把它藏起来了,随后肚子就痛了……这是惩罚罪恶……它挂在楼梯下面的墙壁上……我用木柴把它挡上了……现在……你,格里戈里叔叔,把它还给物主吧……拉手风琴的有一个妹妹……她问过了……还了一了吧!……"他呻吟着,痉挛着。

人们为他做了力所能及的一切,可是他那虚弱、瘦小的身躯已经无力保住他的生命了。黄昏时分,奥尔洛夫用担架将奇日克送到了太平间。他抬着抬着,感到似乎是他自己受到了伤害。

在太平间里,奥尔洛夫打算把奇日克的身躯弄直,可是没有成功。他悲痛万分,愁容满面,带着那个快乐的男孩子被可怕的疾病弄残废了的形象离开了太平间。

他充满了由于自己在死亡面前无能为力而使自己意志消沉的感觉。他在奇日克身上花了多少心血,医生们也是那样热心地想救治这个孩子,但是孩子还是死了! 这是多么气人呀……总有一天,他奥尔洛夫也会染上病,在痉挛中死去的。他感到害怕、孤独,要是能跟一个聪明人谈谈这一切事情就好了! 他不止一次地打算和随便哪个大学生谈一谈,但是谁也没时间去研究哲理问题。只有到妻子那儿去和她谈谈。他面带愁容、满腹悲伤地去了。

她正在房间的一个角落里洗脸。但茶炊已经摆在桌上了,冒着蒸汽,咝咝作响。

格里戈里默默地坐下,凝视着玛特廖娜裸露的、圆圆的肩膀。茶炊烧开了,水哗哗地响着,玛特廖娜发出嗤鼻的声音,杂役们飞快地在走廊里跑来跑去,奥尔洛夫竭力想从脚步声中猜出,是谁在奔走。

突然,他感到玛特廖娜的肩膀和奇日克在病床上由于阵痛而痉挛的躯体一样冰冷,一样全是黏汗。他颤抖了一下,低沉地说:

"先卡他死了……"

"死了?!保佑这刚去世的少年谢苗升天吧!"玛特廖娜祷告着,随后便使劲地吐唾沫,因为肥皂沫弄进嘴里去了。

"我可怜他。"格里戈里深深地叹了一口气。

"他可真是一个顽皮的孩子。"

"死了,就完了!他生前怎样,不关你的事……可是他死了,这叫人难过。他真是一个活泼的孩子。他把手风琴……唉,一个机灵的小男孩……有时候我望着他,心里想:把他收来当一个学徒……一个孤儿……他也许会习惯起来,给咱们做儿子……你是一个健康的女人,可是,不生孩子……生过一次,可是不生了,嗳,你呀!要是咱们有那么几个小淘气的话,看着他们,咱们的生活就不会这么无聊了吧……要不然,活着,工作……都为了什么呢?只是为了你和我的口粮……为什么……为什么咱们需要口粮?为的是工作……成了没有意义的循环……可是,要是有了孩子的话,就是另外一回事了。是的……"

他的头垂到胸前,用忧伤、不满的声调说着。玛特廖娜站在他面前听着,脸色越来越苍白。

"我是健康的,你也一样,可是没有孩子……为什么?嗯—是的……我这样想了又想,就……喝起酒来了。"

"你说的不是真话!"玛特廖娜坚定地大声说,"你说的不是真话!不许你对我说你的这些下流话……听见没有?不许!你喝酒,不过是由于放荡,不能克制自己,和我不生孩子毫不相干;你说的不是真话!"

格里戈里大吃一惊。他把身子向后一仰,靠在椅背上,注视着他的妻子,简直不认识她了。他以前从未见过她这样盛怒,她从来也没用这样残酷、凶狠的眼睛望过他,也从来没用这么大的力气说过话。

"啊,啊?!"格里戈里双手抓着椅子的坐垫。"啊—呀,说下去!"

"我就要说!我本来不说的,但是我忍受不了你的这种责骂!我没为你生小孩吗？永远不生！我已经不能生了……不生！……"在她的叫喊声里夹着号啕大哭声。

"别嚷嚷！"她的丈夫警告她说。

"为什么我不生，啊？嗯，你只要想一想，你打了我多少次？你在我腰上拳打脚踢过多少回？……你算一算吧！你是怎样折磨我、虐待我的？你知道吗，你毒打我之后我流过多少血？内衣上都浸透了血！我亲爱的丈夫，是这个原因使得我不生小孩的呀！你怎么能够为这来责备我呢，啊？你的脸望着我，不感到惭愧吗？……要知道，你是一个杀人犯！你明白吗？——杀人犯！你杀死了，你亲手杀死了自己的孩子！而你现在却来责骂我，怪我不生育……你对我做的一切我都忍受住了，我一切都原谅了你，可是你的这些话我却永远不能饶恕！一直到我死的时候，我都会想起来！是你自己的过错，你把我折磨坏了，这你难道不明白吗？难道我和所有的女人不一样，我不愿意要孩子吗？！有许多夜晚，我睡不着觉，祷告上帝保着我胎里怀着的你的孩子，你这杀人犯的孩子……当我看见别人的孩子时，我由于嫉妒和怜悯自己，痛苦得喘不过气来……我多么希望……圣母呀！……我轻轻地抚爱过……这个先卡……我怎么啦？上帝！我是个不生育的女人……"

她的呼吸窒息了。从她嘴里迸出了毫无意义的、没有连贯性的话来。

她脸上红一块、紫一块，她战栗着，抓自己的脖子，哽咽着。格里戈里紧紧地抓着椅子，他脸色苍白，神情沮丧地坐在她对面，用睁大了的眼睛望着这个对他说来陌生的女人。他怕她，怕她扼着他的喉咙，把他掐死。她那双可怕的、燃烧着恶意的眼睛告诉他的正是这一点。她现在比他强一倍，他感到了这点，并且害怕了；他不能站起来打她，要是他没有明白她不知从什么地方吸取了巨大的力量、现在她已经根本变了样的话，他是可能会打她的。

"你伤了我的心……你对我的罪孽是深重的！我忍受了，默不作声……因为我爱你，可是我受不了你这样的数落！……我已经没有力量了……你是上帝赐给我的丈夫！让你为你的那些话,三倍地受诅咒吧……"

"住嘴!"格里戈里咆哮着,露出他的牙齿。

"你们这些爱吵架的人！忘记了在什么地方了吗？"

格里戈里眼前好像蒙了一层浓雾。他没看见是谁站在门边,骂了几句脏话,把那个人推到一旁,跑到田野里去了。玛特廖娜在房间的中央站了一会儿,摇摇晃晃地,像个瞎子,将两臂伸向前方,走到床前,呻吟着倒在床上。

天黑了下来,金黄色的圆月不时从灰蓝色乌云的裂隙中好奇地窥视着房间的窗户。但是过了不一会儿,那连绵不断、发人愁思的秋雨的先驱——密密麻麻的雨丝就开始敲击起病房的玻璃窗和外墙,发出了沙沙的响声。

钟摆不快不慢地发出嘀嗒的声音。雨点不断地打在玻璃窗上,一点钟又一点钟地过去了,雨还在继续地下着。这女人一动也不动地躺在床上,用她那红肿的眼睛望着天花板;她咬紧牙关,颧骨突出。雨还是不断地打在墙上和玻璃窗上,发出沙沙的响声,就好像它正固执地用一种令人厌倦的单调的声音,在喃喃地诉说着什么,它想在某一方面说服什么人,但是又没有足够的热情去很快地、出色地做好这件事,因此它就想用这种苦恼的、冗长乏味的、缺乏真正信仰热情的说教去达到它的目的。

天空蒙上一层黎明前的雾气时,雨还在下着。这种雾气预示着整天都会阴雨绵绵。玛特廖娜不能入睡。从单调的雨声中她好像听到了忧愁的、使她害怕的问题：

"现在怎样办呢？"

回答是浮现在她眼前的醉醺醺的丈夫的形象。她很难放弃对和平的、充满了爱情的生活的梦想,她已经习惯于这种梦想,因此她想驱逐那危险的预兆。同时她头脑中也闪过如果格里戈里再喝上酒的话,她就不能再和他一起生活的想法。她看见的他已经是另一个人,自己也变样了,过去的生活引起她的恐怖与嫌恶——这是一种她以前没有经历过的新的感觉。但是她到底是一个女子,又开始责备自己不该与丈夫争吵。

"这是怎么发生的?……呕,上帝!……我就像从挂钩上掉下来一样……"

天已经大亮了。浓雾笼罩着田野,灰色的云雾遮蔽了天空。

"奥尔洛娃,该值班了……"

她听从这传入她房里的呼声,起了床,匆匆地洗完脸,来到病房,她感到自己浑身无力,几乎病了。她那无精打采、满面愁容、两眼暗淡无光的模样儿使人人都感到莫名其妙。

"你病了吗?"女医生问她。

"没什么……"

"你说吧,别不好意思!可以找到替班的人的……"

玛特廖娜感到惭愧,她不愿意在这位好心肠的、但终究是陌生人的面前流露出自己的恐惧和痛苦。她从自己饱受痛苦的心灵深处吸取出最后一点勇气,微笑着对女医生说:

"没什么!和丈夫吵了几句嘴……这会过去的……不是头一回……"

"您真可怜!"了解她生活的女医生叹了一口气。

玛特廖娜想把自己的头埋到女医生的膝盖上放声痛哭,但是她只是紧闭着嘴唇,用手抚摸着喉咙,将已经要迸发出来的痛哭压到胸中去。

她一下班就回到自己的房间里,眺望着窗外。一辆急救车正在田野里向病院驶来——显然,是送病人来的。下着蒙蒙细雨……别的再没有什么了。玛特廖娜从窗前转过身来,沉重地叹了一口气,在桌边坐下,老想着一个问题。

"现在怎样办呢?"

她在困乏的半睡眠状态中坐了很久,走廊上每一阵脚步声都使她战栗,使她从椅子上抬起身来,望着房门……

但是最后,当这扇门打开了,格里戈里进来时,她没有战栗,也没有站起来,因为她感到,似乎秋天的乌云突然从天上落到她的身上,用它们的全部力量压着她。

格里戈里站在门边,把他的湿帽子扔在地板上,踏着沉重的脚步,走向妻子。他身上流着水,他满脸通红,眼睛蒙蒙眬眬的,张开大嘴微笑着。他走着,玛特廖娜听见他靴子里的水在扑哧扑哧地响。他的样子可怜,她没有想到他是这个样子。

"好呀!"她说。

格里戈里蠢笨地摆了一下头,问道:

"你愿意我跪下来吗?"

她默不作声。

"不愿意? 随你的便吧……我总在想:我对你是不是有罪呢? 结果是——我有罪。现在我说:你愿意我跪一跪下来吗?"

她还是没有开口,闻到他身上伏特加酒的气味,一种苦恼的感情使她心痛欲裂。

"你呀——别固执了! 趁我现在心平气和的时候。"格里戈里提高了嗓门说,"喂,你饶恕吗?"

"你喝醉了,"玛特廖娜叹着气说,"去睡觉吧……"

"你说谎,我没有喝醉,我是——疲倦了。我一直在走着,想着……老兄,我想了很多……噢! 你当心! ……"

他伴笑着,用一根手指头威胁她。

"为什么你不说话?"

"我现在不能够和你说话。"

"不能够? 为什么?"

他突然面红耳赤,他的声音也更加强硬了。

"你昨天在这儿对我嚷嚷了半天了,骂够了……嗯,我现在倒来求你的饶恕。你要明白!"

他恶狠狠地说了这些话,他的嘴唇颤动,鼻孔张开。玛特廖娜知道这意味着什么,在她眼前鲜明地重现了过去的一切:那地下室里的星期六的格斗,他们那苦闷的、令人窒息的生活。

"我明白!"她厉声说,"我看见了,你现在又要大发兽性了……唉,你呀!"

"要大发兽性?这和事情毫无关系……我说:饶不饶恕?你怎么想?我需要你的饶恕吗?没有它我照样能活,可是我还是希望你原谅我……懂吗?"

"走开,格里戈里!"女人恼怒地叫道,她把脸扭了过去。

"走开?"格里什卡用一种恶毒的声音大笑起来,"走开,好让你留下来自在?不,不行!你看见这个了吗?"

他抓着她的肩膀,把她猛地揪到自己身边,将一把刀子举到她的面前,这是一个短而厚的、锐利的、生了锈的铁器。

"嗳,我情愿你杀了我。"玛特廖娜深深地叹了一口气,一边说,一边挣脱了他的手,又扭过脸去。他不是由于她的言语,而是由于她的声调大吃一惊,这时也连忙闪到一边。他常常从她嘴里听到这些话,不止一次地听到过,但是她从来也没有这样说过这些话。一分钟之前,他可以轻而易举地打她,但是现在他既不能够也不愿意打了。她的毫不在意几乎使他惊慌失措了,他把刀掷在桌上,声音里带着被抑制着的愤怒问她:

"鬼婆娘!你要什么?"

"我什么都不要!"玛特廖娜喘着气,叫了一声。"你怎么?来杀我吗?那就杀吧。"

奥尔洛夫望着她,默不作声,他不知道该怎么办。他是特意来征服妻子的。昨晚吵架的时候,她是强者,他感觉到这点,这伤了他的自尊心。一定要使她再屈服于他,他坚决地认为——一定要!他是一个烈性的人,这一昼夜他感到很难过,反复思考了很多,但是他的无知使他无法理清妻子对他的正当责备在他心中唤起的混乱的情绪。他明白,这是对他的反抗,因此带了把刀来恐吓玛特廖娜;如果她对征服她的这一愿望不是这样消极抵抗的话,他可能会把她杀死的。但是她毫无防御、痛不欲生地站在他面前,仍然是个强者。看到这点他感到屈辱,而这种屈辱却使他清醒了过来。

"听着!"他说,"你别犟了!你知道,我只要真的——使劲儿往你肋骨上一捅,你就完蛋了!什么都完事大吉!……非常简单。……"

奥尔洛夫感到他所说的话并不是该说的,就沉默不语了。玛特廖娜依然背向着他,一动也不动。她心里仍在重复着那个揪心的问题:

"现在怎样办呢?"

"莫特丽娅!"格里戈里轻声说,他用一只手扶着桌子,俯向妻子。"那么……什么都不对头,难道是我的过错吗?……"

他深深地叹了一口气,摇了摇头。

"这么令人厌烦!难道这是生活吗?嗯,比方说,这些霍乱病人,他们算什么?难道他们能帮助我们吗?他们有的会死去,有的会恢复健康……可我还要活下去,怎样活呢?这不是生活——而是一种抽搐……难道这不令人难受吗?要知道我都明白,只是我说不出,我不能这样生活下去了……给那些人治病,还对他们百般关怀……可我是健康的,但是如果我的心灵痛楚,难道我比他们不值钱?你想想吧,我连个霍乱病人都不如……我心里头在疼挛!可你还对我嚷嚷!……你认为,我是个野兽。酒鬼,不可救药了吗?咳,你……你这婆娘!"

他用一种恬静的、令人信服的音调说着,但她正一心严肃地审视着过去,所以没听清楚他在说些什么。

"你不说话。"格里戈里说,同时注意着自己身上某种新的、有力的东西在怎样增长着。

"你为什么不说话?你希望什么?"

"我对你一无所求!"玛特廖娜喊道,"你为什么折磨人?你要什么?"

"什么!哦,我要……为的是,那么……"

这时奥尔洛夫感到,他不会对她讲他需要的到底是什么,不会那么讲,使得他和她对一切都清清楚楚。他明白了,在他们之间已经有了一条任何言语都不能填平的鸿沟了……

这时在他心中突然激起了一阵狂怒。他挥拳打妻子的后脑勺,并且像野兽一样地咆哮起来:

"巫婆,你干吗,啊?你干吗装模作样?我要打死你!"

这一击,使她的脸撞在桌子上了,但是她立刻跳起身来,站稳了脚,眼睛里带着仇恨,注视着丈夫的脸,坚定地大声喊道:

"你打吧!"

"住嘴!"

"打吧!嗯?"

"啊,你这个恶魔!"

"不,格里戈里,够了!我再也不愿意这样下去了……"

"住嘴!"

"我不允许你再虐待我……"

他磨着牙齿,倒退了一步,也许是为了打起她来更方便一些。

但这时门打开了,瓦先科医生在门边出现了。

"这到底是怎么一回事?你们是在什么地方,啊?你们干什么在这里丢人现眼?"

他的面孔带着一种严峻的惊愕的表情。

奥尔洛夫看见他时没有感到一点难为情,甚至还对医生点了点头,他说道:

"这不过是……在夫妻之间来一次消毒……"

他痉挛地向医生冷笑了一下……

"你为什么不去上班?"医生被他的冷嘲激怒了,厉声质问道。

格里戈里耸了耸肩膀,不慌不忙地解释:

"我有事……我有点私事……"

"可是昨天谁在吵闹呢?"

"我们……"

"你们？好极了……你们的行动就跟在家里一样,未经许可,擅自去闲逛……"

"因为我们不是农奴……"

"住嘴！你们把这儿当酒馆了……畜生！我来告诉你们,你们是在什么地方……"

一种野性的大胆,一种要推翻一切,要从压迫心灵的混乱中冲将出来的强烈愿望,像一股热流一样涌上心头。他感到他现在只要做一件不寻常的事情,就可以立即解脱那束缚他愚昧灵魂的桎梏,他战栗了一下,感到一阵愉快的凉意浸入了他的心头,扮了一个猫脸转向医生,对他说道：

"你别劳神你的喉咙了,别嚷嚷……我知道我在什么地方,在毒死人的地方！"

"什一什么？你怎么说的？"医生吃惊了,俯身对着他。

格里沙明白他说了荒诞无稽的话,但并没有因此冷静下来,反而更加愤怒了。

"不要紧,过得去的！您就忍着点吧……玛特廖娜！走吧。"

"不,我的朋友,先别走！你回答我……"医生用一种不怀好意的平静的声音说,"坏蛋,为了你这话,我把你……"

格里沙正面凝视着他,开始说了起来,感到自己正在向什么地方跳去,并且每跳一步,都使他呼吸更加轻松……

"你别叫喊……也别骂……你以为,既然霍乱流行,你就可以指挥我了。你这是空想……至于你们治病,这甚至是谁也不需要的……至于我说到毒药,当然,这是故意气你的……但是不管怎样,你别叫嚷得太凶了……"

"不,你胡说八道！"医生平静地说,"我要教训教训你……嗳,过来吧！"

走廊里已经挤满了人……格里沙稍稍眯缝上眼睛,咬紧了牙关……

"我没有胡说,也不害怕……你既然要教训我,那么为了让你舒服,我还要说……"

"啊?说呀……"

"我要上城里去大声吆喝:'朋友们!你们知道他们怎么治霍乱病的吗?'"

"什—什么?"医生睁大了眼睛。

"那时候我们就张灯结彩再来一次那样的消毒……"

"你说什么,见你的鬼!"医生低沉地叫道。在这个青年面前,医生的愤怒变成了惊讶,他以前认为这是一个热爱劳动的、并不愚蠢的工人,可现在这个人不知道为什么糊涂地、荒谬地自寻死路……

"你说什么,傻瓜?"

"傻瓜"——在格里沙心里引起了反响,他明白,这种宣判是公正的,但却更加生气了。

"我说什么?我知道……对我反正都一样……"他说话时,两眼闪闪发光。"我现在是这样理解的,我们这号人不管什么时候反正都一样……我们完全没有必要克制我们的感情……玛特廖娜,走吧!"

"我不走!"玛特廖娜坚决地说。

医生睁大了眼睛望着他们,拭着额头,莫名其妙。

"你……不是喝醉了,就是发了疯!你理解你在做什么吗?"

格里沙没有屈服,他也不能屈服。他讥讽地回答医生说:

"可是您是怎样理解的?你们又做的是什么呢?消毒,哈,哈!医治病人……可是那些健康的人却因为生活的压迫而在死亡……玛特廖娜!我要打破你的脑袋!走吧……"

"我不跟你去!"

她面色苍白,强自镇静,她的眼睛坚决而冷冷地望着丈夫的脸。尽管格里戈里壮大了英雄胆,还是背转身去,并且垂下了头,不讲话了。

"呸,真讨厌!"医生啐道,"连鬼也弄不明白,这是怎么一回事……你呀!滚吧!快滚蛋,还得谢谢,我没有好好教训你一顿……应该让你受审判……傻瓜,滚蛋!"

格里戈里默默地看了医生一眼,又低下头来。如果把他打一顿或者是送到警察局里的话,对他说来,也许更好一些……

"最后说一次,你走不走?"格里沙嘎声地问。

"不,我不走。"她一边回答,一边微微地弯下身子,似乎在等着挨打。

格里沙挥了一下手臂。

"嗯……你们统统见鬼去吧!……我要你们这些人有什么鬼用?"

"你这个奇怪的笨蛋。"医生开始劝说。

"别骂街!"格里沙吼道。"嗯,该死的邋遢婆娘,我走了!也许,再也见不到了……也许,能再见到……那要凭我高兴!但是假使我们再见面,那也不会对你有好处的,你要明白!"

于是奥尔洛夫向门口走去。

"别了,悲剧演员!"当格里戈里走过医生身边时,后者挖苦地说。

格里戈里停了步,用忧郁地闪烁着的眼睛望着医生,克制着自己,低声说:

"你别惹我……别再把发条上紧了……它现在松了,谁也没伤害……好了,就这样吧!"

他从地板上拾起便帽,把它戴在头上,踌躇了一会儿,再没有看妻子一眼,走了出去。

医生用探询的目光望着她。她面色苍白地站在他面前。医生朝格里戈里身后点了点头,问道:

"他怎么了?"

"我不知道……"

"嗯……他现在上哪儿去呢?"

"喝酒!"奥尔洛娃肯定地说。

医生扬了一下眉毛,走了。

玛特廖娜望了一眼窗外。在苍茫的暮色中,在风雨里,一个男人的身影正快步地离开病院向城市走去。形单影只,在潮湿的、灰蒙蒙的田野之中……

玛特廖娜·奥尔洛娃的脸色更加苍白了,她转身走到屋角,跪了下来,开始祷告,使劲儿叩头,一边热情地、喃喃地、喘不过气来的祈祷着,一边用激动而颤抖的双手抚摸着胸口和喉咙。

有一回我去参观 N 城的一所技术学校。我的向导是我的一个熟人,他是学校的创始人之一。他引导我参观这所设备良好的学校,并且对我讲道:

"正如您所见到的,我们可以自夸……我们的学校正在成长,办得越来越好。在教员的选择上有惊人的成功。比方说,在制靴和制鞋车间里,有一位女教员,她是一个普通的女靴匠,一个女人,甚至是一位可爱的人物,小机灵鬼儿,可是品行极为端正。不过,去它的……嗯,是的,就是这样,这个女人,平平常常,我说的是女靴匠,可是她工作得可好啦!……她很会传授她的手艺,非常热爱孩子们,简直令人惊奇!她是一个无价之宝的女工……她一个月挣十二卢布,住在校内……用这点微薄的收入收养了两个孤儿!我告诉您,这是个顶有趣的人物。"

他这样热心地对那个女靴匠大大夸奖了一番,引起了我想认识她的愿望。

这愿望很快就实现了。就这样,有一天玛特廖娜·伊凡诺芙娜·奥尔洛娃对我讲述了她的悲惨生活。起初一段时间,她和丈夫分手后,他没有给她安静过:他时常喝得醉醺醺地来找她,寻衅吵架,到处暗中窥伺她,毫不怜惜地痛打她。她都忍受了。

病院停办的时候,一位女医生推荐玛特廖娜·伊凡诺芙娜到学校来工作,摆脱丈夫。这两点都办到了。奥尔洛娃开始过着安静的、劳动的生活;在她相识的女医生们的帮助下,她学会了读书写字,从孤儿院里收养了两个孤儿——一男一女。她工作着,对自己的处境很满意,但是却带着忧郁和恐怖的心情回顾过去的生活。她非常爱护她的学生,非常理解她自己的工作的意义,自觉地对待它,因而获得了学校当局的一致尊敬。但是她总在干咳着,这种咳嗽令人生疑,她的消瘦的面颊上呈现出不祥的红晕,她灰色的眼睛里饱含忧郁。

我也认识了奥尔洛夫。我在城里的一个贫民窟里找到他,而且见过两三回面以后,我们成了朋友。当他重述了他妻子讲过的故事之后,沉思了一会儿,对我说道:

"是这样的,这就是说,马克西姆·萨瓦迪伊奇,把我举起来,又抛了下来。我就这样没做出任何英雄业绩。可是一直到现在我还在希望能在什么事情上出人头地……如果能将地球碎为粉末,或者组织一伙匪帮,那该多好!总之,做做这一类事情,我就可以站在众人之上,从高处向他们吐口水……并且对他们说:'嗳,你们这些恶棍!你们为了什么生活?你们怎样生活的?你们是一群伪善的骗子,不是别的!'然后从高处一个倒栽葱跌下来,摔个粉身碎骨!哼,是—是的!哎呀,生活是多么无聊,多么闷人呀!……把玛特廖娜从脖子上甩脱之后,我曾想过:'嗯,格里沙,自由自在地航行吧,已经起锚了!'但是起的不是地方,航道太浅!停船!搁浅了……但是我不会干在这里,别担心!我要露一手!怎么露?只有鬼才知道……妻子?让她见鬼去吧!难道像我这样的人需要妻子?要她干吗?……当我感到四面八方同时都在吸引我的时候……我生下来心头就带着不安的情绪……我的命运决定我做一个流浪汉!我步行、乘车、浪迹天涯……没找到任何安慰……我喝酒吗?当然要喝,不然做什么呢?不管怎样伏特加酒能扑灭心里的……因为心在熊熊地燃烧……一切都令人憎恶——城市、乡村、各式各样的人……呸!难道就想不出来比这些更好的东西吗?总是在互相过不去……把所有的人都卡死才好呢!嗳,你呀,生活,你真是一种鬼把戏啊!"

我和奥尔洛夫坐在一个酒店里面谈话,酒店里那扇沉重的门时开时关,开关之际便发出一种令人心旷神怡的尖叫声。酒店内部给人的感觉,好像它是一张巨口,正在慢慢地、但是谁也逃避不了地、一个接一个地吞噬着可怜的俄罗斯人,不安分的以及别的人们……

周扬 译

沦落的人们[*]

一

这是一条通到城里的长街,夹道是两排破旧的小平房,互相挤紧,墙壁倾斜,窗框歪歪扭扭。这些住着人的房屋年久失修,房顶布满窟窿,用树皮做补丁,上面长着青苔。房顶上方,这儿那儿竖起一根根高杆,上面装着椋鸟巢。城郊贫民窟那些可怜的植物,绿叶上积满灰尘的接骨木树和节节疤疤的白柳树,遮蔽了那些高杆。

小屋的窗玻璃由于年陈日久而变成浊绿色,用卑怯的骗子似的眼光互相瞅着。街道中央那条车辙爬上山坡,曲曲折折,路上的洼坑经雨水冲刷得很深。这儿那儿放着成堆的碎石和各种垃圾,上面长满杂草,这都是水利工程的遗迹或者地基,原是当地居民造出来,借以抵挡从城里猛冲下来的雨水洪流的,却又没有什么效验。上边,山坡上,果园茂盛,一片苍翠,其中掩藏着美丽的石砌房屋。教堂的钟楼骄傲地耸上蓝天,金黄的十字架迎着阳光,射出耀眼的光芒。

下雨天,这个城市把泥浆灌到这条通往城里的街上,干旱天就给它撒满尘土。所有那些丑陋的小屋似乎由一个什么人的强有力的大

---

[*] 本篇最初发表于一八九七年十月和十二月《新语》杂志第一期、第二期上。译自《高尔基三十卷集》第三卷。

手像扫垃圾那样扫在一起,也从上边抛到此地来了。

那些小屋遍布山坡,贴紧地面,已经大半破败,样子虚弱多病,经阳光、尘土、雨水染成混浊的灰色,犹如老朽的树木。

街道尽头,像是从城里抛到山脚下来的一样,立着一所很长的两层楼房,是商人佩通尼科夫的无继承人的房产。它按顺序已经排在尽头上,到了山脚下,再过去就是辽阔的原野,半俄里以外便是一道临河的陡岸了。

这所古老的大房跟邻近的房屋相比,外貌显得极其阴森。整所房子七扭八歪,两排窗子没有一扇保持原样,破窗框上留下些玻璃碎茬,现出沼泽里死水那种浊绿色。

窗户之间的墙壁上满是裂痕,还有灰泥剥落后留下的黑斑,看上去仿佛时间用象形文字在房尾墙壁上写下了它的传记似的。房顶向街上倾斜,这就越发加强它那凄凉的景象,好像这所房子躬身挨近地面,恭顺地等候命运的最后一击,好把它变成乱七八糟的一堆朽木和瓦砾似的。

大门敞开,有半扇门已经从合页上脱落,横陈在地上,它那些木板的缝隙里已经长出青草,像那样的青草在这所房子荒凉的大院子里是到处都有,长得挺茂盛的。院子深处有一所经煤烟熏黑的矮房子,铁皮房顶从高处斜溜下来。正房本身无人居住,可是这所房子原先是铁匠铺,现在成了"夜店",是由退役的骑兵大尉阿里斯季德·福米奇·库瓦尔达经营的。

夜店里边是个阴森的长方形洞穴,四俄丈宽,六俄丈长。这个洞穴只有一边见到阳光,有四个小窗子和一扇宽敞的门。屋里的砖墙没刷灰泥,被煤烟熏黑。天花板原是用帆船底做成的,也熏得乌黑。房中央有个大火炉,底部本来做熔铁炉用。火炉四周,沿墙放着宽阔的板床,上边堆着各种破烂,算是给住店人做被褥用的。墙上冒出烟气,地面上腾起潮气,板床上发散着破布的霉烂气味。

夜店老板的睡处就在炉台上,炉台周围的板床是尊贵的铺位,只有受老板赏识而且跟老板有交情的住店人才能睡。

白天,骑兵大尉总在夜店门外度过,坐在一个多少类似圈椅的座位上,那是他亲手用砖砌成的。要不然他就到佩通尼科夫房屋斜对面那家由叶戈尔·瓦维洛夫经营的小饭铺里去消磨时光。骑兵大尉经常在那儿吃饭和喝酒。

阿里斯季德·库瓦尔达在租下这所房子以前,本来在城里开一家荐头店,介绍仆人。如果再对他过去的生活追溯得远些,就可以了解到他办过印刷厂,至于办印刷厂以前干过些什么事,那么,按他的话来说,就是"简简单单地过活!而且,见鬼,倒也过得挺不错呢!我可以说,我很会生活"!

这个人肩膀宽,身量高,年纪在五十上下,他那张麻脸由于酗酒而浮肿,留一把污黄色大胡子。他的眼睛颜色灰白,很大,眼神莽撞而快活。他说话是男低音,嗓子里咕噜咕噜响,两排牙齿中间几乎总是叼着一根瓷制的德国烟袋,烟袋锅是弯的。每逢他生气,他那又大又红的钩鼻子的鼻孔就张大,嘴唇发颤,露出两排狼样的黄色大板牙。他胳膊长,腿瘸,身上穿着肮脏破旧的军官大衣,头上戴一顶油腻的帽子,镶着红帽箍,可是没有硬帽檐,脚上穿着破毡靴,齐到膝部。每到早晨,他老是因为酒后头痛而很不舒服,傍晚老是带点醉意。他不管喝多少酒,总也不醉,他那快活的心绪永远也不会消散。

每到傍晚,他就坐在砖砌的圈椅上,牙齿中间叼着烟袋,接待住客。

"你是什么人?"他问一个走到他跟前的人说,那个人衣衫褴褛,神情沮丧,是因为酗酒或者其他某种切实的理由而从城里被赶出来的。

那个人回答了他的话。

"你拿出合法的证件来证实你的谎话吧。"

那个人如果有身份证,就把它拿出来。骑兵大尉把它塞在怀里,对它的内容不大感兴趣。然后他说:

"行了。住一夜是两戈比,住一个星期是十戈比,住一个月是三十戈比。你自己去占铺位吧,不过要注意,别占人家的铺位,要不然人家会揍你。住在我这儿的人都挺凶的。……"

投宿人问他说:

"那么您不卖茶、面包或者吃食?"

"我只做墙壁和房顶的生意,为此我得每月付给这所破房的主人五卢布,他就是二等商人犹大·佩通尼科夫,一个骗子,"库瓦尔达用办正事的口气解释说,"到我这儿来的都是些不习惯过奢侈生活的人……不过要是你习惯了每天吃东西,喏,对过有一家小饭铺。可是,你这个废物,还是戒掉这种坏习惯好。你总不是老爷吧,那么你吃什么呢?吃你自己吧!"

骑兵大尉这种话是用假装严厉的口气说出口的,不过眼睛里总是带着笑意,再加上他对他的住客抱着关切的态度,这就使他在本城的穷人当中享有很高的声望。常常发生这样的事:骑兵大尉以前的一个顾客走进院子,来到他的跟前,衣服不再破烂,神情不再沮丧,显出多少体面点的气派,带着朝气蓬勃的脸色。

"您好,大尉老爷!您近来过得怎么样?"

"挺硬朗。很好。你有话就说吧。"

"您不认得我了?"

"不认得了。"

"那么您回想一下,我去年冬天在您这儿住过一个月……那时候这儿不是发生过一次搜捕,抓走了三个人吗?"

"是啊,老弟,我这个好客的小店不时有警察光顾呢!"

"哎,主啊!当时您给区警察局局长很大的难堪!"

"等一等,你别忙着回想过去。你到底有什么事,干脆说出来吧!"

"您愿意让我做个小东道吗?当初我在您这儿住着,您对我真是……"

"感恩图报,这是应该鼓励的,我的朋友,因为这在人们当中是难得遇见的。你大概是个好人。虽然我已经完全记不得你,不过我倒乐意陪你到酒馆走走,为你在生活中的成功痛痛快快喝一通呢。"

"那么您还是老样子……总爱说几句玩笑话吗?"

"可是在你们这些愁眉苦脸的人当中生活,还有什么别的办法呢?"

他们走了。有的时候,骑兵大尉的这个老主顾喝过酒,完全昏了头,照老样子喝醉,回到夜店里来了。第二天他们又互相请客,于是后来,这个老主顾一天早晨醒来,才明白他的钱又都买酒喝光了。

"大尉老爷!这是怎么搞的!我又跑回您的队伍里来了?现在怎么办呢?"

"这样的局面确实不值得夸耀,不过,既然走到这一步,也用不着叫苦,"骑兵大尉有条有理地说,"对任什么事情,我的朋友,都应当看开点,不要胡思乱想来糟蹋自己的生活,也不要提出任什么问题。胡思乱想总是愚蠢的,至于酒后头痛的时候胡思乱想,那更是说不出的愚蠢。酒后头痛的时候需要喝点酒解一解醉,并不需要良心负疚和切齿痛恨。……要爱惜牙,留着它好让人打嘴巴的时候有地方打。喏,这是一枚二十戈比银币,拿去。你去买半瓶白酒,再买五戈比的熟肚子或者熟肺,一磅面包,两根腌黄瓜。等我们用酒解掉了醉,再来估量当前这种局势好了。"

当前这种局势足足过了两天才算完全研究清楚,而那个感恩的顾客光临那天骑兵大尉衣袋里放着的三卢布钞票或者五卢布钞票,这时候也就分文不剩了。

"我们走到头了!够了!"骑兵大尉说,"现在,既然我和你,傻瓜,只顾喝酒,把钱花得精光,那我们就想法再踏上清醒和美德的道路吧。人家说得对:不犯罪就不会改悔,不改悔就不会得救。头一句话我们已经照着做了,然而懊悔是无益的,我们干脆直接得救好了。你动身到河边去干活。要是你管不住自己,就对工头说,要他替你保管钱,要不然索性交给我也行。等我们攒出一笔钱来,我就给你买条裤子什么的,这样也好让你装成一个正经人,素来兢兢业业地工作,只是现在遭到命运打击罢了。你穿上体面的裤子,就又能闯出路来。去吧!"

顾客动身到河边去做装卸工人,想起骑兵大尉的那番话就暗自发笑。他不大了解那些话的含意,可是眼前看见一双快活的眼睛,感到一种朝气蓬勃的精神,知道能说会道的骑兵大尉就是他的膀臂,遇到他有急难是能够帮他忙的。

果然,这个顾客在骑兵大尉对他品行的严格监督下拼死拼活地做工,不出一两个月就挣下一笔钱,足以摆脱在这位骑兵大尉的好心关注下所陷入的困境,又能举步登上较高的生活地位了。

"行了,我的朋友,"库瓦尔达用严格的目光打量这个恢复旧观的客人,说,"裤子和上衣,我们都有了。这些东西要紧得很,你要相信我的经验。当初我穿着体面的裤子,总是在城里扮演上流人的角色,可是,见他的鬼,临到我身上体面的裤子没有了,我也就在人家的眼睛里矮了半截,只好从城里滚到这儿来了。我的漂亮的傻瓜啊,人凭外表评断事物,至于事物的实质,人因为天生愚蠢,就看不清了。这一点你要好好记住。关于你欠我的债,还给我一半就行了。你心平气和地走吧,你只要寻求什么,总会达到目的!"

"那么我欠您多少钱,阿里斯季德·福米奇?"顾客慌张地打听道。

"一卢布七十戈比。……现在给我一卢布或者七十戈比都成,余下的,等你做贼或者干活赚来的钱比现在你手头的钱多,再还给我好了。"

"多承照应,我感激不尽!"顾客感动了,说,"真的,您是多么好的人啊!哎,生活不该亏待您……我想,您要是找到您应该去的地方,准会成为一头雄鹰?!"

骑兵大尉缺了夸夸其谈就没法生活。

"什么叫'应该去的地方'?谁也不知道他自己在生活里的真正地方在哪儿,我们每个人都没做到各得其所。商人犹大·佩通尼科夫的地方应该是服苦役的监狱,可是他大白天在街上逛来逛去,甚至还想办一家什么工厂呢。我们那位教员的地方应该在一个好女人身旁,在六七个孩子当中,可是他如今在瓦维洛夫的酒店里逛荡。再拿你说,你想去找个听差或者跑堂的差事,可是我认为你该去的地方是当兵,因为你不糊涂,能吃苦,守规矩。你看,这都是怎么搞的?生活像洗牌一样胡乱地安置我们。我们只会偶然碰上对我们合式的地方,而且这样的事也长不了!"

有的时候,这种临别的谈话成了继续交往的序言。开怀畅饮就又开始,结果又弄到那个顾客把钱喝光,大吃一惊,骑兵大尉就出钱还请,到头来……两个人都把钱喝光了事。

上述这种事情的重演,丝毫也不破坏双方的良好关系。骑兵大尉提到的那个教员正好就是这样一个顾客,屡次要重新做人,结果总是落空。这个人有知识,比其他任何人都更接近骑兵大尉。也许就是这个缘故,才弄得他一旦落到这个夜店里来,就再也出不去了。

库瓦尔达只有跟这位教员高谈阔论,才相信自己的话能让对方听懂。他是看重这一点的。临到改邪归正的教员赚下一笔钱,准备离开夜店,有意在城里租个住处,阿里斯季德·库瓦尔达总是那么怏怏不快地把他送走,发表那么多忧伤的长篇议论,结果他俩必然痛饮一番,把钱喝完了事。多半,库瓦尔达是故意这样做的,好让教员尽管一心想走,却没法摆脱他的夜店。库瓦尔达是受过教育的人,至今谈吐中还闪着学问的余晖,再加上命运的无常促成他爱好思考的习惯,这样的人怎能不希望身边有个跟自己近似的人,极力跟这人朝夕相处呢?我们都是善于爱惜自己的。

这个教员以前在伏尔加河沿岸一个城市的师范学院里任教,可是被学院革职了。后来他在制革厂当过职员,做过图书馆工作人员,另外还干过几种职业,最后考取律师资格,开始灌酒,终于落到骑兵大尉的夜店里来。他身量高,背有点驼,鼻子长而且尖,头顶光秃。他瘦得皮包骨的黄脸上留一把楔形胡子,闪着忐忑不安的眼睛,嵌在深陷的眼眶里,嘴角悲哀地耷拉下来。他给当地报纸写通讯稿,借此挣来生活费,或者,说得更确切些,挣来买酒钱。有时候他一星期就挣到十五

卢布。于是他把钱交给骑兵大尉,说:

"够了!我要回到文化的怀抱里去了。"

"这很值得称赞!我从心里同情你的决定,菲利普。我从此一杯酒也不给你喝了!"骑兵大尉严厉地警告他说。

"我很感激!……"

骑兵大尉从他的话里听出一种近似恳求宽容的胆怯口气,就越发严厉地说:

"哪怕你哇哇地嚷,我也不给!"

"好,就这么办!"教员说,叹口气,走去写通讯稿。可是过一天,至多两天,他酒瘾发作了,在一个角落里用悲怆和恳求的眼睛瞧着骑兵大尉,战兢兢地等着他朋友的心软下来。骑兵大尉却用尖酸刻薄的讥诮口气大讲"性格软弱的耻辱",大讲"对酗酒的兽性爱好",另外还讲了些适合这种场合的话题。应当替他说一句公道话,他是十分真诚地醉心于他这种导师和道德君子角色的,可是夜店的那些老主顾却心存怀疑,眼睛瞧着骑兵大尉,耳朵听着他大张挞伐的话语,彼此之间悄悄向他那边挤一下眼睛,说道:

"一肚子诡心思!编排得倒好听!其实他是说:我早就对你讲过,你不听,那就只好怨你自己!"

"大尉老爷倒是个真正的军人:一边往前走,一边在找后路!"

后来教员在一个幽暗的角落里找到他的朋友,就揪住他肮脏的军大衣,浑身发抖,舔着干嘴唇,用一种不是言语所能形容的、极为悲惨的目光瞅着他的脸。

"熬不住了?"骑兵大尉阴沉地问道。

教员肯定地点头。

"再熬一天……也许能挺过去呢?"库瓦尔达提议说。

教员不以为然地摇头。骑兵大尉看见他朋友的瘦身躯由于酒瘾发作而不住颤抖,就从口袋里拿出钱来。

"在大多数情况下,跟命运作对是无益的。"他一面拿钱一面说,好像有意在什么人面前替自己洗刷似的。

教员并不是把他所有的钱都用在喝酒上,至少有一半钱他是花在这条街的孩子们身上的。穷人家里孩子永远多,这条街上从早到晚总有一堆堆破衣烂衫、半饥半饱、肮里肮脏的小孩在尘土和深坑里玩玩闹闹。

孩子们是人世间的鲜花,然而在这条通到城里的街上,论外貌,他们倒像是些提前凋萎的花。

教员常把他们召集到他身边来,买下小白面包、鸡蛋、苹果、核桃,带他们到野外去,到河边去。到了那儿,他们先是把教员请他们吃的东西狼吞虎咽地统统吃掉,然后尽情玩耍,周围整整一俄里内到处响着他们的闹声和笑声。在小小的孩子们当中,这个酒徒的修长身材好像矮了半截,他们对待他就跟对待同年龄的孩子一样,干脆叫他菲利普,既不添"大爷",也不添"叔叔"之类的称呼。他们在他周围像泥鳅似的扭来扭去,使劲推他,跳到他背上,拍他的秃顶,揪他的鼻子。这些大概都合他的心意,他对这类放肆从不提出抗议。大体说来,他很少跟他们谈话,即使谈话,也谈得谨慎而胆怯,仿佛生怕他的话会玷污他们,或者简直会损害他们似的。他跟他们一连消磨好几个钟头,充当他们的玩具和同伴,用悲伤忧郁的眼睛瞅着他们活泼的小脸,然后心事重重地往瓦维洛夫的小饭馆走去,在那儿一句话也不说,只顾喝酒,醉到不省人事为止。

差不多每天,教员做完采访工作回来,总要带回一张报纸,于是所有那些沦落的人们就在他周围坐下,像开大会一样。他们纷纷走拢来,有的刚喝过酒,有的早已喝醉,正觉得头痛,他们穿着各不相同的破衣烂衫,可是一律肮脏而可怜。

阿列克谢·马克西莫维奇·西姆措夫走过来,这个人胖得像一只大桶,原先做过林务官,现在贩卖火柴、墨水、黑鞋油为生,是个六十岁上下的老人,穿着帆布大衣,戴着宽檐帽,破帽檐遮住他肥胖的红脸,脸上留着一把大白胡子,胡子里露出一个小红鼻子,快活地瞧着上帝创造的这个世界,另外有两只不知羞耻的、泪水模糊的小眼睛闪闪发光。大家叫他"陀螺",这个外号倒恰当地描出了他滚圆的身材和嗡嗡响的说话声。

不知从哪个角落里,"末日"爬出来了,这人是个神情阴郁、不爱讲话、肤色发黑的酒徒,原名卢卡·安东诺维奇·马尔季亚诺夫,以前做过典狱官,现在以赌博为生,常玩"小皮带"、"三张小叶"、"赌注"以及其他同样有趣而又一律不为警察喜爱的赌法。他让他那挨过痛打的大身躯沉甸甸地在教员身旁草地上坐下,闪着乌黑的眼睛,向酒瓶伸过手去,用沙哑的男低音问道:

"我可以喝一点吗?"

机械工人巴维尔·索尔恩采夫来了,这个三十岁上下的人患肺痨病。他左胸的肋骨已经在斗殴中被人打断,脸又黄又尖像狐狸一样,常露出难看的冷笑。他的薄嘴唇盖住两排乌黑的虫蛀牙,他的破烂衣服穿在狭窄精瘦的肩膀上不住晃荡,就跟挂在衣架上一样。他外号叫"剩饭"。他亲手做出树皮刷和用一种特别的草编成的笤帚,很适合刷衣服用,他就卖这些东西为生。

一个瞎了左眼的人走过来,身材又高又瘦,大圆眼睛露出惊吓的神情,沉默寡言,胆子很小,由于盗窃而三次被调解法庭和地方法院判罪坐监。他姓基谢尔尼科夫,可是大家叫他"一个半塔拉斯",因为论身量,他恰好比他永不分离的朋友塔拉斯助祭高出一半,这个助祭由于酗酒和行为放荡而已被革除教衔。助祭是个矮小壮实的人,生着壮士般的胸脯,圆脑袋上留着长发。他跳舞的本事好得出奇,而他说下流话的本事越发出奇。助祭跟"一个半塔拉斯"选中在河边锯柴火作为他们的职业。每到空闲的时间,助祭就对他的朋友和一切愿意听的人讲他自称"他自己编的故事"。这些故事的主人公永远是圣徒、国王、司祭和将军。听着这些故事,就连夜店的旅客们都厌恶地啐唾沫,为助祭的丰富幻想惊讶得瞪大眼睛。助祭呢,眯细眼睛,不住地讲那些无耻得惊人的肮脏事。这个人的想象力是特别丰富,强大无比的,他能够一整天编故事,说故事,而又决不重复。也许,在他身上,一个大诗人埋没了,至少,一个杰出的说书人埋没了,他凭着他那些下流的、然而生动有力的话语能把一切东西说得活灵活现,甚至能给石头也装上灵魂呢。

此外,这儿还有一个可笑的青年,外号叫"库瓦尔达·流星"。有一次他到这儿来投宿,从此就留在这些人当中了,这却使他们暗暗吃惊。起初大家都没注意他,因为他白天,跟大家一样,总是出外找饭吃,可是傍晚总是在这伙友好的人旁边出现,最后骑兵大尉注意到他了。

"娃娃!你在这个世界上是个干什么的?"

那孩子勇敢而简略地回答说:

"我是流浪汉……"

骑兵大尉用追究的目光瞧着他。那个青年头发有点长,脸容有点蠢,颧骨高,生着个翘鼻子。他身上穿一件蓝色短衫,没系腰带,头上戴一顶破草帽。他光着两只脚。

"你是傻瓜!"阿里斯季德·库瓦尔达断定道。"你干吗在这儿闲逛荡?你喝白酒吗?不喝。……你会偷东西吗?也不会。你去好好学一学,等到长大成人了,再到这儿来。……"

小伙子笑起来。

"不,我要跟你们一块儿生活。"

"为什么?"

"不为什么。……"

"哎,你啊,一颗流星!"骑兵大尉说。

"喏,我马上把你的门牙打掉。"马尔季亚诺夫提议说。

"为什么?"小伙子问。

"不为什么……"

"那我就拿块石头把您的脑袋砸开。"小伙子恭敬地声明说。

要不是库瓦尔达拦住,马尔季亚诺夫真就动手揍他了。

"别管他。……老兄,这孩子或许也算是我们大家的一个亲属呢。你没有充分的理由起意打他的嘴巴,他呢,也跟你一样,没有理由起意跟我们一起生活。……算了,随他去吧。……我们大家活着也都没有充分的理由呢……"

"可是您,年轻人,最好还是离开我们这儿。"教员用悲哀的眼睛打量这个小伙子,敦劝道。

那一个却什么也没回答,住下了。后来大家跟他处熟,对他不在意了。他就在他们当中生活着,观察一切。

上述那些人是骑兵大尉那伙人的主要成员,他总是带着善意的讽刺口吻把他们叫做"沦落的人们"。除去他们以外,夜店里还经常住着五六个普通的流浪汉。他们是不能像"沦落的人们"那样以他们的过去夸耀的,虽然他们同样经历过命运的无常,然而总还是比较完整的人,不那么面目全非。他们几乎都是"沦落的农民"。也许,有教养阶层的正派人比农民当中也有的正派人要高明些,可是沾染恶习的城里人永远比沾染恶习的乡下人恶劣得没法说,也肮脏得没法说。

那些沦落的农民的突出代表人物是捡破烂的老人佳帕。他身量高,瘦得不像样,总是低着头,让下巴抵住胸脯,因此他的影子,论形状,像一根火钩子。他脸的正面是看不见的,要是从侧面看,就只能看见他的钩鼻子、耷拉下来的下嘴唇、毛茸茸的白眉毛。按时间的先后说,他是骑兵大尉的头一名旅客。关于他有一种传言,说他把一大笔钱藏在什么地方。由于这笔钱,两年前有人拿刀子"沙的一声"割他的脖子,从此他就低下头了。他否认他有钱,说"人家动刀子只是胡闹罢了",从那时候起他捡破烂和骨头倒很方便,因为他的头总是低下来对着地面。每逢他摇摇晃晃,迈着不稳的步子走去,手里不拄手杖,背上不带袋子,他就像个陷入沉思的人。在这种时候,库瓦尔达总是用手指点着他,说:

"你们瞧,这就是商人犹大·佩通尼科夫的良心从商人身子里逃出来,在找安身之处。你们瞧,这颗良心多么破烂,多么坏,多么肮脏!"

佳帕说话声音沙哑,他的话很难听懂,大概就是因为这个缘故,他总是难得说话,很喜欢孤独。不过每次夜店里来了一个由于贫穷而被迫离开农村的新人,佳帕看在眼里,就会怒气冲冲,心神不安。他用刻薄的嘲笑折磨那个不幸的人,喉咙里发出恶意的沙哑声,挑拨夜店里的人欺负他,最后恐吓说要亲自动手打他,夜里抢劫他的财物,这种作法几乎总是达到目的,结果那个吓坏的农民就从夜店里溜走了。

于是佳帕定下心来,藏在一个角落里,缝补他的破衣服,或者读《圣经》,而那本书又旧又脏,不下于他本人。等到教员读报,他就从他的角落里爬出来。佳帕沉默地听完所读的内容,深深地叹息,什么话也不问。不过,临到教员读完报,把报纸放开,佳帕却把瘦削的手伸过去,说:

"给我……"

"你要报纸有什么用?"

"给我吧。也许报纸上有关于我们的消息。……"

"关于谁的?"

"关于农村的。"

人家就笑他,把报纸丢给他。他拿起报纸来,在那上面读到某村子里冰雹砸坏了庄稼,另一个村子里大火烧毁了三十户人家,第三个村子里一个女人毒死了丈夫,总之都是些关于农村照例必登而且把农村描绘得不幸、愚蠢、恶毒的消息。佳帕读着,嘴里发出哼哼哈哈的声音,或许是借此表示同情,不过或许是表示高兴也未可知。

星期日他不出去捡破烂,几乎整天读《圣经》。他拿着书,把它抵在胸口上,要是有人来碰它,或者妨碍他读书,他就生气。

"喂,你,巫师,"库瓦尔达对他说,"你懂什么?别看了!"

"那你懂什么?"

"我什么也不懂,不过要知道,我也不看书。……"

"可是我看。……"

"哼,你愚蠢!"骑兵大尉断定道,"要是脑子里长出虫子,人就会不舒服,可要是有些思想钻进脑子,那你还怎么活着,老蛤蟆?"

"反正我也活不长了。"佳帕平心静气地说。

有一次教员想知道他是在哪儿学会认字的。佳帕简略地回答他说:

"在监狱里……"

"你坐过监狱?"

"坐过……"

"犯了什么罪?"

"没犯什么罪……出了点错。……喏,这本《圣经》就是从那儿带出来的。那是一位太太送的。……监狱里挺好,老弟。……"

"真的吗?哪点好?"

"人家教导你。……喏,人可以学会认字……又可以拿到书……这些都不用花钱呢。……"

教员当初来夜店的时候,佳帕早已在那儿住着。佳帕久久地仔细观察教员,想从他的脸上看出他是什么样的人。佳帕把整个身子向一边歪着,弯下去,久久地听他讲话,有一回在他身旁坐下。

"瞧,你是个有学问的人。……读过《圣经》吗?"

"读过……"

"好啊……你还记得吗?"

"嗯,记得……"

老人侧着身子弯下腰来,用严厉而怀疑的灰色眼睛瞧着教员。

"你记得那上面写着阿玛里基特人①吗?"

"怎么样?"

"现在他们在哪儿?"

---

① 古代阿拉伯游牧民族。

"消灭了,佳帕,也就是死绝了。……"

老人沉默片刻,又问:

"那么腓力斯人呢?"

"他们也消灭了。……"

"都死绝了?"

"都死绝了。……"

"哦……那么将来我们也会死绝吗?"

"到了时候,我们也会死绝的。"教员淡漠地保证道。

"我们属于以色列人的哪个支系?"

教员瞧着他,想了想,开始讲基米里人①、西徐亚人②、斯拉夫人。……老人越发不服气,用带点惊吓的目光瞧着他。

"你全是胡说!"他等教员讲完,声音沙哑地说。

"怎么会是胡说呢?"教员吃惊地说。

"你讲的是些什么民族?《圣经》里根本没有提起过。"

他站起来,走开,生气地嘟嘟哝哝。

"你老糊涂了,佳帕。"教员对着他的背影有把握地说。

于是老人又回转身,走到他这边来,用肮脏的弯手指向他摇一摇。

"上帝造出亚当,亚当生出犹太人。可见所有的人都是犹太人后代。……我们也是……"

"那怎么样?"

"鞑靼人是以实玛利的子孙……可以实玛利人也是犹太人的后代。……"

"你要怎么样呢?"

"你为什么胡说?"

他走了,撇下跟他谈话的伙伴莫名其妙。可是大约过了两天,他又在他身旁坐下。

---

① 古代居住在黑海北岸的游牧民族。
② 纪元前黑海北岸的草原游牧民族。

"你是有学问的人……那你一定知道:我们是什么人?"

"斯拉夫人,佳帕。"教员回答说。

"你要照《圣经》上的话说,那上面没有这种人。我们是什么人,是巴比伦人还是怎么的? 或者是艾道姆人[1]?"

教员开始批评《圣经》,老人注意地听他讲话,听了很久,然后打断他的话说:

"你等一等,这些话不要再说了! 这样说来,上帝知道的那些民族当中没有俄罗斯人? 我们是些上帝不知道的人? 是吗? 只有《圣经》里写着的民族,上帝才知道。……他用火和剑惩治他们,破坏他们的城市和乡村,可是他又派先知去教导他们,可见他怜惜他们。他把犹太人和鞑靼人散布到各地去,可是保护他们。……那么我们怎样呢? 为什么我们这儿就没有先知?"

"我不知道!"教员拖着长音说,极力要听明白老人的意思。老人呢,把手放在教员的肩膀上,轻轻地把他推得前后摇晃。他声音沙哑,仿佛在咽下什么东西似的。……

"你自管讲吧! ……是啊,你讲了这么多话,好像什么都知道。我听着你讲,觉得直恶心……你把我的灵魂搅得难受。……你还是不讲的好! ……我们是什么人? 问题就在这儿了! 为什么我们没有先知? 当初基督在世界上走来走去的时候,我们在哪儿? 你明白了? 哎,你啊! 还有,你胡说,难道整个民族能死绝吗? 俄罗斯民族就不可能消灭,你胡说……《圣经》里一定有俄罗斯民族,只是不知道换了个什么名字罢了。…… 你知道人民,那么人民是什么样子? 人民多得很。……世界上有多少农村? 所有的人民,真正的和广大的人民,都在那儿住着。你却说什么他们会死绝。……民族是不会死绝的,个人才会死掉……上帝需要民族,世界就是他造出来的。阿玛里基特人没有死绝,他们是德国人或者法国人……可是你……哎,你啊! ……喏,

---

[1] 古代中亚的一个小国(在今约旦境内)的居民。

你说说看,为什么上帝不管我们?上帝不是既不惩治我们,也不派先知来吗?有谁来教导我们?……"

佳帕的话是有力量的,其中响着嘲笑、责难、深刻的信仰的音调。他讲了很久。教员照例已经喝过酒,心绪忧郁,最后,他听得很难受,好像人家正用木锯把他锯开似的。他听着老人讲话,瞧着他难看的身躯,感到那些话的奇怪的强大力量,忽然感到自己可怜极了。他也想对老人说些有力量的、深信不疑的话,好让佳帕对他发生好感,使得佳帕不用这种责难的严峻口气,而用父辈般亲切的温柔口气讲话。教员觉得胸中有个东西不住翻腾,涌到他喉头上来了。

"你是什么人?……你的灵魂已经扯碎了……居然还讲话呢!好像你真的知道什么似的。……你还是不说为妙。……"

"哎,佳帕,"教员苦恼地叫道,"这话是实在的!关于人民的话,也是实在的!……人民多得很,可是人民觉得我是陌生人,我也觉得他们是陌生人。……悲剧就在这儿了。不过,随他去吧!我受苦就是。……先知是没有的……没有!……我呢,确实讲得太多……谁也不需要这个……不过我会闭上嘴不讲。……只是你别跟我这样讲话。……哎,老头子!你不知道……你不知道……你不可能了解……"

教员终于哭起来。他哭得那么轻松自在,泪流满面,由于哭泣而心里好受多了。

"你该到乡村去,在那儿谋个教员或者文书的差事……你会吃饱肚子,精神振作起来。……你何必照这样受煎熬呢?"佳帕用沙哑的嗓音严厉地说。

教员却不住地哭,由于流泪而感到畅快。

从这时候起,他们就成了朋友。那些沦落的人们看见他们守在一起,就说:

"教员在拉拢佳帕,盘算他的钱呢。"

"这是库瓦尔达暗地里挑唆教员,要他探出老头把钱藏在哪儿……"

他们很可能嘴上这么说,心里并不这样想,这些人有个可笑的特点:他们在别人面前喜欢把自己表现得比本来面目坏得多。

人感到自己没有什么好处,有的时候就干脆卖弄自己的坏处。

等到这些人聚集起来,在拿着报纸的教员四周坐定,读报就开始了。

"好,"骑兵大尉说,"今天报纸上都讲些什么?有小品文吗?"

"没有。"教员报告说。

"报纸发行人舍不得花钱。……那么有社论吗?"

"有……古里亚耶夫写的。"

"啊哈!念吧。他,坏包,写得倒挺有条理呢,见他的鬼。"

"'不动产按价课税,'"教员念道,"'已经实施不止十五年,至今仍然是市政府按价征收捐税的基础。……'"

"这话说得幼稚,"骑兵大尉库瓦尔达评论道,"'至今仍然是'!这真可笑!至今仍然如此,是对掌管市政的商人有利,所以才会延续到现在。……"

"这篇文章写的也就是这个问题。"教员说。

"奇怪!这是小品文的题目嘛……写这种问题得加上点胡椒才行。……"

由此爆发了一场小小的争论。大家注意地听他讲话,因为目前大家只喝过一瓶酒。教员读完社论,就读当地新闻,然后又读诉讼新闻。如果这种犯罪消息里的当事人和被告是商人,阿里斯季德·库瓦尔达就真心地兴高采烈。一个商人被敲诈了一笔钱,那好得很,只是可惜钱数太少。马踢坏了商人,这听着愉快得很,可是商人还活着,却使人丧气。商人在法庭上打输了官司,那妙得很,然而法庭没有叫他付加倍的诉讼费,却令人痛心。

"那样做是不合法的。"教员说。

"不合法?可是难道商人本身就合法?"库瓦尔达问。"商人是什么?我们来考察一下这种粗鄙可笑的现象:首先每个商人原是庄稼汉。他是从农村来的,经过一段时间变成商人了。为了做商人,就得有钱。商人的钱都是从哪儿来的?大家知道,这不是从正当的劳动得来的。可见那是庄稼汉用这样或者那样的方法骗来的。可见商人就是骗钱的庄稼汉!"

"说得妙!"大家称赞演说家的结论说。

佳帕牛样地叫起来,揉搓自己的胸脯。每逢他为了消除宿醉而喝下第一杯酒,也总是这样哞哞地叫。骑兵大尉眉开眼笑。随后教员读通讯稿。骑兵大尉听到这些,按他的话来说,好比"开怀畅饮"。他到处看见商人把生活弄得一塌糊涂,凡是已有的成就统统让商人毁掉了。他痛骂商人,简直要把他们置于死地。大家都听得高兴,因为他骂得恶毒。

"要是我能给报纸写文章就好了!"他嚷道,"啊,那我就会把商人的真正面目写出来……我就会写出商人无非是野兽,暂时担任人的职务罢了。他粗野,他愚蠢,不懂生活的美妙,没有祖国的概念,不知道还有比五戈比铜币更高的东西。"

"剩饭"知道骑兵大尉的弱点,又喜欢逗人生气,就恶毒地插嘴说:

"是啊,自从贵族开始饿死以后,生活里就没有人啰……"

"你,蜘蛛和蛤蟆养的儿子,说的对。是啊,自从贵族衰落以后,就没有人了!只剩下些商人……我呢,痛恨他们!"

"这是可以理解的,因为你,老兄,也给他们打得粉身碎骨……"

"我?我是因为热爱生活才沦落的,我这个傻瓜!我热爱生活,可是商人掠夺生活。我受不了他们就是因为这一点,而不是因为我是贵族。不瞒你说,我算不得贵族,我是个沦落人。现在呢,什么都不在我心上。……对我来说,整个生活好比一个抛弃了我的情妇,为此我蔑视它。"

"你胡说!""剩饭"说。

"我胡说?"阿里斯季德·库瓦尔达大叫一声,气愤得脸色通红。

"嚷什么?"马尔季亚诺夫冷冷的、阴沉的男低音响起来,"何必讲这些?商人啦,贵族啦,跟我们什么相干呢?"

"因为我们既不是这,也不是那,什么也不是……"助祭塔拉斯插嘴说。

"别说了,'剩饭',"教员调停说,"何必火上加油呢?"

他不喜欢争论,而且根本不喜欢吵闹。每逢四周的人动了肝火,他的嘴唇就抿成一副病态的苦相,他谨慎而平静地极力给大家劝架,要是劝不好,他就索性离开大家,一走了事。骑兵大尉知道这一点,要是没喝得大醉,就总是按捺自己的怒火,不愿意让教员走掉,免得他的议论失去一个最好的听者。

"我再说一遍,"他比较平静地继续说,"我看见生活落在敌人的手心里了,而他们不但是贵族的敌人,也是所有高尚的人的敌人,他们贪求无厌,不会把生活装点得美丽些。……"

"不过,老兄,"教员说,"商人创造了热那亚、威尼斯、荷兰,英国的商人为自己的国家征服了印度,另外还有商人斯特罗甘诺夫家族①……"

"那些商人跟我什么相干?我指的是犹大·佩通尼科夫之流。……"

"那么他们跟你什么相干呢?"教员平静地问。

"可是,难道我没活着吗?啊哈!我是活着的,那么看见野蛮人霸占生活,糟蹋生活,就一定会愤慨。"

"他们在嘲笑骑兵大尉兼退役军人的高尚愤慨呢!""剩饭"讥诮道。

"好!我这话讲得愚蠢,我同意。……我是个沦落人,应当消除我原有的一切思想感情。这样也许是对的。……可是,如果我们抛弃那

---

① 俄罗斯十六至十九世纪最大的工业主、商人兼地主家族。

些感情,那么我和所有你们这些人,能拿什么来装备自己呢?"

"喏,你讲起聪明话来了。"教员鼓励他说。

"我们需要另外一种东西,另外一些生活观点,另外一些感情。……我们需要那么一种新的东西……因为我们在生活里也要算是新的人物。……"

"毫无疑问,我们就需要这个。"教员说道。

"为什么?""末日"问。"不管我们说什么,想什么,岂不都一样?我们活不久了,……我四十岁,你五十岁……我们当中没有三十以下的。过这种生活的人,就连二十岁的人也活不长。"

"而且我们算得上什么新人物呢?""剩饭"冷笑说。"穷人素来就有。"

"可是穷人造过罗马呢!"教员说。

"是啊,当然,"骑兵大尉欢天喜地说,"罗慕路和勒莫①,难道他们不是流浪汉吗?等我们的时机一到,我们也会创造的。……"

"那就是破坏社会治安哟!""剩饭"插嘴说。他哈哈大笑,对自己很满意。他的笑声难听,腐蚀人的灵魂。附和他的还有西姆措夫、助祭、"一个半塔拉斯"。男孩"流星"稚气的眼睛燃起炽烈的火光,两颊通红。"末日"说话了,就像用锤子敲大家的头似的:

"这都是蠢话……幻想……胡扯!"

这些从生活里被赶出来的人,穿得破烂,浸透了白酒和怨恨,讥诮和污垢,却这样辩理,看上去是奇怪的。

对骑兵大尉来说,这类谈话简直是他心灵的节日。他说的话比大家多,这就使他有可能认为自己比大家高明。一个人不管堕落得多么深,只要觉得自己有力量点,聪明点,哪怕只比周围的人吃得饱点,也绝不会不感到快乐。阿里斯季德·库瓦尔达素来贪求这种乐趣,永不餍足,这却使得对这类问题不大感兴趣的"剩饭"、"陀螺"和其他沦落

---

① 罗慕路是传说的罗马奠基者,罗马第一代皇帝,传说受母狼喂养,受牧人妻抚育。公元前七世纪建立罗马时,他在争吵中杀死他弟弟勒莫。

的人们很不痛快。

不过另一方面，政治却是人人喜爱的题目。话题一转到征服印度的必要性，或者讲到灭亡英国，大家就能无穷无尽地谈下去。他们同样激昂地讲到彻底消除世上犹太人的各种办法，不过在这个问题上总是"剩饭"占上风，他能编出各种残酷得出奇的方案。骑兵大尉是希望处处由他占先的，就避免谈论这个题目。他们也乐于谈女人，讲得很多，而且不堪入耳，可是教员老是出头为女性辩护，如果他们谈得过于肮脏，他就生气。大家都让着他，因为大家都把他看作不同寻常的人，而且每到星期六，他们就向他借他在那个星期挣到的钱。

总之，他享有许多特权，例如每逢谈话以一场混战结束，而这种事是屡见不鲜的，他却不会挨打。他可以带着女人到夜店里来住，此外谁也享受不到这种权利，因为骑兵大尉已经警告大家说：

"不准把娘们儿带到我这儿来。……娘们儿、商人、哲学，是我失意的三个原因。我要是看见谁带着娘们儿来，就揍谁一顿！……那娘们儿我也照样揍。……谁谈哲学，我就把谁的脑袋揪下来。……"

他也真能把人的脑袋揪下来，尽管他年纪大，力气却惊人。再说，每次他打架，马尔季亚诺夫就来帮他的忙。他神色阴沉，不爱讲话，像是一座墓碑，临到大家打起来，他老是跟库瓦尔达背对背站在一起，于是他们就变成一架摧毁一切，所向无敌的机器。

有一次，西姆措夫喝醉酒，无缘无故揪住教员的头发，扯下一把来。库瓦尔达一拳打在他胸口上，他昏倒在地，有半个钟头不省人事。等到他醒过来，库瓦尔达就逼他把教员的头发吃下肚去。那一个生怕活活地给打死，就真吃下去了。

除了读报、谈话和打架以外，打牌也是一种消遣。他们打牌是不要马尔季亚诺夫参加的，因为他打牌不老实，有几次作弊经人揭发以后，他自己也坦然申明说：

"我不能不偷牌。……这已经成了我的习惯。"

"以前我也有个习惯，"助祭塔拉斯肯定道。"每到星期日做过弥撒以后,我总要打我的老婆。于是,你们知道,她死后,每到星期日,我总是很难熬,简直难熬得叫人没法相信。头一个星期日总算熬过去,我看出局面不妙!第二个星期日我勉强忍住。第三个星期日,我再也忍不住,把家里的厨娘打了一顿。……她生气了。……她口口声声说要去告状。你们想想我的处境吧!到第四个星期日,我打她就跟打老婆一样!事后我付给她十卢布,从此我就照着原定的规矩打她,直到我再结婚为止。……"

"助祭,你胡扯!你怎么能再娶呢?""剩饭"打断他的话说。

"啊?我就这么娶了……她在我家里照料家务。"

"你们有孩子吗?"教员问他说。

"有五个。……一个淹死了。老大是个有趣的男孩!有两个得白喉症死了。……一个女儿,嫁给一个大学生,跟他一块儿到西伯利亚去了。还有一个女儿想念书,在彼得堡死掉……据说得了肺痨病。……是啊……有过五个孩子呢。……可不是!我们这些宗教界的人都是孩子很多的。……"

他开始解释这究竟是什么缘故,他那些话惹得大家几乎笑破了肚皮。等到大家笑够了,阿列克谢·马克西莫维奇·西姆措夫想起他也有过一个女儿。

"她叫丽德卡。……长得胖胖的。……"

此外他大概什么也想不起来了,因为他瞧着大家,负疚地微微一笑,哑口无言了。

这些人彼此之间很少谈起自己的往事,很少回忆过去,要谈也总是谈个大体的轮廓,而且多少带点嘲笑的口气。也许,对过去采取这样的态度倒是聪明的,因为对大多数人说,回忆过去就会削弱当前的精力,动摇对未来的希望。

秋天,遇到阴雨寒冷的日子,那些沦落的人们常在瓦维洛夫的小饭铺里聚会。那儿的人都认识他们,有点怕他们,因为他们是贼和好打架的人，又有点藐视他们，因为他们是酒鬼，不过仍然尊敬他们，听他们讲话，认为他们是聪明人。瓦维洛夫小饭铺是那条街道的俱乐部，而沦落的人们就是俱乐部里的知识分子。

每到星期六傍晚，或者星期日从早到晚一整天，小饭铺里总是挤满人，沦落的人们在那儿成了受欢迎的客人。他们把他们的精神带到街道上那些贫穷和苦恼的居民当中去。那些居民为糊口而疲于奔命，张皇失措，也像库瓦尔达夜店的住客那样酗酒，也像他们那样从城里给撵出来，如今那种精神却含有一种能减轻他们生活负担的东西。那些人无所不谈，善于嘲笑一切，毫无顾忌地发表意见，谈吐尖刻，对全街居民畏惧的东西全然不怕，显出雄赳赳而且目空一切的勇敢态度，这些都不能不使街道居民们喜欢。再者，他们几乎都懂法律，不论遇到什么事都能出主意，写状子，帮人行骗而又不受惩罚。由于这种种缘故，人家就花钱请他们喝酒，对他们的才能赞叹不已。

街上的人由于观点不同而分成几乎不相上下的两派。一派认为"骑兵大尉比教员不知勇猛多少，不愧是真正的军人！他的胆量和见识大得很啊"！另一派却相信教员在各方面都"胜过"库瓦尔达。库瓦尔达的崇拜者是这样一些小市民：他们在街上以嗜酒如命的醉汉、盗贼、暴徒闻名，从讨饭袋到监狱的道路在他们是不可避免的。尊重教员的却是些比较稳重的人，他们有所期望，有所等待，老是忙于干活而又很难填饱肚子。

街上的人对库瓦尔达和教员的态度的性质，可以由下述的例子得到恰当的说明。有一次，小饭铺里讨论这条街上居民必须照办的一项市议会决议，决议规定要他们填平他们街上的车辙和水坑，然而不准使用牲畜粪便和死牲畜，只能采用某些建筑工地上的碎石和垃圾。

"我一辈子只想造个椋鸟巢，可是至今就连造这么个小东西的材料也没凑齐，那么叫我到哪儿去拿这种碎石头呢？"莫凯伊·阿尼西莫夫凄凉地说，这个人以售卖他妻子烤的精致白面包为生。

骑兵大尉认为自己应当对当前这个问题发表意见，就把拳头咚的一声砸在桌子上,引起大家的注意。

"到哪儿去拿碎石和垃圾?小伙子们,你们全街的人到城里去,把市议会拆掉就是。那房子太老,说什么也不中用了。这样一来,你们就为装点城市办了两件好事:既把这条街修得像个样子,又逼得他们造一所新的议会大厦。至于运输,你们自管把市长的马牵来,再把他的三个女儿抓来,套上大车,倒也十分合用呢。要不然就把商人犹大·佩通尼科夫的房子拆毁,用那木料铺这条街,顺便说一句,莫凯伊,我知道你老婆今天是用什么东西烤白面包的,她用的就是犹大房子第三个窗子的护窗板和门前的两层台阶。"

等到顾客们笑了个够,稳重的菜园主帕甫柳金就问:

"那么究竟该怎么办呢,大尉老爷?"

"用不着动胳膊动腿,大忙一阵!大水要冲毁这条街,那就让它冲!"

"有些房子眼看就要倒了。……"

"别管它,让它倒下来就是!等房子倒了,就向市政府要救济。它不给,就上法院告它的状!大水是从哪儿流来的?从城里来的?得,房子倒塌就要由市政府负责。……"

"他们会说,那是雨水冲倒的。……"

"可是城里的房子不就没有让雨水冲倒吗?市政府收你们的税,却又不准你们发表意见,讲自己的权利!他们糟蹋你们的生活和财产,还要逼着你们修路!给他们点厉害看看!"

街道上有一半人相信激进派库瓦尔达的话,决定坐等他们的房子让城里来的雨水冲毁。

那些比较稳重的人却跟教员商量,由他替他们写出一篇向市议会申诉的振振有词的呈文。

呈文拒绝执行市议会的决议,所举的理由很有力量,结果市议会倒听从了。他们决定让街道居民使用修理营房剩下的瓦砾,并且拨出消防队的五匹马来供他们运输用。甚至更进一步,市议会承认有必要及早沿街铺设下水道。这件事以及其他许多事给教员在街道上造成很大的声望。他写状子,在报上发表文章。例如,有一天瓦维洛夫的顾客们发现瓦维洛夫小饭铺的咸青鱼和其他食物完全不符合规定。于是,过了两天,瓦维洛夫站在柜台里边,手里拿着报纸,当众忏悔道:

"我只能说,报上讲的对!确实,我卖的咸青鱼是不大好的陈货。白菜呢,真的!……也有点不新鲜。大家知道,人人都想往自己的腰包里多放些五戈比铜币,越多越好。可是,结果呢?事情完全相反:我打小算盘不要紧,聪明人却因为我贪财而叫我丢了脸。……一还一报啊!"

这种忏悔给顾客们留下很好的印象,而且使得瓦维洛夫倒可以照样拿那种咸青鱼和白菜供他们吃,顾客们只顾陶醉于那种印象,不知不觉就吃下去了。这件事意义非常重大,因为它不但提高教员的威望,而且使居民们体会到报刊文字的力量。有的时候,教员在饭铺里宣讲切合实际的道德。

"我看见了,"他对油漆工人亚什卡·秋林说,"我看见你打你的老婆来着……"

亚什卡已经喝下两大杯白酒"灌红了脸",带着横冲直闯,满不在乎的心情。顾客们瞧着他,料着他会马上"大发脾气"。小饭铺里一片沉寂。

"你看见了?满意吗?"亚什卡问。

顾客们忍不住轻声笑了。

"不,不满意。"教员回答说。他的口气那么庄重严肃,顾客们都不出声了。

"好像,我倒费了点力气,"亚什卡逞强说,预感到教员要叫他"当场出丑","我老婆倒挺满意呢,今天她没起床。……"

教员沉思地用手指在桌上画些图形,仔细端详着,说:

"你要明白,亚什卡,我为什么对这件事不满意。……我们来彻底研究一下,你干的究竟是什么事,会有什么结果等着你。你老婆怀着胎。昨天你打她的肚子和腰部,那你就不但打了她,也打了孩子。你可能已经把孩子打死,因此你老婆生孩子的时候就会死掉;或者生一场重病。照料害病的老婆是既不愉快,又很麻烦的,而且这会叫你破费不小,因为有病就要吃药,买药就要花钱。如果你还没把孩子打死,他也一定受了重伤,可能生下来就畸形:歪身子,驼着背。那他就不能做工,可是他应该做工人,这在你很要紧。即使他生下来只是有病,那也糟得很,缠住母亲的手脚不能干活,还要请大夫看病。你明白你给自己准备下了什么结局吗?凡是靠双手劳动为生的人,应当生下来就身强力壮,而且应当生下身强力壮的孩子才对。……我说的对吗?"

"对。"顾客们肯定道。

"哦,这,也许,那个……不会发生的!"亚什卡说,听到教员描绘的前景而有点心惊胆战。"她身体挺好……我打她,想必伤不到孩子吧?不过她,魔鬼,简直是巫婆!"他痛心地叫道。"我刚干了件什么事,她就咬住我不放,就跟铁锈咬住铁一样!"

"我明白,亚什卡,你不能不打你的老婆,"教员那平静而深思的声音又响起来,"在这方面你是有很多理由的。……你那么胡乱地打你老婆,并不是因为她性情不好……而是因为你过着黑暗而可悲的生活。……"

"这才说的对,"亚什卡嚷道,"我们确实生活在黑暗当中,就跟在扫烟囱工人的怀里一样。"

"你愤恨的是整个生活,可是你老婆……跟你最亲近的人,却在受罪。而且,她没做什么对不起你的事,却在受罪,这无非是因为你比她力气大罢了。她老在你身边,要躲开你也没处躲。你瞧,这……多么荒唐!"

"话是不错的……见她的鬼!可是我究竟该怎么办呢?莫非我不是人?"

"对,你是人!……喏,我只想对你说这么一句话:要是你不打就过不下去,那也只好打,可是要打得小心点。要记住,你可能打坏她的身子,或者打坏孩子的身子。总之,决不应该打孕妇的肚子、胸口、腰身。要打就打她的脖子,或者拿根绳子……打肉厚的地方。……"

演说家结束了他的演说。他那对深深陷下去的黑眼睛瞧着顾客们,仿佛为一件什么事向他们道歉,或者自觉有罪地要求他们一件什么事似的。

顾客们活跃地纷纷讲话。他们听懂了这个沦落的人所讲的道德,酒店的道德,灾难的道德。

"怎么样,亚什卡老兄,你明白吗?"

"嗯,这话倒好像有点道理!"

亚什卡明白了:不加小心地乱打妻子,就是坑害自己。

他沉默了,用困窘的笑容回报同伙们的取笑。

"再者,老婆是什么人呢?"面包工人莫凯伊·阿尼西莫夫大发议论说。"要是把事情正确地研究一下的话,老婆就是朋友。她跟你,像有根链子似的,一辈子拴在一起,你和她两个人好比拴在一起的苦役犯。那就要极力跟她齐步前进。你做不到这一点,就会觉出那条链子把你们拴得牢牢的。……"

"别忙,"亚什卡说,"你不是也打你的老婆吗?"

"可是,难道我说我没打过?我打过。……不打不行啊。……有的时候我一肚子闷气,忍不住了,那叫我举起拳头去打谁呢?打墙还是怎么的?"

"嗯,是啊,我也一样……"亚什卡说。

"哎,我们的生活多么狭窄、糟糕啊,我的弟兄们!你要认真抡一下胳膊都没处抡呢!"

"就连打老婆都要小心在意哟!"有人幽默地哀叫道。他们就照这样谈到深夜,或者由于大家已经喝醉,由于这种谈话引起的那种心境而终于打起架来。

饭铺窗外在下雨,冷风怒号。饭铺里闷热,烟雾腾腾,可是暖和,街上却潮湿、阴冷、黑暗。风不住敲打窗子,仿佛蛮横地呼唤所有这些人走出饭铺,威胁着要把他们当成灰尘似的吹散到人间各处去。有的时候,风的呼号中响起沉郁绝望的哀叫声,后来又响起冷酷残忍的大笑声。这种音乐引人生出闷闷不乐的思想,使人领会到冬天快要来了,该死的白昼就会缩短,不见阳光,夜晚却变得漫长,必须准备暖和的衣服和很多吃食才行。在长得没有尽头的冬夜,空着肚子是睡不好的。冬天就要来了,就要来了。……怎么生活呢?

凄凉的思想在这条街上居民的心里激起灌酒的强烈愿望。那些沦落的人们讲起话来,叹息声添多,脸上的皱纹增加,嗓音变粗,相互的关系麻木不仁了。突然,他们之间爆发了野兽般的愤恨,这就激起走投无路而且受尽严峻命运煎熬的人们的残忍。

于是他们相打起来,打得野蛮而残忍,打个不停,然后又皱起眉头,拼命灌酒,凡是可以在无所不收的瓦维洛夫那儿典当的东西,他们都用来换酒喝了。他们就这样在麻木的愤恨中,在揪紧他们心灵的苦恼中,在无法摆脱这种可恶的生活的苦闷中打发秋天的日子,等候更加严峻的冬日到来。

在这种时候库瓦尔达就用哲学来帮他们的忙。

"不要难过,弟兄们!样样事情都有个了结,这就是生活最重要的长处。冬天会过去,夏天又会来的。……据说到那时候麻雀都有啤酒喝,那才是美妙的时光呢。"

可是他的话没起作用。饿汉即使喝一口最清净的水,也没法填饱肚子呀。

助祭塔拉斯也设法给顾客们解闷,就唱歌,讲故事。他倒取得较大的成功。有的时候,他的努力弄得饭铺里忽然热闹起来,充满不顾一切的、放纵的欢乐,大家又唱歌,又跳舞,哈哈大笑,一连几个钟头变得像是发疯了。

后来他们又落进麻木冷漠的绝望中,在灯盏冒出的黑烟里,在吸烟人喷出的迷雾里,坐在桌子旁边,神情阴郁,衣衫褴褛,懒洋洋地交谈几句,听着风声怒号,思忖着怎样才能灌一通酒,醉到人事不知。

人人都深深地憎恶另外的人,每个人都对别人抱着无法理解的怨恨。

二

在这个世界上一切都是相对的。一个人处境再怎么坏,也还是会有比这更坏的处境。

有一天,那是在九月底,天气晴和,骑兵大尉阿里斯季德·库瓦尔达照例坐在夜店门旁他那把圈椅上,瞅着瓦维洛大小饭铺旁边由商人佩通尼科夫兴建的那所砖房,暗自思索。

那所房子四周还围绕着脚手架,房子是预定做蜡烛厂用的。它那一长排窗子犹如空洞乌黑的陷坑,四周脚手架的木料从地基直升到房顶,无异于蛛网,这些东西很久以来一直使骑兵大尉看着扎眼。房子是红的,像是涂了鲜血,整个房子类似一架残忍的机器,还没开动,可是已经张开一长排又深又贪的血盆大口,准备咀嚼什么东西,吞下去。瓦维洛夫那家灰色饭铺是木房,房顶歪歪扭扭,长满青苔。这所木房倚在厂房一面砖墙上,像是一个大寄生虫吸住它了。

骑兵大尉想到不久在旧房地基上也要开始造房。他们会把夜店也拆毁。那就只好另找房屋,可是像这样方便而便宜的地方却再也找不到了。离开这个住惯的地方是使人惋惜、难受的。可是,只因为某个商人要制造蜡烛和肥皂,他却不得不搬走。于是骑兵大尉感到,要是他有机会把他敌人的生活搅得一团糟,哪怕只是暂时的,啊!他也会多么解恨地干它一场!

昨天商人伊凡·安德列耶维奇·佩通尼科夫带着他的儿子和一个建筑师到夜店的院子里来过。他们丈量院子,在地面上到处插些木橛,可是佩通尼科夫走后,骑兵大尉吩咐"流星"把木橛统统拔出来扔掉。

这个商人在骑兵大尉眼前站着,又小又瘦,穿一件长襟的衣服,既像礼服,又像长外衣,戴一顶丝绒的便帽,穿一双擦得发亮的高统皮靴。他那张脸瘦得皮包骨,颧骨很高,留一把楔形白胡子,高额头上刻着深深的皱纹,额头下边闪着一对窄小的灰色眼睛,总是眯得很细,瞅着什么东西。他生着大软骨的尖鼻子,小小的嘴以及薄嘴唇。大体说来,商人的神情是既正经又狡猾,既尊严又恶毒的。

"该死的,狐狸和猪养的杂种!"骑兵大尉暗自骂道,想起佩通尼科夫第一回相见所说的那句涉及他的话。商人是带着一个市议会议员一同来买房子的。商人见到骑兵大尉,就用活泼的科斯特罗马一带方言问他的同伴说:

"这人就是那个地痞,您的租户吗?"

从那个时候起,差不多已经过去一年半,他们一直互相比赛,看谁骂得凶。

昨天,他跟商人之间,按骑兵大尉的说法,发生了一场轻松的"舌战"。商人把建筑师送走后,走到骑兵大尉跟前。

"你坐着呐?"商人问,用手拉了拉帽檐,外人很难理解这是为了把帽子摆正,还是想表示点头问候。

"你溜达呐?"骑兵大尉用同样的口气对他说,动了动下巴,因而胡子颤动一下。粗心大意的人可能把这理解成点头行礼,或者骑兵大尉只是想把他的烟袋从这个嘴角移到那个嘴角罢了。

"我的钱多得很,我才出来溜达。那些钱想到生活里来转转,所以我正给它们找出路。"商人对骑兵大尉讥诮说,调皮地眯细眼睛。

"可见,不是你使唤卢布,倒是卢布使唤你。"库瓦尔达评论道,极力克制他的愿望,他恨不得照准商人的肚子打一拳才好。

"难道这不是一样吗?有了它们,有了钱,不论怎么着都是痛快的。……可要是没有钱……"

商人厚着脸皮装出怜悯的神情,不住打量骑兵大尉。骑兵大尉的上嘴唇跳动着,露出他那狼样的大板牙。

"要是有头脑和良心,没有钱也能过活。……钱照例是正好在人的良心开始干瘪的时候才来的。……良心越少,钱就越多。……"

"这话不错。……不过也有些人既没有钱,也没有良心。……"

"你从小就是这样吧?"库瓦尔达一老一实地问道。这时候佩通尼科夫的鼻子颤动了。伊凡·安德列耶维奇叹气,眯细眼睛,说:

"我从小受过不少苦哟!"

"我想是这样。……"

"我做工,啊,做得很苦!"

"你诈过很多人的财吧?"

"诈过你这样的人?贵族?算了吧,贵族有许多人在我这儿叩头求拜呢。……"

"那么你没杀过人,光是抢劫人的钱?"骑兵大尉毫不客气地说。佩通尼科夫脸色发青,认为必须改变话题了。

"你这个主人做得很差。你坐着,客人却站着。……"

"那就让客人也坐着好了。"库瓦尔达批准道。

"可是,你看,没有地方坐呀。……"

"坐在地上好了。……土地是不论什么坏蛋都肯收留的。……"

"我看,你才是那种人。……不过,我要躲开你,骂街的人。"佩通尼科夫沉稳平静地说,可是他的眼睛对着骑兵大尉射出冷冷的毒光。

他走了,留下库瓦尔达愉快地感到商人怕他了。要是他不怕,那他早就把骑兵大尉从夜店里赶走了。他不会贪图那五卢布而不把他赶走!后来骑兵大尉瞧着商人绕工厂走一遭,登着脚手架走上走下。他巴不得商人一交跌下来,摔得粉身碎骨才好。他瞧着佩通尼科夫攀登脚手架犹如蜘蛛在蛛网上爬一样,不由得想象他跌下来而且摔成重伤,他的脑子里出现多么可笑的画面啊!昨天他甚至觉得好像商人脚下的一块木板颤动一下,骑兵大尉兴奋得从坐着的地方跳起来了。……可是,什么事也没发生。

今天像往常一样,阿里斯季德·库瓦尔达眼前耸起那座红色厂房,坚实,牢固,抓紧地面,仿佛在吸干土地里的脂膏似的。看样子,它像是张开墙上那些洞,冷酷而阴森地讪笑骑兵大尉。秋季的阳光源源不断地倾注在厂房上,就跟倾注在那条街道难看的小房子上一样。

"真说不定呢!"骑兵大尉心里叫道,眼睛打量着厂房的墙。"啊,见鬼!但愿……"阿里斯季德·库瓦尔达为他的想法所激动,全身一震,跳起来,匆匆地走到瓦维洛夫的小饭铺去,脸上不住微笑,嘴里嘟嘟哝哝。

瓦维洛夫在柜台里边,用亲热的欢呼迎接他说:

"大尉老爷,祝您健康!"

瓦维洛夫中等身材,头顶光秃,四周是一圈花白的鬈发,脸上胡子刮光,唇髭直而且硬,像是牙刷。他挺直身子,利利索索,穿一件皮革的短上衣,一举一动都让人认出他原先做过军士。

"叶戈尔!你有这所房子的契纸和蓝图吗?"库瓦尔达急忙问道。

"有。"

瓦维洛夫狐疑地眯细他那双贼眼,凝神瞧着骑兵大尉的脸,在那张脸上看见一种特别的神情。

"拿给我看!"骑兵大尉叫道,伸出拳头捶柜台,在旁边一张木凳上坐下。

"要它干什么用呢?"瓦维洛夫问道,看见库瓦尔达神态激动,决定还是小心戒备为妙。

"蠢货!快拿来!"

瓦维洛夫皱起额头,抬起眼睛追根问底地凝望着天花板。

"它们,那些文据,在哪儿呢?"

天花板上是找不到有关这个问题的任何指示的,于是军士低下头,眼睛瞧着肚子,带着专心的沉思神情用手指敲柜台。

"你别做出一脸的鬼相。"骑兵大尉对他嚷道,不喜欢他,认为这个原先当兵的人做贼倒比做饭铺老板合适些。

"对,阿里斯季德·福米奇,我已经想起来了。似乎那些图纸在地方法院里存着。当初我依法取得所有权的时候……"

"叶戈尔,算了吧!为你自己的好处,立刻把蓝图和房契等等拿给我。也许你因此可以捞到不止一百卢布的好处呢,明白吗?"

瓦维洛夫什么也不明白,可是骑兵大尉讲得那么有力量,神态那么严肃,弄得军士的眼睛燃起好奇的光,嘴里说着他去看一下,那些文据是不是放在他的小箱子里,就走进柜台里边的房门里去了。两分钟后他走回来,手里拿着文据,脸上露出十分惊讶的神情。

"嗜,该死的,原来这些文据就放在家里!"

"哎,你啊……草台班的丑角!居然还当过兵呢……"库瓦尔达不住嘴地骂他,从他手里夺过一个细棉布封面的纸夹子,里面夹着些蓝色正式文据。然后骑兵大尉把文据在眼前摊开,这越发引起瓦维洛夫的好奇心。骑兵大尉开始看图,观察,同时嘴里发出意味深长的哼哈声。最后,他毅然决然站起来,往大门口走去,把文据留在柜台上,同时对瓦维洛夫点一下头说:

"你等着……别把文据收起来。……"

瓦维洛夫却把那些文据敛在一起,放进钱柜的抽屉里,锁上,再用手拉几下,看锁牢没有。然后他沉思地摩挲着秃顶,走出小饭铺,来到门廊上。在那儿,他看见骑兵大尉迈开步子丈量房子正面的地,然后手指打着榧子,顺着那条线再丈量一遍,心事重重,然而很满意。

瓦维洛夫的脸不知怎的有点紧张,后来拉长了,随后又忽然高兴得眉开眼笑。

"阿里斯季德·福米奇!真出事了?"他等骑兵大尉走到跟前,叫道。

"可不是真的!有一俄尺多的地给占去了。这是指房子正面,至于往深里量,我马上就量出来。……"

"往深里量?……十俄丈两俄尺!"

"怎么,你猜着了,刮光胡子的丑脸?"

"当然了,阿里斯季德·福米奇!嘿,您的眼力不错,您一眼就看透三俄尺的地!"瓦维洛夫兴冲冲地叫道。

过了几分钟,在瓦维洛夫的房间里他们面对面坐着。骑兵大尉大口地喝着啤酒,对饭铺老板说:

"这样看来,厂房的墙完全占了你的地。那就打官司,别讲客气。等教员来了,我们就写个状子,递到地方法院去。要叫诉讼费定得很低,免得在印花税上多花钱。我们要求拆掉厂房。这就叫'侵占他人地界',我的傻瓜!这在你是很沾光的事呢!叫他拆!可是要拆那么个大东西,叫它移动一点,那要破费不小啊!打官司!你就揪住犹大不放。我们要用最准确的方式算出拆迁花多少钱,连毁掉多少砖头,打新地基要花多少钱,也统统算出来!就连花多少时间也算清楚!那么,对不起,犹大,你拿出两千卢布来吧!"

"他不会给的!"瓦维洛夫说,不安地眯着眼睛,射出贪婪的光来。

"你胡说!他会给!你动脑筋想想看:他有什么办法?可是,注意,叶戈尔,你别杀价!他会收买你,你别把自己便宜地卖掉!他会吓唬你,你不用怕!有我们给你撑腰呢。……"

骑兵大尉的眼睛里燃起兴高采烈的光芒,脸色激动得通红,一阵阵痉挛。他点燃饭铺老板的贪心,说服他赶快打官司,然后得意扬扬地走了,露出决不动摇的凶狠神情。

傍晚,那些沦落的人们都已经知道骑兵大尉的发现,就热烈地讨论佩通尼科夫未来的行动,用鲜明的色彩描绘法院执达员把诉状的副本交给商人那天,商人多么惊愕和气愤。骑兵大尉觉得自己成了英雄。他快乐,四周的人也都满意。一大群衣衫褴褛的黑身影挤在院子里,闹闹哄哄,欢天喜地,给这件大事刺激得活跃起来。大家都认识商人佩通尼科夫。他轻蔑地眯细眼睛,从不把他们放在心上,犹如毫不理睬街上另外各种废物一样。从他身上冒出一股脑满肠肥的气息,惹得他们生气,甚至他皮靴闪出来的光也显得瞧不起大家。可是现在,他们之中却有人很厉害地挖这个商人的腰包,扫了他的面子。这岂不

405

妙得很?

　　这些人眼睛里的恶意含有许多动人之处。这是他们所能有的和力所能及的惟一武器。他们每个人对一切吃饱肚子和不穿破衣服的人早就怀着尖刻的敌意,只是这种感情不完全自觉,朦朦胧胧而已。他们每个人都有这样的感情,只是发展程度各不相同罢了。

　　有两个星期之久,夜店里的人等着新的大事发生,可是这段时期佩通尼科夫却一次也没到这所房子来过。他们探听出来,商人不在城里,诉状的副本还没交给他本人。库瓦尔达抨击民事诉讼进展的缓慢。恐怕从来也没有人像这些流浪汉那么紧张焦急地等候这个商人了。

　　　　他不来啊,他不来,我的心肝宝贝……
　　　　哎,可见他不爱我!……

助祭塔拉斯唱着,托着脸颊,幽默而哀伤地眺望山坡上。

　　可是有一天傍晚,佩通尼科夫来了。他是坐着一辆坚固的车子来的,由他儿子赶车。他儿子是个面色红润的青年人,穿着方格呢料长大衣,戴着墨镜。他们把马拴在脚手架上,儿子从口袋里取出卷尺,把一端递给父亲。他们开始丈量地面,两人都默不作声,心事重重。

　　"啊哈!"骑兵大尉得意扬扬地叫起来。

　　凡是当时在夜店里的人都一齐涌到大门口,一边看,一边就当前发生的事发表意见。

　　"这就是偷偷摸摸的习惯惹出来的事,甚至不想偷也还要偷,宁可偷鸡不成蚀把米也不管。"骑兵大尉深表悲伤地说,这就在他那伙人当中引起哄笑声和许多类似的评语。

　　"喂,小子!"佩通尼科夫被讥笑惹恼,终于叫道,"你要小心,我为你这些话会把你揪到调解法官那儿去!"

　　"没有证人也是枉然。……亲儿子是不能给父亲做证的。"骑兵大尉警告道。

"哼,小心!就算你是勇敢的头头,也还是有人管得住你!"

佩通尼科夫摇着手指头威胁他。……他儿子却心平气和,埋头计算,根本不理睬那黑压压的人群,随他们去拿他父亲取乐。他甚至一次也没往他们那边看一眼。

"那个小蜘蛛倒沉得住气呢!""剩饭"一直瞧着小佩通尼科夫的一举一动,说道。

伊凡·安德列耶维奇量完要量的地,皱起眉头,默默地坐上那辆车,走了。他的儿子却迈开坚定的步子走到瓦维洛夫的小饭铺跟前,进去了。

"嘿!他倒是个有准主意的小贼,是啊!哦,这以后会怎么样呢?"库瓦尔达问。

"这以后,小佩通尼科夫就会买通叶戈尔·瓦维洛夫。""剩饭"有把握地说,津津有味地吧嗒嘴,尖脸上露出很满意的神情。

"莫非你倒为这高兴?"库瓦尔达厉声问道。

"我喜欢看见人家的如意算盘落空。""剩饭"乐滋滋地解释说,眯细眼睛,不住搓手。

骑兵大尉生气地啐他一口唾沫,不出声了。他们都在那所破房门外站着,瞧着小饭铺的门口。在这种沉默的等待中过了一个多钟头。然后饭铺的大门开了,小佩通尼科夫走出来,仍然心平气和,跟走进去的时候一样。他站了一忽儿,嗽一嗽喉咙,竖起大衣的领子,看看那些观察他的人,就顺着街道往上走去。

骑兵大尉目送他走去,回过头来对着"剩饭"冷冷一笑。

"真的,也许你说对了,蝎子和土鳖养的崽子……任什么卑鄙的事情你都闻得出来,是啊……从那个小骗子的嘴脸就可以看出他达到目的了。……叶戈尔从他们手里得了多少钱?他一定得着钱了。他跟他们是一路货。他一定得着钱了,叫我遭到三次诅咒吧!这是我给他出的主意。我明白我干了蠢事,我痛心啊。是的,整个生活都跟我们作对,我的弟兄们,恶棍们!甚至你朝人家脸上啐口唾沫,那口唾沫也会飞回你脸上来呢。"

气度不凡的骑兵大尉用这番议论数落过自己以后,瞧了瞧他那伙人。大家都灰心了,因为人人感到瓦维洛夫和佩通尼科夫已经做成一笔交易。对任何人来说,无力作恶的感觉总比无法行善的感觉更令人难堪,因为作恶是极其容易而简单的。

"这样看来,我们何必再在这儿待下去呢?我们没有什么可等的了……只剩我逼叶戈尔拿出一笔酬劳费来就完事了。"骑兵大尉闷闷不乐地瞅着小饭铺说,"我们在犹大房子里过的这种逍遥自在的日子,就要了结了。瞧着吧,犹大会把我们轰出去。……我要凭这个穷汉院当家人的身份预先申明这一点。"

"末日"阴沉地笑起来。

"典狱官,你笑什么?"库瓦尔达问。

"那我上哪儿去呢?"

"这,我亲爱的,是个大问题。……你的命运会回答这个问题的,你不用操心。"骑兵大尉沉思地说着,走进店屋里。那些沦落的人们懒洋洋地跟着他走进去。

"我们等着那在劫难逃的时刻好了,"骑兵大尉在他们中间走来走去,说,"等我们从这儿给轰出去,我们再给自己找地方住。眼下呢,我们犯不上为这些想法把生活搅得一团糟。……人到紧急关头就变得精力旺盛些……要是生活从头到尾满是紧急的时刻,要是人每秒钟都得为保住自己的脑袋而发抖……那么,真的,生活就会活跃得多,人也会有趣得多呢!"

"那就是说,人会更加起劲地咬断彼此的喉咙呢!""剩饭"微笑着,解释说。

"哦,那又怎么样?"骑兵大尉逞强地嚷道,他不喜欢别人解释他的思想。

"没什么,那挺好。人坐着车子想快点赶到什么地方去,就扬鞭打马。要叫火车头走得快,就添煤。"

"嗯,是啊!叫大家都滚得远远的去吧!要是地球忽然起火,烧个精光,或者碎成一块块,我倒高兴……只不过我想先瞧瞧别人怎么死,我自己再最后一个死。……"

"好凶啊!""剩饭"笑着说。

"那又怎么样?我是一个沦落人,不是吗?我是被社会抛弃的人,可见我无拘无束,什么责任也没有。……可见我能不顾一切,爱怎么干就怎么干!按我过的这种生活,我应当抛弃老的一套……抛弃我对待那些吃饱穿暖的人的老一套办法,他们就因为我在吃穿上不及他们而看不起我。我应当在我心里培养一种新的东西,明白吗?你知道,我要弄得犹大·佩通尼科夫之类生活的主人走过我面前,见到我威严的身材,就吓得心惊胆战!"

"你的舌头倒挺勇敢呢!""剩饭"笑道。

"哎,你啊!……"库瓦尔达轻蔑地瞅着他说,"你懂什么?你知道什么?你会思索吗?我就会思索。……我还读过许多书,那里面的字你一个也不懂。"

"当然了!我是一窍不通。……不过,虽然你又读书又思索,我两样都不会,可是我俩的光景也还是差不多嘛。……"

"见鬼去吧!"库瓦尔达嚷道。

他跟"剩饭"的谈话老是这样结束。总之,教员不在场,他的话只等于白说,化为泡影,引不起重视和注意,这一点他自己也知道,可是不说又不成。比如现在,他把跟他谈话的人骂了一顿以后,就觉得虽然周围都是自己人,自己却很孤独。可是他又想说话。因此他转过脸去,对西姆措夫说:

"喂,阿列克谢·马克西莫维奇,你这个白发老头子,到哪儿去安身呢?"

老头子温和地笑笑,用手揉一下鼻子,申明说:

"我不知道。……走着瞧吧!我们的事好办:我们只要有酒喝就成!"

"这个要求虽然简单,倒很可敬呢!"骑兵大尉称赞他说。

西姆措夫沉默片刻,补充说他会比他们大家早一点找到安身之处,因为女人都很喜欢他。这是实话:老人总有两三个妓女做他的情妇,她们往往靠微薄的收入一连养活他两三天。她们常打他,可是他逆来顺受。不知什么缘故,她们总也不能使劲痛打他,也许是不忍心吧。他是个热爱女性的人,常讲起他生活中一切不幸的根源就是女人。他跟女人关系的密切,她们对他的态度的性质,是无可怀疑的,一则他常生病,二则他的衣服素来整整齐齐,而且比同伴们的衣服干净。目前,他坐在夜店门旁的地上,夹在他的伙伴当中,用夸耀的口气讲起"萝卜"早就在叫他去同居,可是他不肯去,不想离开这伙人。

大家都听得很有兴趣,而且不免有点嫉妒。大家都知道"萝卜",她住在山坡下不远的地方,最近由于第二次犯盗窃罪而坐了几个月牢,刚放出来。她以前做过乳母,是个身材高大的农妇,生一张麻脸,眼睛很美,然而永远带着醉意。

"瞧瞧你,老鬼!""剩饭"瞧见西姆措夫得意的微笑,骂道。

"那么她们为什么喜欢我呢?因为我摸透了她们的心。……"

"是吗?"库瓦尔达带着疑问嚷道。

"我会想法叫她们怜悯我。一个女人起了怜悯心,哪怕叫她杀人,她也会干的。你跑到她跟前去哭一场,求她杀了你,她呢,怜悯你,真就把你杀了。……"

"我也要杀人!"马尔季亚诺夫果断地申明说,阴沉地冷冷一笑。

"杀谁?""剩饭"问道,从他身边走开了。

"杀谁都一样。……杀佩通尼科夫……杀叶戈尔……杀你也成!"

"这是为什么?"库瓦尔达问。

"我想上西伯利亚去。……这种生活我过得腻烦了。……坏透了的生活。……到了那儿,人就会知道该怎么生活。……"

"是啊,在那儿人家会详详细细地指点你呢!"骑兵大尉忧郁地同意道。

关于佩通尼科夫,关于他们日后迁出夜店的事,他们不再谈下去。大家都相信对他们来说,迁出已经为期不远,认为再费神讨论这个问题,已经是多此一举了。

这些人在草地上坐着,围成一圈,懒洋洋地说东道西,没完没了,随便从这个题目转到那个题目。他们注意听别人讲话,也只是要使谈话继续下去,不致中断罢了。沉默是乏味的,不过注意地听也乏味。这群沦落的人们倒有一个很大的优点:他们谁都不强逼自己设法装得比本来面目高明,也不惹得别人强逼自己这样做。

秋天的太阳极力晒热这些人的破烂衣服,他们的背和没梳理过的头也让阳光晒着。这儿是植物、矿物、动物王国的杂凑。院子四角长满茂盛的杂草,有高高的牛蒡,有带刺的荆棘,另外还有些谁也不需要的植物供那些谁也不需要的人赏心悦目。

瓦维洛夫的小饭铺里演出这样一场戏。

小佩通尼科夫从容不迫地走进小饭铺,往四下里看一下,嫌恶地皱起眉头,慢慢地脱掉头上的灰色呢帽。饭铺老板迎着他恭敬地鞠躬,殷勤地赔着笑脸,他就问道:

"您就是叶戈尔·捷连契耶维奇·瓦维洛夫吧?"

"是!"军士回答说,两只手撑住柜台,好像准备纵身跃过柜台似的。

"我有事要跟您谈谈。"佩通尼科夫申明说。

"高兴得很。……请到房间里坐吧!"

他们走进房间里,坐下。客人坐在圆桌后边一张漆布面长沙发上,主人坐在他对面一把椅子上。房间的一角挂着一个三面的大神龛,前面点着一盏长明灯,两旁墙上挂着些圣像。圣像上的金属衣饰擦得很亮,像新的那样闪光。房间里很挤,摆着些箱子和各式各样的旧家具,洋溢着橄榄油、烟草、酸白菜的气味。佩通尼科夫往四下里看一眼,又做出愁眉苦脸的样子。瓦维洛夫叹口气,瞧一下圣像,然后他们定睛瞅着对方,彼此都给对方留下了好印象。佩通尼科夫喜欢瓦维洛夫那对坦率的贼眼,瓦维洛夫也喜欢佩通尼科夫那张直爽、冰冷、果断的脸,以及结实的宽颧骨和密集的两排白牙齿。

"喏,当然,您猜得出我是来谈什么事的!"佩通尼科夫开口说。

"谈打官司的事……我想是这样。"军士恭敬地说。

"不错。我很高兴,因为我看出您不装模作样,一开口就谈正事,像个直心肠的人。"佩通尼科夫鼓励对方说。

"我是当兵的……"那一个谦虚地说。

"这是看得出来的。那么我们就来直截了当地谈妥这件事,也好早点了结。"

"正该这样。"

"好。您的诉讼完全合法,您当然会打赢这场官司,这是我认为应该首先通知您的。"

"多谢多谢。"军士说,眯着眼睛,借以掩盖他眼睛里的笑意。

"不过,请您说一下,您跟我们,跟您将来的邻居结交,为什么要这么生硬地开始,直接从打官司开始呢?"

瓦维洛夫耸耸肩膀,没有开口。

"您来找我们,把这件事和和气气地解决,岂不简单些,啊?您觉得如何?"

"这样,当然,愉快得多。不过您要知道……这儿有个难题……我不是照我的意思行事……而是受人家的指使。……事后我才明白该怎么做才好些,可是,已经迟了。"

"哦。我想,大概是有个律师撺掇您这么做的吧?"

"差不多……"

"好,那么您愿意和平了结这个案子吗?"

"我完全乐意!"老兵嚷道。

佩通尼科夫沉默片刻,瞅着他,忽然冷冰冰、干巴巴地问道:

"可是您为什么愿意这样做呢？"

瓦维洛夫没料到有这一问，一时间答不上来。依这个兵的看法，这句话问得空洞无聊，他就带着高高在上的感觉，对着佩通尼科夫的脸冷笑一下。

"谁都知道这是为什么。……人应该极力跟别人和睦相处呗。"

"哦，"佩通尼科夫打断他的话说，"不完全是这样。照我看来，关于您为什么要跟我们和解，您了解得并不清楚。……我来给您讲讲这一点。"

老兵有点吃惊。这个青年人穿一身方格呢料衣服，样子显得很可笑，可是讲起话来却像当初拉克兴连长一样厉害，那个连长往往在盛怒之下一巴掌就把兵的三颗牙打下来。

"您之所以要跟我们和解，是因为有我们做邻居，对您很有利！其所以有利，是因为将来我们工厂里的工人不下一百五十名，日子一长，还会加多。如果其中有一百个工人每星期领到工资后都到您这儿来各自喝下一大杯白酒，那么比起现在来，您每个月就多卖出四百杯。这我是按最小的数字算的。其次，您开着小饭铺，卖饭菜。您似乎是个不愚蠢而且很老练的人，那您就自己想一想，有我们做邻居，您会得着多少好处吧。"

"这话是实在的，"瓦维洛夫点头说，"这我知道。"

"那么，怎么样？"商人大声问道。

"挺好。……我们讲和吧。……"

"您这么快就做出决定，这使人很愉快，喏，我已经准备下一份写给法院的呈文，申明您撤销对我父亲提出的要求。您看一遍，签个字吧。"

瓦维洛夫瞪圆眼睛瞧着对方，打个哆嗦，预感到一件很不妙的事来了。

"对不起……签字？这是怎么回事？"

"很简单，喏，您写上您的姓名，就没别的事了。"佩通尼科夫殷勤地伸手指出签名的地方,解释说。

"不,这是怎么回事! 我说的不是这个意思。……我说的是您占去那块地,给我多少钱的报酬?"

"可是要知道,那块地对您一点用处也没有!"佩通尼科夫安抚道。

"不过那块地是我的!"老兵叫道。

"当然了。……那么您要多少钱?"

"只要状子上那个数目就成。……那上面写得有。"瓦维洛夫胆怯地申明说。

"六百?"佩通尼科夫说,轻声笑起来,"哎,您这个怪人!"

"我有权利。……我甚至能要两千呢。……我可以一口咬定要你们拆房。……我就打算这么办。……所以赔偿费才定得这么少。……我要求拆房!"

"您自管要求吧。……我们呢,也许真会拆房……不过要等到三年之后,拖得您交出大笔的诉讼费再说。等我们付了钱,就自己办酒店和小饭铺,而且要办得比您的好,那您可就完蛋了,像侵入波尔塔瓦的瑞典人①一样。您会完蛋的,亲爱的,我们会极力做到这一点。"

瓦维洛夫咬紧牙关,瞧着他的客人,领会到这个客人就是他命运的主宰。在这个身穿方格衣服、态度安详而又铁面无情的人面前,瓦维洛夫开始可怜自己了。

"您这个老兵,既然跟我们是近邻,又相处得和睦,就能挣到不少钱。关于这一点我们也会尽力办到。比方说,甚至现在我就要向您建议开一家小杂货铺。您知道,卖点烟草啦,火柴啦,面包啦,黄瓜啦,等等……这些都会有好销路的。"

瓦维洛夫听着。他是个头脑不笨的人,明白向仇人的慷慨投降才是上策。事情只能从这一点做起。这个兵不知道该怎样发泄他的怨恨才好,就大声骂库瓦尔达道:

---

① 一七〇九年沙皇彼得大帝在波尔塔瓦击败入侵的瑞典军队。

"那个酒鬼,该死的!"

"您骂的是给您写状子的律师吗?"佩通尼科夫平静地问道,然后叹口气,补充一句说:"确实,要不是我们怜惜您,他可能已经给您开了个很糟的玩笑了。……"

"唉!"伤心的兵摇一下手说,"他们一共有两个。……一个发现问题,另一个写状子。……该死的记者!"

"怎么会是记者呢?"

"他给报纸写东西。……他们都是您的房客。……喏,就是这样的人!您把他们撵走,看在基督面上,赶走吧!他们是强盗!他们惹是生非,闹得这条街上的人不得安生。他们害得人没法活,这些不顾死活的人,你一不留神,他们就打劫你,要不然就烧你的房子。……"

"那个记者,他是什么人?"佩通尼科夫关心地问。

"他吗?酒鬼!本来当教员,后来革职了。他灌酒,给报纸写文章,写状子。是个很坏的人!"

"嗯!他也给您写了状子吧?原来是这样!显然,他还写过厂房建筑得不合规矩,认为那儿的脚手架什么的搭得不对。"

"就是他!这我知道,就是他,这条狗!他自己在这儿念过那篇文章,还夸口说:我要弄得佩通尼科夫赔老本呢。"

"嗯,是啊。……好,那么,您怎么样,打算讲和吗?"

"讲和?"

老兵低下头沉思。

"唉,我们过的这种糊涂日子呀!"他用抱屈的口气嚷道,搔着后脑勺。

"那就得学习。"佩通尼科夫点上一支纸烟,给他出主意说。

"学习?问题不在这儿,我的先生!我没有自由,这才是问题!是啊,我过的是什么生活呀?我提心吊胆地过日子……老是怵怵怛怛……我想按我自己的心思行动,可又完全没有这种自由!那是为什么?我害怕。……那个讨厌的教员总是在报纸上写我的事……于是把卫生检察官招来,我就得付罚款。……你们那些房客啊,动不动就放火,杀人,打劫。……我怎么敌得过他们?他们连警察都不怕。……你把他们送进监牢,他们反而高兴,可以吃饭不花钱了。"

"喏,要是我跟您谈妥了,我会把他们轰走的。"佩通尼科夫应许道。

"那我们怎样谈妥呢?"瓦维洛夫带着苦恼的心情阴沉地问。

"您说出您的条件吧。"

"好。就照状子上说的六百卢布……"

"您就拿一百卢布,行不行?"商人平心静气地问道,仔细地瞧着对方,然后淡淡一笑,补充一句:"再多一个卢布我也不给了。……"

这之后,他就摘掉眼镜,从口袋里取出手绢,慢腾腾地动手擦镜片。瓦维洛夫瞧着他,心里很苦,同时又对他生出满腔敬意。小佩通尼科夫那张平静的脸、他那对灰色的大眼睛、他的宽颧骨、他整个矮胖的身材,都透露了他有强大的力量,他相信自己,他的头脑受过很好的训练。瓦维洛夫也喜欢佩通尼科夫跟他谈话的态度:谈得那么随便,带着友好的口吻,没有一点老爷派头,就像跟亲弟兄交谈一样,其实瓦维洛夫知道自己是个兵,跟那样的人是高攀不上的。瓦维洛夫凝神看着他,几乎欣赏他,胸中涌起热烈的好奇心,一时掩没其他一切感情,忍不住恭敬地问佩通尼科夫说:

"请问您在哪儿念过书?"

"在工学院。您问这个干什么?"佩通尼科夫用含笑的眼睛看着他说。

"没什么,我随便问问,请原谅!"老兵说着,低下头,随后,忽然,带着赞叹、嫉妒以至振奋嚷道:"嗯,是啊!这就叫教育!一句话,学问是光明!我们这班人呢,在这个世界上就像迎着阳光的猫头鹰。……哎,老爷!我们来了结这件事吧?"

他用果断的姿态向佩通尼科夫伸出一只手,压低喉咙说:

"好,五百吧?"

"一百卢布不能再多了,叶戈尔·捷连契耶维奇。"佩通尼科夫耸耸肩膀说,仿佛惋惜不能再多给似的,伸出一只白而且大的手拍拍老兵那只生满毫毛的手。

他们很快就把事办完了,因为老兵忽然迎合佩通尼科夫的愿望而做出很大的让步,而另一个人却坚定不移,决不退让。等到瓦维洛夫收下一百卢布,在文件上签过字,他就恶狠狠地把钢笔往桌上一扔,叫道:

"得,现在我可要吃那些流浪汉的苦头了!他们要耍笑我,臊我的皮,那些魔鬼!"

"那您就对他们说,我按照状子如数把钱给过您了。"佩通尼科夫出主意说,心平气和地从嘴里喷出一缕缕细烟,眼睛跟踪着烟雾。

"可是难道他们会相信吗?他们也是些机灵的骗子,不下于……"

瓦维洛夫赶紧停住嘴,为他差点说出口的比喻发窘,战兢兢地看一眼商人的儿子。那一个在吸烟,全副心思都用在这件事上。不久他就走了,临行对瓦维洛夫应许说会把那些不安分的人的巢穴拆毁。瓦维洛夫瞧着他的后影,叹气,恨不得对着他的脊梁喊出几句恶毒难堪的话来,可是那个人已经迈开沉着的步子,沿着坑坑洼洼、布满垃圾的道路,走上山坡去了。

傍晚骑兵大尉到小饭铺里来。他的眉毛严峻地皱紧,右手有力地捏成拳头。瓦维洛夫迎着他露出负疚的笑容。

"好,该隐和犹大的孝子贤孙,你说吧。……"

"解决了。"瓦维洛夫说,叹口气,低下眼睛。

"这我不怀疑。你得了几块银洋?"

"四百卢布。……"

"你准是胡说。……不过这在我倒更好。闲话少说,叶戈尔,问题是我发现的,那笔钱该提出一成给我,教员写过状子,该给他二十五卢布,另外你再送给大家一大桶酒和丰盛的凉菜。钱马上就给,酒和别的在八点钟前备齐。"

瓦维洛夫脸色发青,睁大眼睛瞪着库瓦尔达说:

"休想!这是明火抢劫!我不给。……您这是什么话,阿里斯季德·福米奇!不,您留着您的胃口到下次过节再吃!您也太狂了!不,我现在有办法,不怕您。……我现在……"

库瓦尔达看一眼柜台里的挂钟。

"我给你十分钟,叶戈尔,让你说废话。你尽这段时间把你的舌头要弄完,然后把我要的东西全给我。你不给,我就收拾你!'末日'不是卖给你一些东西吗?你在报上看到过巴索夫家盗窃案吗?明白了吧?那些东西你来不及窝藏起来,我们不会让你得手。就在今天晚上见分晓。……明白了?"

"阿里斯季德·福米奇!这是何苦?"退役军士哀叫道。

"不用费话!你到底听明白没有?"

高身量、白头发的库瓦尔达庄严地皱紧眉头,压低喉咙说话,在空荡荡的小饭铺里他那沙哑的男低音险恶地嗡嗡响。瓦维洛夫素来有点怕他,因为他以前做过军官,而且是个没有什么东西可损失的人。不过现在,库瓦尔达却以新的姿态在他面前出现:他说话不多,也不像往常那么逗笑,口气却像司令官,相信别人会服从,声音里带着非同儿戏的威胁。瓦维洛夫领会到骑兵大尉会毁掉他,而且,如果有意的话,会高高兴兴地毁掉他。他只得对这种力量低头。可是这个兵虽然提心吊胆,却还要试一次,想逃脱惩罚。他深深叹口气,平和地开口说:

"看来,俗语说的对,婆娘把鬼招进门,她就举手打自身。……我刚才对您说的是谎话,阿里斯季德·福米奇,……我是打算装得聪明点。……其实我只得了一百卢布。……"

"说下去。"库瓦尔达还他一句。

"不像我刚才说的是四百。那么……"

"用不着说'那么'。我不知道你哪一回说的是谎话,是刚才还是现在。反正我要从你这儿拿六十五卢布。这数目不大……对不对?"

"哎呀,我的上帝!我对大人可是素来尽心竭力,没有怠慢过。"

"啊？少说空话，叶戈尔，你这个犹大的孝子贤孙！"

"好吧，我给就是。……不过上帝会为此惩罚您的。……"

"闭嘴，你这地球上的脓瘤！"骑兵大尉大声嚷道，凶猛地转动眼珠。"我已经受到上帝惩罚。……他逼着我非跟你见面说话不可。……我要把你当场打死，就跟打死苍蝇一样！"

他在瓦维洛夫鼻子跟前摇拳头，龇出牙来，磨得吱吱响。

他走后，瓦维洛夫开始苦笑，频频眨眼。随后，两颗大泪珠顺着他的脸颊淌下来。泪珠好像颜色灰白，它们刚流进唇髭里，就另有两颗泪珠又淌下来。于是瓦维洛夫走进房间里，在圣像跟前站住，就这么站了很久，既没祈祷，也没动弹，更没擦掉他长满皱纹的棕色脸颊上的泪水。

助祭塔拉斯素来喜爱树林和草场，就邀那些沦落的人们到野外一个峡谷去，在那儿，在自然的怀抱里共饮瓦维洛夫的酒。可是骑兵大尉和其他一切人异口同声地骂助祭，骂自然，决定就在他们的院子里喝酒。

"一个，两个，三个……"阿里斯季德·福米奇数道，"我们一共有十三个人。教员不在……嗯，不过还会有些流浪汉来的。我们就算有二十个人吧。每人摊到两根半黄瓜，一磅面包，一磅肉……倒挺不坏！每人有一瓶白酒喝……还有酸白菜、苹果和三个西瓜。请问，另外我们还需要什么呢，我的朋友们，坏蛋们？好，我们来准备张口吃掉叶戈尔·瓦维洛夫吧，因为这都是他的血和肉呀！"

他们在地上铺了些破烂的衣服，把酒瓶和食品放上去，自己在四周坐下，规规矩矩，一言不发，勉强压下喝酒的渴望，只让它在他们眼睛里闪亮。

傍晚来了，阴影降在夜店院子里那块被垃圾弄得怪难看的土地上。太阳的余晖照着快要坍倒的房子的房顶。四下里阴冷而清静。

"我们来喝吧，弟兄们！"骑兵大尉下命令道，"我们有几个杯子？

六个,可是我们有十三个人。……阿列克谢·马克西莫维奇!你斟酒!斟好了吗?好,第一次出击……开火!"

他们喝酒,噘喉咙,吃起来。

"可是教员不在……喏,我已经有三天没见到他了。有人见过他吗?"库瓦尔达问。

"没有……"

"这跟他的性格不合!哦,反正没关系。我们再喝一杯!我们来为阿里斯季德·库瓦尔达的健康喝一杯,他是我惟一的朋友,在我一生中一分钟也没离开过我。不过,见鬼,要是他离开我一阵,也许我倒会沾光不小呢。"

"这话说得俏皮。""剩饭"说,咳嗽起来。

骑兵大尉带着高高在上的感觉瞧着伙伴们,可是没说话,因为他在吃东西。

酒过两巡,这群人立刻活泼起来,每人的食物都分到很多。"一个半塔拉斯"表白了胆怯的愿望,说是想听听故事,可是助祭正跟"陀螺"吵架,说瘦女人比胖女人好,没理睬他朋友的话。他极力向"陀螺"证实他的见解,措词强横激烈,只有深信自己见解正确的人才做得到。"流星"躺在他身旁的地上,背朝着天,玩味助祭那些带刺激性的话,天真的脸上露出动情的神色。马尔季亚诺夫伸出生满黑毛的大手抱住膝头,沉默而阴郁地瞧着酒瓶,用舌头把唇髭卷进嘴里去,要用牙齿咬住。"剩饭"在逗佳帕取乐。

"我已经偷看到你这个巫师把钱藏在哪儿了!"

"算你走运。"佳帕声音沙哑地说。

"我,老兄,要把你那些钱偷走!"

"拿去吧。……"

库瓦尔达跟这些人在一起感到乏味,因为他们没有一个人能做他谈话的对手,能真正听懂他那些滔滔不绝的话,能领会他的意思。

"教员究竟会到哪儿去了呢?"他把他的想法说出来。

马尔季亚诺夫瞧了他一阵,说:

"他会回来的。……"

"我相信他一定会回来,然而不是坐着马车回来。我们来为你的未来干一杯,未来的苦役犯。你要是杀死一个有钱人,就把钱分给我点。那么,老弟,我就要到美洲,到那个……它叫什么名字来着?兰帕斯……不,到潘帕斯①去!我到了那儿,想法当上美国总统。然后我向全欧洲宣战,把它打得落花流水。我要买通欧洲的……军队。我要拉拢法国人、德国人、土耳其人,利用他们去打他们的亲人……就跟伊利亚·穆罗梅茨用鞑靼人打鞑靼人一样。只要有钱,就能做伊利亚……消灭欧洲,把犹大·佩通尼科夫雇来做听差。……他肯做的……每月给他一百卢布,他就肯做!不过这个听差糟得很,因为他会偷东西。……"

"而且瘦女人比胖女人强,还有一个原因,那就是瘦女人少费钱些,"助祭振振有词地说,"我的前妻做衣服要买十二俄尺的料子,可是我的后妻用十俄尺就够了。……吃的方面也省钱。……"

"一个半塔拉斯"负疚地笑起来,转过头去对着助祭,用一只眼睛盯住他的脸,不好意思地申明一句:

"我也有过老婆呢……"

"老婆人人都可能有过,"库瓦尔达说,"不过接着讲你的谎话吧……"

"她挺瘦,可是吃得多。……甚至活活地胀死了。……"

"独眼龙,你把她毒死了。""剩饭"很有把握地说。

"不,皇天在上!她是吃鲟鱼胀死的。""一个半塔拉斯"说。

"可是我跟你说:她是你毒死的!""剩饭"坚决肯定道。

这种情形在他是常有的:他先说出一句荒谬的话,然后就反复说个没完,并不举出丝毫理由来证实他的话。他先是带着任性的孩子口

---

① 南美洲的草原名。

气说,渐渐地就几乎变成疯狂的号叫了。

助祭给他的朋友撑腰。

"不,他不可能毒死她。……没有什么理由嘛。……"

"可是我说:是他毒死的!""剩饭"尖叫道。

"闭嘴!"骑兵大尉威风凛凛地大叫一声。他的烦闷无聊变成痛苦的暴怒。他用凶狠的眼睛瞧着他的朋友们,却没能在那些半醉的脸上发现什么足以进一步发泄他暴怒的借口,就把头垂到胸上,照这样坐上几分钟,然后在地上躺下,脸朝着天。"流星"在咬黄瓜。他手里拿着黄瓜,眼睛没看它,用嘴把它嘬进半根,然后用大黄牙一下子咬碎,弄得汁水四溅,喷湿他的面颊。看来他并不想吃黄瓜,不过这种吃的过程却使他感到有趣,马尔季亚诺夫像菩萨那样坐着不动,一直保持着坐下来时的姿势,也那么专心而阴沉地瞧着一个已经喝空一半的六升大酒瓶。佳帕瞅着地面,嘴里在嚼肉,而他的老牙却不易嚼碎。"剩饭"躺在那儿,背朝着天,不住咳嗽,把他整个小身子缩成一团。余下那些沉默的黑人影,有的坐着,有的躺着,姿态各不相同,破烂的衣服弄得他们像是些难看的野兽,由一种粗暴而神奇的力量创造出来,借以嘲弄人类的。

> 从前在苏兹达尔城,
> 有个门第不高的太太,
> 她浑身抽筋,
> 很不愉快!……

助祭低声唱着,搂住阿列克谢·马克西莫维奇,那一个对着他的脸快乐地微笑。"一个半塔拉斯"色情地哧哧笑。

夜晚临近了。天空中繁星微微闪烁,城里高坡上点起万家灯火。河上传来轮船凄凉的汽笛声,瓦维洛夫小饭铺的大门吱咀一响关上了,震得玻璃发出刺耳的响声。有两个乌黑的人影走进院子里来,凑近酒瓶四周的那群人。有一个人影沙哑地问：

"你们在喝酒吗？"

另一个又嫉妒又快活地低声说：

"瞧瞧这些魔鬼！"

后来有一只手从助祭头顶上伸过去，拿起一个酒瓶，随后把瓶里的酒倒进杯子里，响起那种特有的咕嘟咕嘟声。然后他俩大声嗽喉咙。……

"哎，心里不好受呀！"助祭嚷道，"独眼龙！咱们来回忆古代，唱《在巴比伦的河上》吧！"

"莫非他会唱？"西姆措夫问。

"他吗？老兄，他在主教唱诗班里当过独唱。……好，独眼龙……在河—河—河上……"

助祭的嗓音像是狂叫，沙哑，时断时续，他的朋友用尖利的假嗓子唱起来。

那所无继承人的房子由黑暗包住，显得体积膨胀起来，或者那一大堆半朽的木料像是向那群人凑近来，他们的狂叫在房子里引起含混的回声。蓬松的黑云在他们头上天空中慢慢地浮游。这些沦落的人们当中，有人发出了鼾声，其余那些还没喝得大醉的人，有的沉默地喝酒，吃东西，有的低声讲话，中间往往有很长的停顿。这场盛宴，酒和菜都丰盛得少见，大家却闷闷不乐，这是不常有的。往常，夜店的住客们一喝酒，总是活跃地热闹起来，可是不知什么缘故，今天却久久没有发生这种情形。

"你们这些狗！别叫了……"骑兵大尉对歌手们说，从地上抬起头来听着，"有人来了……坐着马车……"

马车来到这条街上，而且是在这种时候，不能不引起普遍的注意。城里有谁会冒着风险坐着马车走过这条坑坑洼洼的街道呢？这会是谁呢，到这儿来干什么？大家抬起头来听着。在夜晚的寂静中清楚地传来马车轮子不断碰撞挡泥板的沙沙声。马车越走越近。这时候响

起某人粗鲁的问话声:

"喂,到底上哪儿去?"

有人回答说:

"喏,大概就是这所房子。"

"我这马车再也不往前走了……"

"这是来找我们的!"骑兵大尉叫道。

"是警察!"一个惊慌的低语声响起来。

"警察居然坐马车!傻瓜!"马尔季亚诺夫声音低沉地说。

库瓦尔达站起来,往大门口走去。

"剩饭"低下头,瞧着他的背影,开始听。

"这儿是夜店吗?"有人用刺耳的嗓音问道。

"是。"骑兵大尉用怏怏不快的男低音答道。

"记者契托夫就住在这儿吧?"

"您把他送来了?"

"对……"

"喝醉了?"

"他病了!"

"那就是说醉得厉害。喂,教员!好,站起来!"

"别忙!我来扶您。……他病得很重。他在我家里躺了两天。您搀着他的胳肢窝。……大夫给他看过病。很糟。……"

佳帕站起来,慢慢往大门口走去。"剩饭"却笑一声,喝起酒来。

"点灯!"骑兵大尉下命令道。

"流星"走进店里,在屋里点上灯。于是一道宽阔的光带从夜店门口伸展到院子里,骑兵大尉跟一个矮小的人一起扶着教员,沿着那道光带走进店里。教员的头软绵绵地垂到胸口上,两只脚在地上蹭,两条胳膊在空中垂下来,像断了似的。由佳帕帮忙,他们把他放在板床上,他呢,周身发抖,轻声呻吟,在板床上挺直身体。

"我跟他在同一家报馆里工作……他很不幸。我对他说:'请吧,您就在我家里住下,您不碍我的事。……'可是他求我说:'您把我送回家去!'他很着急……我认为这对他不利,就把他送回来了。……他的家不就是这儿吗?……对吗?"

"依您看来,他别处还有家吗?"库瓦尔达粗鲁地问道,定睛瞧着他的朋友。"佳帕,去取点凉水来!"

"那么……"矮小的人发窘地踌躇道,"我想……这儿不再需要我了吧?"

"您吗?"骑兵大尉目光锐利地瞧着他。

矮小的人穿一件很旧的上衣,可是一排衣扣却仔细地扣到下巴底下。他裤子的底边已经磨破,帽子旧得褪了色,揉得跟他那张饥饿的瘦脸一样皱。

"对,不需要您了,像您这样的人,我们这儿多的是。……"骑兵大尉说,转过身去不再理睬那个矮小的人。

"那么,再见!"矮小的人说着,往门口走去,可是在门口轻声要求说:"如果他有个好歹……你们通知编辑部一下。……我姓雷若夫。那我就会写一篇短短的讣告,你们知道,他毕竟是为报纸出过力的人……"

"哼,您是说,讣告?写二十行,赚四十戈比?我会办得更好点:等他死了,我就割下他的一条腿,送到编辑部,交您收下。这对您比写讣告划算得多,够您吃三天的……他的腿肥得很呢。……他活着的时候,你们那儿的人就都在吃他。……"

矮小的人发出有点奇怪的喷鼻声,走掉了。骑兵大尉在板床上挨着教员坐下,伸出手去抚摸他的前额和胸脯,呼唤他说:

"菲利普!"

这一声呼唤低沉地撞在夜店肮脏的墙上,消失了。

"老兄,这真荒唐!"骑兵大尉说,用手轻轻摩挲着躺着不动的教员那蓬乱的头发。后来骑兵大尉听着他急促而断续的呼吸声,瞧着他消瘦的土色脸膛,叹口气,严峻地皱起眉头,往四下里看。那盏灯糟得很:灯火不住颤抖,黑影在夜店的墙上不声不响地跳动。骑兵大尉举目呆望着阴影的无言的游戏,摩挲着自己的胡子。

佳帕提着一桶水走回来,把它放在板床上教员的头旁边,然后抓住教员的一条胳膊,用手把他托起来,仿佛在掂量他的体重似的。

"不用水了。"骑兵大尉摇一下手说。

"应当请个教士来。"拾破烂的老人主张道。

"一概用不着。"骑兵大尉决定说。

他们瞧着教员,沉默一阵。

"我们去喝酒吧,老鬼!"

"那么他呢?"

"你能帮他什么忙呢?"

佳帕转过身,背对着教员,他们走到院子里。

"怎么样了?""剩饭"把他的尖脸转过来,问骑兵大尉。

"没有什么了不得的。他要死了……"骑兵大尉简略地告诉他说。

"他是挨打了吗?""剩饭"关心地问。

骑兵大尉没回答,只顾喝酒。

"倒好像他知道我们有这些吃喝给他办丧宴似的。""剩饭"说,点上一支烟。

有人笑起来,有人长叹一声。助祭忽然浑身使力,努动嘴唇,擦擦额头,狂叫道:

"愿东正教徒安息!"

"你啊!""剩饭"压低声音说,"你嚷什么?"

"给他一个嘴巴!"骑兵大尉出主意说。

"傻瓜!"佳帕的沙哑声响起来,"人家要死了,应当安静才是。"

四周十分安静。天上布满乌云,眼看要下雨了,地上笼罩着秋夜阴森的黑暗。不时响起睡熟的人发出的鼾声、斟酒的咕嘟声、吧嗒嘴的响声。助祭嘟哝着什么。乌云压得那么低,仿佛马上就要碰到旧房的房顶把它推倒,压在那群人身上似的。

"啊……一个相好的人就要死了,我心里不好受啊……"骑兵大尉结结巴巴说,头垂到胸口上。

没有人回答他的话。

"他是你们当中最好的人……最聪明、最正派。……我怜惜他。……"

"'与圣徒们一同安息吧。'……唱啊,独眼龙坏蛋!"助祭发起火来,用手戳一下朋友的腰,那个朋友已经在他身旁打盹儿了。

"闭嘴!……你!""剩饭"用愤恨的低语声嚷道,跳起来。

"我来揍他的脑袋。"马尔季亚诺夫提议,从地上抬起头来。

"你没睡着?"阿里斯季德·福米奇异常亲热地说,"你听见了吗?我们的教员……"

马尔季亚诺夫沉甸甸地在地上扭动一阵,站起来,瞧了瞧夜店门里和窗里涌出来的光带,摇摇头,在骑兵大尉身旁坐下。

"我们要不要喝酒?"骑兵大尉提议说。

他们摸索着找到酒杯,开始喝酒。

"我去看一下……"佳帕说,"也许他要什么东西。"

"他要棺材。"骑兵大尉冷笑说。

"您别说这种话。""剩饭"用低沉的声音要求道。

"流星"从地上爬起来,跟着佳帕走了。助祭也想站起来,可是斜着身子倒下去,大声骂了几句。

佳帕走后,骑兵大尉拍着马尔季亚诺夫的肩膀,低声说:

"是啊,马尔季亚诺夫……你一定比别人感触深些。……你是……不过,说这种话有什么意思呢。你可怜菲利普吗?"

"不,"往日的典狱官沉默一阵,回答说,"老兄,这一类的感触我一点也没有……已经忘光了。……这样生活太糟了。我说要杀人,那是认真说的。……"

"是吗?"骑兵大尉含混地说,"嗯……好,我们再喝点!"

"我们的事好办……有酒喝就行!"

这是西姆措夫醒来,用快活的声音歌唱。

"弟兄们?! 有谁在这儿? 给我这老头子倒一杯酒!"

人家就给他倒酒,递给他。他喝完,又躺下,把头伸到人家的腰上去。

这以后,沉默地过了两分钟。那沉默好比这秋夜,黑暗而阴森可怕。后来,有人小声讲话……

"什么?"另一个人问。

"我是说,他是个好人。这个人斯文得很。"原先那个人小声说。

"他手头常常有钱……总是大方地送给弟兄花。……"这以后又是沉默。

"他就要断气了!"佳帕的沙哑声在骑兵大尉头顶的上方响起来。

阿里斯季德·福米奇站起来,勉强稳住两条腿,往店堂里走去。

"你去干什么?"佳帕拦阻他说,"你别去。要知道你喝醉了酒……这样不好!"

骑兵大尉站住,想一想。

"那么这个世界上有哪件事算是好的? 滚你的吧!"

夜店的墙上,阴影仍然跳动不已,仿佛在沉默地互相争斗似的。教员躺在板床上,全身挺直,喉咙里发出嘶哑声。他的眼睛睁得很大,裸露的胸膛大起大落,嘴角冒出泡沫,脸上现出极其紧张的神情,仿佛他极力要说出一句重大的而又难于启齿的话,却讲不出来,因而说不出地痛苦似的。

骑兵大尉站在他面前,把两只手放在背后,默默地瞧了他一分钟。后来他难过地皱起眉头,开口说:

"菲利普! 你跟我说句话呀……说句安慰你朋友的话。……别这样! ……老弟,我喜欢你。……所有的人都是畜生,只有你……虽然是个酒鬼,我却觉得你是人! 唉,你酒喝得太多,菲利普! 你就是让酒送了命。……这是何苦呢? 你本来应当学会管住自己……应当听我的话。以前我不是常跟你说……"

那种通称为死亡的、毁灭一切的神秘力量,正在跟生命进行阴森而庄严的搏斗,仿佛见到这个醉汉近在眼前而感到受了侮辱似的,决定赶快了结它那无情的工作。这时候教员深深叹口气,轻轻地呻吟几声,打个哆嗦,伸直四肢,不动了。

骑兵大尉站在那儿,身子摇晃一下,继续讲话。

"你要我给你拿点酒来吗?不过你还是不喝的好,菲利普。……你要管住自己,克制一下。……要不然就索性喝吧!说实在的,何必管住自己呢。……有什么必要呢,菲利普?不是吗?有什么必要呢?……"

他拿住教员的脚,把他拉过来。

"哦,你睡着了,菲利普?好……睡吧!晚安。……明天我再给你详细讲,你会相信根本用不着忌这忌那。……那么你现在睡吧……要是你没死的话……"

他没听见答话声,就走出去,回到那伙人当中,申明说:

"他睡着了……或者死了……我不知道……我有点醉了。……"

佳帕把头弯得越发低了,在胸前画个十字。马尔季亚诺夫沉默地蜷起身子,在地上躺下。"剩饭"很快地在地上活动起来,压低声音,用气愤忧伤的口气说:

"你们统统见鬼去吧!……嗯,他死了!可是死了又怎么样?我……为什么一定要叫我知道这些?为什么要把这些讲给我听?时辰一到,我自己也要死的……跟他一样。……我跟别人一样啊。"

"这是实话!"骑兵大尉大声说,沉甸甸地在地上坐下。"时辰一到,我们也会死的,跟别人一样。……哈哈!我们怎么活着……那是没人管的小事!可是讲到死,我们却会跟大家一样死。人生一世就是这么回事,请相信我的话。因为人活着就为了死。人总是要死的。……既是这样,人怎样活着岂不都是一样?马尔季亚诺夫,我说的对吗?我们再喝点……趁活着再喝点。"

雨点疏疏落落地掉下来。浓重稠密的黑暗遮盖着躺在地上的人影，他们有的睡熟，有的沉醉，身子蜷缩着。从夜店里射出来的那条光带渐渐暗淡，颤抖起来，忽然消失了。显然，灯给风刮灭，或者里边的煤油熬干了。雨点打在夜店的铁皮房顶上，声音怯弱而犹豫。城里山坡上传来钟楼发出的稀疏而凄凉的钟声，那是教堂看守人敲响的。

铜钟的响声从钟楼上飘来，在黑暗中轻轻地漫游，缓慢地消散。可是黑暗还没来得及消除那颤抖的叹息般的尾音，第二下钟声就响起来，又在夜晚的寂静中散布黄铜那忧郁的叹息声了。

第二天早晨佳帕头一个醒过来。

他翻个身，躺平，瞧着天空；只有这样躺着，他那残废的脖子才容许他瞧见头上的天空。

天色灰白而单调。在那儿，上边，凝聚着潮湿而寒冷的昏暗，扑灭阳光，遮蔽了广漠无垠的蓝天，向下界倾注着沮丧。佳帕在胸前画个十字，用胳膊肘撑起身子，想看一看什么地方还剩得有酒。酒瓶是空的。佳帕从伙伴身上爬过去，开始看那些杯子。他发现有一个杯子几乎装满酒，就喝下去，用衣袖擦擦嘴唇，动手摇撼骑兵大尉的肩膀。

"起来……喂！听见了吗？"

骑兵大尉抬起头来，睁开昏花的眼睛瞧着他。

"应当去报告警察才对……喂，起来！"

"报告什么？"骑兵大尉带着睡意，生气地问道。

"报告他死了。……"

"你说的是谁？"

"那个念书人。……"

"菲利普？是啊！"

"你却忘了……唉！"佳帕用沙哑的声音责难道。

骑兵大尉站起来，大声打个呵欠，伸个懒腰，弄得骨节吱吱嘎嘎响。

"那你去报告吧……"

"我不去……我不喜欢他们。"佳帕阴郁地说。

"嗯,你去把助祭叫醒。……我到那边去看看。"

骑兵大尉走进夜店,在教员脚旁站住。死人躺在那儿,身子挺得笔直,左手放在胸口上,右手撩在一边,仿佛要抡起胳膊打什么人似的。骑兵大尉暗想:教员要是现在站起来,身量就会跟"一个半塔拉斯"一般高。后来他在板床上挨着教员的脚坐下,想起他们在一起过活将近三年,不由得叹口气。佳帕走进来,歪着头,就像山羊要用犄角戳人似的。他在教员那双脚的另一边坐下,瞅着他发黑的脸,那张脸平静而严肃,抿紧了嘴唇。佳帕声音沙哑地说:

"是啊……瞧,他死了……我不久也会死的……"

"你也该死了。"骑兵大尉闷闷不乐地说。

"到时候了!"佳帕同意道,"你也应当死了。……反正比这样活着强得多。……"

"可也许不如活着好呢?你怎么知道?"

"不会比这更糟了。人死了,是跟上帝打交道。……现在却是跟人打交道。……可是人都是些什么东西呀?"

"得了,行了,别哑着嗓子嚷。"库瓦尔达生气地打断他的话说。

在昏暗的夜店里,空气变得庄严而肃静。

他们在死去的朋友脚旁坐了很久,偶尔看他一眼,两个人都心事重重。后来佳帕问道:

"你给他下葬吗?"

"我?不!让警察去葬他吧。"

"哦!我看,你该给他下葬。……要知道,你已经从瓦维洛夫那儿拿了他写状子的钱。……要是不够用,我来给。……"

"他的钱是在我这儿……可是我不想用来下葬。"

"这不好。你打劫死人。我马上就告诉大家,说你想吞掉他的钱……"佳帕威胁说。

"你愚蠢,老鬼。"库瓦尔达轻蔑地说。

"我才不愚蠢呢……我只是说,这样做不好,不够交情。"

"得了。你别缠住我!"

"瞧你说的!那是多少钱?"

"二十五卢布……"库瓦尔达心不在焉地说。

"喏!……要能给我五卢布才好呢。……"

"你这个可恶的老坏蛋……"骑兵大尉冷漠地瞧着佳帕的脸,说。

"真的,给我吧。……"

"滚你的蛋!……我要用这笔钱给他立块碑呢。"

"给他立个什么?"

"我要买一块磨石和一个锚。我把磨石放在坟上,再把锚的链子套在那上面。那会很重呢……"

"这是干什么?你这种做法真怪。……"

"哦……不用你管。"

"你小心,我会说出去……"佳帕又威胁说。

阿里斯季德·福米奇呆呆地瞧着他,沉默片刻。

"你听,……有人来了!"佳帕说,站起来,走出夜店门外。

不久,区警察局局长、法院侦讯官和医师在夜店门口出现。三个人轮流走到教员跟前,看他一眼,走出去,而且斜起眼睛,用怀疑的目光看库瓦尔达。他坐在那儿,不理他们,后来区警察局局长朝教员那边点点头,问他说:

"他是怎么死的?"

"你们问他吧。……我想,是因为不习惯……"

"什么?"侦讯官问。

"我是说,照我看来,他死是因为不习惯他得的那种病……"

"嗯……是啊!那么他得病很久了吗?"

"应该把他搬到这儿来才是,在那边看不清楚,"医师用烦闷的声调提议道,"也许,有些迹象……"

"喂,叫人把他抬出来。"区警察局局长吩咐库瓦尔达说。

"您自己叫吧。……他在这儿并不碍我的事……"骑兵大尉冷漠地答道。

"哼!"警察局局长大声说,做出凶恶的脸相。

"呸!"库瓦尔达回敬道,坐在原地没动,憋着一肚子气,龇出牙来。

"见鬼!……"区警察局局长叫道,气得发疯,血涌上他的脸。"你这种行为我决不白白放过去!我……"

"诸位诚实的先生,身体好哇!"商人佩通尼科夫在门口出现,用讨好的声调说。

他用尖利的目光向大家扫一眼,打个哆嗦,退后一步,脱下帽子,规规矩矩地在胸前画个十字。随后他脸上现出幸灾乐祸的得意笑容,眼睛瞧着骑兵大尉,恭敬地问道:

"这儿出了什么事?好像打死人了?"

"对,这儿就是出了一件跟这差不多的事。"侦讯官回答他说。

佩通尼科夫长叹一声,又在胸前画个十字,用伤心的声调开口说:

"啊,我的上帝!我多么害怕这种事呀!往常我到这儿来,看一下……哎,哎,哎!后来我回到家,总是觉得六神不安,求上帝拯救每个人吧!……我已经多少次对这位先生,喏……对这个流氓头子说过,我不想把这个宅子租给他了,可是我怕……这些……您知道……这号人……我心想,还是让步的好,要不然兴许会闹出什么乱子来……"

他伸出一只手在空中从容地挥动一下,然后用它摩挲一下他的脸,把胡子握在手心里,又叹口气。

"他们是危险人物。这位先生好像是他们的上司……简直就是个强盗头子。"

"喏,我们正要摸摸他的底,"区警察局局长用威胁的口气说,眼睛带着报仇的神情,瞧着骑兵大尉,"我对他也知道得很清楚!……"

"是啊,老兄,我和你是老相识了……"库瓦尔达用亲热的口气肯定道,"我给过你和你手下的喽啰多少贿赂来堵住你们的嘴呀!"

"诸位先生!"区警察局局长叫起来,"你们听见了吗?我请你们记住！我决不放过这种行为。……啊！居然说出这种话来！好,你给我记住！我要叫你……吃不了兜着走,我的朋友。……"

"俗话说的好:临阵打仗,先别吹牛。……"阿里斯季德·福米奇平心静气地说。

医师是个戴眼镜的青年人,好奇地瞧着他。侦讯官也瞧着他,露出险恶的注意神情,佩通尼科夫却得意洋洋。警察局局长大嚷大叫,跑来跑去,恨不得扑到他身上去。

马尔季亚诺夫阴森的身影在夜店门口出现。他悄悄走过来,在佩通尼科夫身后站住,下巴正好凑到商人的头顶上。助祭在他身旁露出头来张望,睁大他那对浮肿的小红眼睛。

"不过,我们来办正事吧,诸位先生!"医师提议说。

马尔季亚诺夫做了个难看的怪相,忽然对准佩通尼科夫的头打了个喷嚏。商人大叫一声,蹲下身子,跳到一旁,几乎把警察局局长撞倒在地,局长把他抱住,自己却几乎倒下去。

"看见了吗?"商人指着马尔季亚诺夫,惊慌地说,"他们就是这号人!啊?"

库瓦尔达哈哈大笑。医师和侦讯官也笑了。又有些新来的人陆续来到夜店门前。那些人带着睡意,面容浮肿,蓬头散发,睁大发炎的红眼睛毫无礼貌地瞅着医师、侦讯官、区警察局局长。

"你们往哪儿钻?"警察局局长羞辱他们说,抓住他们的破烂衣服,把他们推出门外。然而他只是一个人,他们却人数众多。他们就不理他,照旧往里钻,冒出劣酒的酒气,一声不响,满脸煞气。库瓦尔达瞧瞧他们,再瞧瞧长官们,那些长官看见坏人来得这么多,有点慌张。库瓦尔达却笑着对长官们说:

"诸位先生!也许你们愿意跟我的房客们和朋友们认识一下吧?愿意吗?反正一样,你们既要办公事,迟早总要跟他们相识的。……"

医师发窘地笑起来。侦讯官抿紧嘴唇。警察局局长想起现在该干什么,就对着院子里嚷道:

"西多罗夫！吹哨子……等他们来了，叫他们赶一辆板车到这儿来。……"

"好，我要走了！"佩通尼科夫从墙角那边走出来，说，"诸位先生，你们今天把这个住处腾出来。……我要拆掉这所破房。……你们快点搬出去……要不然我就找警察了。……"

院子里警察的哨子尖声响起来。夜店门口站着一大群住客，不住打呵欠，搔痒。

"那么，你们不愿意认识？……这可不礼貌啊！……"阿里斯季德·库瓦尔达笑着说。

佩通尼科夫从口袋里取出钱包，翻找一阵，拿出两枚五戈比硬币。他在胸前画个十字，把硬币放在死人的脚上。

"求主祝福，……拿这钱殡葬有罪的骸骨吧。……"

"什么？"骑兵大尉大吼一声，"你拿钱供他下葬用？把钱拿开！拿开，我跟你说……坏蛋！你居然拿你偷来的几个小钱供正直的人下葬用……我揍你！"

"大人！"商人惊吓地叫道，抓住警察局局长的胳膊肘。医师和侦讯官闪到一旁去，局长大声叫道：

"西多罗夫，到这儿来！"

那些沦落的人们站在门口像一堵墙似的，一面看一面听，很有兴趣，那些带皱纹的脸活泼起来。

库瓦尔达在佩通尼科夫的头顶上摇拳头，大嚷大叫，像野兽般转动血红的眼睛，说：

"下流胚，贼！把钱拿开！贱畜生，拿回去，我说！……要不然我就把这几个钱塞到你眼睛里去，拿走！"

佩通尼科夫伸出一只发抖的手取回他的赠礼，伸出另一只手挡开库瓦尔达的拳头，嘴里说道：

"请您做个见证，局长老爷，还有你们这些好人。"

"商人，我们可不是什么好人。""剩饭"用破锣般的嗓音说。

警察局局长把两腮吹鼓,像气泡似的,使劲打了个唿哨,把另一只手举到佩通尼科夫的头顶上方,不住扭动身子,仿佛商人想钻进他的肚皮似的。

"你要我逼着你吻这个死人的脚吗,狡猾的坏蛋?要吗?"

库瓦尔达就抓住佩通尼科夫的衣领,把他像小猫似的往门口抛过去。

那些沦落的人们赶紧闪开,好腾出空地来让商人摔倒。他就直挺挺地倒在他们脚下,吓得发疯似的叫道:

"杀人了!救命啊!……杀人了!"

马尔季亚诺夫慢吞吞地抬起脚,照准商人的头踹过去。"剩饭"脸上带着解恨的神情,往佩通尼科夫脸上啐一口痰。商人把身子缩成一小团,手脚在地上乱爬,滚到院子里,随着来了哄笑声。这时候有两个警察来到院子里,警察局局长就对他们指着库瓦尔达,嚷道:

"逮捕他!绑起来!"

"把他绑紧,好人!"佩通尼科夫恳求道。

"不准你们动手!我不跑……我自己会走。"库瓦尔达看见那两个警察跑到他跟前来,就挥手把他们赶走,说。

那些沦落的人们一个个溜走了。一辆板车驶进院子里来。有几个闷闷不乐的流浪汉从夜店里把教员抬出去。

"我要给你点厉害看看,朋友……你等着就是!"警察局局长威胁库瓦尔达说。

"怎么样,强盗头子?"佩通尼科夫看见仇人的手已经捆紧,不由得兴奋而且快乐,就阴险地问道。"怎么样?落网了?你等着好了!厉害的还在后头呢!……"

可是库瓦尔达没说话。他站在两个警察中间,身子挺直,神情严峻得令人害怕地瞧着教员怎样给放到板车上去。有个人把尸首夹在胳肢窝底下,他身量矮,等到教员的腿已经丢到车上,却没法把他的头放上车去。一时间,从教员的姿势看,倒好像他打算头朝下,从板车上栽下去,钻进地里,以便躲开这些不容他消停的、愚蠢而恶毒的人似的。

"把他押走。"区警察局局长指着骑兵大尉,下命令道。

库瓦尔达没提出抗议,光是皱起眉头,一言不发,从院子里走出去,临到经过教员身旁,却低下头,没看他。马尔季亚诺夫板起脸,跟着他走去。商人佩通尼科夫的院子很快就空了。

"唷,走!"车夫吆喝道,在马屁股上扬一下缰绳。

板车走了,在院子里不平的地面上颠簸着。教员身上盖着一块破布,直挺挺地仰面躺在车上,他的肚子不住颤动。看上去,教员像是在满意地轻声暗笑,因为终于离开夜店,再也不会回来,从此永远也不回来而高兴似的。……佩通尼科夫用目光跟踪他,虔诚地在胸前画十字,然后开始仔细地用帽子拍掉粘在他衣服上的灰尘和污物。等到他长外衣上的灰尘消失,他脸上就露出平静的满意神情。他从院子里可以望见骑兵大尉顺着街道走上坡去,两只手倒捆在背后,高高的身量,灰色的装束,头戴一顶制帽,镶着红帽箍,宛如一条血带。

佩通尼科夫现出胜利者的微笑,往夜店走去,可是忽然打个哆嗦,停住脚,原来他对面,门口那儿,站着个可怕的老人,手里挂着拐棍,肩膀后面背着个大包袱,颀长的身子上穿着旧衣服,破布的碎条耷拉下来。他给重包袱压弯了腰,把头低到胸上,看样子就像要向商人一头撞过去似的。

"你是干什么的?"佩通尼科夫叫道,"你是谁?"

"是人。"他用低沉的沙哑声答道。

这种沙哑声倒惹得佩通尼科夫高兴起来,放了心。他甚至微微一笑。

"人!哎,你啊……莫非有你这样的人?"

他闪在一旁,让老人从面前走过去,可是老人照直走到他跟前来,声音低沉地嘟哝说:

"人有各式各样……这是上帝安排的。……有的人还不如我……

比我还差呢……对了！"

  阴霾的天空默默地瞧着这个肮脏的院子，瞧着这个衣服整齐的人留着一把尖尖的白胡子，在地上走动，仿佛在用他的脚步和尖眼睛测量什么似的。一只乌鸦停在旧房房顶上，得意地呱呱叫，时而伸长脖子，时而摇晃身子。

  严峻的灰色雨云密布天空，含有一种坚定不移的紧张意味，仿佛下定决心，准备下一场瓢泼大雨，把这个不幸的、苦难深重的、可悲的世界的全部污秽统统冲刷干净。

汝 龙 译